KB049126

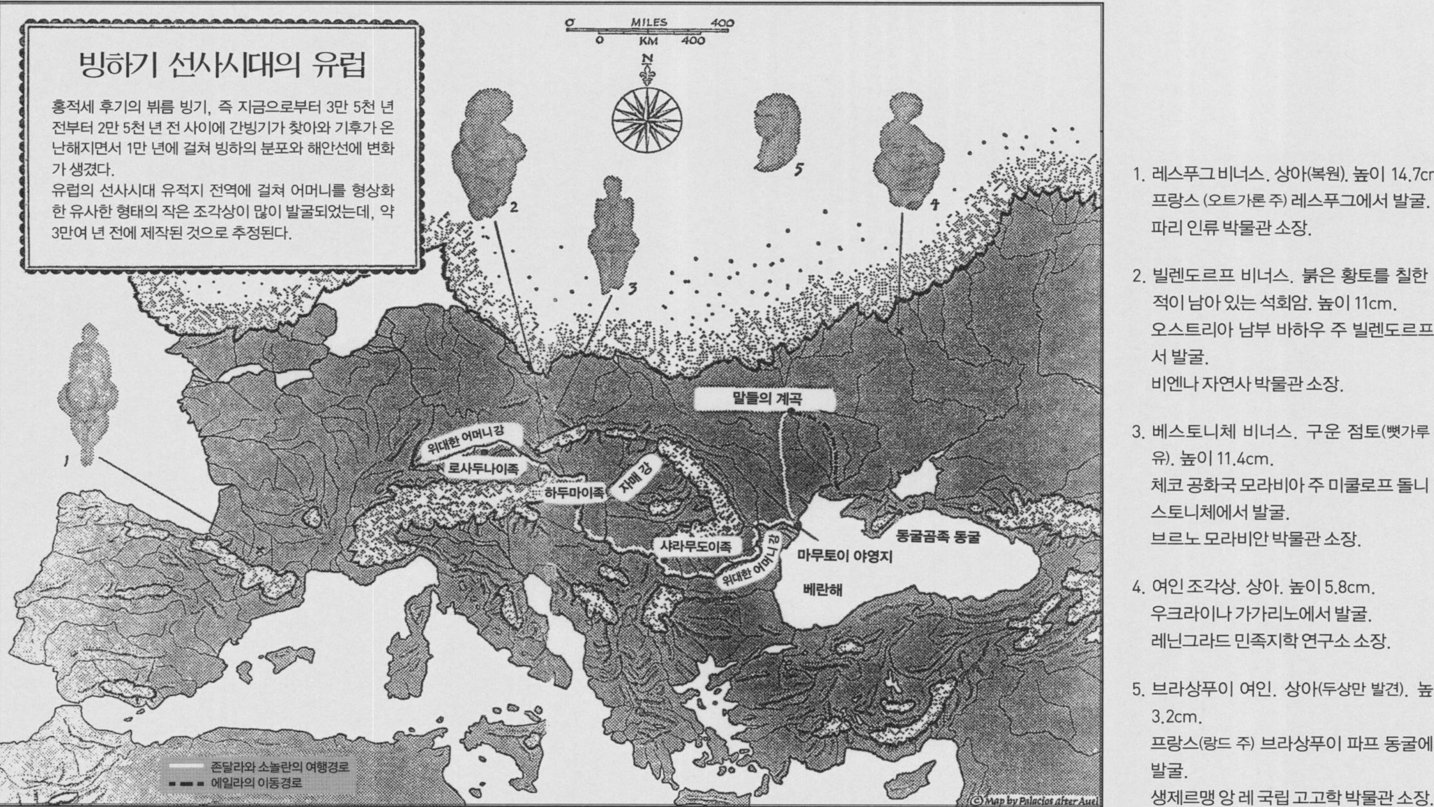

1. 레스퓨그 비너스. 상아(복원). 높이 14.7cm.
   프랑스 (오트가론 주) 레스퓨그에서 발굴.
   파리 인류 박물관 소장.

2. 빌렌도르프 비너스. 붉은 황토를 칠한 흔적이 남아 있는 석회암. 높이 11cm.
   오스트리아 남부 바하우 주 빌렌도르프에서 발굴.
   비엔나 자연사 박물관 소장.

3. 베스토니체 비너스. 구운 점토(뼛가루 함유). 높이 11.4cm.
   체코 공화국 모라비아 주 미쿨로프 돌니 베스토니체에서 발굴.
   브르노 모라비안 박물관 소장.

4. 여인 조각상. 상아. 높이 5.8cm.
   우크라이나 가가리노에서 발굴.
   레닌그라드 민족지학 연구소 소장.

5. 브라상푸이 여인. 상아(두상만 발견). 높이 3.2cm.
   프랑스(랑드 주) 브라상푸이 파프 동굴에서 발굴.
   생제르맹 앙 레 국립 고고학 박물관 소장.

대지의 아이들 Ⅱ

말들의 계곡 1

THE VALLEY OF HORSES by Jean M. Auel
Copyright ⓒ 1982 by Jean M. Auel
All rights reserved.
Korean Translation Copyright ⓒ 2019 by Sigongsa Co., Ltd.
This Korean translation edition is published by arrangement with Jean V. Naggar Literary Agency, Inc., New York through The Danny Hong Agency, Seoul.

이 책의 한국어판 저작권은 대니홍 에이전시를 통해
Jean V. Naggar Literary Agency, Inc.와 독점 계약한 ㈜시공사에 있습니다.
저작권법에 의해 한국 내에서 보호를 받는 저작물이므로 무단 전재와 무단 복제를 금합니다.

대지의 아이들 II

JEAN M. AUEL

진 M. 아우얼 지음
정서진 옮김

말들의 계곡 1

THE VALLEY OF HORSES

EARTH'S CHILDREN

이 시리즈의 초고를 읽어준 카렌
그리고 애셔에게
사랑을 담아

감사의 말

'대지의 아이들 시리즈'를 쓸 수 있도록 도움을 아끼지 않는 분들 가운데 《대지의 아이들 1부: 동굴곰족》에서 언급했던 분들 외에도 새로이 고마운 마음을 전하고 싶은 분들이 있다.

오리건 주 중부 고지대의 사막에 있는 환경 교육 연구 단체인 멀루어 필드 스테이션의 대표 덴절 퍼거슨 박사와 연구원들, 특히 짐 리그스에게 감사드린다. 짐 리그스는 불 피우는 법, 창 던지개 사용법, 부들로 잠자리 깔개를 짜는 법, 돌을 쪼개 도구를 만드는 법, 사슴의 뇌를 으깨어 가죽을 손질하는 법을 가르쳐주었다. 그런 방법으로 사슴 가죽을 비단처럼 부드럽게 만들 수 있다는 걸 누가 생각이나 할 수 있었을까?

그리고 초고를 꼼꼼하게 읽어주고 훌륭한 식견으로 최고의 조언을 해준 도린 건디 덕분에 이번 책이 무사히 출간될 수 있었다.

마지막으로 늘 곁에서 지지와 격려를 아끼지 않고, 설거지를 도맡아 해준 레이 아우얼에게 감사의 마음을 전한다.

• 에일라 •

자신과 다른 종족에서 자란 소녀. 부모와 다름없던 이자와 크렙이 죽고 새 족장 브라우드에 의해 죽음의 저주를 받는다. 야생에 남겨져 여러 위험에 처하고, 홀로 있다는 외로움에 좌절하지만 늘 삶의 의지를 다지며 강한 여성으로 성장한다.

• 이자 •

동굴곰족의 주술 치료사. 에일라를 구해주고 길러준 어머니 같은 존재다. 자신이 알고 있는 약재와 치료술에 대한 지식을 에일라에게 전해준다.

• 크렙 •

동굴곰족에서 가장 신성한 주술사. 편견 없이 자신을 따르는 에일라에게 주술사만이 볼 수 있는 먼 과거를 알려준다. 에일라를 통해 씨족의 한계를 깨닫고 큰 충격을 받는다.

• 존달라 •

젤란도니족의 남자. 키가 크고 파란 눈을 가진 매력적인 남성이다. 과묵하고 배려 깊은 성격으로 인기가 많지만 정작 어떤 여성도 진심을 다해 사랑하지 못한다. 가장 아끼는 사람을 잃은 직후, 에일라와 만나게 된다.

• 소놀란 •

존달라의 이부동생. 형과는 달리 활달하고 모험을 좋아하는 성격이다. 자신의 의지로 떠난 모험에서 사랑하는 여자를 만나 정착한다.

THE VALLEY OF HORSES

EARTH'S CHILDREN

1

그녀는 죽었다. 얼음같이 차갑고 날카로운 빗줄기가 살갗을 벗길 듯 따갑게 후려친들 무슨 대수겠는가. 젊은 여인은 바람을 맞으며 눈을 가늘게 뜬 채 오소리 가죽으로 만든 망토를 여몄다. 곰 가죽 덮개가 세찬 바람에 펄럭이며 다리를 마구 때렸다.

저 나무들이 원래 저 앞에 있었던가? 그녀는 지평선 위로 들쭉날쭉 아무렇게나 자란 나무들을 보며 기억을 더듬었다. 주의 깊게 봐두지 않은 것이 후회됐다. 한편으로는 다른 동굴곰족 사람들처럼 기억력이 좋았으면 하는 생각도 들었다. 그녀는 여전히 자신을 동굴곰족으로 생각했다. 씨족 사람이었던 적이 없었고 이제는 죽은 목숨인데도 그러했다.

그녀는 맞바람을 맞으며 고개를 숙인 채 몸을 낮췄다. 별안간 북쪽에서 돌진해 온 폭풍이 그녀를 덮친 것이다. 몸을 피할 곳을 찾아야 했지만 동굴에서 멀리 떠나온 터라 주변 지형은 낯설었다. 길을 나선 후로 달이 한 바퀴를 다 돌 만큼 시간이 흘렀지만 그녀는 자신이 어디로 가고 있는지 알지 못했다.

북쪽, 반도 너머 본토로 가야 한다는 것 말고는 아무것도 알지 못했다. 이자가 죽던 날 밤, 이자는 그녀에게 떠나라고 말했다. 브라우드가 족장이 되면 그녀를 해칠 방도를 찾아낼 거라고 했다. 이자의 말이 옳았다. 브라우드는 상상했던 것보다 더 악랄하게 고통을 주었다.

그는 아무 이유 없이 내게서 두르크를 빼앗았어. 에일라는 생각했다. 그 아이는 내 아들이야. 브라우드는 타당한 이유도 없이 내게 저주를 내리기까지 했어. 정령들을 노하게 한 사람은 바로 브라우드야. 지진을 나게 한 것도 브라우드야. 죽음의 저주를 이미 받은 적이 있었던 에일라는 적어도 앞으로 벌어질 일을 알았다. 하지만 너무도 급작스럽게 일어난 일이었다. 씨족 사람들조차 그 사실을 받아들이고 그녀를 외면하기까지 시간이 필요했다. 다른 씨족 사람들에게 그녀는 죽은 사람이었지만 두르크가 그녀를 보는 것까지 막을 수는 없었다.

브라우드는 화가 나서 충동적으로 그녀에게 죽음의 저주를 내렸다. 이전에 브룬이 저주를 내렸을 때는 씨족 사람들에게 미리 마음의 준비를 시켰다. 그에게는 명분도 있었다. 씨족 사람들은 브룬이 그럴 수밖에 없다는 것을 이해했고, 브룬은 그녀에게 살아 돌아올 기회를 주기도 했다.

에일라는 또다시 불어온 차가운 돌풍을 맞으며 고개를 들었다. 어느덧 해가 질 녘이었고, 곧 어두워질 터였다. 발은 아무런 감각도 없었다. 보온을 위해 가죽 발싸개 안에 사초를 채워 넣었는데도 눈이 녹은 진창의 차가운 물이 스며들었다. 그녀는 키 작은 소나무를 발견하자 마음이 놓였다.

초원지대에는 나무가 드물었다. 그나마 살아갈 정도로 수분이 충분한 곳에서만 나무가 자랐다. 바람 때문에 제대로 자라지 못해 뒤틀리긴 했지만 소나무와 자작자무, 버드나무가 줄지어 서 있다는 것은 주변에 물줄기가 있다는 뜻이었다. 지하수가 부족한 땅에서 걷기에 마주치는 이러한 나무들은 특히 반갑기 마련이었다. 북쪽의 거대한 빙하에서부터 거센 폭풍이 몰아칠 때, 나무들은 잠시 몸을 보호하는 데 도움이 되었다.

몇 걸음 더 걸어가자 에일라는 얼음이 얼어붙은 둑 사이를 흐르는 작은 개울에 당도했다. 그녀는 근처 작은 나무들보다 폭풍을 피하기에 더 좋은 울창한 나무숲을 찾아 서쪽으로 방향을 틀어 개울을 따라 내려갔다. 망토를 꽉 여미고 느릿느릿 앞으로 나아가던 에일라는 갑자기 바람이 그치자 고개를 들었다. 개울 너머 건너편 기슭에 나지막한 절벽이 서 있었다. 개울을 건너는 동안 차가운 물이 스며들어 발싸개 안의 사초도 전혀 소용이 없었지만 바람을 피할 수 있는 것만으로도 그녀는 기뻤다. 기슭의 흙벽 한 부분은 움푹 패여 있었고, 위쪽으로는 얽혀 있는 풀뿌리와 빽빽하게 들어선 오래된 초목들이 지붕처럼 뻗어 있었다. 그 아래는 마른 땅이었다.

그녀는 물을 잔뜩 머금은 끈을 풀어 등에 짊어진 바구니를 내려놓았다. 그러고는 묵직한 오록스 가죽과 잔가지를 쳐낸 튼튼한 나뭇가지를 꺼내 비스듬하게 낮은 천막을 쳤다. 큰 돌과 떠내려온 통나무 몇 개로 가죽 한쪽은 눌러놓고, 반대쪽은 나뭇가지를 세워 앞쪽은 열어놓은 구조였다.

에일라는 이로 손싸개의 끈을 풀었다. 안쪽에 털이 그대로 붙어 있는 가죽을 동그랗게 잘라 손목에 묶는 손싸개에는 물건을 잡을 때 엄지나 손이 나올 수 있도록 구멍이 나 있었다. 발싸개는 구멍만 없을 뿐 같은 방법으로 만든 것이었다. 발목 주위에 묶어놓은 가죽끈은 물에 불어 있어서 푸는 데 애를 먹었다. 발싸개를 벗을 때는 그 안에 채워 넣은 사초를 조심스레 꺼내놓았다.

에일라는 곰 가죽 덮개를 젖은 쪽이 아래로 가도록 땅에 깔고서 사초와 손싸개, 발싸개를 그 위에 놓은 다음, 발부터 덮개 안쪽으로 들이밀었다. 그러고 나서 털가죽을 몸에 두르고 바구니를 끌어당겨 천막의 열린 쪽을 막았다. 차가운 발을 문지르다 보니 축축한 털가죽 잠자리마저 포근하게 느껴졌다. 그녀는 몸을 웅크리고 눈을 감았다.

겨울이 마지막 차가운 숨결을 내뿜으며 여전히 머뭇대고 있었지만 생기 가득한 봄은 그런 겨울을 희롱이라도 하듯 살며시 찾아왔다. 빙하의 한기를 떠올리게 하는 차가운 공기 중에는 살랑대는 봄기운이 감돌며 여름의 열기를 예고했다. 폭풍은 밤사이 갑작스레 그쳤다.

에일라는 기슭 군데군데 남아 있는 얼음에 반사되는 햇빛에 눈이 부셔 깨어났다. 하늘은 높고 새파랬다. 조각구름들은 저 멀리 남쪽으로 흘러갔다. 그녀는 천막에서 기어 나와 물 부대를 들고 물가까지 맨발로 달렸다. 차디찬 날씨에도 아랑곳하지 않고 짐승의 방광에 가죽을 덧댄 부대에 물을 채워 벌컥벌컥 들이켜고 다시 돌아왔다. 둑 옆쪽에서 볼일을 본 그녀는 몸을 따듯하게 하기 위해 털가죽 속으로 파고들었다.

그녀는 오래 머물지는 않았다. 밖으로 나가고 싶어 좀이 쑤셨다. 이제 폭풍으로 인한 위험은 물러가고 햇살이 손짓했다. 그녀는 체온으로 마른 발싸개를 하고 잘 때 덮었던 곰 가죽을 몸에 둘러 동여맸다. 그리고 짐을 다 꾸리고서 손싸개를 한 뒤, 미리 바구니에서 꺼내놓은 고기를 씹으며 길을 나섰다.

완만하게 경사진 길게 쭉 뻗은 물길을 따라 걷는 것은 수월했다. 에일라는 나직하게 단조로운 콧노래를 흥얼거렸다. 물가를 따라 자란 덤불에는 드문드문 푸른 잎들이 돋아나 있었다. 눈이 녹고 있는 흙 사이로 아주 자그마한 얼굴을 대담하게 내민 때 이른 꽃을 보자 에일라의 입가에 미소가 번졌다. 빙하에서 떨어져 나온 얼음 덩어리들은 급류에 실려 그녀 옆으로 빠르게 떠내려갔다.

에일라가 동굴곰족의 동굴을 떠나던 무렵, 날씨는 이보다 더 따뜻했었다. 동굴이 있던 반도의 남단에는 봄이 일찍 찾아오곤 했다. 산맥은 빙하에서 부는 혹독한 바람을 막아주는 병풍 역할을 했다. 내해에서 불어오는 바닷바람 덕분에 좁고 긴 연안지역은 고온다습했고, 동굴이 위치한 남향의 산기슭은 온대 기후를 보였다.

하지만 초원지대는 여전히 추웠다. 에일라는 산맥의 동쪽 끝을 빙 둘러 지났지만 다시 북쪽으로 이동하며 탁 트인 초원을 가로지르자 계절도 같은 속도로 변했다. 초원에서는 초봄의 따뜻한 기운이 전혀 느껴지지 않았다.

제비갈매기들의 소란스런 소리에 에일라는 고개를 들었다. 갈매기를 닮은 작은 새 여러 마리가 날개를 활짝 펼친 채 유유히 하늘을 날고 있었다. 근처에 바다가 있구나. 그녀는 생각했다. 지금쯤이면 새들이 둥지를 틀었을 테니 알도 있을 거야. 발걸음이 빨라졌다. 바위에 붙어 있는 홍합이나 삿갓조개, 조수 웅덩이에 가득한 말미잘을 찾을 수도 있었다.

해가 중천에 떴을 무렵, 그녀는 본토의 남해안과 반도의 북서쪽 옆구리를 끼고 형성된 만에 당도했다. 마침내 대륙의 후미로 이어지며 넓은 통로가 되는 지역에 도착한 것이다.

에일라는 등에 짊어진 바구니를 내려놓고 주변보다 높게 솟아오른 험준한 노두를 올랐다. 철썩이는 파도가 바다와 면한 거대한 바위를 삐쭉하게 깎았다. 그녀가 알을 모아 가자 바다오리와 제비갈매기들이 화가 난 듯 시끄럽게 울어댔다. 둥지에서 갓 꺼내 따뜻한 알 몇 개는 그 자리에서 바로 깨서 삼켰다. 남은 몇 개는 두르개 주머니에 넣은 뒤 아래로 내려갔다.

그녀는 발싸개를 벗고 바다로 걸어 들어가 파도가 찰랑대는 바위에서 홍합을 떼어내 바닷물에 모래를 헹궜다. 간조 때 바위 사이에 생긴 얕은 물웅덩이에는 꽃처럼 생긴 말미잘이 있었다. 에일라가 손을 뻗자 말미잘은 꽃잎 같은 촉수를 오므렸다. 그 말미잘은 색깔과 모양이 생소했다. 그녀는 말미잘 대신 갯벌의 숨구멍을 찾아 캐낸 조개로 점심을 대신했다. 불을 피우지 않고 바다에서 갓 캐낸 해산물의 싱싱한 맛을 즐겼다.

새알과 조개로 배를 가득 채운 에일라는 높다란 바위 발치에서 휴식을 취한 뒤, 해안과 본토가 더 잘 보이는 절벽을 올랐다. 절벽 꼭대기에 무릎을 꿇고 앉은 에일라는 저 아래 만을 내려다보았다. 얼굴을 스치는 바람결에는 바닷속 풍요로운 생명의 숨결이 깃들어 있었다.

대륙의 남쪽 해안은 서쪽을 향해 완만한 호를 이루고 있었다. 해안가를 둘러싼 나무숲 너머로 드넓은 초원이 보였다. 반도의 추운 대초원과 다를 게 없어 보였고, 사람이 사는 흔적도 전혀 없는 듯했다.

저곳이야, 반도 너머 본토. 에일라는 생각했다. 이자, 이제 어디로 가야 하나요? 다른 종족 사람들이 저곳에 산다고 하셨는데, 아무도 보이지 않아요. 아무것도 없는 광활한 땅을 바라보고 있자니 에일라는 어느 틈엔가 3년 전 이자가 죽던 그날 밤의 괴로운 기억이 떠올랐다.

"너는 씨족 사람이 아니다, 에일라. 너는 다른 종족에게서 태어났어. 너는 그들의 사람이야. 여기를 떠나야 한다. 네 종족을 찾아야 해."

"떠나라고요! 내가 어디로 가겠어요, 이자? 다른 종족 사람은 아무도 모르는걸요. 어디로 가야 그들을 찾을 수 있는지도 모르는데요."

"여기에서 북쪽으로 가면 그 사람들이 많이 살고 있어, 에일라. 반도 너머 본토에. 여기 있으면 안 돼. 가서 그 사람들을 찾아라, 내 딸. 네 사람들을 찾아서, 거기서 네 짝을 찾아라."

그 당시 에일라는 떠나지 않았다. 떠날 수가 없었다. 하지만 이제는 선택의 여지가 없었다. 그녀는 다른 종족을 찾아야만 했다. 그 방법 말고는 없었다. 그녀는 결코 돌아갈 수 없었다. 다시는 아들을 만나지 못할 터였다.

눈물이 에일라의 얼굴을 타고 흘러내렸다. 얼마 전까지도 그녀는 울지 않았다. 동굴을 떠나 당장 목숨이 위태로웠던 때에는 슬픔을 느낄 겨를조차 없었다. 하지만 둑이 터지듯 눈물은 걷잡을 수 없이 흘러내렸다.

"두르크…… 내 아기."

에일라는 두 손에 얼굴을 묻고 흐느껴 울었다. 브라우드는 왜 내게서 널 빼앗았을까? 그녀는 아들이 그리워서, 남겨두고 온 씨족이 그리워서 울었다. 그녀가 기억하는 유일한 어머니인 이자가 그리워서 울었고, 외로움과 자신 앞에 펼쳐진 미지의 세계에 대한 두려움 때문에 울었다. 하지만 자신을 친딸처럼 사랑해주었던 크렙을 향한 그리움의 눈물은 아직 흐르지 않았다. 그를 잃은 슬픔은 너무도 생생해 아직 받아들일 준비가 되지 않았다.

하염없이 눈물을 흘리던 에일라는 자기도 모르게 저 아래 부서지는 파도를 바라봤다. 그녀는 흰 포말을 일으키며 돌진한 파도가 삐죽삐죽 솟은 바위 주위에서 소용돌이치는 것을 주시했다.

쉽게 끝낼 수 있겠어. 그녀는 생각했다.

아니야! 고개를 흔든 에일라는 몸을 곧추세웠다. 내 아들을 데려가고, 나를 내쫓고, 내게 죽음의 저주를 내릴 수는 있어도 나를 죽게 할 수는 없을 거라고 브라우드에게 말했잖아!

입에서 소금 맛이 느껴지자 그녀의 얼굴에 쓴웃음이 스쳐 지나갔다. 그녀가 눈물을 흘리면 이자와 크렙은 늘 걱정했다. 씨족 사람들의 눈에서는 문제가 있지 않는 한 눈물이 나오지 않았다. 두르크도 눈물을 흘리지 않았다. 두르크는 그녀와 닮은 점이 많아서 소리를 낼 수도 있었지만 아이의 커다란 갈색 눈은 씨족의 눈을 그대로 빼닮았다.

에일라는 빠르게 절벽을 내려왔다. 바구니를 등에 짊어지며 자신의 눈이 정말로 약한 것인지, 아니면 다른 종족 사람들은 눈물을 흘리는지 의문이 들었다. 그러더니 또 다른 생각이 마음속에서 메아리쳤다. 네 사람들을 찾아서, 거기서 네 짝을 찾아라.

에일라는 해안을 따라 서쪽으로 이동했다. 내해로 흘러 들어가는 수많은 개울과 시내를 건너고 나서야 제법 넓은 강에 다다랐다. 그때부터는 북쪽으로 방향을 틀어 내륙 쪽으로 빠르게 흐르는 물길을 따라 걸으며 강을 건널 만한 지점을 찾았다. 해안을 따라 줄지어 선 소나무와 낙엽송을 비롯해 왜소한 나무들을 굽어볼 정도로 우뚝 솟은 나무를 자랑하는 숲을 지나자 대륙의 초원에 도착했다. 거기서부터는 버드나무, 자작나무, 사시나무 들이 강가에 비좁게 늘어선 침엽수와 섞여 자라고 있었다.

그녀는 구불구불한 물길을 따라 계속 걸었지만 하루하루 지날수록 걱정은 커져갔다. 북동쪽으로 흐르는 강을 따라가다 보니 다시 동쪽으로 길을 되짚어가는 셈이었다. 그녀는 동쪽으로 가고 싶지 않았다. 동굴곰족 중에는 본토의 동쪽 지역까지 사냥을 오는 씨족도 있었다. 그녀는 원래 북쪽으로 가면서 차츰 서쪽으로 방향을 틀 계획이었다. 우연이라도 씨족 사람과는 만나고 싶지 않았다. 그녀에게 죽음의 저주를 내린 이와는 더더욱 마주치고 싶지 않았다! 결국 강을 건너는 방법을 찾는 수밖에 없었다.

강이 넓어지더니 덤불이 자라는 돌투성이 작은 섬을 중심으로 물길이 두 개로 나뉘는 곳이 나타났다. 에일라는 그 지점에서 위험을 무릅쓰고 강을 건너기로 했다. 섬의 저쪽 물길에 보이는 몇몇 커다란 바위를 보니 물살을 헤치고 건널 수 있을 만큼 물이 얕은 듯했다. 그녀는 헤엄에 자신이 있었지만 옷이나 바구니를 적시고 싶지 않았다. 말리려면 시간이 오래 걸릴뿐더러 밤은 여전히 쌀쌀했다.

그녀는 강둑을 왔다 갔다 걸으며 물살을 살폈다. 물이 가장 얕다고 생각되는 지점에서 옷을 벗은 뒤, 옷가지를 다 넣은 바구니를 높이 들고 물로 들어갔다. 바위는 미끄러웠고 물살 때문에 금방이라도 균형을 잃을 것만 같았다. 섬 앞쪽 강물의 중간 정도까지 왔을 때 물은 허리까지 차올랐지만 무사히 섬에 당도했다. 섬 뒤쪽의 강물은 더 넓었다. 걸어서 건널 수 있을지 확신하지 못했지만 중간까지 왔는데 포기하고 싶지 않았다.

중간까지 잘 건너는가 싶더니 갑자기 물이 깊어졌다. 목까지 강물이 차오르자 에일라는 바구니를 머리 위로 높이 쳐든 채 까치발로 걸었다. 그 순간 발밑이 푹 꺼졌다. 머리가 물 아래로 가라앉는 바람에 그녀는 물을 먹어야 했다. 에일라는 바구니를 머리 위에 인 채로 곧바로 선헤엄을 쳤다. 한 손으로는 바구니를 잡고, 다른 한 손으로 반대쪽 강변을 향해 팔을 저었다. 물살이 그녀를 들어 올려 짧은 거리이긴 했지만 앞으로 실어 날랐다. 발밑으로 바위가 느껴졌고 곧이어 반대편 강기슭에 닿았다.

강을 뒤로 한 채 에일라는 다시 초원을 이동했다. 비 오는 날보다 햇빛이 좋은 날들이 많아지더니 마침내 따뜻한 봄이 북쪽으로 이동하는 에일라의 행로를 따라잡았다. 나무와 덤불의 새순이 잎으로 자라나고, 침엽수의 가지 끝마다 부드러운 연둣빛 바늘잎들이 돋아났다. 그녀는 바늘잎을 따서 씹으며 가볍게 톡 쏘는 솔향기를 즐겼다.

하루 종일 걷다가 땅거미가 질 무렵에 시내나 개울을 찾아 야영을 하는 게 에일라의 일상이 되었다. 여전히 물은 찾기가 쉬웠다. 봄비가 내리고 북쪽의 얼음이 녹기 시작하면서 개울에는 물이 넘쳐흘렀고, 얼마 후면 바짝 마르거나 기껏해야 느리게 흐르는 진흙 도랑이 될 고랑이나 여울에도 물이 가득 찼다. 물이 풍부한 시기는 잠깐이었고, 수분은 메마른 땅으로 빠르게 흡수되었지만 초원이 꽃을 피울 시간적 여유는 있었다.

하룻밤 사이에 흰색, 노란색, 보라색 꽃들이, 그리고 드물게는 새파랗거나 새빨간 꽃들이 지천에 돋아난 어린 푸른 잎들과 어울리며 땅을 뒤덮었다. 에일라는 봄의 아름다움을 만끽하며 기쁨에 젖었다. 봄은 에일라가 가장 좋아하는 계절이었다.

탁 트인 평원에 생명이 움트자 에일라는 동굴에서 챙겨 온 빈약한 저장 음식을 먹는 대신 땅에서 나는 제철 먹을거리를 구하기 시작했다. 그렇다고 해서 발걸음을 늦추는 법은 없었다. 동굴곰족 여자들은 이동 중에도 멈추지 않고 잎과 꽃, 새순, 열매를 따는 법을 배웠다. 그녀는 튼튼한 나뭇가지의 잎과 잔가지를 자르고 돌칼로 한쪽 끝을 뾰족하게 갈아 뒤지개를 만들었다. 뒤지개만 있으면 빠른 손놀림으로 뿌리와 구근을 캘 수 있었다. 먹거리 채집은 수월했다. 자신이 당장 먹을 것만 구하면 그만이었다.

거기다 에일라에게는 다른 씨족 여자들에겐 없는 유리한 점이 있었다. 그녀는 사냥하는 여자였다. 줄팔매 하나만 있으면 사냥이 가능했다. 씨족 남자들조차 인정했듯이—그들이 에일라의 사냥을 받아들이기로 결정한 후로—그녀는 씨족 가운데 가장 뛰어난 줄팔매 사냥꾼이었다. 그녀는 스스로 기술을 터득했고, 그 때문에 톡톡한 대가를 치러야 했다.

초목과 풀이 자라면서 겨울잠을 자고 있던 얼룩다람쥐, 비단털쥐, 큰 날쥐, 토끼들을 깨웠다. 에일라는 모피 덮개에 두른 허리끈에 줄팔매를 끼워 넣어 다녔다. 뒤지개도 허리끈 속에 끼워 놓았지만 약자루는 늘 그렇듯이 안쪽 두르개의 허리끈에 묶어 차고 다녔다.

먹을거리는 충분했지만 땔감을 구하고 불을 피우는 일은 어려웠다. 에일라는 불을 피울 줄 알았다. 간헐천을 따라 자라난 덤불과 작은 나무, 그리고 간혹 쓰러진 나무에서 땔감을 구했다. 마른 가지나 동물의 배설물을 발견하면 틈틈이 모아두었다. 하지만 매일 밤마다 불을 피우지는 못했다. 적절한 땔감이 없을 때도 있었고, 있다 해도 나무가 덜 말랐거나 젖어 있었다. 피곤해서 불을 피울 생각 따위는 하고 싶지 않을 때도 있었다.

하지만 한데서 불을 피우지 않고 잘 때면 꺼림칙한 생각이 들었다. 광대한 초원에는 커다란 몸집의 초식동물이 서식했고,

그 초식동물을 먹이로 삼는 맹수들도 있었다. 그러한 맹수들을 쫓아내려면 불이 유용했다. 동굴곰족은 이동을 할 때 지위가 높은 남자가 불씨를 가지고 다녔다. 처음에는 불씨를 가지고 다닐 생각은 전혀 하지 못했었다. 하지만 나중에는 왜 진작 그렇게 하지 않았는지 후회가 될 정도였다.

막대기와 나무판을 가지고 불을 피우는 일은 쉽지 않았다. 부싯깃이나 나무가 젖어 있으면 더욱 어려웠다. 오록스의 두개골을 발견한 에일라는 문제가 풀렸다고 생각했다.

달은 또 한 번 찼다가 기울었고, 습한 봄은 더욱 따뜻해지더니 초여름에 접어들었다. 에일라는 여전히 내해를 향해 완만하게 경사진 드넓은 해안의 평원지대를 이동하고 있었다. 봄에 내린 홍수에 밀려온 유사가 기다란 강어귀를 형성했고, 모래톱 때문에 길이 끊기거나 아예 작은 늪이나 물웅덩이를 이룬 곳도 있었다.

전날 밤 물이 없는 곳에서 야영을 한 에일라는 아침나절에 작은 물웅덩이를 찾아 멈춰 섰다. 물은 고여 있었다. 마시기에 적당해 보이지 않았지만 물 부대에는 물이 얼마 없었다. 손으로 물을 떠서 한 모금 맛본 에일라는 소금기가 느껴지는 물을 뱉고는 부대에 남은 물로 입을 헹궜다.

저 오록스가 이 물을 마셨던 모양이야. 에일라는 새하얗게 바랜 뼈와 기다란 뿔이 달린 두개골을 보며 생각했다. 그녀는 죽음의 기운이 느껴지는 물웅덩이에서 발길을 돌렸지만 자꾸만 오록스의 잔해가 떠올랐다. 새하얀 두개골, 기다란 뿔, 휘어진 채 속이 텅 빈 뿔이 뇌리를 떠나지 않았다.

그녀는 정오 무렵 시내에 당도했다. 근처에 불을 피워 사냥한 토끼를 구울 참이었다. 따듯한 햇볕 속에 앉아 나무판 위에 세운 나무 막대를 손바닥으로 비비며 에일라는 허리춤에 오록스 뿔을 찬 그로드가 숯을 꺼내 들고 나타나면 얼마나 좋을까 생각했다.

그녀는 갑자기 벌떡 일어나더니 막대기와 나무판을 바구니에 넣고 그 위에 토끼를 올린 뒤 왔던 길을 서둘러 되짚어 갔다. 웅덩이에 도착한 그녀는 두개골을 찾았다. 그로드는 불씨가 살아 있는 숯덩이를 말린 이끼에 싸서 속이 빈 오록스 뿔에 넣어 다녔다. 뿔 하나만 있으면 에일라도 불씨를 가지고 다닐 수 있을 터였다.

뿔을 잡아당기던 에일라는 양심의 가책을 느꼈다. 씨족의 여자들은 불씨를 가지고 다니지 않았다. 여자에게는 금기시되는 일이었다. 하지만 내가 아니면, 누가 날 위해 불씨를 가지고 다니겠어? 그런 생각이 들자 그녀는 뿔을 세게 잡아당겼다. 금지된 행동을 생각하는 것만으로도 사람들의 못마땅한 시선이 떠오르는 듯, 에일라는 서둘러 자리를 떠났다.

에일라는 생존하기 위해 자신의 천성과는 전혀 다른 생활 방식에 맞춰야 했던 적이 있었다. 하지만 이제 그녀의 생존은 유년 시절 길들여진 방식에서 벗어나 스스로 판단할 수 있는 힘에 달려 있었다. 오록스 뿔은 그 시작이었고, 그녀의 생존 가능성을 키우는 좋은 징조였다.

하지만 불씨를 가지고 다니는 것은 생각보다 품이 많이 들었다. 에일라는 아침마다 숯을 감쌀 마른 이끼를 찾아야 했다. 하지만 동굴 근처의 우거진 숲에서는 흔하게 보던 이끼를 메마른 평원에서 구하기란 쉽지 않았다. 안타깝게도 다음 번 야영지를 꾸릴 때는 이미 불씨가 죽어 있었다. 하지만 그녀는 불씨를 살려두는 법을 알았고, 밤새 불이 꺼지지 않도록 재로 불을 덮어 놓은 경험도 있었다. 그녀에게는 필요한 지식이 있었다. 여러 번 시행착오를 거치고, 몇 번 불씨를 꺼뜨리고 나서야 그녀는 다음 번 야영을 할 때까지 불씨를 살려두는 방법을 찾아냈다. 이제 그녀는 허리끈에 오록스 뿔을 매달아 가지고 다녔다.

에일라는 개울을 만나면 물속을 헤쳐 건넜지만, 넓은 강을 만났을 때는 새로운 방법을 찾아야 했다. 그녀는 며칠 동안 상류를 따라갔다. 북동쪽으로 되돌아가고 있었지만 강폭은 줄어들지 않았다.

동굴곰족의 사냥 구역을 벗어났다는 생각이 들었지만, 동쪽으로 가고 싶지 않았다. 동쪽에는 동굴곰족이 있었다. 그녀는 돌아갈 수 없었다. 그쪽으로는 발길을 돌리고 싶지도 않았다. 그렇다고 강가 공터 야영지에서 계속 머물 수만도 없었다. 강을 건너는 수밖에 없었다. 헤엄이 능숙한 그녀는 할 수 있다고 생각했다. 하지만 온갖 물건이 담긴 바구니를 머리에 지고 강을 건너는 것은 불가능해 보였다.

에일라는 헐벗은 가지들을 물가에 드리운 채 쓰러져 있는 나무 옆, 바람이 미치지 않는 곳에 피워둔 작은 모닥불 옆에 앉아 있었다. 빠르게 흘러가는 물결이 오후 햇살에 반짝였다. 간혹 부유물들이 떠내려가기도 했다. 흐르는 물을 보고 있자니 동굴 가까이에 있던 개울과, 개울이 내해로 흘러가는 곳에서 연어와 철갑상어를 잡던 일이 떠올랐다. 그녀는 헤엄치는 것을 좋아했지만 그 때문에 이자는 늘 걱정했다. 에일라는 어떻게 헤엄을 배웠는지 기억이 나지 않았다. 그냥 전부터 알고 있는 듯했다.

왜 다른 사람들은 헤엄을 좋아하지 않을까. 에일라는 생각에 잠겼다. 씨족 사람들은 나를 이상하게 생각했지. 내가 헤엄치는 것을 좋아한다고. 하지만 오나가 물에 빠져 죽을 뻔했던 그날 이후로는 생각들이 바뀌었어.

그녀는 모두가 아이의 목숨을 구해준 것에 고마워하던 일이 떠올랐다. 브룬마저 물 밖에 나온 그녀를 옆에서 부축했다. 당시 에일라는 자신이 진정으로 씨족의 일원이 된 듯 따뜻한 정을 느꼈다. 길고 곧은 다리, 호리호리하고 키가 큰 체형, 금발과 파란 눈, 높은 이마는 전혀 문제되지 않았다. 그 이후로 씨족원 중 몇몇은 헤엄을 배우려고 했지만 몸이 잘 뜨지 않았다. 물에 대한 두려움도 컸다.

두르크는 헤엄을 배울 수 있을까? 그 애는 몸이 가벼운 편이야. 그리고 다른 남자들처럼 다부진 체격으로 클 것 같지 않아. 그 아이라면 할 수 있겠지.

하지만 누가 그 아이에게 헤엄을 가르치겠어? 내가 있는 것도 아니고, 우바는 할 줄 모르고. 우바는 두르크를 잘 보살펴줄 거야. 나만큼 아이를 사랑하니까. 그래도 헤엄은 못 쳐. 브룬도 그렇고. 브룬은 사냥을 가르쳐주겠지. 그리고 두르크를 보호해 줄 거야. 브라우드가 내 아들에게 해코지하도록 두고 보지는 않을 거야. 그는 내게 약속했어. 내 쪽을 보면 안 되었는데도 말이야. 브룬은 훌륭한 족장이었어. 브라우드와는 달리…….

브라우드가 정말로 두르크를 생기게 한 걸까? 에일라는 브라우드가 강제로 그녀를 취했던 일이 떠올라 몸서리쳤다. 이자가 말하길, 남자들은 자기가 좋아하는 여자에게 욕구를 푼다고 했어. 하지만 브라우드는 내가 그 일을 얼마나 싫어하는지 알아서 그랬던 거야. 모두들 토템의 정령이 아기를 만든다고 생각해. 하지만 남자들 중에서 내 동굴사자를 이길 만큼 강한 토템을 가진 이는 없었어. 브라우드가 계속 그 짓을 강요하기 전에는 아기를 가지지 않았잖아. 내 임신 소식에 모두가 놀랐지. 내가 아기를 가질 거라고는 누구도 생각하지 못했으니.

다 자란 두르크를 볼 수 있다면 얼마나 좋을까. 그 애는 제 나이에 비해 키도 큰 편이었지. 나처럼 말이야. 그 애는 가장 키가 큰 씨족 남자가 될 거야.

아니, 모르지! 내가 어찌 알겠어. 다시는 두르크를 보지 못할 텐데.

그 아이 생각은 그만해. 에일라는 눈물을 닦으며 스스로를 다그쳤다. 그녀는 일어나 물가로 걸어갔다. 그 애를 생각하는 게 무슨 소용이야. 그런 생각을 한다고 이 강을 건널 수 있는 것도 아니잖아!

그녀는 생각에 너무 골몰한 나머지 한쪽 끝이 두 갈래로 갈라진 통나무가 강기슭으로 떠밀려오는 것을 보지 못했다. 통나무는 물가에 쓰러져 있는 나무에서 뻗어 나온 얽히고설킨 잔가지들에 걸려들었다. 통나무는 나뭇가지에서 벗어나기 위해 쿵쿵 부딪치며 꽤 오래도록 안간힘을 썼다. 그때 에일라의 눈에 통나무가 들어왔다. 그 순간 그녀의 머릿속에 생각 하나가 번쩍 떠올랐다.

그녀는 모래톱까지 통나무를 끌고 나왔다. 꽤 큰 나무의 몸통 윗부분이었는데, 상류 쪽으로 범람한 거센 물결에 지금 막 부러져 떠내려온 듯, 물을 많이 머금고 있지 않았다. 에일라는 두르개 주머니에 넣고 다니던 주먹도끼로 더 길게 튀어나온 가지를 다른 쪽과 비슷하게 자른 뒤, 잔가지를 쳐내 기다란 가지 두 개만 남겨놓았다.

빠르게 주위를 훑어보던 에일라는 덩굴식물이 드리워진 자작나무 숲으로 향했다. 싱싱한 나무덩굴 하나를 잡아당기자 길고 질긴 줄기가 딸려 나왔다. 에일라는 물가로 돌아오며 줄기에 붙은 나뭇잎들을 떼어냈다. 그러고 나서 땅바닥에 가죽 천막을 펼친 뒤 바구니를 뒤집어 내용물들을 그 위에 쏟아냈다. 남은 물건들을 확인하고 다시 짐을 쌀 시간이었다.

그녀는 발싸개, 손싸개, 가죽을 덧댄 두르개를 바구니 밑바닥에 넣었다. 이제 에일라는 여름 두르개를 입고 있었다. 이것들은 다음 겨울까지는 필요가 없을 터였다. 그녀는 잠시 다음 겨울에는 어디에 있을까 상념에 젖었지만 깊이 생각하고 싶지는 않았다. 두르크를 업고 다닐 때 쓰던 부드러운 가죽 포대기에 또 한 번 손길이 멈췄다.

그녀에게 포대기는 필요 없었다. 그것은 생존에 필요한 물건이 아니었다. 아이를 추억하고 싶어 가지고 온 것이었다. 그녀는 포대기를 뺨에 대보고는 조심스레 접어서 바구니에 넣었다. 그 위에 달거리를 할 때 쓰는 부드러운 가죽 천을 넣은 뒤 여분으로 가져온 발싸개도 넣었다. 이제 그녀는 맨발로 다녔지만 비가 오거나 날이 추울 때는 여전히 발싸개가 필요했다. 그동안 사용한 발싸개는 다 해져서 여벌을 가져와 다행이었다.

다음으로 에일라는 남은 음식을 확인했다. 자작나무 껍질로 만든 통에는 단풍나무 시럽으로 만든 설탕이 남아 있었다. 에일라는 통을 열어 한 조각을 부러뜨려 입안에 넣었다. 남은 설탕을 다 먹으면 언제 다시 단풍나무 설탕을 맛볼 날이 올지 알 수 없었다.

그녀에게는 남자들이 사냥할 때 가지고 다니는 여행용 식량이 여러 개 남아 있었다. 정제된 기름과 갈아서 말린 고기, 말린 과일을 넣어 만든 빵 같은 것이었다. 사냥감 중에서도 큰 짐승에 흐르는 기름기를 생각하자 입안에 침이 고였다. 그녀가 줄팔매로 사냥하는 작은 사냥감에는 기름기가 적었다. 숲에서 구하는 푸성귀 하나 없이 순수하게 단백질만 먹었다면 서서히 영양부족으로 죽을 수도 있었다. 어떤 형태로든 지방이나 탄수화물을 섭취할 필요가 있었다.

에일라는 먹고 싶은 욕구를 참고 비상시를 대비해 여행용 식량을 바구니 속에 넣었다. 가죽처럼 질기지만 영양가가 풍부한 말린 고기와 말린 사과 몇 개, 개암나무 열매, 동굴 가까이 초원에서 따 온 알곡이 여문 이삭들도 바구니 속으로 다시 들어갔지만 썩은 뿌리는 버렸다. 식량 위에는 물 잔과 그릇, 오소리 망토, 그리고 낡은 발싸개를 얹었다.

그녀는 허리끈에서 약자루를 풀어내 물이 스미지 않는 매끈한 수달 가죽을 손으로 문질렀다. 다리와 꼬리의 뼈가 단단하게 느껴졌다. 입구를 졸라매는 끈이 목구멍 주위에 꿰어져 있고, 목 뒤에 붙어 있는 납작한 머리가 덮개 역할을 했다. 약자루는 이자가 에일라를 위해 만들어준 것이었다. 씨족의 치료사가 될 딸에게 어머니가 물려주는 유산이었다.

에일라는 실로 오랜만에 이자가 자신을 위해 맨 처음 만들어준 약자루에 대해 생각했다. 그녀가 처음 죽음의 저주를 받았을 때 크렙이 태웠던 바로 그 약자루. 브룬은 저주를 내려야만 했다. 여자는 무기를 만지는 게 금지되어 있었지만 에일라는 수

년간 줄팔매를 사용해왔다. 하지만 그는 돌아올 기회를 주었다. 그녀가 살아 있기만 한다면.

어쩌면 브룬은 자신이 깨달은 것보다 더 큰, 기회 이상의 것을 내게 주었는지도 몰라. 에일라는 생각에 젖었다. 죽음의 저주가 어떤 식으로 사람을 죽고 싶게 만드는지 배우지 못했더라면 과연 지금껏 내가 살아 있을 수 있었을까. 두르크를 떠나야 했던 일을 빼면, 처음이 더 어려웠던 것 같아. 크렙이 내 모든 것을 다 태웠을 때, 난 정말로 죽고 싶었으니까.

그녀는 얼마 전까지도 크렙을 떠올리기가 힘들었다. 그를 잃은 슬픔은 날 것 그대로 남아 있었고, 고통 역시 너무도 생생했다. 그녀는 이자를 사랑했던 만큼 크렙을 많이 사랑했다. 그는 이자뿐 아니라 브룬의 피붙이이기도 했다. 팔 하나가 없는 노주술사는 사냥을 하지 못했지만 동굴곰족 가운데 가장 신성한 남자였다. 존경을 받으면서도 두려움의 대상인 목우르, 그의 외눈과 흉터 가득한 얼굴을 보면 가장 용감한 사냥꾼도 두려움을 느꼈지만 에일라는 그의 부드러운 면모를 알았다.

그는 에일라를 보살펴주는 보호자였다. 그는 한 번도 가져본 적 없는 짝의 아이처럼 에일라를 사랑해주었다. 이자의 죽음에 익숙해지기까지 3여 년이 걸렸다. 두르크와 헤어져서 깊은 슬픔을 느꼈지만 그 아이가 살아 있다는 것만은 분명했다. 하지만 크렙을 위해 슬퍼할 시간은 없었다. 그의 목숨을 앗아간 지진이 있은 후부터 그녀의 마음 깊은 곳에 웅어리져 있던 고통이 갑자기 솟구쳐 나왔다. 에일라는 그의 이름을 크게 외쳤다.

"크렙……. 오, 크렙……."

어쩌자고 동굴에 들어간 거예요? 어째서 죽어야만 했나요? 그녀는 수달 가죽 자루를 앞에 두고 목 놓아 울었다. 가슴 깊은 곳에서 쏟아지는 통곡이 목까지 치밀어 올랐다. 그녀는 애끓는 소리로 울부짖으며 괴로움과 슬픔, 절망에 몸부림쳤다. 하지만 그곳에는 그녀와 함께 울어주거나 그녀의 고통을 덜어줄 씨족 사람은 없었다. 그녀는 홀로 슬픔을 삭여야 했고, 그 외로움 때문에 더욱 사무치게 마음이 아팠다.

울음이 잦아들 무렵, 에일라는 녹초가 되었지만 응어리진 고통은 풀린 상태였다. 얼마 후 그녀는 강으로 가서 얼굴을 씻은 뒤 약자루를 바구니에 넣었다. 안에 든 내용물을 확인할 필요는 없었다. 그녀는 안에 무엇이 들었는지 훤히 알았다.

뒤지개를 낚아채 바구니 옆에 꽂는 순간, 슬픔 대신 분노가 차오르며 다시 한 번 결심을 다졌다. 브라우드는 나를 죽게 하지 못해!

그녀는 숨을 크게 들이마시고, 계속해서 짐을 쌌다. 불 피우는 도구와 오록스 뿔을 넣고, 두르개 주머니에서 부싯돌로 만든 도구들을 꺼내 넣었다. 또 다른 주머니에서 둥근 조약돌 하나를 꺼내 공중으로 던진 뒤 받았다. 적당한 크기의 돌이면 무엇이든 줄팔매에 메길 수 있었지만 매끄러운 둥근 돌이 표적을 맞추는 데 더 적당했다. 에일라는 얼마 안 되는 둥근 돌을 바구니에 넣었다.

그러고는 줄팔매에 손을 뻗었다. 사슴 가죽으로 만든 기다란 줄은 돌을 메기는 가운데 부분이 불룩했고, 점점 가늘어지는 끝부분은 오랜 사용으로 꼬여 있었다. 말할 것도 없이 잘 보관해야 하는 무기였다. 에일라는 물건을 넣을 수 있는 주머니가 생기도록 접어 입은 부드러운 샤모아 두르개 위에 두른 기다란 가죽끈을 풀었다. 그러자 두르개가 벗겨졌다. 목에 건 작은 가죽 주머니를 제외하면 아무것도 걸치지 않은 채였다. 그녀는 부적을 머리 위로 들어 올려 빼냈다. 두르개보다 오히려 부적이 없을 때 더 벌거벗은 느낌이 들었지만, 그 안에 든 작고 단단한 물건들을 생각하면 안심이 되었다.

이것들이 에일라가 생존하는 데 필요한 물건의 전부였다. 그에 더해 지식, 기술, 경험, 지능, 결단력, 그리고 용기가 필요했다.

그녀는 빠른 손놀림으로 부적과 도구들, 줄팔매를 두르개로 돌돌 말아서 바구니에 넣은 다음 그 위를 곰 가죽으로 감싼 뒤 긴 끈으로 묶었다. 그리고 다시 한 번 오록스 가죽 천막으로 싼 다음, 덩굴줄기로 통나무의 갈라진 곳에 단단히 동여맸다.

그녀는 강폭이 넓은 강과 저 멀리 반대편 기슭을 한동안 빤히 바라보더니 토템을 떠올리며 발로 불 위에 모래를 끼얹었다. 그러고는 소중한 물건들을 매단 통나무를 잔가지들이 얽힌 나무에서 빼내 물속으로 밀어 넣었다. 갈라진 나무 끝에 몸을 밀착한 채 에일라는 나뭇가지의 튀어나온 밑동을 움켜쥐고서 힘껏 통나무를 띄웠다.

얼음처럼 차가운 빙하가 녹은 물이 에일라의 몸을 감쌌다. 숨이 턱 막혀 숨을 쉬기 어려울 정도였지만 차디찬 수온에 단련이 되자 무감각해졌다. 거센 물살이 통나무를 바다로 휘몰아치려는 듯, 물결 사이로 통나무를 높게 들어 올렸지만 갈라진 나뭇가지 덕분에 뒤집어지지는 않았다. 에일라는 발을 세게 차면서 밀려오는 물살을 거슬러 반대편 기슭으로 방향을 틀었다.

하지만 에일라의 움직임은 고통스러울 정도로 느렸다. 강 반대쪽은 예상했던 것보다 더 멀었다. 가로로 건너는 것보다 아래로 떠내려가는 속도가 훨씬 빨랐다. 애초에 목표했던 지점을 지나 강물에 쓸려가고 있을 무렵, 에일라는 지쳐 있었다. 차가운 물에 체온마저 내려갔다. 그녀는 오한을 느꼈고 온몸의 근육도 아팠다. 천근만근 무거운 발을 끝없이 차야 할 것 같아 두려웠지만 에일라는 다시 한 번 힘을 냈다.

하지만 소용없었다. 에일라는 기진맥진한 채 가차 없는 물살에 몸을 맡겼다. 유리한 고지를 차지한 강은 통나무를 강 아래로 거칠게 휩쓸고 갔다. 에일라는 이제 물살이 흘러가는 대로 내버려 둔 채 온 힘을 다해 통나무에 매달렸다.

하지만 저 앞에서 강의 흐름이 바뀌었다. 남쪽으로 흐르던 물길이 강 쪽으로 튀어나온 곳을 돌며 급격하게 서쪽으로 꺾였다. 급류를 거스르며 에일라는 어느새 강폭의 4분의 3 이상을 건너와 있었다. 피곤에 정신을 놓기 직전이었지만 돌투성이 강변을 본 순간, 젖 먹던 힘까지 끌어내 마음을 다잡았다.

그녀는 힘껏 다리를 차며 강물에 휩쓸려 곶을 지나치기 전에 땅에 닿으려고 안간힘을 썼다. 눈은 감은 채 오로지 다리를 움직이는 데만 온 정신을 쏟았다. 갑자기 덜컥 소리가 나더니 통나무가 바닥을 긁다가 멈췄다.

에일라는 움직일 수 없었다. 물에 반쯤 잠긴 채 여전히 가지 밑동에 매달려 있었다. 사나운 물결이 휘몰아치며 날카로운 바위 사이에서 통나무가 빠져나왔지만 에일라는 두려웠다. 온 힘을 다해 무릎을 꿇고는 여기저기 긁힌 통나무를 앞으로 밀어 강변에 닿게 한 뒤, 그대로 물속에 주저앉았다.

하지만 오래 쉴 수는 없었다. 차가운 물에 온몸을 부들부들 떨면서 바위 곶 위로 기어올랐다. 에일라는 더듬더듬 덩굴 매듭을 풀어 간신히 짐을 강변에 내려놓았다. 떨리는 손가락으로 가죽끈을 푸는 것은 훨씬 힘들었다.

마침 정령들의 도움이 있었다. 끈의 헤진 부분이 저절로 끊어졌다. 기다란 가죽끈을 벗겨내고 바구니를 옆에 놓은 다음, 땅에 펼친 곰 가죽 위로 기어 올라가 몸을 감쌌다. 오한이 멈췄을 때, 그녀는 어느새 잠이 들었다.

위험천만했지만 무사히 강을 건넌 에일라는 약간 서쪽으로 치우친 북쪽으로 방향을 잡았다. 인간의 자취를 찾아 광활한 초원을 헤매는 동안 여름은 무르익었다. 짧은 봄을 환하게 물들이던 초목의 꽃들은 시들고, 풀이 허리 높이까지 자랐다.

에일라는 자주개자리와 토끼풀을 따서 먹었다. 땅에 퍼져 있는 덩굴을 따라가 찾은 뿌리 끝에는 전분이 든 달짝지근한 땅콩이 달려 있었다. 자운영은 뿌리도 먹을 수 있을뿐더러 콩깍지 속에는 동그란 푸른 열매가 나란히 들어 있었다. 그녀는 자운영과 비슷하게 생겼지만 독이 든 식물을 구별할 수 있었다. 원추리 꽃은 졌지만, 그 뿌리는 여전히 부드러웠다. 일찍 여문 몇몇 열매들이 진한 색으로 물들었고, 푸성귀로 먹을 명아주, 겨자잎, 쐐기풀의 새로 돋아난 잎들도 언제든 구할 수 있었다.

줄팔매로 사냥할 수 있는 짐승도 부족하지 않았다. 새앙토끼부터 땅다람쥐의 일종인 마멋, 큰 날쥐, 겨울의 하얀 털을 벗고 회갈색 털이 나기 시작한 다양한 종류의 토끼, 쥐를 잡아먹기도 하는 잡식성 비단털쥐에 이르기까지 초원에는 사냥거리가 풍부했다. 낮게 날아다니는 뇌조와 버들뇌조는 별미였다. 하지만 뇌조를 먹을 때마다 발에 깃털이 달린 그 통통한 새를 가장 좋아하던 크렙이 떠오르는 것은 어쩔 수 없었다.

먹을거리가 넘쳐나는 평원에는 몸집이 작은 짐승들만 있는 게 아니었다. 에일라는 순록, 붉은 사슴, 거대한 가지진 뿔이 있는 큰뿔사슴 같은 사슴 무리를 비롯해 초원의 말과 나귀, 그 둘을 닮은 오나거 떼를 보았다. 거대한 들소나 사이가산양 무리가 길을 가로지르기도 했다. 적갈색의 들소 무리도 보였다. 어깨의 융기까지 높이가 2미터쯤 되는 수소들과, 암소의 가득 찬 젖통을 빨고 있는 봄에 태어난 송아지들이 떼를 지어 있었다. 송아지 고기 맛이 떠오르자 군침이 돌았다. 하지만 줄팔매로 오록스를 사냥한다는 것은 어림도 없었다. 저 멀리로는 이동 중인 털매머드가 얼핏 보였다. 사향소 무리는 늑대들에게서 새끼를 지키기 위해 밀집대형을 이루고 싸울 태세를 하고 있었다. 에일라는 성질이 사나운 털코뿔소 가족을 조심스레 피해 가며 브라우드에게 딱 어울리는 토템이라고 생각했다.

계속해서 북쪽으로 이동하자 주변 지형이 달라지는 게 느껴졌다. 에일라는 눈으로 덮인 습한 초원의 북쪽 가장자리에 당도했다. 그 너머로는 광대한 북쪽 빙하의 빙벽이 죽 이어졌고, 빙하기 동안 빙하로 뒤덮인 땅 위에서만 형성되는 대단히 건조한 황토 초원이 펼쳐져 있었다.

대륙에 걸쳐 이어지는 거대한 빙하가 북반구를 뒤덮고 있었다. 지구 표면의 4분의 1정도가 어마어마한 얼음 덩어리 아래에 묻혀 있었다. 물이 얼음 속에 갇혀버리자 해수면이 낮아졌고, 그로 인해 해안선이 길게 물러나며 지형에도 변화가 생겼다. 대지 전역에 걸쳐 빙하의 영향을 받지 않는 곳이 없었다. 적도 주변에는 홍수가 나고 사막이 줄어들었다. 하지만 빙하 주변 지역만큼 영향을 많이 받는 곳도 없었다.

광대한 얼음 벌판이 공기를 차갑게 해 대기 중의 수분이 응결되면서 눈으로 내렸다. 얼음 벌판의 중앙에 가까울수록 고기압 세력은 안정적으로 자리를 잡아 극도로 춥고 건조한 대기층을 형성하면서 빙하 주변 지역으로 눈을 내렸다. 그리하여 거대한 빙하는 가장자리에서 더욱 크기를 키워갔다. 빙하는 어디에서나 높낮이가 비슷했는데, 그 두께는 1,600미터가 넘었다.

얼음 위로 내린 눈이 빙하를 더욱 키우면서 빙하 남쪽의 땅은 건조해지고 꽁꽁 얼어붙었다. 얼음 벌판 중심부의 안정적인 고기압으로 인해 차갑고 메마른 공기는 기압이 낮은 쪽으로 휩쓸리듯 이동했다. 그러다 보니 강도의 차이만 있을 뿐 북쪽에서 시작된 바람이 끝없이 초원으로 불어닥쳤다. 그 바람으로 인해 빙하 언저리의 바위들이 잘게 부스러지며 미세한 가루가 되어 날렸다. 대기를 타고 날아온 흙은 점토보다는 입자가 조금 더 굵은 황토였다. 황토는 수백 킬로미터에 걸쳐 엄청난 높이로 쌓이며 땅의 일부로 자리 잡았다.

겨울이면 꽁꽁 얼어붙은 황량한 대지 위로 얼마 되지 않은 눈이 우짖는 바람에 휘날리듯이 내렸다. 지구는 기울어진 축을 중심으로 돌고 있어서 계절은 변했다. 하지만 연평균 기온이 몇 도 낮아져 빙하가 형성되고, 뜨거운 여름날이 며칠 동안 지속된다고 해도, 평균 기온이 변하지 않는 한 별다른 영향은 미치지 못했다.

봄이 오면 땅에 쌓인 눈이 녹았다. 빙하 윗부분이 녹은 물이 땅속으로 스며들거나 초원을 가로질러 흘렀다. 눈과 얼음이 녹은 물은 뿌리가 얕은 풀과 목초가 싹을 틔울 정도로 영구동토의 흙을 부드럽게 해주었다. 식물은 자신의 생이 짧다는 것을 안다는 듯 빠르게 자랐다. 여름이 깊어지면 선 채로 마른 식물들이 건초가 되어 대지를 뒤덮으며 초원을 이루었고, 바다와 가까운 지역에는 드문드문 수림대와 동토대가 형성되었다.

잔설이 남아 있는 빙하 주변 지역의 마른 풀들은 추운 기후에 적응해서 풀과 씨앗을 먹고 살아가는 수백만 마리의 초식동물에게 사시사철 먹이가 되었다. 또한 사냥감이 있으면 어떤 기후에서도 적응을 하는 포식 동물들도 많았다. 2천 미터 가량 높이 치솟은, 푸른빛이 감도는 반짝이는 하얀 빙벽 아래에서도 매머드는 풀을 뜯을 수 있었다.

빙하가 녹아서 시작된 봄철의 개울과 강은 황토 초원을 가르며 흘러갔고, 때로는 땅속 깊이 퇴적암을 지나 수정화강암까지 흘러 들어가기도 했다. 비탈진 계곡이나 강 주변의 협곡도 드물지 않게 형성되었다. 강에서 수분을 공급받고 협곡이 바람을 막아준 덕분에 극도로 건조한 황토 초원에도 푸른 계곡이 형성될 수 있었다.

하루하루 지날수록 날은 더워졌고, 에일라는 계속된 이동에 지쳐갔다. 단조로운 초원의 풍경과 뜨겁게 내리쬐는 태양, 그칠 줄 모르는 바람에 신물이 났다. 피부는 거칠어지다가 갈라지더니 급기야 벗겨지기까지 했다. 입술은 다 텄고, 눈은 시큰거렸다. 목은 모래로 늘 꺼끌꺼끌했다. 간혹 초원보다는 더 푸르고 나무가 우거진, 강이 흐르는 계곡을 지나치기도 했지만 머물고 싶은 마음은 들지 않았다. 사람의 흔적이라고는 전혀 찾아볼 수 없는 곳들이었다.

하늘은 대체로 맑았지만 사람의 그림자도 찾을 수 없자 마음 속에는 두려움과 걱정이 드리워졌다. 땅에는 늘 겨울의 그림자가 도사리고 있었다. 가장 뜨거운 여름날에도 빙하기의 매서운 추위가 뇌리에서 떠나지 않았다. 길고 혹독한 겨울을 나기 위해서는 식량을 비축하고 피난처를 찾아야 했다. 에일라는 초봄부터 계속 길 위에서 헤매고 있었고, 언제까지 초원을 떠돌아다녀야 하는지 걱정이 되기 시작했다. 최악의 경우, 죽음이 그녀를 기다릴지도 몰랐다.

에일라는 며칠째 강이 없는 곳에서 야영을 했다. 사냥에 성공했지만 불씨가 꺼져 있었고 땔감을 구하기는 더욱 어려워졌다. 불을 피우느라 고생하느니 날고기를 몇 점 먹었지만 식욕이 없었다. 그녀는 사냥한 마멋을 한쪽에 버려두었다. 사냥감도 점차 줄어드는 것 같았지만, 어쩌면 그녀가 주의 깊게 살피지 않아서 그런 생각이 드는지도 몰랐다. 푸성귀를 채집하는 것 또한 더욱 어려워졌다. 땅에는 오래된 덤불들이 빽빽하게 엉켜 있었고, 언제나 바람이 심하게 불었다.

에일라는 악몽에 시달리며 잠을 제대로 자지 못해 불안한 기분으로 깨어났다. 먹을 것도 없었다. 버린 마멋도 사라지고 없었다. 그녀는 오래된 물을 마시고는 짐을 꾸려 다시 북쪽으로 길을 나섰다.

정오 무렵에 물이 거의 마른 개울 바닥을 발견했다. 물에서 약간 역겨운 냄새가 났지만 물 부대에 물을 채워 넣었다. 부들개지 뿌리도 캤다. 걸으면서 질기고 밋밋한 뿌리를 씹었다. 하염없이 걷는 것에도 신물이 났지만 달리 할 일이 없었다. 맥이 완전히 빠진 에일라는 자신이 어디로 가는지 주의를 기울이지 않은 채 계속해서 걸었다. 햇볕을 쬐던 동굴사자 무리 중 한 마리가 경고의 신호로 울부짖을 때까지 그녀는 아무런 눈치도 채지 못했다.

공포가 온몸을 휘감은 뒤에야 에일라는 정신이 들었다. 그녀는 동굴사자의 영역을 피하기 위해 뒤돌아 서쪽으로 방향을 틀었다. 북쪽으로는 충분히 이동한 뒤였다. 그녀를 보호하는 것은 동굴사자의 정령이지 엄청난 몸집을 한 실제 동굴사자가 아니었다. 동굴사자가 그녀의 토템이라고 해서 동굴사자의 공격으로부터 안전한 것은 아니었다.

사실 동굴사자가 에일라의 토템이라는 것을 크렙이 알게 된 것도 바로 그 때문이었다. 에일라의 왼쪽 허벅지에는 네 개의 흉터가 나란히 남아 있었다. 그녀가 다섯 살에 동굴사자를 피해 도망간 아주 작은 굴속으로 발톱이 들어와 헤집는 악몽은 툭하면 에일라를 찾아왔다. 전날 밤에도 그 발톱 꿈을 꾸었어. 에일라는 생각했다. 크렙은 에일라가 동굴사자의 선택을 받을 만 한지 시험을 거친 것이며, 그럴 가치가 있음을 표시하기 위해 동굴사자가 흉터를 남겼다고 그녀에게 말했었다. 그녀는 무심코 손을 뻗어 다리 위 흙터를 쓰다듬었다. 어째서 동굴사자가 나를 선택했던 것일까.

서쪽 하늘에 낮게 걸린 태양 빛에 눈이 부셨다. 에일라는 야영지를 찾아 긴 비탈길을 올랐다. 또 물이 없는 곳에서 야영을 해야겠구나. 에일라는 생각했다. 물 부대를 채워놓아 다행이었다. 하지만 어서 물을 구할 곳을 찾아야 했다. 허기지고 피곤한 에일라는 동굴사자에게 그토록 가까이 갔던 자신에게 화가 났다.

그게 징조였을까? 이제는 그저 시간문제일 뿐일까? 어째서 죽음의 저주를 피할 수 있을 거라 생각했던 것일까?

지평선을 물들인 강한 햇빛에 눈이 부셔서 그녀는 갑자기 끊기듯이 고원이 끝나는 가장자리 지점을 못 보고 지나칠 뻔했다. 그녀는 손으로 햇빛을 가리며 골짜기 아래를 내려다보았다. 저 아래로 햇빛에 반짝이는 작은 강이 흐르고 있었다. 강기슭에는 나무와 덤불이 자라고 있었다. 암석으로 된 협곡의 절벽 아래로 시원하고 푸른 계곡이 펼쳐져 있었다. 계곡의 반쯤 내려왔을 때 들판 한가운데에는 평화롭게 풀을 뜯는 말들이 작은 무리를 이룬 채 오후의 마지막 긴 햇살을 받고 있었다.

2

"존달라, 어째서 나와 함께 떠나겠다고 마음을 먹은 거야?"

갈색 머리 청년이 여러 장의 가죽을 이어 만든 천막을 걷으며 물었다.

"마로나에게는 내게 길 안내도 할 겸 달라나에게 다녀오겠다고 했다며. 정착하기 전에 짧게 여행이나 다녀오겠다고. 란자도니족과 함께 여름 모임에 참석해 마로나와 짝을 지을 생각이었잖아. 마로나가 알면 엄청 화내겠어. 나라면 절대 마로나 같은 여자를 화나게 하지 않을 거야. 그런데 진짜 마로나에게서 도망치려는 게 아니었어?"

소놀란의 말투는 가벼웠지만 눈빛에는 자못 진지함이 어려 있었다.

"아우야, 우리 가족 중에 여행을 떠나고 싶은 이가 어째서 너 하나뿐이라고 생각하는 거냐? 그리고 내가 널 혼자 보낼 거라고 생각한 거야? 고향에 돌아와 기나긴 여행에 대해 떠벌리도록 내버려 둘 거라고? 네 이야기가 사실인지 확인시켜줄 누군가가 붙어야 하지 않겠어? 널 곤경에 빠지지 않게 도와줄 사람도 필요하고."

키가 큰 금발의 남자가 대답하며 몸을 굽혀 천막 안으로 들어갔다.

내부는 앉거나 무릎을 꿇을 수 있을 정도로 높았지만 똑바로 서기는 힘들었다. 하지만 두 사람의 침낭과 여러 도구가 다 들어갈 정도로 넓었다. 한가운데 나란히 세워 놓은 세 개의 기둥이 천막을 받치고 있는 구조로, 중앙에 키가 큰 기둥 옆에는 구멍이 뚫려 있었다. 비가 올 때는 닫을 수 있는 덮개가 있었고, 혹시라도 천막에서 불을 피우고 싶으면 연기가 빠져나가도록 덮개를 열어두면 되었다. 존달라는 기둥 세 개를 빼내 들고서 천막에서 기어 나왔다.

"날 곤경에 빠지지 않게 한다고!"

소놀란이 대꾸했다.

"형 뒤에서 경계를 보느라 내 뒤통수에 눈을 달아야 할 지경인데! 모임에 도착한 마로나가 형이 달라나와 란자도니족과 함께 오지 않았다는 걸 알게 될 때까지 두고 보자고. 마로나가 도니로 변신해 우리가 막 건너온 빙하를 날아와 형을 잡아가려고 할지도 모르지."

그들은 함께 천막을 접기 시작했다.

"마로나는 오래전부터 형을 점찍어놓았잖아. 그런데 이제 형이 자기 사람이 되겠다 싶었을 때 여행을 떠나겠다고 나섰으니. 형은 그냥 여자에게 매이는 게 싫었던 거야. 젤란도니가 형을 한 여자와 짝지어주는 게 마음에 내키지 않았던 거라고. 내 생각에 형은 짝을 맺는 걸 두려워해."

그들은 배낭처럼 생긴 등에 짊어지는 운반 기구 옆에 천막을 놓아두었다.

"형 또래 남자들은 다 자기 불터에 어린애 한둘쯤은 두고 있다고."

소놀란은 형이 장난스럽게 날리는 주먹을 피하며 덧붙였다. 그의 회색 눈에 웃음기가 어렸다.

"내 또래 남자들! 난 너보다 겨우 세 살 많아."

존달라가 화가 난 척 말하더니 호탕하게 웃어젖혔다. 그렇게 거리낌 없이 웃은 적이 별로 없는 남자라 소놀란은 놀랐다.

형제는 낮과 밤처럼 달랐다. 짧은 갈색 머리의 사내가 조금 더 유쾌한 편이었다. 소놀란의 친화적인 천성, 전염성 강한 미소, 잘 웃는 성격은 어디를 가나 쉽게 환영받았다. 존달라는 진중한 편이었다. 뭔가에 집중하거나 골똘히 생각하느라 미간을 찡그릴 때가 많았다. 잘 웃긴 해도 큰 소리로 웃는 법이 드물었다. 크게 웃다가 갑자기 뚝 그칠 때도 있었다.

"우리가 돌아갈 무렵이면, 마로나에게 내 불터에 데리고 올 어린애 하나가 딸려 있을지도 모르지."

존달라는 땅에 깔린 가죽을 말며 말했다. 기둥 하나로 작은 천막을 만들 만한 가죽이었다.

"손에 잡히지 않는 형이 자기에게 어울리는 유일한 남자는 아니라고 생각할지도 모르잖아? 마로나는 남자를 기쁘게 하는 법을 잘 알아. 그녀가 원할 때면 말이야. 하지만 그 여자의 성격으로 말할 것 같으면……. 존달라, 지금까지 그 여자를 다룰 수 있었던 남자는 형이 유일해. 물론 그 성질을 알고도 좋다는 남자들이야 많겠지만."

그들은 땅에 깔린 가죽을 사이에 두고 마주 보고 있었다.

"왜 마로나와 짝을 맺지 않으려는 거야? 오랫동안 모두들 기대하고 있는데."

소놀란의 질문은 진지했다. 존달라의 파란 눈에 곤란한 빛이 서렸다. 그는 미간을 찡그렸다.

"어쩌면 모두가 기대해서 그런지도. 나도 모르겠어, 소놀란. 솔직히 말해 나도 마로나와 짝을 맺을 거라고 생각했어. 내가 달리 누구랑 짝을 맺겠어?"

"누구랑? 아, 존달라, 형이 원하면 어떤 여자든. 모든 동굴을 통틀어 젤란도니족의 존달라와 짝 맺을 기회를 잡지 않을 처녀가 어디 있겠어. 아홉 번째 동굴의 족장 조하란의 동생이지, 늠름하고 용감한 모험가인 소놀란의 형인 것은 말할 것도 없고."

"젤란도니족 아홉 번째 동굴의 전 족장 마르소나의 아들이자 마르소나의 아름다운 딸 폴라라의 오빠인 것은 잊었구나. 폴

라라가 여인이 되면 아름다워지겠지."

존달라가 미소 지었다.

"내 가족들을 언급할 거면, 도니 여신의 축복을 받아 저세상에 가 있는 분들도 잊지 말아줘."

"누가 잊을 수 있겠어?"

소놀란은 침낭을 정리하며 물었다. 침낭은 각자 키에 맞춰 자른 모피 두 장의 양옆과 아랫부분을 꿰맨 것으로, 트인 윗부분은 끈으로 조여 묶게 되어 있었다.

"우리가 무슨 이야기를 하고 있었더라? 아, 조플라야가 형의 짝이 될 거라고 생각하기도 했었지."

둘은 위로 갈수록 바깥으로 휘어진 빳빳한 상자처럼 생긴 배낭에 짐을 싸기 시작했다. 배낭은 나무 널빤지에 빳빳한 생가죽을 붙여 만든 것으로, 상아를 깎아 다듬은 단추가 일렬로 달린 어깨끈이 있어 길이 조절이 가능했다. 단추는 가운데 난 구멍에 끈 두 개를 꿰어 앞에서 매듭을 지은 다음, 다음 구멍에 꿰는 식으로 달려 있었다.

"알다시피 우린 짝을 맺을 수 없어. 조플라야와 나는 사촌간이니까. 그 애를 마음에 두지 않는 게 좋아. 사람을 가만 안 두는 여자야. 석공 기술을 배우러 달라나에게 함께 갔을 때 서로 좋은 친구이긴 했어. 달라나가 우리 둘을 함께 가르쳤지. 조플라야의 석공 기술은 최고야. 하지만 내가 그렇게 인정했다는 것을 그 애가 알면 안 돼. 두고두고 들먹일 테니까. 우린 항상 서로 더 잘하려고 애를 썼지."

존달라는 달라나와 그가 처음으로 꾸린 동굴을 생각하며 도구 만드는 장비와 부싯돌 몇 개가 담긴 묵직한 주머니를 들어 올렸다. 란자도니족은 늘고 있었다. 존달라가 떠난 이후로도 더 많은 사람들이 그 동굴에 왔고, 가족들이 불어났다. 곧 란자도니족에도 두 번째 동굴이 생기겠어. 그는 생각했다. 주머니를 배낭에 넣고 조리 도구와 식량, 그 밖의 장비도 챙겨 넣었다. 그 위에는 침낭과 천막을 얹었고, 천막을 받쳤던 기둥 중 두 개를 배낭 왼편 꽂이에 꽂았다. 소놀란은 땅에 깔았던 덮개와 기둥 하나를 배낭에 담았다. 배낭 오른편에 달린 특별한 꽂이에 창 여러 개를 넣어두었다.

소놀란은 물 부대에 눈을 가득 담았다. 부대는 털가죽을 덧댄 동물의 위장으로 만들었다. 막 건너온 빙하로 덮인 산악지대처럼 매우 추운 곳을 지날 때는 물 부대를 피부에 닿게 털가죽 웃옷 안쪽에 넣고 다니면서 체온으로 눈을 녹였다. 빙하로 덮인 산에는 불을 지필 땔감이 전혀 없었다. 이제 빙하지대가 끝났지만 흐르는 물이 있기에는 아직 고도가 높은 편이었다.

"있잖아, 존달라."

소놀란이 고개를 들어 말했다.

"조플라야와 난 사촌 간이 아니라서 다행이야. 그 여자와 짝을 지어주면 기꺼이 내 여행을 포기했을 것 같아. 그렇게 아름답다고 말하지 않았잖아. 조플라야 같은 여자는 본 적이 없어. 어떤 남자라도 눈을 뗄 수 없을걸. 어머니가 윌로마와 짝을 맺은 후에 내가 태어나서 다행이야. 달라나의 짝이었을 때가 아니라. 적어도 내게 기회는 있는 거니까."

"아름답기는 하지. 조플라야를 못 본 지도 3년이 되었군. 지금쯤이면 짝을 지었을지도 모르지. 이번 여름에 달라나가 란자도니족을 이끌고 젤란도니족의 모임에 온다니 잘 되었어. 같은 동굴에서만 찾으면 선택의 폭이 넓지 않으니까. 조플라야에게도 다른 남자를 만날 기회가 될 테고."

"그렇지, 마로나에게도 경쟁 상대가 생기고. 둘이 만나는 순간을 놓치다니 참으로 아쉬워. 마로나는 자기 무리에서 미녀로 군림하는 것에 익숙해져 있는데. 조플라야를 미워하게 될걸. 게다가 형까지 나타나지 않을 테니, 마로나는 이번 여름 모임을 즐기지 못하겠어."

"네 말이 맞아, 소놀란. 상처받고 화도 나겠지. 마로나를 탓할 수 없을 거야. 한 성격 하지만 좋은 여자야. 자신에게 꼭 어울리는 좋은 남자만 있으면 되는데. 마로나는 남자를 기쁘게 하는 법을 잘 알지. 함께 있을 때면 나도 그녀와 짝을 맺어야겠다는 생각을 하곤 했는데, 곁에 없을 때는……. 모르겠다, 소놀란."

존달라는 미간을 찡그리며 물 부대를 안쪽에 멘 후, 겉옷 위에 두른 허리끈을 잡아당겼다.

"그런데 형이 없는 사이에 마로나가 다른 남자랑 짝을 지으면 어떨 것 같아? 그럴 수도 있잖아."

소놀란이 다시 진지하게 물었다.

존달라는 생각에 잠긴 채 허리띠를 묶었다.

"상처받겠지. 아니면 자존심에 금이 가거나. 나도 어떨지 잘 모르겠다. 하지만 마로나를 탓할 수야 없겠지. 나보다 더 좋은 남자를 만날 수 있는 여자라 생각해. 마지막 순간에 여자를 남겨두고 여행을 떠나지는 않는 남자 말이야. 마로나가 행복하면, 나도 잘됐다고 생각할 거야."

"나도 그럴 거라 생각했어."

소놀란은 그렇게 말하더니 활짝 웃어 보였다.

"도니가 형을 따라올지 몰라. 따돌리려면 어서 출발해야겠어."

소놀란은 짐을 다 꾸린 뒤에 털가죽 웃옷을 머리 위로 넣고 팔 하나를 빼서 어깨에 물 부대를 멘 다음 그 위에 다시 두터운 웃옷을 걸쳤다.

웃옷은 단순한 모양으로 잘라 만든 것이었다. 직사각형으로 자른 가죽 두 장을 앞뒤로 대어 어깨 부분과 옆쪽을 꿰맨 뒤, 더 작은 직사각형 가죽을 통 모양이 되도록 접어 꿰맨 것을 소매처럼 붙여놓았다. 모자도 달려 있었는데, 얼굴과 닿는 가장자리에는 입김에도 성에가 끼지 않는 오소리 모피가 덧대어져 있었다. 겉옷에는 뼈와 상아, 조개껍데기, 짐승의 이빨과 끝이 까만 하얀색 어민 털로 화려하게 장식해놓았다. 머리 위부터 입으면 허벅지 중간까지 헐렁하게 내려오는데, 허리 부분은 끈으로 단단히 매었다.

웃옷 안에는 비슷한 형태로 만든 부드러운 사슴 가죽 상의를 입었다. 앞섶에 털가죽을 댄 바지는 허리춤에 달린 끈으로 묶는 형태였다. 털을 댄 엄지장갑에는 겉옷 고리와 연결된 긴 끈이 달려 있어 땅에 떨어뜨리거나 잃어버리는 일 없이 빨리 벗을 수 있었다. 그들이 신은 목이 긴 신발은 밑창이 두꺼웠다. 발을 감싼 가죽은 발목 위까지 올라왔는데, 다리에 딱 맞게 감싸 위를 접어 끈으로 여러 번 둘러 묶은 부드러운 가죽과 연결되어 있었다. 신발 안쪽에는 무플론 털을 젖은 상태에서 두들기고 뭉쳐서 만든 펠트 천이 헐렁하게 대어져 있었다. 비나 눈이 올 때는 물이 스미지 않는 짐승 내장으로 만든 싸개를 신발 위에 덧신었지만 워낙 얇아 빨리 닳는 편이라 필요할 때만 사용했다.

"소놀란, 정말 어디까지 가볼 셈인 거야? 위대한 어머니 강 끝까지 가겠다는 게 진심은 아니겠지?"

존달라는 짧고 단단한 손잡이가 달린 도끼를 허리띠 고리에 꽂으며 물었다. 그 옆에는 뼈로 된 손잡이가 달린 돌칼이 꽂혀 있었다.

소놀란은 설피를 신다 말고 일어났다.

"존달라, 진심이야."

평소의 농담기가 가신 얼굴로 소놀란이 답했다.

"내년 여름 모임에도 못 갈 수 있어!"

"다시 생각해보라고? 형이 꼭 같이 갈 필요는 없어. 진심이야.

형이 돌아간다 해도 화내지 않을게. 형은 급하게 내린 결정이었으니까. 나만큼 잘 알겠지만 우린 다시 동굴로 돌아가지 못할 수도 있어. 빙하를 다시 건너 돌아가려면 지금 가는 게 좋을 거야. 더 지체했다가는 내년 겨울까지 기다려야 할지도 몰라."

"급하게 내린 결정이 아니었어, 소놀란. 여행은 오래전부터 생각해왔어. 그리고 지금이 적기고."

존달라는 단호하게 말했지만 소놀란은 그의 목소리에서 뭔가 씁쓸함을 느꼈다. 존달라는 별것 아니라는 듯 가벼운 말투로 말을 이었다.

"여행을 별로 못 해봤잖아. 지금이 아니면 결코 떠나지 못할 거야. 아우야, 난 이미 결정했어. 넌 나랑 끝까지 가는 거다."

하늘은 맑았다. 그들 앞에 펼쳐진 인적 없는 새하얀 눈밭에 반사된 햇빛에 눈이 부셨다. 봄이었지만 그들이 서 있는 고도에서는 봄기운이 전혀 느껴지지 않았다. 존달라는 허리띠에 매달린 주머니에 손을 뻗더니 눈 안경을 꺼냈다. 나무로 만든 안경은 가로로 가늘게 틈을 낸 것을 제외하면 완전히 눈 주변을 덮는 형태로, 머리에 씌우는 끈이 달려 있었다. 그는 발을 이리저리 돌리며 발가락과 발목을 끈으로 여러 번 동여매 매듭을 지어 설피를 신은 뒤 배낭을 들었다.

소놀란은 설피를 직접 만들었다. 그는 창 만드는 기술도 뛰어났는데, 항상 자신이 아끼는 창을 곧게 펴는 도구를 가지고 다녔다. 사슴뿔의 가지를 다 자르고 끝에 구멍을 뚫어 만든 도구에는 동물과 봄의 초목들이 정교하게 새겨져 있었다. 위대한 대지의 어머니를 기리며 그 도구로 만든 창에 동물의 정기가 이끌리도록 어머니 여신에게 청을 하는 의미도 있었지만, 소놀란은 조각 자체를 즐기기도 했다. 사냥을 하다 보면 불가피하게 창을 잃어버리기도 해서 새로운 창을 만들어야 할 때가 있었다. 손잡이가 따로 없는 창의 끝부분을 구멍에 넣어 지레의 힘을 이용하면, 휘어진 부분이 곧게 펴졌다. 소놀란은 뜨겁게 달군 돌이나 연기로 열을 가한 목재에 압력을 주면서 창대를 곧게 펴거나 설피를 만들기 위해 나무를 구부리는 법을 알았다. 같은 기술을 활용해 다양한 물건을 만들 수 있었다.

존달라는 소놀란이 떠날 채비가 되었는지 확인하기 위해 뒤돌아보았다. 고개를 끄덕인 둘은 저 아래 수목한계선을 향해 완만한 비탈을 내려가기 시작했다. 숲이 시작되는 저지대 너머 오른편으로는 눈으로 뒤덮인 산악지대가 펼쳐져 있었고, 저 멀리로는 광활한 산맥과 이어지는 최북단 능선의 뾰족한 얼음 봉우리가 보였다. 남동쪽으로는 다른 봉우리들보다 더 높이 우뚝 솟은 봉우리가 빛나고 있었다.

그 봉우리들에 비하면 그들이 지나온 고지대는 언덕에 불과했다. 남쪽의 치솟은 봉우리보다 훨씬 오래전에 생겨 풍화된 산의 일부로, 단층운동에 의해 높아진 지괴였던 것이다. 하지만 꼭대기뿐 아니라 산의 중간 지점까지 얼음으로 뒤덮인 거대한 빙하지대의 험한 지세와 이어져 있을 만큼 높고 가까워 상대적으로 평평한 꼭대기에는 사시사철 얼음이 덮여 있었다. 먼 훗날, 대륙의 빙하가 극지방으로 물러나면 고지대도 울창한 숲으로 빽빽해질 터였다. 그러나 지금 그곳은 빙하 고원의 일부로, 북쪽으로 거대하게 영역을 넓혀가는 대륙 빙하의 축소판이었다.

나무가 자라는 지점에 도착한 두 형제는 눈을 보호해주지만 시야를 가리는 눈 안경을 벗었다. 비탈에서 조금 더 내려간 곳에 작은 개울이 있었다. 빙하가 녹은 물이 바위틈으로 들어가 지하를 흐르면서 침전물이 깨끗하게 걸러진 채 다시 지상으로 솟아나와 작은 내를 이루고 있었다. 개울은 빙하가 녹아 시작된 다른 수많은 시내처럼 눈 쌓인 둑 사이를 졸졸 흘러갔다.

"어떻게 생각해?"

소놀란이 개울을 가리키며 물었다.

"달라나가 말했던 곳 같은데."

"저 개울이 도나우의 시작 지점이라면, 곧 알게 될 거야. 세 줄기의 작은 물이 하나로 만나면서 동쪽으로 흐르는 물길에 닿으면, 그 강이 위대한 어머니 강이라고 말했지. 이런 시내를 아무거나 따라가도 결국 도나우에 닿을 것 같아."

"그러면 개울의 왼편으로 가보자. 나중에는 건너기 힘들 수도 있어."

"맞아. 하지만 로사두나이족은 개울의 오른편에 살잖아. 그들의 동굴 중 하나에 들를 수도 있고. 개울 왼편으로는 납작머리 소굴이 있을지도 몰라."

"존달라, 로사두나이족 동굴에는 들르지 않는 게 좋겠어."

소놀란은 진심이 담긴 미소를 띠며 말했다.

"그쪽이야 우리가 머물길 원하겠지만 이미 란자도니족 동굴에서 너무 지체했어. 조금만 늦게 출발했어도 빙하를 건너지 못할 뻔했잖아. 빙하를 둘러 가거나 납작머리들이 사는 북쪽으로 길을 틀어야 했을지도 몰라. 계속 이동하면 좋겠어. 이렇게 남쪽까지는 납작머리들이 많지 않을 거야. 그리고 있다고 한들 뭐 어때? 납작머리 몇 명쯤이 두려운 건 아니겠지? 납작머리를 잡는 것은 곰 한 마리와 맞붙는 것과 비슷하다고들 말하잖아."

"글쎄, 난 곰하고 맞붙고 싶은 마음이 없는데. 내가 듣기론 납작머리들도 영리하다더라. 인간이랑 거의 비슷하다고 말하는 이들도 있어."

"영리할지도 모르지. 하지만 말을 못 하잖아. 짐승에 불과해."

"내가 걱정하는 것은 납작머리가 아니야, 소놀란. 로사두나이족은 이곳에 대해 잘 아니까 길을 알려줄 거야. 오래 머물 필요도 없어. 우리가 어디에 있는지 알아낼 정도로만 있다가 가자. 길잡이가 될 만한 것들을 알려줄 거야. 그리고 대화를 나눌 수 있을지도 몰라. 몇몇은 젤란도니 말을 할 수 있다고 달라나가 말했어. 그러니까 이번에 동굴에 들르면, 여행이 끝나 돌아올 때까지 다른 동굴들은 그냥 지나치는 데 동의할게."

"그래. 형이 정 원한다면."

가장자리가 얼음으로 뒤덮인 개울은 어느새 뛰어서 건너기에는 폭이 넓어져 있었다. 둘은 건널 만한 지점을 찾아보았다. 그때 개울을 가로지르며 쓰러져 다리를 만들어놓은 나무 하나가 눈에 들어왔다. 존달라가 앞장서서 손으로 잡을 만한 곳을 짚으며 물 밖으로 드러난 뿌리에 발을 내디뎠다. 소놀란은 뒤에서 기다리며 주위를 살피다가 갑자기 외쳤다.

"존달라! 조심해!"

돌 하나가 키가 큰 사내의 머리 옆을 쌩 하고 스쳤다. 존달라는 소놀란의 말에 땅바닥으로 주저앉으며 창에 손을 뻗었다. 소놀란은 이미 창을 쥔 채 돌이 날아온 방향을 향해 몸을 낮게 웅크리고 있었다. 그는 이파리 없이 가지들만 얽힌 덤불 뒤에서 움직임을 포착하고는 창을 던졌다. 그가 다른 창에 손을 뻗었을 때, 가까운 덤불에서 여섯 명이 나타났다. 둘은 포위됐다.

"납작머리!"

소놀란이 외치더니 뒤로 물러나며 창을 조준했다.

"잠깐, 소놀란! 우리보다 많아."

존달라가 소리쳤다.

"저 큰 녀석이 우두머리인 것 같아. 저놈을 잡으면 나머지는 도망갈 거야."

소놀란은 다시 창을 겨누었다.

"안 돼! 우리가 다른 창을 빼들기도 전에 저들이 덤벼들지 몰라. 지금은 기다리는 게 좋겠어. 저들도 가만히 있으니."

존달라는 창을 든 채로 천천히 일어났다.

"움직이지 마, 소놀란. 저들이 먼저 어떻게 하나 보자. 그래도 큰 녀석한테서 눈을 떼지 마. 네가 창을 겨누고 있다는 걸 녀석도 알 거야."

존달라는 큰 납작머리를 자세히 살펴보았다. 당황스럽게도 맞받아 쏘아보는 커다란 갈색 눈이 자신을 뜯어보는 것 같은 느낌이 들었다. 그는 이토록 가까운 거리에서 납작머리를 본 적이 없었다. 존달라는 무엇보다 선입관과 다른 그들의 모습에 놀랐다. 몸집이 큰 납작머리의 눈은 숱이 많은 눈썹으로 인해 더 도드라져 보이는 돌출된 눈썹뼈 아래에서 짙게 그늘져 보였다. 코는 컸지만 부리처럼 좁았고, 그 때문에 눈은 움푹 들어가 보였다. 끝이 말린 덥수룩한 수염이 얼굴을 뒤덮고 있었다. 이제 막 수염이 나기 시작한 어린 녀석의 얼굴을 보니 입 부분은 튀어나왔지만 턱 끝은 나오지 않았다. 수염 색과 같은 갈색 머리는 숱이 많았고, 특히 등 위쪽으로도 털이 많이 나 있었다.

몸에 털이 많다는 것은, 저들이 입은 모피 두르개가 추운 날씨에도 불구하고 어깨와 팔은 다 드러낸 채 몸통만 감싸고 있기 때문에 알 수 있었다. 하지만 저들이 옷가지를 걸쳤다는 사실 그 자체가 단출한 차림새보다 더 놀라웠다. 지금껏 옷을 걸치거나 무기를 든 짐승을 본 적은 없었다. 하지만 저들은 각각 손에 나무로 만든 긴 창을 들고 있었다. 날카로운 창끝은 충분히 위험해 보였지만 멀리서 던지는 게 아니라 가까이서 찌르는 용인게 분명했다. 그중 몇몇은 뼈로 만든 묵직한 곤봉을 들고 있었다. 커다란 초식동물의 앞다리로 만든 듯했다.

입 모양도 동물과는 달라. 존달라는 생각했다. 입 부분이 앞으로 더 튀어나왔을 뿐이고, 코도 크군. 정말로 다른 건 머리 모양이야.

이마는 존달라나 소놀란의 이마처럼 높지 않았고, 두툼한 눈썹뼈 위에서부터 뒤로 경사진 뒤통수는 펑퍼짐했다. 존달라는 그들의 머리 위를 훤히 들여다볼 수 있었는데, 마치 위에서 눌러 뒤로 밀어낸 것 같은 모습이었다. 존달라는 바로 서면 190센티미터가 훌쩍 넘어서 가장 큰 납작머리보다 30센티미터는 더 컸다. 키가 180센티미터 정도인 소놀란조차 저들의 우두머리로 보이는 자 옆에 서면 거인으로 보일 정도였다. 하지만 유독 키 차이만 클 뿐이었다.

존달라와 소놀란은 둘 다 건장한 체격이었지만, 다부진 근육으로 이루어진 납작머리의 몸에 비하면 호리호리했다. 그들의 가슴은 딱 벌어져 단단해 보였다. 근육질의 두툼한 팔과 다리는 바깥으로 휘어졌지만 직립보행했고, 그들처럼 편안하게 똑바로 서 있었다. 지금껏 봐왔던 인간의 모습과는 사뭇 달랐지만, 보면 볼수록 인간에 가까웠다.

꽤 긴 시간 동안 긴장감이 팽팽하게 흘렀지만, 누구도 움직이지 않았다. 소놀란은 언제든 창을 던질 준비를 한 채 웅크리고 있었다. 존달라는 소놀란의 뒤를 이을 준비를 하고서 선 채로 창을 꽉 쥐고 있었다. 그들을 포위한 납작머리 여섯은 돌처럼 꿈

쩍도 하지 않았지만 눈 깜짝할 사이에 행동에 들어갈 만큼 빠르게 터였다. 이러지도 저러지도 못한 채 존달라의 머릿속은 궁지에서 빠져나갈 방법을 찾느라 분주했다.

갑자기 큰 몸집의 납작머리가 그르렁대는 소리를 내더니 팔을 휘둘렀다. 소놀란이 막 창을 던지려는 순간, 존달라가 손으로 그에게 멈추라는 신호를 보냈다. 그때 어린 납작머리가 자신이 숨어 있었던 덤불 속으로 달려 들어갔다. 금세 돌아온 그는 소놀란이 던진 창을 손에 들고 있었고, 놀랍게도 그것을 소놀란에게 돌려주었다. 그러더니 어린 납작머리는 통나무 다리 근처 물속으로 들어가 돌을 건졌다. 그 아이는 커다란 돌을 들고 큰 납작머리에게 가더니 뉘우치는 표정으로 머리를 숙였다. 그러더니 그들 모두 소리도 없이 덤불 속으로 사라졌다. 소놀란은 그들이 갔다는 것을 깨닫고는 안도의 한숨을 내쉬었다.

"녀석들에게 꼼짝없이 당하는 줄 알았어. 한 놈쯤이야 거뜬히 쓰러뜨렸겠지만. 그런데 왜 그냥 갔을까?"

"나도 모르겠어."

존달라가 말했다.

"어쨌든 어린 납작머리가 덩치 큰 납작머리의 마음에 들지 않은 행동을 한 것 같아. 그 우두머리가 무서워서 물러난 것 같지는 않아. 창을 든 너를 마주 보고 꿋꿋이 서 있던 것 하며 그가 했던 행동을 보건대 담력이 있다는 거니까."

"뭘 몰랐던 거겠지."

"아니야. 놈은 네가 창을 던지는 것을 봤어. 못 봤다면 어째서 어린 녀석에게 창을 가져다가 너에게 돌려주라고 했겠어?"

"형은 정말로 그놈이 어린 녀석에게 그렇게 하라고 시켰다고 생각해? 저 녀석들은 말을 못 하잖아."

"글쎄, 하지만 어떤 식으로든 큰 납작머리가 어린 녀석에게 네 창을 돌려주고 자기의 돌을 가져오라고 했어. 그렇게 하면 모든 게 다 공평해진다는 듯이. 누구도 다치지 않았고. 그래서 그랬던 것 같아. 그리고 말이야, 납작머리가 그저 짐승인 것 같지는 않아. 큰 납작머리는 영리하더군. 그리고 저들이 털가죽을 걸치고 무기를 든 채 우리처럼 걸어 다니는 줄은 몰랐어."

"그래, 하지만 왜 저들보고 납작머리라고 하는지는 알겠어! 다들 사납게 생겼더군. 몸싸움을 벌이고 싶지는 않더라고."

"맞아, 네 팔 하나쯤은 불쏘시개 아작 내듯 쉽게 부러뜨리겠더라. 작을 거라 생각했었는데."

"키가 작을지는 몰라도 몸집은 결코 작지 않아. 형 말이 맞아. 로사두나이족 동굴에 들렀다 가자. 이렇게 가까이 살고 있으니 그 사람들은 납작머리에 대해 더 잘 알 거야. 게다가 위대한 어머니 강이 경계선인 것 같은데, 납작머리들은 우리가 자기네 땅에 넘어오는 걸 좋아하지 않을 거야."

두 형제는 달라나가 준 이정표를 찾아 물길을 따라 이동했다. 모든 것이 얼어붙은 이 시기에는 큰 개울마저 비탈을 따라 흘러 내려가는 시내나 실개천, 지류와 별다를 바 없었다. 위대한 어머니 강의 수원으로 이 물길을 택한 것은 그저 관습에 따른 것이었다. 대부분의 물줄기는 한데 모여 위대한 강의 발원지가 되었고, 언덕을 따라 흘러 내려가 3천 킬로미터에 이르는 평원을 구불구불 흘렀다. 그리고 마침내는 엄청난 양의 물과 모래와 함께 저 멀리 남동쪽의 내해로 흘러 들어갔다.

장대한 강을 이루게 한 단층지괴의 결정암은 지상에서 가장 오래된 암석이었는데, 화려하게 반짝이는 울퉁불퉁한 산들을 들어 올리고 휘게 만든 엄청난 압력으로 인해 움푹하게 함몰된 부분도 있었다. 큰 강들이 포함된 300개가 넘는 지류가 산줄기의 비탈을 따라 흘러 내려가다가 하나로 합쳐지며 방대한 물길을 이루었다. 언젠가 그 물길이 위세를 떨치며 지상의 저 먼 곳까지 이어지게 되면, 진흙과 미사가 뒤섞인 물은 푸른 바다로 불리게 될 터였다.

산과 단층지괴에 따라 조금씩 기후대가 달라지는 이 지역은 서쪽의 대양과 동쪽 대륙의 영향을 모두 받았다. 이곳에 서식하는 식물과 동굴군도 침엽수림이 많은 서쪽의 동토대와 동쪽의 초원지대를 섞어놓은 양상이었다. 산의 높은 지대에서는 야생 염소인 아이벡스와 영양, 무플론이 보였고, 숲속에서는 사슴이 자주 나타났다. 훗날 사람에게 길들여지는 야생마인 타팬은 바람이 들지 않는 저지대나 강 둔치에서 풀을 뜯었다. 늑대, 스라소니, 눈표범은 숲속의 그림자 사이를 소리 없이 다녔다. 동면에서 깨어난 잡식성 갈색곰이 쿵쿵대며 돌아다녔고, 얼마 후면 채식을 하는 거대한 동굴곰들도 모습을 드러낼 터였다. 그 밖에도 수많은 작은 포유동물이 겨울 둥지에서 코를 내밀고 킁킁댔다.

산비탈에는 주로 소나무가 우거져 있었지만 가문비나무와 전나무, 낙엽송도 눈에 띄었다. 강 가까이에는 오리나무가 군집을 이뤘고, 종종 버드나무와 백양나무도 있었다. 땅을 기며 자라는 덤불과 다를 바 없는 키 작은 어린 오크나무와 너도밤나무도 드물게 보였다.

왼편 강기슭은 강에서부터 완만하게 경사를 이루며 높아졌다. 비탈을 올라가다 보니 존달라와 소놀란은 어느새 높은 언덕의 정상에 다다랐다. 저 아래 펼쳐진 풍경을 내려다보니 움푹 들어간 구멍이나 튀어나온 노두마저 하얀 눈으로 뒤덮인 주변 지역은 울퉁불퉁하고 거칠긴 해도 아름다웠다. 하지만 풍경에 현혹되는 것이야말로 여행을 위험하게 만드는 지름길이었다.

두 형제는 로사두나이족을 아직 만나지 못했다. 이러한 부족들은 동굴에서 살든 그렇지 않든 혈거인으로 생각되었다. 존달라는 그들을 지나쳐버린 것은 아닐까 하는 생각이 들었다.

"저기 봐."

소놀란이 손가락을 들어 가리켰다.

그가 가리키는 쪽으로 시선을 돌리자 잡목이 우거진 숲 위로 올라가는 연기 한 줄기가 보였다. 발길을 재촉해 그곳에 당도하니 모닥불 주위로 둥글게 모여 있는 작은 무리의 사람들이 있었다. 형제는 무리 속으로 성큼성큼 걸어가며 손바닥이 위로 향하도록 양손을 들었다. 우호적인 인사를 건네는 손짓이었다.

"저는 젤란도니족의 소놀란입니다. 이쪽은 제 형, 존달라입니다. 우리는 여행 중입니다. 여기에 젤란도니 말을 할 줄 아는 분이 있습니까?"

중년의 남자가 똑같은 방식으로 손을 들고서 앞으로 나왔다.

"나는 로사두나이족의 라두니다. 위대한 대지의 어머니, 두나의 이름으로 환영한다."

그는 소놀란의 양손을 꼭 쥐더니 같은 방식으로 존달라에게도 인사했다.

"여기 불가에 앉아라. 곧 식사를 할 것이다. 함께 하겠는가?"

"참으로 관대하시군요."

존달라가 예의를 갖춰 답했다.

"서쪽으로 여행했었다. 젤란도니족 동굴에 머문 적이 있다. 벌써 오래전 일이다. 젤란도니 사람들은 언제나 환영한다."

라두니는 그들을 불 가까이에 놓인 널찍한 통나무 쪽으로 안내했다. 그 위로는 비나 바람을 피할 수 있도록 달개 지붕을 만들어놓았다.

"짐을 내려놓고 여기서 쉬어라. 막 빙하를 건너왔겠군."

"며칠 전에 건넜지요."

소놀란이 배낭을 어깨에서 내려놓으며 말했다.

"빙하를 건너기에는 이미 꽤 늦었다. 곧 푄이 들이닥칠 때다."

"푄이요?"

소놀란이 물었다.

"봄바람을 말한다. 남서쪽에서 불어오는 따뜻하고 건조한 바람이다. 어찌나 바람이 거센지 나무들이 뿌리째 뽑히고 가지들이 다 부러진다. 하지만 푄이 오면 눈도 아주 빨리 녹아. 며칠 만에 여기 눈이 다 녹아내리고 싹이 튼다."

라두니는 눈을 가리키며 양팔로 모두 다 쓸어버리는 시늉을 했다.

"빙하를 건너는 중에 푄과 맞닥뜨렸다면, 큰일을 당했을지도 모른다. 얼음이 급속도로 녹아서 빙하 속 크레바스들이 다 드러난다. 눈으로 다져진 다리나 얼어붙은 눈 더미도 발아래에서 다 녹았을 테고. 그 녹은 물이 시내나 심지어 큰 강이 되어 얼음 위를 흐르고 말이야."

"그리고 푄은 언제나 말레이즈를 데리고 옵니다."

젊은 여인이 라두니의 말을 뒤이으며 덧붙였다.

"말레이즈?"

소놀란이 여자를 향해 질문을 던졌다.

"바람을 타고 날아오는 사악한 정령들이에요. 모두를 예민하게 만들어요. 사이좋은 사람들이 갑자기 싸우고, 행복하던 사람들이 계속 울어요. 그 정령들은 사람을 아프게 해요. 이미 아픈 사람은 죽고 싶은 생각이 들게 해요. 어떤 일이 있을지 미리 알면 도움이 돼요. 하지만 모두가 불쾌한 기분이 돼요."

"젤란도니 말은 어디에서 그렇게 잘 배웠나요?"

소놀란이 매력적인 젊은 여인을 향해 호감이 담긴 눈빛과 미소를 보내며 물었다.

여인은 터놓고 소놀란과 시선을 주고받으면서도 직접 답을 하기보다는 라두니 쪽을 건너다봤다.

"젤란도니족의 소놀란, 이쪽은 로사두나이족의 필로니아, 내 불터의 딸이다."

라두니는 정식으로 소개해달라는 무언의 요청을 바로 이해하고는 말했다. 덕분에 소놀란은 그녀가 자신의 품위를 지키려는 의지가 강하며, 여행 중인 낯선 남자가 아무리 잘생기고 흥미를 끌어도 적절한 소개 없이는 낯선 이와 대화하지 않는다는 것을 알게 되었다.

소놀란은 찬찬히 여자를 바라보며 손을 뻗어 격식을 갖춘 인사를 했다. 그녀는 생각이라도 하듯 잠시 머뭇대더니 남자의 손을 잡았다. 소놀란은 여자를 더 가까이 끌어당겼다.

"로사두나이의 필로니아, 젤란도니족의 소놀란은 위대한 대지의 어머니께서 당신 같은 여인을 만날 수 있는 호의를 베풀어주셔서 영광스럽게 생각합니다."

그는 다 알고 있다는 듯한 미소를 지으며 말했다. 필로니아는 격식을 차린 말이긴 했어도 대지의 어머니를 운운하는 다소 과한 표현에 살짝 얼굴을 붉혔다. 그녀는 남자의 손길에 설렜고, 눈에 유혹하는 빛이 어렸다.

"대답해주세요. 어디에서 젤란도니 말을 배웠지요?"

소놀란이 재차 물었다.

"사촌과 나는 빙하를 건너 여행했어요. 그때 젤란도니 동굴에서 머물렀어요. 그 전에 라두니에게 조금 배웠어요. 라두니는 젤란도니 말을 잊지 않기 위해 우리와 대화해요. 라두니는 몇 년에 한 번 빙하를 건너 거래를 해요. 내가 젤란도니 말을 더 잘 배우기를 원해요."

소놀란은 여전히 여자의 손을 잡은 채 미소를 보냈다.

"여자들이 그렇게 길고 위험한 여행을 하는 것은 흔치 않은 일이죠. 도니가 당신에게 은총을 내려 데려가기라도 했다면 어쩔 뻔했어요?"

"긴 여행은 아니었어요."

그녀는 소놀란의 감탄에 기뻐하며 말했다.

"그런 일이 생길 것 같았으면 금방 돌아오려고 했을 거예요."

"그 정도면 남자들 여행에 버금가는 긴 여행인 셈이죠."

소놀란이 단호하게 말했다. 둘 사이를 지켜보던 존달라가 미소를 지며 라두니에게 말했다.

"또 시작이군요. 제 동생은 가장 매력적인 여인을 선택해 심장이 세 번 뛰는 시간 안에 마음을 사로잡거든요."

라두니가 껄껄 웃었다.

"필로니아는 아직 어리다. 지난여름에 쾌락을 경험하는 초야 의식을 치렀지. 그때 이후로는 저 아이를 흠모하는 남자들이 꽤 생겼다. 아, 다시 젊어질 수 있다면. 위대한 대지의 어머니가 주신 쾌락의 선물을 다시 처음처럼 느낄 수 있다면. 그렇다고 내가 전혀 즐기지 못한다는 말은 아니야. 나야 내 짝에게서 편안함을 느낀다. 전처럼 새로운 흥분을 느끼고 싶은 욕구가 잘 생기지 않아서 그런 것이다."

그는 존달라를 향해 말했다.

"여기 우리는 사냥단이어서 여자들이 많지 않다. 하지만 기쁨을 나눌 만한, 두나의 축복을 받은 여인을 찾는 데는 문제가 없을 것이다. 여기 있는 여인들 중에 적당한 이가 없으면, 우리가 사는 큰 동굴로 가면 된다. 방문객이 오면 언제나 여신을 기리는 축제를 벌이니까."

"아쉽지만 동굴까지 함께 가지는 못할 것 같습니다. 이제 막 여행을 시작한 참이거든요. 소놀란은 긴 여행을 계획하고 있어서 어서 가지 못해 안달이지요. 길을 알려주시면 돌아오는 길에 혹 들를 수 있겠군요."

"동굴에 들르지 못한다니 아쉽군. 최근에는 방문객이 뜸했다. 얼마나 멀리 가볼 생각인가?"

"소놀란은 도나우 강을 따라 끝까지 가보고 싶어 합니다. 하지만 누구나 여행을 시작할 때는 긴 여행을 말하지 않습니까. 가봐야 알겠지요."

"젤란도니족이 큰 강 가까이에서 산다고 생각했는데. 내가 여행을 했을 때만 해도 그랬다. 나는 서쪽으로 꽤 먼 길을 여행했다가 남쪽으로 갔다. 한데 자네는 이제 막 여행을 시작했다고?"

"설명을 드려야겠군요. 라두니 말이 맞습니다. 우리 동굴에서 며칠만 가면 큰 강이 나오지요. 하지만 저는 란자도니족의 달라나가 제 어머니와 짝이었을 때 태어났습니다. 그래서 달라나의 동굴이 제게는 고향 같은 곳입니다. 저는 그곳에서 3년을 살면서 달라나에게 기술을 배웠지요. 제 동생과 저는 그곳에서 지냈어요. 그곳을 떠나서 빙하를 건넌 게 저희가 지금껏 여행한 전부입니다. 그곳까지 가는 데 며칠이면 되지요."

"달라나! 그렇군! 어쩐지 낯이 익다 했다. 달라나 정령의 아이가 틀림없어. 그와 꼭 빼닮았어. 석공인 것도 그렇고. 생긴 게 그렇게 닮았으면 실력도 좋겠군. 그는 내가 아는 사람 중 최고의 석공이다. 내년쯤 란자도니 광산의 부싯돌을 얻을 겸 해서 달라나를 방문할 생각이었는데."

사람들이 나무 그릇을 들고 불 주변으로 모여들었다. 불가에서 풍겨오는 맛있는 냄새에 존달라는 새삼 허기를 느꼈다. 배낭을 구석진 곳에 옮기던 그에게 한 가지 생각이 떠올랐다.

"라두니, 제게 란자도니 부싯돌이 있습니다. 여행 중에 도구가 망가지면 새로 만들려고 했던 것인데, 가지고 다니기가 무겁습니다. 한두 개 정도 놓고 가도 될 듯싶은데요. 라두니께서 받아주신다면 기쁘겠습니다."

라두니의 눈이 번쩍 뜨였다.

"기쁘게 받겠다. 한데 보답으로 자네에게 뭔가를 주고 싶다.

나야 수지맞는 거래를 마다하고 싶지 않지만 달라나 불터의 아들을 속이고 싶지는 않군."

존달라가 활짝 미소 지었다.

"이미 제 짐을 덜어주시고 따뜻한 음식까지 대접해주신 걸요."

"훌륭한 란자도니 수석에 비하면 턱없이 모자라다. 인심이 너무 후하군, 존달라. 내 자존심을 건드렸다."

그들 주위로 모여든 선량한 사냥꾼 무리는 존달라가 웃자 따라 웃었다.

"좋아요, 라두니. 제대로 받도록 하지요. 지금으로서는 당장 필요한 게 없어요. 그저 짐을 가볍게 하는 것으로 족해요. 나중에 받아 가면 어떨까요?"

"이제 저 청년이 나를 속이려 드는군."

라두니는 함박웃음을 지으며 무리에게 말했다.

"뭔지 말이라도 해보게."

"어떻게 말씀드릴 수 있겠어요? 돌아가는 길에 받겠습니다, 동의하시나요?"

"내가 그것을 줄 수 있을지 어떻게 아는가?"

"라두니가 줄 수 없는 것은 부탁하지 않겠습니다."

"까다로운 조건이야, 존달라. 하지만 내 능력이 닿는 한, 자네가 부탁하는 것이라면 뭐든 주겠다. 동의한다."

존달라는 배낭을 열어 위에 있던 물건들을 꺼내고서 주머니를 끄집어내 그 안에 있던, 이미 다듬어놓은 두 개의 몸돌을 라두니에게 건넸다.

“달라나가 골라서 기초 손질을 해놓은 돌입니다.”

달라나가 자신의 불터에서 태어난 아들을 위해 고르고 다듬은 몸돌 두 개를 받는 것에 크게 개의치 않는다는 표정을 짓긴 했지만, 그는 모두가 들을 만큼 큰 소리로 웅얼거렸다.

“돌 두 개에 내 목숨을 맞바꿀지도 모를 일이군.”

존달라가 돌아가는 길에 무엇을 요구할 가능성에 대해서는 누구도 더는 아무런 말도 하지 못했다.

“존달라, 거기 서서 계속 얘기만 하고 있을 거야? 식사를 하라잖아. 사슴 고기 냄새가 정말 좋아.”

소놀란이 얼굴에 커다란 미소를 머금은 채 말했다. 필로니아가 그 옆에 있었다.

“네, 음식이 준비되었어요. 사냥이 잘 되어서 가지고 온 말린 고기는 거의 먹지 않았어요. 이제 짐이 가벼워졌으니 말린 고기를 가져갈 공간이 생겼겠지요?”

필로니아가 라두니를 향해 은밀히 미소 지으며 말했다.

“참으로 고마운 일이지요. 라두니, 제게 불터의 사랑스러운 딸을 아직 소개해주지 않으셨어요.”

“자기 불터의 딸이 거래에 손실을 끼치는 운 나쁜 날이군.”

그는 투덜댔지만 미소에는 자랑스러움이 넘쳐났다.

“젤란도니족의 존달라, 여기는 로사두나이족의 필로니아다.”

그녀는 형 쪽으로 고개를 돌렸다가 그녀를 향해 미소 짓는,

강렬한 파란 눈에 사로잡혔다. 이제는 다른 형제에게 마음이 끌리는 바람에 그녀는 어쩔 줄 몰라 하며 얼굴을 붉히더니 혼란스러운 표정을 감추기 위해 고개를 숙였다.

"존달라! 또 눈을 반짝였겠지. 명심해, 내가 먼저 점찍었다고."

소놀란이 농담을 했다.

"이봐요, 필로니아. 여기서 벗어나야 해요. 미리 경고를 해두는데, 형한테서 멀리 떨어져요. 날 믿어요. 형이랑은 조금이라도 얽히고 싶지 않을 거예요."

그는 라두니를 돌아보며 짐짓 상처라도 받은 듯 말했다.

"늘 저런 식이라니까요. 눈빛 하나면 그걸로 끝이에요. 형의 재능을 내가 가지고 태어났다면 얼마나 좋았을지."

"아우야, 너는 남자에게 필요한 재능을 넘치게 가지고 있잖아."

존달라는 그렇게 말하더니 따뜻하면서도 호탕하게 웃었다.

필로니아는 소놀란을 돌아보고 그가 처음 봤던 대로 매력적인 남자인 것에 안도했다. 소놀란은 그녀의 어깨에 팔을 두르고는 모닥불 쪽으로 그녀를 이끌었다. 하지만 그녀는 고개를 돌려 존달라를 보며 조금 더 자신감 있는 미소로 말했다.

"손님이 동굴에 오면 우리는 늘 두나 여신을 기리는 축제를 열어요."

"동굴에는 못 간다는구나, 필로니아."

라두니가 말했다. 한순간 젊은 여인의 얼굴에 실망감이 감돌았지만 소놀란을 돌아보며 미소 지었다.

"아, 다시 젊어질 수만 있다면."

라두니가 낄낄 웃었다.

"한데 두나를 잘 섬기는 여인들이 복을 받아 아이를 많이 갖게 되는 것 같더군. 위대한 대지의 어머니는 자신이 준 선물을 감사히 여기는 자에게 미소를 지어주시지."

존달라는 배낭을 통나무 뒤로 옮기고서 불가로 왔다. 사슴고기 스튜가 뼈를 묶어 만든 틀에 매달린 가죽 솥에서 끓고 있었다. 솥은 바로 불 위에 걸려 있었다. 고기를 익힐 만큼 솥 안의 국물은 뜨거웠지만 솥에 불이 붙을 염려는 없었다. 가죽이 타는 온도가 끓고 있는 스튜보다 훨씬 높았기 때문이었다.

한 여인이 맛있는 스튜가 담긴 나무 그릇을 존달라에게 건네고 옆에 앉았다. 존달라는 돌칼로 고기 덩어리와 야채—그들이 챙겨 온 말린 뿌리—를 찍어 먹고 국물은 그릇째 마셨다. 식사를 마치자 여인은 작은 그릇에 담긴 차를 가져다주었다. 그는 고맙다는 뜻으로 그녀에게 미소를 지었다. 여자는 그보다 몇 살 위였다. 예쁘장한 처녀의 느낌보다는 원숙한 아름다움이 느껴지는 여자였다. 그녀도 미소를 지어 보이더니 남자 옆에 앉았다.

"젤란도니족 말을 할 수 있나요?"

그가 물었다.

"말은 잘 못 해요. 듣기는 해요."

그녀가 말했다.

"라두니에게 소개를 부탁해야 할까요? 아니면 바로 이름을 물어봐도 될까요?"

그녀는 성숙한 여인 특유의 우월감을 살며시 내비치며 미소 지었다.

"어린 소녀들만 자신을 소개해줄 사람 필요해요. 나는 라날리아예요. 당신은 존달라?"

"네."

그가 대답했다. 여자의 다리에서 전해지는 온기를 느낀 그의 눈빛에 흥분된 기색이 어렸다. 여자는 뜨거운 눈빛으로 남자와 시선을 주고받았다. 남자는 자신의 손을 여자의 허벅지 위에 올려놓았다. 경험이 많은 듯한 여자는 남자를 부추기는 몸짓으로 더 가까이 기댔다. 그는 여자의 유혹하는 시선에 응한다는 듯 고개를 끄덕였지만 사실 그럴 필요도 없었다. 이미 그의 눈빛이 여자의 유혹에 답하고 있었다. 여자는 남자의 어깨 너머에 시선을 주었다. 여자의 시선이 머무는 쪽을 보니 라두니가 그들 쪽으로 오고 있었다. 여자는 긴장을 풀었다. 그들이 서로에게 건넨 무언의 약속을 지킬 시간은 아직 충분히 있을 터였다.

라두니가 그들 곁으로 왔고 얼마 후 소놀란이 필로니아와 함께 형이 있는 불가로 돌아왔다. 곧 모두가 두 방문객 주변으로 모여들었다. 이해할 수 없는 말들은 서로 옮겨주기도 하며 정담 어린 농담이 오갔다. 마침내 존달라는 조금 더 진지한 이야기를 꺼내기로 마음먹었다.

"라두니, 강 아래 사는 사람들에 대해 잘 아십니까?"

"예전에는 사르무나이족 사람도 가끔 오긴 했었다. 저 아래 강의 북쪽에 살고 있는데, 그것도 꽤 오래전 일이야. 늘 그렇지. 젊은이들은 늘 같은 길로 여행을 하다가 어느 순간 그 길이 잘 알려지고 흥미가 없어지면 다른 길을 찾아다니니까. 한 세대쯤 지나면 노인들이나 그 길을 기억해. 그러면 그 길로 여행하는 것이 다시금 누구도 가보지 않은 곳으로 가는 것 같은 모험이 되는 거야. 젊은이들은 그 길을 자신이 처음 발견했다고 믿는다. 선조들이 이미 다 다닌 길이라는 것을 모르는 거야."

"그들에게는 새로운 길이니까요."

존달라는 그렇게 답하기는 했지만 추상적인 이야기를 나누고 싶지는 않았다. 그는 흥미롭기는 하지만 실용적이지 않은 이야기 전에 유용한 정보를 얻고 싶었다.

"그들의 관습에 대해 아는 게 있나요? 인사법이나 우리가 피해야 할 행동이라든지? 그들을 불쾌하게 하는 행동이 있나요?"

"나도 자세히는 모른다. 최근의 일은 더욱. 몇 년 전에 동쪽으로 갔던 사내가 하나 있었는데 돌아오지 않았어. 누가 알겠나, 어쩌면 다른 곳에서 정착하기로 했는지도."

라두니가 말했다.

"들려오는 말에 따르면, 그들은 진흙으로 두나이를 만든다더군. 신성한 어머니 상을 어째서 진흙으로 만든다는 건지 도통 모르겠어. 마르면 쉽게 부서질 텐데."

"대지랑 가까운 재료이기 때문인지도 모르지요. 그런 이유로 어떤 이들은 돌을 선호하고요."

존달라는 그렇게 말하면서 무의식중에 허리띠에 매달려 있는 주머니로 손을 뻗어 풍만한 여성의 모습을 한 작은 돌 조각상을 만지작거렸다. 익숙한 커다란 가슴과 불룩 튀어나온 배, 풍만한 엉덩이와 허벅지를 손으로 더듬었다. 그에 비하면 팔과 다리는 있는 듯 없는 듯 했다. 중요한 것은 여성적인 특징이었다. 머리는 동그랗게 달려 있었지만 머리카락이 얼굴을 덮고 있어 이목구비는 전혀 드러나지 않았다.

누구도 위대한 대지의 어머니, 도니의 경이로운 얼굴을 볼 수 없었다. 도니는 고대의 여자 조상이자 최초의 어머니, 모든 생명의 창조자이자 양육자이며, 여자들에게 축복을 내려 생명을 잉태하고 낳는 능력을 부여한 여신이었다. 또한 여신의 정령이 깃든, 그녀를 본떠 만든 작은 석상에 감히 얼굴을 표현해서는 안 될 일이었다. 도니가 꿈속에서 현신할 때도 남자들은 성적 매력이 넘치는 젊은 여인의 몸을 보았을 뿐, 얼굴에 대한 기억은 흐릿했다. 몇몇 여자들은 자신이 여신의 정령을 받아 현신해 바람처럼 날아와 행운을 주거나 보복을 한다고 주장하기도 했다. 여신의 보복은 참으로 두려운 것이었다.

여신의 화를 돋우거나 무례를 범하면, 여신은 수많은 끔찍한 재앙을 가져올 수 있었다. 가장 위협적인 것은 여자가 남자에게 마음을 열어 사랑을 나눌 때 느낄 수 있는 경이로운 쾌락의 선물을 앗아가는 일이었다. 또한 일설에 따르면, 위대한 어머니와 그녀를 모시는 다른 여신들은 남자에게도 자신이 원하는 만큼 여자들과 쾌락을 나눌 수 있는 축복을 내렸다. 하지만 반대로 남자의 능력을 시들게 해 누구에게도 쾌락을 줄 수 없게 만들거나 스스로도 쾌락을 느끼지 못하게 할 수도 있었다.

존달라는 무심히 주머니에 담긴 도니 조각상의 커다란 가슴을 어루만지며 그들의 여행에 행운이 깃들길 기원했다. 여행에서 돌아오지 못하는 이들도 분명 있었지만 그것도 모험의 일부였다. 그때 소놀란이 라두니에게 던진 질문에 존달라는 정신이 번쩍 들었다.

"이 근처에 사는 납작머리에 대해서는 아시는 게 없습니까? 며칠 전에 마주쳤거든요. 거기서 여행이 끝나는 줄 알았어요."

갑자가 모두가 소놀란을 주목했다.

"무슨 일이 있었나?"

긴장감이 밴 목소리로 라두니가 물었다. 소놀란은 납작머리와 있었던 일에 대해 말했다.

"차롤리!"

라두니가 내뱉듯 말했다.

"차롤리가 누굽니까?"

존달라가 물었다.

"토마시 동굴의 청년이다. 납작머리들을 괴롭힐 생각을 처음으로 했던 못된 무리의 선동자야. 우리는 납작머리와 문제를 일으킨 적이 없어. 납작머리는 강 저편에 살고, 우리는 이편에 사니까. 우리가 혹 강을 건너간다 해도 오래 머물지 않는 한 그들도 나타나지 않아. 그저 자신들이 지켜보고 있다는 것만 알릴 뿐이다. 그것으로 충분하니까. 납작머리 한 무리가 노려보고 있다는 것만으로도 긴장이 안 될 수 없지."

"그렇더군요!"

소놀란이 말했다.

"하지만 납작머리를 괴롭힌다는 게 무슨 말인지요?"

"그게 다 객기에서 시작되었지. 한 녀석이 다른 녀석에게 납작머리를 건드려보라고 부추겼던 거야. 화나게 하면 꽤 사나워지니까. 그러다가 몇몇 젊은 녀석들이 혼자 있는 납작머리를 집단으로 공격하기 시작했어. 빙 둘러싸 괴롭히고, 쫓아가서 잡으려들고. 납작머리들이 폐활량이 크긴 하지만 다리는 짧다. 납작머리 하나쯤이야 거뜬히 따라잡을 수 있어. 어떻게 시작된 건지 모르겠지만 얼마 후에 차롤리 무리가 납작머리들에게 달려들어 주먹다짐을 했어. 아마 그들이 괴롭히던 납작머리 하나가 무리 중 한 청년을 잡은 모양이다. 그래서 친구를 구하려고 나머지 청년들도 다 뛰어든 거야. 어쨌든 툭하면 그런 짓을 일삼았어. 한데 납작머리 하나에 여럿이 달려들었는데도 다들 꼭 몇 군데씩 멍이 들어 있고는 했어."

"그럴 만도 하겠더군요."

소놀란이 말했다.

"다음에 그 무리가 저지른 더 끔찍한 일이 뭐냐면."

필로니아가 뒤이어 말했다.

"필로니아! 역겹다! 네가 그런 말을 입에 담는 것은 안 될 일이다!"

라두니가 말했다. 진심으로 화를 내고 있었다.

"어떤 일이 있었습니까? 납작머리가 사는 지역을 여행하게 될 텐데, 미리 알아두어야 할 것 같습니다."

존달라가 물었다.

"자네 말도 일리가 있다, 존달라. 다만 필로니아 앞에서는 말하기가 꺼려진다."

"저도 이제 다 큰 여자예요."

단언하듯 말했지만 자신감이 부족한 말투였다.

라두니는 생각에 잠겨 그녀를 보더니 마음의 결정을 내린 것 같았다.

"납작머리 수컷들은 둘씩 짝을 짓거나 무리 지어 다니기 시작했다. 그러니 차롤리 무리로서는 역부족이었다. 그래서 암컷을 괴롭히기 시작했다. 하지만 납작머리 암컷은 대들지 않아. 그러니 그들을 괴롭혀봐야 재미가 없는 거야. 그냥 겁을 먹고 도망가니까. 그때부터 차롤리 무리는 다른 재미를 찾기로 한 거야. 누가 감히 그런 생각을 먼저 했는지, 아마도 차롤리가 부추겼을 거야. 그놈이 하는 짓거리니까."

"뭘 하라고 부추긴 겁니까?"

존달라가 물었다.

"강제로 납작머리 암컷들에게……."

라두니는 말을 다 잇지 못했다. 그는 더욱 격앙되어 벌떡 일어났다. 그는 대단히 노했다.

"혐오스럽다! 대지의 어머니를 욕보이고 그녀가 주신 선물을 함부로 쓰다니. 짐승들! 짐승보다 못하다! 납작머리만도 못한 것들!"

"납작머리 암컷에게서 쾌락을 취했단 말씀입니까? 강제로요? 납작머리 암컷에게?"

소놀란이 물었다.

"자랑까지 했어요! 납작머리에게서 쾌락을 취한 남자는 가까이에도 못 오게 할 거예요."

필로니아가 말했다.

"필로니아! 그런 말은 입에 담지도 마라! 네 입에서 그런 더럽고 역겨운 말이 나오는 것은 용납 못 한다!"

라두니가 말했다. 그는 이제 분노를 넘어섰다. 그의 눈빛은 돌처럼 단단했다.

"네, 라두니."

그녀는 부끄러워 고개를 숙이며 말했다.

"그들이 어떤 기분일지 궁금하군요. 아마도 그래서 어린 납작머리가 나를 공격했던 것 같아요. 화가 났던 것이지요. 저들도 인간일 수 있다고 말하는 이들도 있던데요. 만약 저들이……."

"나도 그런 말을 들은 적이 있다. 한데 믿을 게 못 된다."

라두니는 진정하려고 애쓰며 말했다.

"우리가 마주친 우두머리는 영리했어요. 그리고 우리처럼 서서 걸었고요."

"곰들도 가끔은 뒷다리로 걸어 다닌다. 납작머리는 짐승이다! 똑똑하나 짐승이다."

라두니는 다른 이들이 불편해하는 것을 알아차리고는 감정을 자제하려고 힘썼다.

"저들을 성가시게 하지 않으면 보통은 별일이 없다."

라두니가 말을 이었다.

"난 여자라는 생각도 안 든다. 그 일이 어머니를 얼마나 욕되게 하는 건지 차롤리 패가 알기나 아는지, 원. 그건 그냥 괴롭히는 짓이다. 짐승도 화가 나면 덤비는 법이다."

"차롤리 무리는 우리에게도 골칫거리를 안겨주었네요."

소놀란이 말했다.

"오른편 기슭으로 건너갈 생각이었거든요. 위대한 어머니 강을 만나서 강폭이 더 넓어지면 건너기 힘들 테니까요."

라두니가 미소 지었다. 다른 이야기로 넘어가자 그의 화는 처음 솟구쳤을 때처럼 금세 사라졌다.

"위대한 어머니 강은 지류만 해도 큰 강을 이루는 게 많다, 소놀란. 강을 따라 끝까지 가볼 생각이라면 강을 건너는 것에 익숙해져야 할 거다. 내 생각에는, 큰 소용돌이 하나를 지날 때까지는 이쪽 편으로 계속 가도록 해라. 거기서 강이 여러 물길로 나뉘면서 평지를 가로지른다. 작은 지류들은 큰 강보다 건너기 쉽다. 그때쯤이면 날도 따뜻해질 거다. 사르무나이족을 방문하고 싶으면, 강을 건넌 뒤 북쪽으로 가면 된다."

"소용돌이까지는 얼마나 멉니까?"

존달라가 물었다.

"지도 하나를 새겨주겠다."

라두니가 돌칼을 꺼내며 말했다.

"라날리아, 나무껍질을 갖다 다오. 다른 이들도 더 멀리에 있는 이정표를 여기에 추가로 새겨줄 수 있겠지. 도중에 강을 건너거나 사냥까지 고려하면, 여름쯤이면 강이 남쪽으로 방향을 트는 곳에 당도하게 될 거다."

"여름이요."

존달라가 생각에 잠기면서 말했다.

"얼음과 눈이라면 이제 신물이 나니, 어서 여름이 오면 좋겠어요. 따뜻한 날씨 덕도 볼 수 있고요."

그는 라날리아의 다리가 자신의 다리 옆에 찰싹 맞붙어 있는 것을 보고는 그녀의 허벅지 위에 손을 얹었다.

3

별들이 촘촘히 얼굴을 내밀 무렵, 에일라는 좁은 골짜기의 경사진 바위벽을 조심스레 내려왔다. 바위벽 아래에 다다르자 바람은 돌연 멈추었다. 잠시 멈춰 선 에일라는 바람 한 점 없이 잔잔해진 대기를 음미했다. 하지만 절벽은 빛까지 차단하고 있었다. 땅바닥에 발을 딛자 작은 강을 따라 빽빽하게 자란 덤불의 그림자가 저 높이 반짝이는 무수히 많은 별빛 아래 어른대고 있었다.

에일라는 맑고 시원한 강물을 벌컥벌컥 마시고 어둠이 더욱 짙게 깔린 절벽으로 더듬더듬 다가갔다. 절벽 아래에서는 굳이 천막을 치지 않아도 되었다. 바닥에 깔아놓은 털가죽 아래로 들어가 몸을 둘둘 말았다. 탁 트인 초원에서 천막을 치고 자는 것보다 등 뒤에 절벽이 있는 이곳이 더 안전하게 느껴졌다. 골짜기 끝으로 얼굴을 거의 다 내민 만월을 보다가 에일라는 잠이 들었다.

갑자기 그녀는 소리를 지르며 잠에서 깨어났다!

벌떡 일어난 그녀의 온몸에 극심한 공포가 흘렀다. 관자놀이가 불끈불끈 뛰었고 심장은 미친 듯이 날뛰었다. 그녀는 저 앞 새카만 허공을 배경으로 얼핏 보이는 희미한 형체들을 응시했다. 그때 무언가 갈라지는 소리에 그녀는 화들짝 놀랐다. 동시에 섬광이 번쩍했고, 그 빛에 잠시 눈앞이 보이지 않았다. 그녀는 온몸을 떨며 번개에 맞은 커다란 소나무가 반으로 갈라진 채 천천히 땅바닥으로 쓰러지는 것을 지켜봤다. 활활 불이 붙은 나무가 자신이 죽는 순간을 훤하게 비추면서 뒷벽으로 기괴한 그림자를 던졌다. 에일라는 모든 게 비현실적으로 느껴졌다.

뒤이어 쏟아진 비에 불은 바지직 소리를 내다가 꺼졌다. 에일라는 뜨거운 눈물과 차가운 빗방울이 얼굴 위로 후드득 쏟아지는 것에도 아랑곳 않은 채 절벽 가까이에 붙어 웅크리고 있었다. 우르르 땅을 흔드는 지진을 연상하게 하는 천둥이 저 멀리에서 울리자 기억 속에 숨어 있던 또 다른 악몽이 살아났다. 깨어나면 정확히 기억나지 않지만 언제나 토할 것 같은 불안감과 감당하기 어려운 슬픔으로 가슴을 가득 메우는 꿈이었다. 또 한 번 번쩍하고 번개가 일더니 뒤이어 굉음이 이어졌다. 순간 새까만 허공이 기묘하리만큼 훤해지더니 가파른 절벽을 배경으로 하늘에서 내려온 강력한 빛의 손가락에 들쭉날쭉 잘린 나무의 몸통이 잔가지처럼 툭 끊어졌다.

살 속으로 파고드는 듯한 차가운 빗물과 두려움에 온몸을 떨며 에일라는 자신을 지켜주길 바라는 간절한 손길로 부적을 움켜쥐었다. 단지 천둥번개 때문만이 아니었다. 뇌우를 반길 리야 없겠지만 에일라는 그런 날씨에 어느 정도 익숙해져 있었다. 천둥번개를 동반한 비는 파괴적일 때보다 도움이 될 때가 더 많았다. 그녀는 여전히 지진이 일어나는 악몽에서 벗어나지 못했다. 지진은 그녀의 모든 것을 앗아가 삶을 송두리째 바꿔놓은 가장 끔찍하고 고통스러운 것이었다. 그녀에게 지진보다 더 무서운 것은 없었다.

마침내 온몸이 젖었다는 것을 깨닫고 그녀는 바구니에서 가죽 천막을 꺼냈다. 천막을 잠자리 털가죽 위에 덮개처럼 덮고는 그 아래 머리를 묻었다. 몸이 따뜻해지고 난 뒤에도 한참 동안 그녀는 사시나무처럼 몸을 떨었다. 하지만 밤이 깊어가며 폭풍이 점차 가라앉을 무렵, 에일라는 스르르 잠이 들었다.

새들이 지저귀는 소리가 이른 아침을 가득 채웠다. 까마귀의 요란한 울음소리도 섞여 있었다. 에일라는 덮개를 걷어내고서 기쁨에 찬 눈으로 주위를 둘러보았다. 신록으로 푸르른 세상이 여전히 비에 젖은 채 아침 햇살에 빛나고 있었다. 그녀가 있는 곳은 넓은 강가였다. 완만하게 남쪽으로 향하는 물길이 동쪽으로 방향을 트는 지점이었다.

반대편 기슭에는 일렬로 늘어선 짙푸른 소나무들이 절벽 위까지 뻗어 있었지만 그 위로는 더 이상 자라지 못했다. 협곡의 꼭대기까지 힘겹게 자란 나무들은 저 위 초원에서 불어오는 매서운 바람에 막혀 더 이상 성장하지 못했다. 키가 가장 큰 나무들도 어딘가 이상하게 뭉툭했다. 더는 위로 자라지 못하고 옆으로만 가지를 뻗고 있었다. 벼락에 맞아 그루터기만 남은 나무 옆에는 몸통의 오른쪽에서 자라는 가지만 제외하면 완벽에 가까운 대칭을 자랑하는 키가 큰 나무가 서 있었다. 나무들은 강 저편의 기슭과 절벽 사이에 좁은 띠를 이루며 자라고 있었다. 몇몇 나무는 물가와 아주 가까이 있어서 뿌리가 다 드러난 채였다.

에일라가 머물고 있는 상류 쪽 기슭에는 낭창낭창한 버드나무가 강가에 드리워진 채 기다란 연둣빛 잎에서 물방울을 떨어뜨리고 있었다. 키 큰 사시나무의 쭉 뻗은 줄기가 미풍에 흔들리자 나뭇잎들이 파르르 떨렸다. 하얀 껍질을 걸친 자작나무들이 한데 모여 자랐고, 키 작은 오리나무들은 덤불을 이루었다. 덩굴식물은 나무들을 칭칭 감으며 위로 뻗어나갔고, 다 자란 나뭇잎들로 무성한 여러 종의 관목들이 물가 가까이에서 군집을 이루었다.

에일라는 메마른 초원을 너무 오랫동안 여행한 탓에 신록이 얼마나 아름다운지 잊고 있었다. 작은 강은 유혹하듯 반짝거렸다. 폭풍우로 인한 두려움은 까맣게 잊은 채 그녀는 벌떡 일어나 강을 향해 달렸다. 무엇보다 물을 마시고 싶었다. 하지만 어느새 그녀는 충동적으로 두르개 허리끈을 풀고 목에 건 부적을 빼낸 뒤 물속으로 첨벙첨벙 뛰어 들어갔다. 강바닥이 빠르게 꺼지는 순간, 에일라는 수면 아래로 잠수했다가 가파른 반대쪽 기슭까지 헤엄쳤다.

물은 맑고 시원했다. 초원을 여행하며 묻은 먼지와 때를 씻으며 기쁨에 젖었다. 강 상류로 헤엄칠수록 물살은 세지고 수온은 차가워졌다. 절벽에 가까워지면서 강폭이 좁아졌다. 그녀는 몸을 돌려 물 위에 누워 물결에 몸을 맡긴 채 강 아래로 떠내려갔다. 높은 절벽 사이의 공간을 가득 채운 새파란 하늘을 바라보던 에일라의 눈에 상류 쪽 절벽에 난 어두운 구멍이 들어왔다. 동굴인가? 그녀는 온몸을 휘감는 흥분을 느끼며 생각에 잠겼다. 저기까지 올라갈 수 있을까?

에일라는 다시 물살을 거슬러 헤엄쳐 강가로 돌아와 햇볕에 몸이 마르도록 따뜻한 돌 위에 앉았다. 그녀의 눈은 덤불 옆 땅 위를 총총 뛰어다니는 생기 가득한 새들을 좇고 있었다. 간밤의 비에 지표면 위로 올라온 벌레들을 부리로 쪼아 올리더니 열매로 묵직해진 덤불 가지 위를 이리저리 옮겨 다녔다.

산딸기야! 참 크기도 하지. 날개를 파닥이는 새들은 마치 에일라가 다가오는 것을 반기기라도 하듯 근처에 내려앉았다. 그녀는 과즙이 많은 달콤한 산딸기를 한 손 가득 따서 입에 넣었다. 산딸기를 양껏 먹은 그녀는 손을 헹구고서 부적을 목에 걸었다. 먼지와 땀에 전 두르개를 보니 코가 찡그려졌다. 하지만 여분의 두르개는 없었다. 동굴곰족을 떠나오기 전, 의식주를 해결할 물건들을 챙기러 지진으로 어질러진 동굴로 들어갔을 때

가장 큰 관심은 당장 생존과 관련된 것이었다. 여름에 갈아입을 두르개까지는 미처 생각하지 못했다.

그리고 이제 그녀는 다시 생존에 대해 고민하고 있었다. 건조하고 황량한 초원에서 절망에 젖었던 기분은 어느새 싱그러운 푸른 계곡에서 떨쳐버렸다. 산딸기는 식욕을 더욱 자극할 뿐 포만감을 주지 않았다. 그녀는 뭔가 든든한 것이 먹고 싶어 줄팔매를 가지러 잠자리로 돌아갔다. 햇빛에 따뜻해진 돌 위에 젖은 가죽 천막과 축축한 털가죽을 펼쳐 놓은 뒤, 때 묻은 두르개를 입고는 매끄럽고 둥근 돌을 찾아 나섰다.

자세히 살펴보니 강가에는 돌만 있는 게 아니었다. 희부연 유목과 하얗게 바랜 뼈들이 여기저기 흩어져 있었고, 튀어나온 절벽 앞에는 뼈들이 수북이 쌓여 있었다. 봄날의 맹렬한 홍수가 뿌리째 나무를 뽑고, 방심하고 있던 짐승들을 휩쓸고 내려와 급류가 휘몰아치는 좁은 강폭에서 방향을 바꿔 막다른 절벽에 내동댕이쳐 놓은 것이었다. 에일라는 사슴의 커다란 뿔과 들소의 기다란 뿔, 끝이 휘어진 거대한 상아가 쌓여 있는 것을 보았다. 엄청난 몸집의 매머드도 물살의 위력 앞에서는 속수무책이었던 모양이었다. 물에 휩쓸려 온 퇴적물 중에는 커다란 암석도 있었다. 중간 크기의 회색빛 백악질 돌 몇 개가 보였을 때 에일라는 눈을 가늘게 뜨고 응시했다.

부싯돌이야! 가까이에서 살펴본 뒤 혼잣말처럼 외쳤다. 분명해. 깨서 안쪽을 보려면 돌망치가 있어야 하지만 틀림없어. 흥분에 휩싸인 에일라는 손으로 편하게 쥘 수 있는 매끄럽고 둥그런 돌을 찾기 위해 강변을 둘러보았다. 적당한 돌을 찾아 부싯돌 덩어리의 백악질 겉면을 내리쳤다. 그러자 희끄무레한 외피가 쪼개지면서 반짝이는 진회색 돌이 드러났다.

부싯돌이야! 그럴 줄 알았어! 머릿속에 이 돌로 만들 수 있는 도구들이 줄줄이 지나갔다. 여벌의 도구를 만들 수도 있겠어. 그러면 도구가 망가져도 걱정할 필요가 없지. 그녀는 저 멀리 상류의 백악질 퇴적물에서 떨어져 나와 강력한 물살에 실려 절벽 아래로 내려온 무거운 돌덩어리 몇 개를 힘겹게 끌고 나왔다. 부싯돌을 발견한 것에 힘입어 그녀는 곳곳을 살피며 다녔다.

홍수가 일던 시기, 강이 안으로 굽이도는 지점에 툭 튀어나온 절벽은 급류를 막아주는 역할을 했다. 홍수가 끝나고 평소의 모습으로 돌아온 강의 수위는 낮아져 있어서 절벽을 돌아가는 것은 어렵지 않았다. 절벽을 돌아 그 너머를 본 순간, 그녀는 그 자리에 멈춰 섰다. 절벽 위에서 얼핏 보았던 계곡이 그녀의 눈앞에 펼쳐져 있었다.

절벽 모퉁이를 돌자 강폭이 넓어지면서 더 얕아진 강물이 바위에 부딪쳐 거품을 일으키며 흘러가고 있었다. 강은 협곡의 가파른 반대편 절벽 아래에서 동쪽으로 흘러갔다. 절벽 덕분에 바람이 닿지 않는 강기슭을 따라 나무와 덤불이 무성하게 자라 있었다. 절벽 너머 에일라의 왼쪽으로는 협곡의 절벽이 방향을 바꿔 경사가 완만해지며 북동쪽의 초원과 이어졌다. 그 앞으로 펼쳐진 넓은 계곡에는 북쪽 사면을 타고 넘어온 바람에 흔들리는 건초들이 무성한 들판을 이루었고, 그 한가운데에서 작은 무리의 말들이 풀을 뜯고 있었다.

에일라는 아름답고 평온한 풍경에 한껏 취했다. 바람이 쉴 새 없이 부는 건조한 초원 한가운데 이러한 곳이 존재한다는 게 믿기지 않았다. 계곡은 메마른 평원의 틈새에 숨겨진, 비현실적인 오아시스 같았다. 초원의 식물들은 실리적인 목적으로만 존재해야 했다. 하지만 이 계곡은 마치 기회가 허락된 곳에서는 마음껏 자연의 아름다움을 과시하겠다는 듯 풍요가 넘치는 소우주였다.

에일라는 저 멀리 있는 말들에게 흥미를 느끼며 자세히 살펴보았다. 몸집이 작고 다부진 종이었다. 다소 짧은 다리에 두터운 목, 커다란 머리를 하고 있었는데, 특히 툭 튀어나온 코를 보니 동굴곰족 남자들의 튀어나온 커다란 코가 생각났다. 털은 텁수룩했고, 갈기는 짧고 빳빳했다. 몇몇은 회색이었고, 대다수는 먼지 같은 담황색에서 다 자란 건초의 황갈색에 이르기까지 다양했다. 한쪽에는 황갈색 수말이 서 있었다. 에일라는 같은 색깔의 망아지들을 눈여겨보았다. 수말이 고개를 들어 짧은 갈기를 흔들며 히힝 소리를 냈다.

"네 씨족이 자랑스럽구나?"

에일라가 미소 지으며 손짓했다. 그녀는 강을 끼고 있는 덤불 가까이의 들판까지 걸어 내려갔다. 어떤 식물을 보면 의식적인 노력 없이도 그 식물의 영양분이나 약재로서의 효과까지 머릿속에 떠올랐다. 치료에 필요한 식물에 대해 배우고 채집하는 것은 주술 치료사로서 받는 가르침의 일부였다. 그러다 보니 한눈에 알아보지 못하는 식물이 거의 없었다. 하지만 이번에는 먹을거리를 구하기 위해 식물을 살폈다.

그녀의 눈에 산형화서 모양으로 자란 마른 꽃줄기와 나뭇잎이 들어왔다. 그 땅 아래로 손가락 몇 마디쯤 파 내려가면 야생당근이 있을 터였다. 하지만 에일라는 그냥 지나쳤다. 그런 식물에 눈을 팔 때가 아니었다. 그녀는 그 장소를 표시라도 해놓은 듯 정확히 기억할 터였고, 식물은 언제나 그 자리에 있을 것이었다. 에일라의 날카로운 눈은 토끼가 지나간 자취를 좇았다. 그 순간만큼은 오로지 고기를 구할 생각에만 집중했다.

숙련된 사냥꾼다운 솜씨로 그녀는 얼마 안 된 배설물, 휘어진 풀잎, 흙 위에 난 희미한 발자국 같은 토끼의 흔적을 그림자처럼 따라갔다. 저 앞에 숨어 있는 사냥감이 보였다. 그녀는 허리끈에서 줄팔매를 꺼낸 뒤 두르개 주머니 속에서 돌멩이 두 개를 꺼냈다. 토끼가 수풀에서 뛰쳐나온 순간, 에일라는 이미 모든 준비가 되어 있었다. 다년간의 연습으로 다져진 솜씨로, 그녀는 무의식적으로 돌멩이 두 개를 연달아 던졌다. 탁, 탁, 만족스러운 소리가 들렸다. 돌멩이 모두 목표물에 명중했다.

에일라는 사냥감을 집어 들며 돌 두 개를 연달아 던지는 기술을 연마하던 때를 떠올렸다. 자만심에 가득 차 스라소니를 줄팔매로 죽이려다가 큰 위험에 처했던 순간도 떠올랐다. 하지만 지난한 연습을 통해 빠른 손놀림으로 두 개의 돌을 연달아 던지는 기술을 터득해내고야 말았다.

돌아오는 길에 나뭇가지 하나를 꺾어 한쪽 끝을 날카롭게 갈아 뒤지개를 만든 뒤 야생 당근 몇 개를 캤다. 당근은 두르개 주머니에 넣고 나서 한쪽 끝이 두 갈래로 갈라진 나뭇가지 두 개를 꺾어 강가로 돌아왔다. 토끼와 당근 뿌리를 내려놓고는 불을 피우는 데 쓰는 막대기와 나무판을 바구니에서 찾아 가져다 놓았다. 그러더니 뼈 무더기 아래 깔려 있던 마른 유목들과 가지가 무성한 나무 아래에서 비에 많이 젖지 않은 쓰러진 나무를 끌어모았다. 에일라는 뒤지개의 끝부분을 날카롭게 만드는 데 사용한 것과 같은 도구로 마른 나무 막대기의 껍질을 벗겼다. 날카로운 날에 V 자 모양의 홈이 있는 홈날도구였다. 그러고는 산쑥의 늙은 줄기에서 털이 많은 껍질을 벗기고, 불탄 자리에서 나는 잡초의 꼬투리에서 말린 솜털을 벗겨냈다.

편하게 앉을 만한 자리를 찾아 앉고는 모아놓은 나무들을 크기에 따라 부싯깃, 불쏘시개, 큰 땔감별로 분류했다. 잘 마른 덩굴나무에 돌송곳으로 작은 홈을 파놓은 나무판을 살펴보고 홈에 들어갈 만한 크기의 마른 부들개지 나무줄기를 꽂았다. 나무판 홈 아래에 섬유질이 많은 껍질을 두둑이 올리고 그 안에 잡초의 솜털을 넣어두었다. 그런 다음, 나무판을 발로 고정한 채 홈에 꽂아놓은 막대기 끝을 잡고서 심호흡을 했다. 불을 피우기 위해서는 온 신경을 하나로 모아야 했다.

막대기 맨 위쪽을 양 손바닥으로 잡고 비비면서 아래로 힘을 가하기 시작했다. 막대기를 돌리면서 손이 나무판에 거의 닿을 때까지 일정한 힘을 가해야 했다. 교대할 사람이 있었다면 손이 아래로 내려왔을 때 바로 다른 사람이 이어받아 막대기 위쪽을 돌리기 시작했을 것이었다. 하지만 혼자서 할 때는 손이 아래쪽으로 내려갔을 때 재빨리 위쪽으로 손을 옮겨 막대기가 돌아가는 리듬이 깨지지 않도록 해야 했다. 동시에 아래로 내리누르는 힘도 유지해야 했다. 그러지 않으면 마찰에 의해 일어난 불이 금세 꺼져버리거나 나무에 불이 붙을 만큼 불꽃이 일지 않을 수도 있었다. 숨 돌릴 틈도 없는 지난한 일이었다.

손에 규칙적인 리듬이 붙자 에일라는 이마에 맺힌 땀이 눈속으로 들어오는 것도 모르고 계속에서 손바닥을 비볐다. 나무판의 홈이 깊어지며 톱밥이 쌓였다. 나무 타는 냄새가 나더니 홈 부분이 검게 그을리며 한 줄기 연기가 솟아올랐다. 불이 붙을 기미가 보이자 에일라는 팔이 아파도 계속해서 나무 막대기를 비볐다. 마침내 나무판에서 작은 불꽃이 일더니 마른 부싯깃 위로 떨어졌다. 그다음이 훨씬 중요했다. 이때 불꽃이 죽으면 이 모든 과정을 처음부터 다시 시작해야 했다.

그녀는 몸을 숙여 열기가 느껴질 만큼 가까이 얼굴을 대고 불꽃을 후후 불기 시작했다. 숨을 내쉴 때 불꽃은 환하게 밝아지며 더욱 커졌다. 하지만 숨을 들이마시면 다시 작아졌다. 연기가 피어나는 나무판에 미리 준비해놓은 나무 부스러기들을 넣었다. 불꽃이 환하게 피어올랐다가 불이 붙지 않고 검게 그을리는 순간, 갑자기 작은 불꽃이 타올랐다. 에일라는 그때를 놓칠세라 더 세게 불면서 나무 부스러기들을 더 넣었다. 제법 불길이 솟아오를 때 불쏘시개 몇 개를 더 얹었다.

제법 큰 유목 토막에 불이 붙어 불길이 거세게 솟아오른 후에야 에일라는 숨을 돌렸다. 나무토막을 몇 개 더 가져와 옆에 쌓아놓은 뒤, 조금 더 홈이 큰 도구로 야생 당근을 캐는 데 썼던 생가지의 껍질을 벗겼다. 그러고는 불가 양쪽에 갈라진 가지를 하나씩 꽂고서 그 위에 끝을 뾰족하게 갈아놓은 가지를 걸쳐 놓은 뒤 토끼의 가죽을 벗기기 시작했다.

불이 뜨거운 숯불로 잦아들었을 무렵에는 가죽을 벗긴 토끼를 나무 꼬챙이에 꽂아 구울 준비를 마쳤다. 이동 중에 사냥을 할 때는 늘 그랬듯이 내장을 가죽에 싸서 버리려다가 에일라는 마음을 바꿨다.

털가죽을 쓸 수 있잖아. 그녀는 생각했다. 하루 정도만 있으면 충분히…….

그녀는 강에서 당근을 씻으며 손에 묻은 피도 닦아낸 뒤 파초 잎으로 당근을 쌌다. 섬유질이 풍부한 파초의 커다란 잎은 먹을 수도 있었지만 베인 상처나 멍이 든 부위를 감싸면 효과가 좋다는 생각이 절로 떠올랐다. 에일라는 숯불 옆에 잎으로 감싼 당근을 놓았다.

편안히 앉아 잠시 휴식을 취한 에일라는 토끼 털가죽을 버리지 않기로 했다. 고기가 익는 동안, 망가진 긁개를 가지고 가죽 안쪽의 혈관과 모낭, 막을 긁어내며 새 긁개를 만들어야겠다는 생각을 하기도 했다.

콧노래를 나직이 흥얼대며 가죽을 손질하는 동안, 생각은 정처 없이 떠돌았다. 여기서 며칠 머물면서 가죽을 손질해야겠어. 어차피 도구도 몇 개 만들어야 하니까. 강 위쪽 절벽의 구멍에도 가봐야겠다. 고기 익는 냄새가 좋네. 동굴이 있으면 비를 피할 수 있을 텐데. 하지만 오래 머물 것도 아닌데.

그녀는 일어나서 고기가 골고루 익도록 꼬챙이를 돌려놓은 뒤, 가죽의 다른 면을 손질했다. 오래 머물 수는 없잖아. 겨울이 오기 전에 사람을 찾아야 해. 그녀는 가죽을 긁다 말고, 돌연 의식의 수면 위로 떠오른 혼란스러운 생각에 집중했다. 사람들은 어디 있는 걸까? 본토에 가면 다른 종족이 있다고 이자는 말했지. 한데 왜 찾을 수 없을까? 이제 어쩌면 좋을까요, 이자? 난데없이 눈물이 차오르더니 왈칵 쏟아져 내렸다. 오, 이자, 너무 보고 싶어요. 크렙과 우바도. 그리고 내 아기, 두르크…… 내 아기. 네가 곁에 있으면 얼마나 좋을까, 두르크. 너무나 힘들구나. 넌 기형이 아니야. 그저 조금 다를 뿐이야. 나처럼.

아니, 나와는 다르지. 너는 씨족 사람이야. 조금 더 키가 크고, 머리가 조금 다르게 생겼을 뿐. 언젠가 너는 훌륭한 사냥꾼이 될 거야. 그리고 줄팔매도 능숙하게 다룰 테고. 또 누구보다 빠를 거야. 씨족 모임에 가면 모든 경기에서 네가 이길 거야. 격투는 힘들지도 몰라. 격투에서 이길 만큼 힘이 세지는 않겠지. 그래도 분명 강할 거야. 하지만 누가 너랑 소리를 내는 장난을 치겠니? 누가 너랑 재밌는 소리를 낼 수 있겠니? 이런 생각은 그만둬야 해. 그녀는 손등으로 눈물을 훔치며 스스로를 나무랐다. 그래도 네 곁에는 너를 사랑해주는 사람들이 있어서 다행이야, 두르크. 그리고 네가 더 자라면, 우라가 네 짝이 될 거야. 네게 잘 어울리는 참한 여인으로 키우겠다고 오다가 약속했어. 우라도 기형이 아니야. 너처럼 조금 다를 뿐이지. 나도 언젠가는 짝을 찾게 될까?

에일라는 잡념을 떨쳐내기 위해 몸을 움직이려는 듯, 음식이 잘 익었는지 보려고 벌떡 일어났다. 고기는 평소 좋아하는 정도보다 덜 익었지만 그 정도면 됐다고 생각했다. 연노란 작은 당근은 부드럽고 달콤했다. 내해 근처에서 쉽게 구할 수 있는 소금이 생각났지만 허기가 양념을 대신했다. 남은 토끼는 더 익도록 불에 그대로 놓아두고서 가죽 손질을 마무리했다. 요기를 하고 나자 기분이 좋아졌다.

절벽에 난 구멍을 살펴보려고 나서자 어느새 해가 높이 솟아 있었다. 에일라는 옷을 벗고 건너편 기슭까지 꽤 깊은 강을 헤엄쳐 나무뿌리 위로 기어올랐다. 절벽은 거의 수직에 가까울 만큼 경사가 심해 동굴을 찾는다 한들 무슨 소용이 있을까 싶었다. 절벽에서 튀어나온 좁은 바위에 다다르고 보니 동굴인 줄 알았던 것은 실망스럽게도 그저 움푹 파인 틈에 지나지 않았다. 그늘진 구석에 하이에나의 배설물이 있는 것으로 보아 초원으로 이어지는 더 쉬운 길이 있는 게 분명했다. 하지만 더 큰 동물이 머물 만한 공간은 아니었다.

절벽을 내려가기 시작하는데, 저 멀리 반대편 절벽이 눈에 들어왔다. 강물이 굽어 돌아가는 강 하류 쪽 절벽 아래에 바위가 튀어나와 있었다. 튀어나온 바위의 면적이 꽤 넓었을 뿐 아니라 그 뒤 절벽에는 앞서 본 것보다 훨씬 깊어 보이는 구멍이 있었다. 높은 곳에서 내려다보니 가파르긴 해도 충분히 올라갈 수 있는 위치였다. 온몸에 흥분이 일기 시작하더니 심장이 쿵쿵 뛰었다. 그 구멍이 적당한 크기의 동굴이라면 마른자리에서 밤을 보낼 수 있을 터였다. 절벽의 반까지 내려온 에일라는 어서 반대쪽 동굴을 보러 가고 싶은 마음에 물속으로 첨벙 뛰어들었다.

어젯밤 내려올 때는 어두워서 그냥 지나친 모양이야. 그녀는 절벽을 오르며 생각했다. 바로 그때, 동굴을 처음 살펴볼 때는 조심스럽게 접근해야 한다는 게 떠올랐다. 그녀는 줄팔매와 돌 몇 개를 챙겨 오기 위해 다시 내려가기 시작했다.

어제는 매우 조심조심 절벽을 내려왔지만 밝은 낮에는 손으로 어딘가를 짚지 않고도 그냥 내려올 수 있었다. 수천 년간 강은 반대편 절벽만을 깎아 내렸을 뿐, 이쪽은 그 정도로 가파르지 않았다. 바위에 가까워지자 에일라는 줄팔매를 들고서 조심스레 앞으로 나아갔다.

그녀의 모든 감각이 바짝 곤두섰다. 숨소리나 짐승이 움직이는 소리가 들리지 않는지 귀를 곤두세웠고, 최근에 누가 살았던 흔적이 있는지 주의 깊게 살폈다. 또한 공기 중에 육식동물 특유의 냄새나 배설물 냄새, 혹은 사냥감의 피 냄새가 감도는지 확인했다. 입을 벌려 혀의 맛봉오리까지 동원해 냄새를 찾아내려고 애썼다. 살갗으로는 동굴에서 나오는 온기가 없는지 느껴보았다. 조용히 구멍 입구로 접근하는 내내 에일라는 직관력이 자신을 이끌도록 했다. 구멍 근처 벽에 가까이 다가간 그녀는 어두운 구멍 속으로 기어가 안을 들여다보았다.

아무것도 보이지 않았다.

남서쪽으로 나 있는 입구는 작았다. 천장은 머리가 닿지 않을 정도로 높았지만 손을 뻗으면 닿았다. 바닥은 입구에서부터 기울어져 내려가다가 평평해졌는데, 바람에 날려 온 황토와 과거 동굴에 머물렀던 동물이 묻혀 온 여러 잔해들이 흙처럼 얇게 쌓여 있었다. 원래는 울퉁불퉁했을 동굴 바닥은 흙으로 단단하게 다져 있었다.

동굴 안쪽까지 둘러보니 최근에 누가 살았던 흔적은 없었다. 조용히 안쪽에 들어서자 뜨거운 바깥 날씨에 비하면 참으로 시원했다. 그녀는 눈이 어둠에 익숙해질 때까지 기다렸다. 그래도 생각했던 것보다 동굴 안은 밝은 편이었다. 더 깊숙이 들어가 보니 동굴 위쪽에 난 작은 구멍으로 햇빛이 들어오고 있었다. 불을 피우면 그 구멍으로 연기가 빠져나가 동굴 안을 연기로 가득 채우는 일도 없을 터이니 분명한 장점 중 하나였다.

눈이 어둠에 적응하자 동굴 안이 놀랍도록 잘 보였다. 빛이 들어오는 것 역시 장점이었다. 동굴은 크지 않았지만 그렇다고 작지도 않았다. 동굴은 입구에서부터 뒤쪽으로 비스듬히 경사진 데다가 점점 넓어지며 뒷벽과 이어져 있었다. 입구의 전체적인 모양은 세모에 가까웠고 입구 꼭대기와 동쪽 벽이 서쪽보다 길었다. 가장 어두운 곳은 동쪽의 뒤쪽 구석이어서 그곳부터 먼저 살펴볼 필요가 있었다.

그녀는 동쪽 벽을 따라 천천히 기어가며 틈이 있는지 살폈다. 특히 위험한 뭔가가 숨어 있을지 모르는 다른 구멍으로 이어지는 통로가 있는지 유심히 봤다. 어두운 구석 가까이에는 벽에서 쪼개져 떨어진 바위가 바닥에 어수선하게 쌓여 있었다. 그 위에 올라서자 윗면은 시렁처럼 평평했고, 그 너머에는 아무것도 없었다.

횃불을 만들어 가져올까 생각하다가 마음을 바꿨다. 아무런 소리도 냄새도 없었고, 생명의 흔적은 느껴지지 않았다. 바위 너머로 작은 입구 같은 게 있었다. 한 손에 줄팔매와 돌멩이를 쥔 채, 그녀는 바위 시렁 위에서 몸을 일으켰다. 두르개를 입지 않아 무기를 넣을 곳이 없는 게 못내 아쉬웠다.

어두운 입구는 낮아서 안으로 들어가려면 몸을 숙여야 했다. 하지만 그것은 동굴 천장이 낮아지며 끝나는 지점에서 움푹 파인 바닥과 만나 안으로 쑥 들어간 공간에 불과했다. 뒤에는 뼈들이 쌓여 있었다. 뼈 하나를 집어서 바위 시렁을 넘어와 다시 동굴 벽 뒤를 따라 걷다가 이번에는 서쪽 벽을 살펴보며 입구로 나왔다. 그것은 막다른 동굴이었다. 작은 틈을 제외하면 미지의 공간으로 이어지는 곁동굴이나 통로 같은 것은 전혀 없었다. 안전하면서도 아늑함이 느껴지는 동굴이었다.

동굴 입구로 걸어 나온 에일라는 손으로 눈부신 햇빛을 가리고 주위를 둘러봤다. 그녀는 동굴 앞쪽으로 튀어나온, 커다란 선반 같은 모양의 바위 위에 서 있었다. 저 아래 오른쪽으로는 유목과 뼈들이 쌓여 있는 돌투성이 강변이 펼쳐졌다. 왼쪽으로는 계곡이 보였다. 더 멀리로는 강이 가파른 반대편 절벽 아래를 굽어 돌아 다시 남쪽으로 방향을 틀어 흐르고 있었다. 왼쪽 절벽은 점점 낮아지며 초원과 이어졌다.

에일라는 손에 든 뼈를 자세히 보았다. 큰뿔사슴의 기다란 다리뼈였는데, 오래되어 말라 있었지만 잘려 나간 부위에 찍힌 이빨 자국은 선명했다. 물어뜯긴 방식이나 이빨 자국이 낯익었지만 어떤 짐승의 것인지 확실한 감은 오지 않았다. 고양잇과 동물인 것은 확실했다. 몸집이 크지 않은 육식동물을 대상으로 사냥 실력을 연마해온 터라 에일라는 씨족의 누구보다 육식동물을 잘 알았다. 이것은 아주 커다란 고양잇과 동물의 이빨 자국이야. 그녀는 빠르게 주위를 살피더니 다시 동굴을 봤다.

동굴사자! 동굴사자가 살았던 동굴이 분명해. 우묵하게 들어간 동굴 안쪽은 암사자가 새끼를 낳기에 완벽한 장소야. 그녀는 생각했다. 저 안에서 밤을 보내기는 글렀어. 안전하지 않을 거야. 그녀는 다시 뼈를 살펴봤다. 하지만 이 뼈는 아주 오래된 거야. 동굴은 오랫동안 비어 있었고. 그리고 입구에 불을 피워두면 동물이 접근하지 못할 테고.

좋은 동굴이야. 이렇게 좋은 동굴도 흔치 않아. 내부도 넓고, 바닥도 흙으로 다져 있어. 안쪽까지 물이 들어오는 일도 없을 거야. 봄에 홍수가 나도 이 높이까지 물이 차오르지는 않을 테니. 게다가 연기 구멍도 있어. 어서 털가죽이랑 바구니를 가지고 와야겠다. 땔감을 가져와 불도 피우고.

에일라는 서둘러 강가로 내려갔다. 짐을 챙겨 다시 올라온 에일라는 가죽 천막과 털가죽을 햇빛으로 따뜻해진 바위 위에 펼쳐놓고 바구니를 동굴 안에 넣어두었다. 그리고 다시 내려가 땔감으로 쓸 나무를 가지고 올라왔다. 불 주변에 놓아둘 돌도 몇 개 가져와야겠다는 생각에 에일라는 다시 절벽을 내려가기 시작했다.

도중에 멈춰 선 에일라는 생각에 잠겼다. 왜 돌까지 필요하지? 겨우 며칠 머물 건데. 계속해서 사람을 찾아 나서야지. 겨울이 오기 전에 찾아야 해.

사람들을 찾지 못하면 어쩌지? 오랫동안 그런 생각이 머릿속을 맴돌았지만 전에는 떨쳐버리려고 애썼다. 그런 생각 끝에 나온 결론은 크나큰 두려움뿐이었다. 겨울이 와도 사람을 찾지 못하면 어쩌지? 저장해놓은 음식도 없을 테고, 눈과 바람을 피해 따뜻하게 머물 공간도 없을 거야. 머물 동굴은커녕…….

그녀는 동굴을 보더니 절벽에 에워싸인 아름다운 계곡과 그 아래 들판을 거니는 말 떼를 봤다. 그리고 다시 동굴에 시선을 주었다. 내게 완벽한 동굴이야. 그녀는 생각했다. 저 정도로 좋은 동굴을 다시 찾으려면 시간이 오래 걸릴 거야. 그리고 계곡도. 저기에서 채집도 하고 사냥도 해서 식량을 저장할 수 있어. 물도 있어. 무엇보다 겨울을 날 땔감도 충분해. 게다가 부싯돌도 있어. 다행히 바람은 없고. 여기에는 내게 필요한 게 다 있어. 사람만 없을 뿐.

겨울 내내 혼자 지낼 수 있을지 모르겠어. 하지만 이미 여름도 무르익었어. 식량을 충분히 저장해놓으려면 당장 서둘러야 해. 지금껏 사람의 흔적을 찾지 못했는데, 앞으로 찾을 거라고 어떻게 장담하겠어? 다른 종족을 찾는다 해도 그들이 함께 살도록 허락이나 해줄는지. 그들에 대해서는 아는 게 없잖아. 브라우드만큼 나쁜 사람들도 있고. 가엾은 오다에게 일어났던 일만 보더라도 그래. 브라우드가 내게 그랬던 것처럼 강제로 욕망을 풀었던 자들이 다른 종족 남자였다고 했어. 나처럼 생겼다고 했고. 모두가 다 그런 나쁜 자들이면 어쩌지? 에일라는 다시 동굴을, 그리고 계곡을 바라봤다. 그녀는 바위 주변을 거닐다가 무른 바위에서 떨어져 나온 돌덩이 하나를 발로 차더니 저 멀리 말들을 응시했다. 그러고는 마음의 결정을 내렸다.

"말들아, 잠시 너희 계곡에서 머물러야겠구나. 다음 봄에 다른 종족을 다시 찾아 나설 수 있겠지. 지금 겨울 준비를 하지 않으면 다음 봄에는 살아 있지 못할 거야."

에일라는 말들에게 손짓했다. 여러 생각들을 유려한 손짓으로 풍부하게 표현하면서 간혹 강조하고 싶을 때나 이름을 말할 때, 목구멍 깊은 곳에서 내는 소리를 제외하면 그녀는 소리를 내지 않고 말했다. 그녀가 기억하는 유일한 말은 손짓언어였다.

일단 결정을 내리고 나니 마음이 편해졌다. 그녀는 이 아름다운 계곡을 떠나 바람이 쉴 새 없이 부는 메마른 초원을 향해 길을 떠나고 싶지 않았다. 계속 여행을 해야 한다는 생각만 해도 두려움이 앞섰다. 서둘러 강변으로 내려와 두르개를 걸치고 부적을 다시 목에 걸기 위해 몸을 숙여 주머니를 잡는 순간, 반짝이는 작은 얼음 덩어리가 눈에 들어왔다.

한여름에 어떻게 얼음이 여기에 있지? 그녀는 이상하다는 생각을 하며 집어 들었다. 하지만 그것은 차갑지 않았다. 단단하고 모서리 윤곽은 뚜렷했지만 단면은 매끄럽고 평평했다. 이쪽저쪽으로 돌려보니 햇빛을 받은 단면들이 반짝였다. 그때 우연히 어떤 각도로 돌리자 프리즘처럼 햇빛을 분산시키면서 아름다운 빛깔의 향연이 펼쳐졌다. 그녀는 땅바닥에 드리워진 무지갯빛에 숨이 턱 막혔다. 에일라는 전에 수정 결정을 본 적이 없었다.

강변에 흩어진 부싯돌이나 다른 돌들처럼 수정은 표석이었다. 원래 그곳에 있던 돌이 아니었다. 반짝이는 돌은 원래 있었던 곳에서 자신과 닮은 물질, 즉 빙하의 엄청난 힘에 의해 떨어져 나와 밀려 내려왔다가 빙하가 녹으면서 남은 충적토에 자리 잡게 된 것이었다.

갑자기 에일라는 얼음이 등을 타고 내리는 것처럼 오싹함을 느끼며 그대로 주저앉았다. 돌의 의미를 생각하다 보니 너무도 몸이 떨려와 서 있을 수 없었다. 그녀는 오래전, 자신이 어린 소녀였을 때 크렙이 해준 이야기를 떠올렸다.

어느 겨울날, 나이가 지긋한 도르브가 사람들을 모아놓고 옛날이야기를 했다. 그가 이야기를 끝내자 에일라는 궁금한 게 생겨 크렙에게 물어보았고, 그 질문은 토템에 대한 자세한 설명으로 이어졌다.

"토템들은 머물 터전을 원하지. 그러니 아마 집 없이 방랑하는 사람들을 떠났을 것이다. 너도 네 토템이 너를 버리길 원하는 건 아니겠지, 안 그러냐?"

에일라는 부적으로 손이 갔다.

"하지만 내 토템은 나를 버리지 않았어요. 내가 혼자인 데다 머물 곳도 없었는데도요."

"그건 토템이 너를 시험하려고 했던 거다. 그다음에는 토템이 너에게 거처를 찾아주지 않았더냐? 동굴사자는 강한 토템이란다, 에일라. 그가 너를 선택했다. 너를 선택했으니 늘 너를 보호해주기로 작정했을 것이다. 하지만 토템들은 모두 머물 곳이 있을 때 더 좋아한단다. 토템의 말에 귀를 기울이면, 그가 너를 도울 거다. 무엇이 가장 최선인지 네게 알려줄 것이다."

"어떻게 알 수가 있어요, 크렙?"

에일라가 물었다.

"동굴사자의 정령을 본 적이 없는데요. 토템이 뭔가 말해주려고 할 때 크렙은 그걸 어떻게 알아요?"

"토템은 너의 일부이기 때문에 토템의 정령을 볼 수는 없다. 그렇지만 너에게 말을 해준다. 다만 네가 토템의 말을 이해할 수 있어야 하지. 네가 뭔가 결정을 내려야 할 때 그가 너를 도울 것이다. 네가 올바른 결정을 내리면 네게 징표를 줄 것이고."

"무슨 징표요?"

"설명하기 어렵구나. 보통은 특별하거나 독특한 것이다. 전에는 한 번도 본 적 없는 돌멩이일 수도 있고, 네게 의미가 있는, 특별하게 생긴 뿌리일 수도 있지. 네 눈과 귀가 아니라 네 머리와 마음으로 이해하는 법을 배워야 한다. 그러면 알게 된단다. 오직 너만이 네 자신의 토템을 이해할 수 있어. 누구도 방법을 설명해줄 수 없지. 하지만 때가 되어 네 토템이 남기고 간 징표를 찾게 되면, 그걸 네 부적 속에 잘 넣어두어라. 그게 너에게 행운을 가져다줄 것이다."

동굴사자시여, 여전히 저를 보호해주고 계시나요? 이것이 징표입니까? 제가 올바른 결정을 내린 건가요? 이 계곡에서 머물러야 한다고 말씀하시는 건가요?

에일라는 반짝이는 수정을 두 손으로 감싸 쥔 채 눈을 감고 크렙이 늘 하던 대로 명상에 들어가려고 했다. 머리와 마음으로 토템의 뜻을 듣기 위해 애썼으며 자신의 위대한 토템이 자신을 버리지 않았다는 것을 믿을 수 있는 방법을 찾고자 했다. 그녀는 씨족을 떠날 수밖에 없던 일들과 이자가 말한 대로 다른 종족을 찾아 북쪽으로 길고 힘겨운 여행을 했던 시간을 떠올렸다. 북쪽으로…….

동굴사자들! 내 토템이 동굴사자를 보낸 거야. 내가 서쪽으로 방향을 틀도록, 그래서 이 계곡에 닿도록 말이야. 토템은 내가 이 동굴을 찾길 바란 거야. 토템도 여행에 지쳐서 이 동굴을 거처로 삼고 싶었던 거야. 예전에 동굴사자들이 머물렀던 이 동굴에서. 토템이 편안함을 느끼는 곳이라서. 동굴사자의 정령은 여전히 내 곁에 있어! 나를 버리지 않았어!

그렇게 생각이 정리되자 에일라는 미처 깨닫지 못했던 긴장이 한 번에 풀리는 것을 느꼈다. 그녀는 미소 띤 얼굴로 눈을 깜박이며 눈물을 참고는 작은 주머니를 묶고 있던 매듭을 풀었다. 작은 주머니에 든 것들을 모두 쏟아내 하나씩 집어 들었다.

첫 번째 부적은 붉은 황토 덩어리였다. 신성한 황토는 동굴곰족 사람들 모두가 가지고 다녔다. 그것은 목우르가 토템을 알려주는 날에 누구나 받는 부적이었다. 보통 아기였을 때 자신의 토템을 받지만 에일라는 다섯 살이었을 때 토템이 정해졌다. 에일라가 이자에게 발견된 지 얼마 되지 않아 씨족의 일원으로 받아

들여졌을 때 크렙은 그녀의 토템을 찾아 모두에게 알렸다. 에일라는 또 다른 조개 모양의 화석을 보며 다리에 난 네 개의 흉터를 손으로 쓸었다.

바다 생물의 껍데기처럼 보이지만 그것은 돌이었다. 그녀의 토템이 줄팔매로 사냥을 하겠다는 그녀의 결정을 인정하며 처음으로 보내준 징표였다. 사냥을 해도 동굴에 가져갈 수 없었던 에일라는 잡아봤자 버려야 하는 식용동물이 아니라 사람들이 먹지 않는 포식 동물을 사냥했다. 하지만 교활하고 위험한 포식 동물을 상대로 사냥을 연습한 덕분에 더욱 뛰어난 기량을 연마하게 되었다. 에일라가 다음으로 집어 든 물건은 사냥을 위한 호신부였다. 무서우면서도 호기심을 불러일으키던 사냥하는 여자가 되는 의식에서 브룬이 직접 건네준, 붉게 물들인 타원형의 상아였다. 에일라는 고대의 정령에게 그녀의 피를 제물로 바치기 위해 크렙이 생채기를 냈던 목의 작은 흉터에 손을 댔다.

그다음 부적은 그녀에게 매우 특별한 의미가 있는 것이어서 눈물이 쏟아질 것 같았다. 에일라는 반짝이는 황철광 세 개가 붙은 돌을 꼭 움켜쥐었다. 그것은 아들이 살게 될 거라고 그녀의 토템이 알려준 징표였다. 마지막 물건은 이산화망간 조각이었다. 그녀가 치료사가 되던 의식에서 모든 씨족 사람들의 영혼을 조금씩 나눠 받을 때 목우르가 준 것이었다. 순간 어떤 생각이 떠오르더니 머릿속을 맴돌았다. 그렇다면 브라우드가 내게 저주를 내렸다는 것은 모두에게 저주를 내렸다는 것일까? 이자가 죽었을 때 크렙은 이자가 나눠 받은 영혼을 다시 돌려받는 의식을 치렀다. 따라서 이자는 정령의 세계로 돌아갈 때 다른 이들의 영혼을 가져가지 않았다. 하지만 누구도 그녀에게서 영혼을 되찾아가지 않았다.

순간 불길한 예감이 그녀를 덮쳤다. 크렙이 불가해한 방식으로 그녀가 다르다는 것을 알게 되었던 씨족 모임 이후로, 그녀는 크렙이 자신을 변화시키기라도 한 듯, 때때로 이러한 혼란스러움을 느꼈다. 등골이 오싹해지며 소름이 돋더니 온몸에 통증이 일며 현기증과 무력감이 찾아왔다. 자신의 죽음이 씨족 전체의 죽음으로 이어질지 모른다는 깊은 공포심이었다.

그녀는 그런 느낌을 떨쳐내려고 애썼다. 가죽 주머니에 부적들을 다시 넣어두고 마지막으로 수정 결정을 넣었다. 주머니의 매듭을 묶고 끈이 닳은 부분은 없는지 살폈다. 크렙은 부적을 잃어버리면 죽게 될 거라고 말했다. 부적을 모두 담은 주머니를 목에 걸자 전보다 더 묵직하게 느껴졌다.

강가에 홀로 앉아 있던 에일라는 자신이 동굴곰족에게 발견되기 전에 무슨 일이 있었는지 궁금증이 일었다. 그 전의 삶에 대해서는 아무것도 기억나지 않았다. 하지만 그녀는 매우 달랐다. 키도 너무 크고, 피부색도 옅었으며 얼굴 생김새도 동굴곰족과는 판이하게 달랐다. 그녀는 잔잔한 물웅덩이에 비친 자신의 얼굴을 본 적이 있었다. 참으로 못생긴 얼굴이었다. 툭하면 그녀에게 못생겼다고 말한 사람은 브라우드였지만 사실 모두가 그렇게 생각했다. 그녀는 키가 큰 못생긴 여자였다. 그녀를 마음에 둔 남자는 없었다.

나도 마음에 드는 남자는 없었어. 그녀는 생각했다. 이자는 내게 나와 같은 종족의 남자가 필요하다고 말했어. 하지만 다른 종족의 남자라고 해서 나를 마음에 들어 할까? 어떤 남자도 키 크고 못생긴 여자를 원하지 않아. 어쩌면 그냥 여기에 머무는 게 낫겠어. 다른 종족을 찾는다 해도 짝을 찾을 수 있을지 어찌 알겠어?

4

존달라는 낮게 웅크리고 앉아 황금빛으로 물드는 푸른 풀숲 사이로 한 무리의 말을 주시하고 있었다. 풀들은 덜 익은 알곡을 묵직하게 매단 채 휘어져 있었다. 건조한 바람에 실려 그의 얼굴을 스치는 악취는 말들에게서 풍겨오는 것이 아니었다. 행여 바람의 방향이 바뀔 때를 대비해 자신의 체취를 감추려고 몸과 겨드랑이에 묻혀놓은 말의 배설물 냄새였다.

뜨거운 태양이 땀에 젖은 구릿빛 등 위에서 반짝였다. 땀이 얼굴을 타고 흘러내렸다. 땀에 젖어 이마에 달라붙은 머리가 더욱 짙게 보였다. 가죽끈으로 묶은 머리에서 빠져나온 머리칼 한 가닥이 바람에 날려 얼굴을 간질였다. 날벌레들이 그의 주위를 윙윙거리며 날아다니다가 간혹 살갗을 물기도 했다. 긴장된 자세로 오래 앉아 있다 보니 왼쪽 허벅지가 저려왔다.

하지만 벌레나 경련 같은 것은 아주 사소한 불편거리여서 눈치를 채지 못할 정도였다. 존달라의 관심은 수말 한 마리에 집중되어 있었다. 수말은 자신이 거느린 암말 무리에게 닥친 위험을 감지한 듯 초조하게 콧바람을 불어대며 뒷발을 차기 시작했다. 암말들은 풀을 뜯으며 되는 대로 움직이는 것처럼 보였지만 어느새 새끼들을 보호하는 대형을 취했다.

존달라에게서 몇 발자국 떨어진 곳에서 똑같이 긴장된 자세로 웅크리고 있던 소놀란은 오른손에 어깨 높이로 창을 들고 있었고, 왼손에도 창을 쥐고 있었다. 그는 형을 흘끗 봤다. 존달라가 고개를 들더니 회갈색 암말을 향해 눈짓을 보냈다. 그러자 소놀란이 고개를 끄덕이고는 창의 균형을 세심하게 바로잡더니 던질 자세를 취했다.

신호라도 주고받은 것처럼 형제는 동시에 벌떡 일어나 말들을 향해 전력 질주했다. 수말이 뒷다리로 서며 경고의 울음을 내뱉더니 다시 뒷다리로 곧추섰다. 소놀란이 암말에게 창을 던지는 사이, 존달라는 수말에게 곧장 달려가며 겁을 주기 위해 크게 소리를 질러댔다. 그들의 계획은 효과가 있었다. 종마는 시끄러운 포식자에 익숙하지 않았다. 네 다리의 포식 동물들은 살며시 다가와 조용히 공격하곤 했다. 수말은 소리 높여 울며 존달라를 향해 뛰더니 방향을 바꿔 도망가는 다른 말들을 쫓았다.

형제도 말들을 따라 질주했다. 수말은 뒤처지는 암말을 보더니 옆으로 다가가 더 빨리 달리라고 자신의 주둥이로 암말의 옆구리를 찔렀다. 남자들은 소리를 지르며 팔을 휘둘렀지만 수말은 자기 위치를 지키며 남자들과 암말 사이에서 달렸다. 남자들의 앞을 막으면서 암말이 빨리 달리도록 뒤에서 부추겼다. 암말은 비틀비틀 몇 걸음 더 내딛더니 머리를 떨어뜨린 채 멈춰 섰다. 소놀란의 창이 옆구리에 꽂혀 있었고, 선홍색 피가 회색 털을 물들이더니 뒤엉킨 몇 가닥 털에서 뚝뚝 떨어졌다.

존달라가 다가가 암말을 겨냥해 창을 던졌다. 암말은 경련을 하더니 발을 헛디디며 그대로 쓰러졌다. 두 번째 창은 빳빳한 갈기 아래 두터운 목에 꽂힌 채 가볍게 흔들리고 있었다. 수말이 다가와 암말에게 코를 박고 부드럽게 쓸어주었다. 그러더니 도전적인 소리를 내지르며 뒷발로 일어났다가 남은 말들을 보호하기 위해 무리를 따라 달렸다.

"짐을 챙겨올게. 말을 강가로 끌고 가느니 여기로 물을 가져오는 게 낫겠어."

소놀란이 쓰러진 말을 향해 달려오며 말했다.

"전부 다 말릴 필요는 없잖아. 우리가 필요한 부분만 잘라서 강으로 가져가자. 그러면 여기로 물을 가져오지 않아도 되고."

존달라의 말에 소놀란은 어깨를 으쓱했다.

"그러지, 뭐. 뼈를 자를 도끼를 가져올게."

소놀란은 강으로 향했다. 존달라는 칼집에서 뼈로 된 자루가 달린 칼로 말의 목을 깊게 베었다. 목에 박힌 창을 빼내자 암말의 머리통 주위로 피가 웅덩이를 이루었다.

"위대한 대지의 어머니께 돌아가거든, 감사를 드려라."

그는 죽은 말에게 말했다. 그러면서 무의식적으로 주머니에 손을 뻗어 여신의 돌조각을 어루만졌다. 젤란도니의 말씀이 맞아. 그는 생각했다. 대지의 아이들이 누가 그들을 위해 이 많은 것들을 베푸는지 잊어버린다면, 어느 날 우리가 깨어났을 때 돌아갈 집이 없다는 것을 깨닫게 될지 몰라. 그러더니 그는 칼을 쥐고서 도니 여신의 몫을 따로 자르기 시작했다.

"오는 길에 하이에나를 봤어."

소놀란이 오면서 말했다.

"우리 말고도 포식할 놈들이 꽤 있겠어."

"어머니 여신은 낭비를 좋아하지 않으시지."

존달라는 팔꿈치까지 피에 젖은 팔을 치켜올리며 말했다.

"모두가 어떤 식으로든 여신에게 돌아가게 마련이지. 자, 어서 거들어."

"너도 알다시피 위험할 수 있어."

존달라가 작은 모닥불에 땔감 하나를 던져 넣으며 말했다. 불똥이 튀면서 피어오른 연기가 밤하늘로 사라졌다.

"겨울이 오면 어쩌려고?"

"겨울까지는 아직 시간이 많이 남아 있어. 그 전에 사람들을 만날 테고."

"지금이라도 돌아가면 당연히 사람들을 만날 수 있을 거야.

최악의 추위가 오기 전에 로사두나이족 동굴까지는 갈 수 있겠지."

존달라는 몸을 돌려 동생을 마주 보며 말을 이었다.

"산 너머 이쪽의 겨울은 어떨지도 알지 못하잖아. 이곳은 바람을 막아줄 만한 지형도 드물고 훨씬 트여 있어. 땔감으로 쓸 나무도 적고. 사르무나이족 동굴에 들렀어야 했어. 그랬다면 앞으로 무엇을 마주치게 될지, 여기 사람들은 어떻게 살아가는지 알 수 있었을 텐데."

"지금이라도 원한다면 여기서 발길을 돌려도 돼, 존달라. 나야 어차피 처음부터 혼자 여행을 떠날 생각이었으니. 그렇다고 형이 함께 와줘서 기쁘지 않다는 건 아냐."

"모르겠다. 어쩌면 그래야 할지도."

그는 다시 몸을 돌려 불길을 응시하며 말했다.

"이 강이 이렇게 길 줄은 생각도 못 했어. 저 강을 보라고."

그는 달빛을 받아 반짝이는 강물을 향해 손짓했다.

"저 강은 강들의 위대한 어머니야. 한데 그만큼 예측 불가능하지. 처음 길을 나설 때만 해도 강은 오른쪽으로 흘렀어. 그런데 이제는 남쪽으로 흐르더니 물길도 저토록 많이 나뉘는구나. 어떤 지류를 따라가야 할지도 모르겠고. 얼마나 멀든 저 강 끝까지 따라가겠다는 네 말을 내가 곧이곧대로 듣지 않았던 것 같다, 소놀란. 게다가 사람들을 만난다고 해도, 그들이 우호적일지 어떻게 알겠어?"

"그게 바로 여행의 묘미 아니겠어. 새로운 곳을 발견하고, 새로운 사람들을 만나고. 운에 맡기는 거지. 형, 원한다면 돌아가도 돼. 진심이야."

존달라는 나무 막대기로 손바닥을 규칙적으로 치며 모닥불을 응시했다. 갑자기 일어난 그가 막대기를 불 속에 던지자 불길이 치솟았다. 그는 걸어가 땅에 박아놓은 말뚝 위에 걸쳐진 줄을 바라봤다. 줄에 걸어놓은 얇게 저민 고기들이 말라가고 있었다.

"돌아가면 난 뭘 해야 하지? 그때는 뭘 기대할 수 있을까?"

"또 한 번 강이 굽어지는 곳, 또 한 번의 일출, 그리고 함께 잘 다른 여자."

소놀란이 말했다.

"그게 전부일까? 넌 그것 말고 삶에서 다른 것을 바라지는 않아?"

"그 밖에 또 뭐가 있는데? 태어났으니 여기에 있는 동안 최선을 다해 살다가 언젠가 어머니 품으로 돌아가는 거지. 그다음에는 누가 알겠어?"

"그것 말고도 뭔가가 더 있을 거야. 살아야 할 이유가."

"그걸 찾으면 나한테도 알려줘."

소놀란이 하품을 하며 말했다.

"지금으로선 또 한 번 해가 뜨길 바랄 뿐이야. 한데 우리 중 하나는 깨어 있어야겠네. 아니면 불청객을 쫓을 수 있게 불을 더 크게 피워놓든가. 그래야 아침까지 저 고기가 남아 있겠지."

"소놀란, 네가 자라. 내가 지키고 있을게. 어차피 잠이 오지 않을 것 같으니."

"존달라, 형은 너무 걱정이 많아. 피곤하면 날 깨워."

소놀란이 천막에서 기어 나와 눈을 비비며 기지개를 폈을 때 해는 이미 높이 솟아 있었다.

"밤을 샌 거야? 깨우지 그랬어."

"생각을 좀 하느라 잠이 오지 않았어. 여기 따뜻한 샐비어 차가 있는데, 한 잔 하든가."

"고마워."

소놀란은 나무 그릇에 김이 나는 따뜻한 차를 떠 담으며 말했다. 그는 양손으로 잔을 감싸고, 모닥불 앞에 쪼그리고 앉았다. 아침 공기는 여전히 차가웠고 풀은 이슬에 젖어 있었다. 그는 허리에 감은 천을 빼면 아무런 옷가지도 걸치지 않았다. 강 근처의 빈약한 덤불과 나무 사이를 빠르게 움직이며 시끄럽게 지저귀는 새들을 지켜봤다. 물길 가운데 버드나무 섬에서 둥지를 튼 왜가리 무리가 아침으로 물고기를 먹고 있었다.

"그래서 찾았어?"

소놀란이 마침내 입을 열었다.

"뭘?"

"삶의 의미를 찾는다며. 내가 잠자리에 들 때 형이 고민하던 게 그거 아니었어? 밤새 깨어 있던 이유가 그거잖아. 나는 그런 의미 같은 것은 모를 거야. 지금으로선 곁에 여자 하나만 있으면……. 형이 혹시 버드나무 숲에 도니의 축복을 받은 여자라도 숨겨놓은 거 아닌지……."

"내가 그랬다 한들 너에게 말해줄 것 같으냐?"

존달라가 활짝 웃으며 말했다. 그러더니 그의 미소가 옅어졌다.

"날 웃기려고 시답지 않은 농담까지 할 필요는 없어, 아우야. 난 너랑 함께 갈 거야. 네가 원한다면 강 끝까지. 한데 그다음에는 어쩔 셈인데?"

"거기서 뭘 찾는지에 따라 다르지. 어젯밤에 내가 할 수 있는 최선의 일은 자는 것이라 생각했어. 형이 그런 기분에 젖을 때면 함께 있기가 편하지는 않으니까. 그래도 같이 가기로 했다니 기쁘다. 이제 형한테 적응이 되던 참이었어. 그런 언짢은 기분까지 포함해서 말이야."

"말했잖아, 너를 곤경에 빠지지 않게 도와줄 사람이 필요하다고."

"나를? 지금으로서는 문제라도 생겼으면 하는데. 고기가 마를 때까지 그저 앉아서 기다리느니."

"이런 날씨면 며칠이면 될 거야. 그런데 내가 본 걸 너한테 말해야 하나 모르겠다."

존달라의 눈이 반짝였다.

"말해, 형. 어차피 말할 거면서."

"소놀란, 저 강에 커다란 철갑상어가 있어. 하지만 잡아봐야 소용이 없겠지. 다 말릴 때까지 기다리고 싶지 않을 테니."

"얼마나 큰데?"

소놀란이 강 쪽을 보며 구미가 당긴다는 듯 일어나 물었다.

"엄청 커. 우리 둘이서 밖으로 끌어낼 수 있을지 모르겠다."

"그렇게 큰 철갑상어가 어디 있어?"

"내가 본 게 그렇다니까."

"보여줘봐."

"날 뭐로 생각하는 거야? 내가 위대한 어머니라도 되는 줄 알아? 물고기한테 이리 와서 네가 얼마나 큰지 몸소 보여라, 명령이라도 하라고?"

소놀란은 아쉬운 표정이었다.

"어디에서 봤는지는 알려줄 수 있어."

존달라가 말했다.

둘은 강가로 걸어가 반쯤 물에 잠긴 채 쓰러져 있는 나무 근처에 섰다. 그때 그들을 유혹이라도 하듯, 커다란 그림자가 조용히 상류 쪽으로 오더니 나무 아래 강바닥에서 멈춰 섰고, 그 주위로 물결이 일었다.

"이 세상 모든 물고기의 할머니라고 해도 되겠다."

소놀란이 속삭였다.

"한데 땅으로 끌어 올릴 수 있을까?"

"해보는 거지, 뭐!"

"한 동굴에 사는 씨족을 다 먹이고도 남겠어. 저걸 가지고 다 어쩌려고?"

"어머니 여신은 낭비를 좋아하지 않으신다고 형이 말하지 않았어? 하이에나나 오소리가 남은 것은 처리해줄 거라고. 창을 가져오자."

소놀란은 어서 물고기를 잡고 싶은 마음에 안달이 난 듯 말했다.

"창으로는 어림도 없어. 갈고리가 필요해."

"갈고리를 만드느라 지체하면 가버리고 없을 거야."

"갈고리가 없으면 절대 못 잡을걸. 창은 그냥 빠져나갈 테니까. 확실하게 낚을 수 있는 도구가 있어야 해. 만드는 데 시간이 오래 걸리지도 않을 거야. 저기 저 나무면 되겠다. 굵은 나뭇가지를 꺾어서 만들면 굳이 나무를 불에 단련하지 않아도 될 거야. 어차피 한 번 쓰고 말 거니까."

존달라가 간간이 허공에 대고 손짓으로 강조하며 말을 했다.

"저 가지를 잘라서 날카롭게 한 다음에 갈고리 모양으로 다듬으면……."

"하지만 다 만들기 전에 가버리면 그게 다 무슨 소용이겠어?"

소놀란이 끼어들었다.

"저기서만 두 번째 봤어. 저기가 휴식을 취하기에 마음에 드는 곳인가봐. 다시 올 거야."

"하지만 얼마나 있다가 다시 올지 모르잖아."

"지금 당장 더 좋은 방법이 있어?"

소놀란은 쓴웃음을 지었다.

"좋아, 형이 이겼어. 갈고리를 만들러 가자."

몸을 돌려 돌아가려던 그들은 깜짝 놀라 멈춰 섰다. 여러 명의 남자들이 누가 봐도 사나운 표정으로 그들을 둘러싸고 있었다.

"어디서 나타난 거지?"

소놀란이 갈라지는 목소리로 속삭였다.

"우리 모닥불을 본 게 틀림없어. 저들이 언제부터 지켜보고 있었는지 누가 알겠어. 고기 냄새에 이끌린 짐승들이 올까봐 밤새 깨어 있었는데. 우리가 방심하고 창을 들고 다니지 않을 때까지 기다린 것 같다."

"그렇게 우호적으로 보이지 않아. 누구도 환영의 손짓을 하지 않는군. 이제 어쩌지?"

"가장 친절한 미소를 활짝 지어보지그래, 아우야. 손짓을 해봐."

소놀란은 자신감을 가지려고 애쓰며, 또 자신감이 넘치는 미소이길 바라며 활짝 웃어 보였다. 그리고 그들을 향해 손을 뻗어 보였다.

"나는 젤란도니족의 소놀란이라고……."

말이 끝나기도 전에 그의 발 옆으로 창이 날아와 땅바닥에 꽂혀 흔들렸다.

"뭐 다른 좋은 생각 없어, 존달라?"

"그들의 생각을 들을 차례인 것 같아."

남자들 중 하나가 낯선 언어로 뭔가를 말하자 다른 두 남자가 그들을 향해 달려왔다. 그들은 앞으로 걸으라며 창끝으로 위협했다.

"폭력을 쓸 것은 없잖아, 친구. 원래 그쪽 방향으로 가려고 했었다고."

찌르는 듯한 아픔에 소놀란이 말했다.

남자들은 그들을 야영지로 데려가더니 거칠게 밀어뜨렸다. 좀 전에 뭔가를 말했던 남자가 큰 소리로 지시했다. 여러 남자가 천막 안으로 기어 들어가 짐을 다 끄집어냈다. 배낭에 있던 창들을 빼내고 그 안의 물건들도 다 쏟아냈다.

"대체 뭐하는 짓들이야?"

소놀란이 일어나며 소리쳤다. 강제로 다시 앉게 된 소놀란의 팔에 피가 흐르기 시작했다.

"진정해, 소놀란. 화가 난 표정이야. 우리가 하는 말을 들어줄 기분이 아닌 것 같아."

존달라가 말했다.

"이게 방문자를 맞이하는 방식이야? 여행하는 자들의 지나갈 권리도 모르는 거야?"

"네가 그런 말을 했었지, 소놀란."

"무슨 말?"

"운에 맡기자고. 그게 여행의 묘미라며."

"고맙네. 지금 딱 필요한 말이었어."

소놀란이 팔에 난 쓰린 상처를 만진 피 묻은 손가락을 보며 말했다.

우두머리로 보이는 자가 몇 마디 말을 뱉어내자 두 형제는 다시 일으켜 세워졌다. 허리에 천 하나만 걸친 소놀란은 그냥 한 번 보고 넘어갔지만 존달라는 몸 곳곳을 뒤지더니 돌칼을 찾아 빼앗았다. 한 남자가 그의 허리띠에 묶어놓은 주머니에 손을 뻗자 존달라는 주머니를 움켜쥐었다. 그 순간, 뒤통수에 날카로운 통증이 일더니 그대로 땅바닥으로 쓰러졌다.

잠시 기절했다가 깨어나 보니 그는 땅바닥에 누워 있고, 소놀란이 걱정스러운 눈빛으로 그를 응시하고 있었다. 그의 손은 등 뒤로 묶여 있었다.

"형이 그런 말을 했었지."

"무슨 말?"

"우리가 하는 말을 들어줄 기분이 아닌 것 같다고."

"고맙군. 지금 딱 필요한 말이었어."

갑자기 심한 두통을 느낀 그는 인상을 찡그리며 말했다.

"저들이 우리한테 무슨 짓을 할 것 같아?"

"아직 살아 있잖아. 우리를 죽일 작정이었다면 벌써 해치웠겠지, 안 그래?"

"뭔가 특별한 이유가 있어서 살려둔 것인지도 몰라."

두 남자는 땅바닥에 누운 채로 낯선 이들이 뭐라고 말을 하며 자신의 야영지를 분주히 돌아다니는 것을 지켜봤다. 음식 익는 냄새를 맡자 배 속이 요동쳤다. 해가 높이 솟아올라 내리쬐는 열기에 갈증은 더욱 심해졌다. 오후가 깊어갈 즈음, 존달라는 전날 밤 잠을 자지 않은 탓에 졸음이 쏟아졌다. 그때 소란이 일며 갑자기 들리는 고함에 그는 퍼뜩 눈을 떴다. 누군가가 와 있었다.

억지로 일으켜 세워진 존달라와 소놀란은 건장한 남자가 등에 머리가 새하얗고 얼굴에는 쪼글쪼글한 주름이 가득한 노파를 업고 성큼성큼 걸어오는 모습에 놀라 입을 딱 벌리고 바라봤다. 그가 바짝 엎드리자 노파는 도움을 받아 인간 말에서 내렸는데, 다들 존경심으로 노파를 대하고 있었다.

"저 노파가 누구인지는 모르겠지만 꽤 중요한 사람인 게 틀림없어."

존달라가 말했다. 순간 옆구리에 멍이 들 만큼 가격을 당한 그는 입을 다물었다.

노파가 꼭대기에 장식이 새겨진, 옹이가 많은 지팡이를 짚으며 그들에게 다가왔다. 존달라는 지금껏 이토록 나이 든 사람을 본 적이 없다고 확신하며 노인을 응시했다. 나이가 들어 쪼그라든 몸은 어린아이처럼 작았고, 하얗게 센 가는 머리카락 사이로 분홍빛 머릿속이 훤히 들여다보였다. 얼굴에는 주름이 어찌나 가득한지 사람처럼 보이지 않을 정도였다. 한데 눈만은 이상하게도 노인의 것이라 믿기 어려웠다. 그는 나이가 많은 대다수 노인의 눈이 다 그렇듯이 초점 없이 흐릿하고 물기가 많을 거라 예상했다. 하지만 노파의 눈은 지혜로 빛났고 권위마저 느껴졌다. 존달라는 아주 작은 체구의 여성에게 경탄하면서도 소놀란과 자신의 처지를 생각하면 조금 두렵기도 했다. 대단히 중요한 사람이 아니라면 여기까지 오지 않았을 터였다.

노파의 갈라지는 목소리에서는 강단이 느껴졌다. 우두머리가 존달라를 손으로 가리키자 노파는 그에게 뭔가를 물었다.

"죄송합니다. 무슨 말인지 모르겠습니다."

노파는 지팡이처럼 옹이가 많은 손으로 자신의 가슴을 치더니 다시 한 번 말했는데, 그 소리가 얼핏 "하두마"처럼 들렸다. 그러더니 손가락으로 존달라를 가리켰다.

"저는 젤란도니족의 존달라입니다."

그는 자신이 제대로 이해한 것이기를 바라며 답했다.

노파는 어떤 말을 알아듣기라도 한 듯 고개를 옆으로 기울였다.

"젤—란—돈—이?"

노파가 천천히 따라했다.

존달라는 바싹 마른 입술을 초조하게 핥으며 고개를 끄덕였다.

노파는 뭔가를 헤아려보려는 듯 그를 뚫어지게 보더니 우두머리에게 뭔가를 말했다. 남자는 뭔가 퉁명스럽게 답했지만 노파가 날카롭게 지시를 내리자 등을 돌려 불가까지 걸어왔다. 존달라 일행을 지키고 섰던 남자들 중 하나가 칼을 빼어 들었다. 존달라가 흘낏 소놀란을 보니 얼굴에 겁먹은 표정이 그대로 드러나 있었다. 그는 마음을 다잡고 마음속으로 위대한 대지의 어머니께 간절한 기도를 드리며 눈을 감았다.

팔목을 묶은 끈이 잘려 나간 것을 느낀 순간, 그는 안도감이 밀려오는 것을 느끼며 눈을 떴다. 한 남자가 물이 담긴 부대를 들고 다가왔다. 존달라는 물을 죽 들이켜고 나서 역시나 손이 풀린 소놀란에게 물 부대를 건넸다. 존달라는 감사의 말을 하려다가 옆구리를 걷어차인 게 기억이 나서 생각을 고쳤다.

그들은 창을 겨눈 남자들에 이끌려 불가로 걸어갔다. 노파를 업고 온 체격이 건장한 사내가 통나무를 가지고 오더니 그 위에 털가죽을 깔았다. 노파가 앉자 그는 칼자루에 손을 얹은 채 그 옆을 지키고 섰다. 존달라와 소놀란은 노파 앞에 앉혀졌다. 행여 자신의 움직임이 노파에게 위협적으로 해석되지는 않을까 그들은 조심했다. 노파를 해칠 생각을 하는 것만으로도 그들이 어떻게 될지는 불 보듯 뻔했다.

그녀는 아무 말 없이 존달라를 다시 뚫어지게 바라봤다. 그가 노파와 시선을 맞췄지만 침묵이 계속되자 당혹스럽고 불편했다. 그때 갑자기 노파가 겉옷에 손을 넣더니 그를 향해 어떤 물건을 내보였다. 노파는 불같이 노한 눈빛을 하더니, 정확한 뜻은 알 수 없어도 의심의 여지없이 험악한 말들을 퍼부었다. 존달라의 눈이 놀라서 휘둥그레졌다. 노파가 손에 쥐고 있는 것은 어머니 여신, 도니의 조각상이었다.

곁눈으로 옆에서 자신을 지키고 선 남자가 움찔하는 게 보였다. 도니 조각상이 그를 뭔가 불편하게 하고 있었다.

노파는 신랄한 말들을 마치더니 보란 듯이 팔을 높게 치켜올리고는 조각상을 땅 아래로 던졌다. 존달라는 자기도 모르게 뛰어올라 떨어지는 조각상을 낚아챘다. 자신이 신성시하는 조각상을 모독한 것에 대한 분노가 얼굴에 고스란히 드러났다. 그는 날카로운 창끝이 그를 위협하는 것도 아랑곳하지 않고 조각상을 손으로 소중하게 감쌌다.

노파가 노엽게 한 마디 내뱉자 그를 겨누던 창이 거두어졌다. 존달라는 노파의 얼굴에 나타난 미소를 보고는 내심 놀랐다. 눈가에는 언뜻 즐거운 빛이 돌았지만 재미있다는 뜻인지 아니면 악의적인 미소인지 분간할 수 없었다.

노파는 통나무에서 일어나 더 가까이 걸어왔다. 존달라의 앉은키보다도 크지 않은 그녀가 같은 눈높이에서 그의 놀란 새파란 눈을 지그시 들여다보았다. 그러고는 물러서서 그의 고개를 이쪽저쪽으로 돌려보고 팔의 근육을 만지고 어깨너비를 가늠했다. 그러더니 그에게 일어나라고 손짓했다. 그가 무슨 말인지 못 알아듣자, 지키고 선 남자가 억지로 그를 일으켜 세웠다. 노파는 고개를 뒤로 젖히고 190센티미터나 되는 그를 올려다보고는 그의 주위를 돌아보다가 단단한 다리 근육을 손가락으로 찔러보았다. 존달라는 마치 거래에 나온 물건이 된 듯한 기분이 들었는데, 노파의 기대에 차는지 궁금해하는 자신을 깨닫고는 얼굴이 달아올랐다.

노파는 소놀란을 건너다보더니 일어나라고 손짓하고 나서 다시 존달라를 바라봤다. 이어지는 노파의 손짓이 뜻하는 바가 와닿자 그의 얼굴이 새빨개졌다. 노파는 그의 남근을 보고 싶어 했다.

그는 고개를 저으며 히죽대는 소놀란을 쏘아보았다. 노파가 무슨 말을 하자 남자들 중 하나가 존달라를 뒤에서 붙잡았고, 민망한 기색이 역력한 다른 남자가 손을 더듬거리며 바지 끈을 풀려고 했다.

"저 노파가 형의 말을 들어줄 기분이 아닌 것 같은데."

소놀란이 실실 웃으며 말했다.

존달라는 성난 기색으로 그를 붙잡은 남자를 어깨로 밀치더니 노파가 볼 수 있도록 스스로 바지를 내리며 재미있다는 표정을 감추지 못한 채 키득대는 소놀란을 무섭게 노려보았다. 노파는 그의 것을 보며 머리를 한쪽으로 기울이더니 옹이진 손가락으로 그의 남성을 만졌다.

존달라의 빨개진 얼굴이 더욱 달아올랐다. 어찌 된 일인지 그의 남근이 부풀어 오르는 게 느껴졌다. 노파는 낄낄대며 웃었고 곁에 있던 남자들도 숨죽여 웃었지만 묘한 경탄 같은 분위기도 느껴졌다. 소놀란은 발을 구르고 몸을 꺾으며 한바탕 웃어재꼈다. 눈가에 눈물이 맺힐 정도였다. 존달라는 서둘러 바지를 추켜올려 성이 난 자신의 것을 덮었다. 스스로 한심하게 느껴져 화가 솟아올랐다.

"형, 저런 쭈그렁 할머니가 만져도 불끈 서는 것을 보니 여자 생각이 간절하기는 한가봐."

소놀란이 숨을 고르고 눈물을 닦으며 빈정댔다. 그러더니 또 한 번 배꼽을 잡고 웃어댔다.

"어디 다음에는 너도 한 번 꼭 당해봐라."

존달라가 말했다. 그의 말에 제대로 응수할 만한 기지 넘치는 표현이 떠오르지 않아 분했다.

노파는 우두머리 남자에게 신호를 보내 뭔가를 말했다. 뒤이어 둘 사이에 열띤 대화가 오갔다. 존달라는 노파가 "젤란돈이"라고 말하는 것을 들었고, 젊은 남자가 줄 위에 널어놓은 고기를 가리키는 것을 보았다. 대화는 노파의 고압적인 지시 한 마디에 갑자기 끊겼다. 남자는 존달라를 쏘아보더니 곱슬머리 청년 하나에게 손짓했다. 몇 마디 말이 오간 후 청년은 쏜살같이 어디론가 달려갔다.

두 형제는 다시 그들의 천막으로 돌려보내졌고, 창이나 칼을 제외하고는 배낭을 돌려받았다. 한 남자가 늘 가까이에서 그들을 감시하는 게 느껴졌다. 그들은 존달라와 소놀란에게도 음식을 주었다. 밤이 되어 천막으로 들어왔다. 소놀란은 들떠 있었지만 존달라는 자기를 보기만 하면 웃어대는 동생과 말을 섞을 기분이 아니었다.

다음 날 눈을 떴을 때 야영지에는 기대감이 감돌았다. 오전나절이 되자 한 무리의 사람들이 도착하더니 소란스러운 인사들이 이어졌다. 천막이 여러 개 설치되고 남자와 여자들, 아이들이 그 안에 자리 잡았다. 두 남자의 단출했던 야영지가 어느새 여름 축제 같은 분위기를 띠기 시작했다. 존달라와 소놀란은 조립 형태로 된 원형의 커다란 구조물이 세워지는 모습을 흥미롭게 지켜보았다. 곧은 뼈대들이 세워지고 그 위를 가죽으로 덮은 뒤 이엉을 얹어 둥그런 천장을 만들었다. 여러 부분들이 이미 조립된 상태여서 구조물은 놀라울 정도로 빠르게 완성됐다. 둥그런 큰 천막이 완성되자 그 안에 여러 꾸러미와 덮개로 덮은 바구니들을 옮겨놓았다.

과열되었던 분위기는 음식이 준비되는 동안 잠잠해졌다. 오후가 되자 둥근 구조물 주위로 사람들이 모이기 시작했다. 노파의 통나무는 구조물의 입구 바로 앞에 놓였고, 그 위에 털가죽 덮개를 걸쳐놓았다. 노파가 나타나자 순식간에 조용해진 사람들이 가운데만 텅 비워둔 채 그녀 주위로 둥글게 섰다. 존달라와 소놀란은 노파가 한 남자에게 말을 하며 자신들을 가리키는 것을 보았다.

"자기에 대한 형의 엄청난 욕망을 사람들 앞에서 다시 과시하고 싶나봐."

그 남자가 그들에게 손짓하자 소놀란은 존달라를 놀렸다.

"먼저 나를 죽여야 할 거다!"

"저 아름다운 노파와 자고 싶어 안달 난 게 아니었어?"

소놀란이 눈을 크게 뜨고 순진한 척 물었다.

"어제는 꼭 그렇게 보였거든."

그는 다시 킥킥댔다. 존달라는 몸을 틀어 사람들을 향해 성큼성큼 걸어갔다.

한가운데에 멈춰 선 그들은 노파의 손짓에 다시 그녀 앞에 앉았다.

"젤—란—돈—이?"

노파가 존달라에게 물었다.

"네. 저는 젤란도니족의 존달라입니다."

그가 고개를 끄덕이며 답했다.

노파는 옆에 서 있는 나이 지긋한 남자의 팔을 톡톡 쳤다.

"나는…… 타멘."

남자가 말했다. 하지만 존달라가 이해하지 못하는 말들이 섞여 있었다.

"……하두마이. 오래…… 타멘……."

그리고 또다시 알아듣지 못하는 말들을 하더니 이어서 "서쪽…… 젤란도니"라는 말을 했다.

존달라는 그의 말을 이해하려고 안간힘을 썼다. 그때 별안간 남자가 한 말을 조금은 알 듯도 했다.

"당신 이름이 타멘이고, 하두마이에 대해 뭔가를 말한 것이지요. 또 오래전에 서쪽…… 여행을 했다고요? 젤란도니족 동굴로? 젤란도니 말을 할 수 있습니까?"

그가 흥분해 물었다.

"여행, 그래."

남자가 말했다.

"말 못 해…… 오래."

노파는 남자의 어깨를 쥐더니 그에게 뭔가를 말했다. 그는 두 형제 쪽으로 다시 돌아봤다.

그는 노파를 가리키며, "하두마…… 어머니"라고 말했다.

타멘은 잠시 머뭇대더니 팔을 내밀어 모두를 가리켰다.

"젤란도니와 비슷한 말이군요, 어머니 여신을 모시는 분?"

그가 고개를 저었다.

"하두마…… 어머니."

그는 잠시 생각하더니 몇 사람들에게 손짓해 자기 옆으로 죽 늘어서게 했다.

"하두마…… 어머니…… 어머니…… 어머니…… 어머니."

그가 처음에는 노파를 가리키고 나서 다음에는 자기 자신과 일렬로 선 사람들을 하나하나 가리켰다.

존달라는 사람들을 찬찬히 뜯어보며 남자의 손짓이 뜻하는 바를 이해하려고 애썼다. 타멘은 나이가 꽤 들었지만 하두마만큼 늙어 보이지는 않았다. 그 옆에 남자는 막 중년을 지난 듯 보였다. 그 남자 옆에는 더 젊은 여인이 아이 손을 잡고 서 있었다. 별안간 존달라는 이들의 연결고리를 찾아냈다.

"그렇다면 하두마가 어머니의 어머니, 그러니까 그 위로 다섯 번째 어머니?"

그는 손을 들어 다섯 손가락을 쫙 펼쳤다.

"다섯 세대의 어머니?"

그는 외경심을 담아 말했다.

타멘은 힘차게 고개를 끄덕였다.

"그래, 어머니의 어머니…… 다섯…… 세대."

그는 다시 한 사람 한 사람을 가리키며 말했다.

"위대한 어머니! 저 노파가 몇 살쯤 되었을지 짐작이나 가?"

존달라가 동생에게 말했다.

"위대한 어머니, 그래."

타멘이 말했다.

"하두마…… 어머니."

그는 자신의 배를 두드렸다.

"아이들?"

"아이들."

그가 고개를 끄덕였다.

"하두마 어머니 아이들……."

그는 땅바닥에 선을 그리기 시작했다.

"하나, 둘, 셋……."

존달라는 선을 그을 때마다 숫자를 셌다.

"……열여섯! 하두마가 아이를 열여섯이나 낳았다고요?"

타멘이 땅에 그린 선을 다시 가리키며 고개를 끄덕였다.

"……많은 아들. 많은…… 여자애?"

그는 확실치 않다는 듯 고개를 저었다.

"딸?"

존달라가 물었다.

타멘의 얼굴이 밝아졌다.

"많은 딸."

그는 잠시 생각에 잠겼다.

"살고 있다…… 모두 살고 있다. 모두…… 많은 아이들."

그는 여섯 손가락을 펼쳐 보였다.

"우리가 저 노파에게 얼굴만 찡그렸어도 저들은 틀림없이 우리를 죽이려고 달려들었을 거야. 저 노파가 저들 모두의 어머니라니. 살아 있는 시조 어머니라고!"

소놀란이 말했다. 존달라도 깊은 인상을 받았지만 한편으로 더욱 당혹스러워졌다.

"하두마를 알게 되어 영광입니다만, 이해가 가지 않습니다. 우리를 왜 붙잡은 겁니까? 그리고 저분은 왜 여기 오신 겁니까?"

타멘은 줄에 널어놓은 고기에 이어 그들을 처음에 붙잡았던 청년을 손으로 가리켰다.

"제렌…… 사냥. 제렌이 하려고……."

타멘이 땅에 원 하나를 그리더니 한 점에서 두 개의 선을 그려 V 자 모양이 되도록 했다.

"젤란도니 남자…… 도망가게 해."

그는 오래 생각하더니 미소를 머금고 말했다.

"말을 도망하게 해."

"그런 거구나. 저들이 말 떼가 가까이 오기를 기다리며 포위하고 있었던 모양이야. 그런데 우리가 말들을 쫓아낸 것이고."

소놀란이 말했다.

"왜 그토록 화가 났는지 이제 알겠습니다."

존달라가 타멘에게 말했다.

"하지만 저희는 사냥터에 들어와 있는 줄 몰랐습니다. 여기 머물면서 사냥을 해서 당연히 놓친 것에 대한 보상을 하겠습니다. 하지만 아무리 그래도 방문자를 이렇게 맞이해서는 안 되지 않습니까. 저자는 여행을 하는 이들의 통행 관습을 알지 못하나 봅니다."

그는 화가 난 것을 감추지 않으며 말했다.

타멘은 그가 한 말을 전부 알아듣지는 못했지만 그래도 대강의 뜻은 이해했다.

"방문자가 많이 없어. 서쪽…… 오래. 관습 잊어."

"그렇다면 어르신께서 저자에게 일깨워 주셔야겠습니다. 어르신께서도 여행을 하셨으니 저자도 언젠가는 여행을 하고 싶어 할지도 모르지요."

존달라는 여전히 그들이 받은 대우에 화가 나 있었지만 문제를 크게 만들고 싶지 않았다. 그는 아직 상황이 어떻게 돌아가고 있는지 확신할 수 없었고 그들의 심기를 불편하게 하고 싶지 않았다.

"하두마께서는 어째서 오신 겁니까? 어쩌자고 그 나이에 긴 여행을 하도록 허락을 하신 겁니까?"

타멘이 미소 지었다.

"하두마…… 허락 안 받는다. 하두마 한다. 제렌…… 두마이 찾다. 나쁜…… 나쁜 운?"

존달라는 맞는 단어라고 알려주기 위해 고개를 끄덕였지만 타멘이 무슨 말을 하려는 것인지 이해가 가지 않았다.

"제렌이 남자를…… 보내다. 심부름. 하두마에게 전하라고. 나쁜 운 없애달라고. 하두마 온 거다."

"두마이? 두마이? 제 도니를 말하는 건가요?"

존달라가 주머니에서 조각상을 꺼내며 물었다. 주위에 있던 사람들은 존달라의 손에 든 것을 보더니 깜짝 놀라며 뒤로 물러섰다. 사람들 사이에서 성난 웅성거림이 일었지만 하두마가 꽤 길게 열변을 토하자 모두들 조용해졌다.

"하지만 이 도니는 좋은 운을 가져다주는 거예요!"

존달라가 외쳤다.

"좋은 운…… 여자에게. 남자에게……."

타멘이 적절한 단어를 찾으려고 머릿속을 뒤지더니 "……죄 받아"라고 말했다.

존달라는 어안이 벙벙해졌다.

"하지만 여자에게 좋은 운을 가져다준다면 어째서 하두마는 내던진 겁니까?"

그가 도니 조각상을 거칠게 던지는 동작을 해 보이자 여기저기서 우려스러운 탄성이 일었다. 하두마가 타멘에게 뭐라고 일렀다.

"하두마…… 오래 산다. 큰 운이다. 큰 주술. 하두마 내게 말한다. 젤란도니…… 관습. 하두마 말한다. 젤란도니 남자는 하두마이가 아니다…… 하두마 말한다. 젤란도니 남자 나쁜가?"

존달라가 고개를 저었다.

소놀란이 말했다.

"하두마가 형을 시험해보려고 했다는 것 같은데. 하두마는 관습이 다르다는 것을 알고 있었어. 그래서 형이 어쩌려는지 보려고 했던 거지. 하두마가 모독했을……."

"모독, 그래."

타멘이 그 말을 듣더니 끼어들었다.

"하두마 알고 있다. 모든 남자 다 좋은 남자 아니다. 젤란도니 남자 어머니 모독하는지 알고 싶어 한다."

"아니, 이것은 아주 특별한 도니입니다."

존달라가 다소 격앙된 어조로 말했다.

"아주 오래된 것이지요. 제 어머니께서 주셨어요. 여러 대에 걸쳐 전해져 내려오는 겁니다."

"그래, 그래."

타멘이 힘차게 고개를 끄덕였다.

"하두마 안다. 아주 지혜롭다. 오랜 시간 산다. 큰 주술. 나쁜 운을 쫓아버린다. 하두마 안다. 젤란도니 남자 좋은 남자. 젤란도니 남자 원한다. 어머니 드높게 하기를."

존달라는 소놀란의 얼굴에 웃음이 번지는 것을 보았다.

"하두마 원한다."

타멘이 존달라의 눈을 가리켰다.

"파란 눈. 어머니를 드높게 한다. 젤란도니…… 정령이 아이 만든다. 파란 눈."

"또 해냈군, 형!"

소놀란이 짓궂게 웃으며 불쑥 말했다.

"형의 크고 파란 눈. 노파가 사랑에 빠졌나봐!"

터져 나오는 웃음에 소놀란은 몸을 떨었다. 혹시나 관습에 어긋나는 것은 아닌지 걱정하며 참아보려 했지만 멈출 수가 없었다.

"오, 어머니! 어서 고향으로 돌아가 모두에게 말하고 싶어 죽겠네. 존달라, 모든 여자가 원하는 남자! 지금도 돌아가고 싶어?

그렇다면 강 끝까지 안 가도 돼."

그는 더 이상 말을 이을 수가 없었다. 옆구리를 감싸 쥐고 몸을 꺾은 채 발을 구르며 웃음소리를 죽이려고 안간힘을 썼다.

존달라는 여러 번 마른 침을 삼켰다.

"어…… 저는…… 음…… 하두마는 위대한 어머니께서…… 지금도…… 어…… 아이를 갖는 축복을 내려주신다고 생각하십니까?"

타멘은 당혹스러운 표정의 존달라에 이어 웃음을 참느라 울상을 짓고 있는 소놀란의 얼굴을 봤다. 그러더니 그의 얼굴에도 커다란 미소가 번졌다. 그가 노파에게 그 말을 하자 야영지를 들썩이는 한바탕 웃음이 터져 나왔다. 노파의 킥킥대는 소리가 가장 높게 울렸다. 소놀란은 안도하며 참았던 웃음을 터뜨렸다. 너무 웃어대 눈물이 찔끔 나올 정도였다. 존달라는 뭐가 웃긴지 이해가 되지 않았다. 노인은 고개를 저으며 입을 열었다.

"아니, 아니야, 젤란도니 남자."

그가 누군가에게 손짓했다.

"노리아."

젊은 여인이 앞으로 걸어 나오더니 존달라를 향해 수줍게 미소 지었다. 이제 소녀의 티를 갓 벗은 생기 넘치는 여인이었다. 마침내 사람들의 웃음소리가 잠잠해졌다.

"하두마 큰 주술."

타멘이 말했다.

"하두마 축복해. 노리아 다섯 번째…… 세대."

그가 다섯 손가락을 펴 보였다.

"노리아 아이 만든다. 여섯 번째 세대 만든다."

그가 손가락 하나를 더 펴 보였다.

"하두마 원한다. 젤란도니 남자…… 어머니 드높게 한다."

타멘은 단어가 생각난 듯 미소 지었다.

존달라의 미간에 진 주름이 펴지면서 입가에 미소가 번지기 시작했다.

"하두마 축복해. 정령이 노리아에게 가게 만든다. 노리아 만든다…… 아기, 젤란도니 눈 가진다."

존달라는 그제야 안도하며 호탕하게 웃었다. 그는 동생을 봤다. 소놀란은 더 이상 웃지 않았다.

"이래도 고향에 가서 내가 쭈그렁 노파와 잤다고 떠들고 싶냐?"

존달라는 소놀란에게 그렇게 일갈하더니 타멘에게 말했다.

"하두마에게 전해주십시오. 어머니를 드높일 수 있어서 영광이며 기꺼이 노리아의 초야 의식에 함께 하겠다고요."

그는 젊은 여인을 향해 따뜻하게 미소 지었다. 여인은 처음에 망설이는 듯한 미소를 보내더니 자신도 모르게 사람의 마음을 휘어잡는 그의 새파란 눈에 빠져 활짝 웃어 보였다.

타멘이 하두마에게 존달라의 말을 전했다. 그녀는 고개를 끄덕이고서 존달라와 소놀란에게 일어나라고 손짓하더니 키가 큰 금발의 남자를 다시 유심히 뜯어보았다. 존달라의 입가에는 여전히 미소가 감돌았다. 하두마는 그의 눈을 들여다보더니 싱긋 웃고는 둥근 대형 천막으로 들어갔다. 사람들은 흩어지면서도 여전히 존달라가 오해한 것에 대해 이야기하며 깔깔댔다.

두 형제는 타멘과 이야기를 더 하기 위해 남았다. 비록 소통을 하는 데 제약이 따르긴 했지만 말이 전혀 통하지 않는 것보다는 나았다.

"언제 젤란도니족을 방문한 겁니까? 그 동굴이 기억나십니까?"

소놀란이 물었다.

"오래전. 타멘 청년. 젤란도니 남자처럼."

"타멘, 이쪽은 제 동생 소놀란입니다. 제 이름은 존달라, 젤란도니족의 존달라입니다."

"환영한다, 소놀란, 존달라."

노인이 웃었다.

"나, 타멘, 세 번째 세대 하두마이. 젤란도니 말 못 해, 오래전. 잊다. 말 못 해. 당신 말해. 나……."

"제가 말하면 기억이 난다고요?"

존달라가 묻자 타멘이 고개를 끄덕였다.

"세 번째 세대? 저는 당신이 하두마의 아들인 줄 알았어요."

존달라가 덧붙였다.

"아니다."

그가 고개를 저었다.

"젤란도니 남자가 하두마, 어머니 알기를 원한 거다."

"제 이름은 존달라입니다, 타멘."

"존달라."

그가 다시 말했다.

"타멘은 하두마 아들 아니다. 하두마는 딸을 만든다."

그가 의심쩍어하는 표정으로 손가락 하나를 들었다.

"딸 하나?"

존달라가 말하자 타멘이 고개를 저었다.

"첫째 딸?"

"그래, 하두마가 첫째 딸을 만든다. 그 딸이 첫 번째 아들을 만든다."

그가 자신을 가리켰다.

"타멘. 타멘이…… 짝짓는다?"

존달라가 고개를 끄덕였다.

"타멘이 노리아 어미의 어미와 짝짓는다."

"알 것 같군요. 당신이 하두마의 첫째 딸이 낳은 첫째 아들인 거군요. 당신의 짝이 노리아의 할머니고요."

"할머니, 그래. 노리아 만든다, 큰 영광. 타멘…… 여섯 번째 대."

"저 역시 영광입니다. 초야 의식에 선택이 되어서요."

"노리아 아기 만든다. 아기 젤란도니 파란 눈 갖는다. 하두마 기쁘게 한다."

그는 단어가 떠올라 미소 지으며 말했다.

"하두마 말한다. 큰 젤란도니 남자가 큰…… 강한 정령 만든다. 강한 하두마이 만든다."

"타멘, 아시다시피 노리아가 제 정령이 깃든 아기를 만들지 못할 수도 있습니다."

타멘이 미소 지었다.

"하두마 큰 주술. 하두마 축복한다, 노리아 만든다. 큰 주술. 아이 없는 여자. 하두마……."

그가 손가락으로 존달라의 사타구니를 가리켰다.

"만진다고요?"

존달라는 민망해 귀가 뜨거워지는 것을 느끼며 타멘의 말을 이었다.

"하두마 만진다, 여자는 아기를 만든다. 여자가…… 젖이 없다. 하두마 만진다, 여자가 젖 만든다. 하두마가 존달라에게 큰 영광 준 거다. 많은 남자들 하두마가 만지는 거 원한다. 남자를 만든다, 오랜 시간. 남자가…… 쾌락?"

그들 모두 미소 지었다.

"항상 여자에게 쾌락을 주게 한다. 많은 여자랑, 많이. 하두마 큰 주술."

그는 잠시 말을 멈추더니 정색을 하고 말했다.

"안 된다. 하두마…… 화나게 하면. 하두마 큰 주술, 화."

"한데 나는 그렇게 웃었으니. 하두마가 내 것도 만져서 주술을 걸어줄까나? 형처럼 내 눈도 크고 파랬으면."

"아우야, 네게 필요한 주술이라 해봤자 예쁜 여자의 유혹하는 눈길 하나면 되잖아."

"뭐 그래. 하지만 내 보기에 형은 주술의 도움 같은 건 필요 없어. 보라고. 누가 초야 의식에 뽑혔어? 흐리멍덩한 회색 눈을 한 아우는 아니잖아."

"가엾은 아우, 여자들로 가득한 야영지에서 홀로 밤을 보내야 하다니. 평생 그렇게 살게 되지는 않겠지."

그들이 웃자 농담의 분위기를 감지한 타멘도 따라 웃었다.

"타멘, 초야 의식에 관한 관습을 알려주시면 좋겠습니다."

존달라가 웃음기를 거두고 진지하게 부탁했다.

"그 얘기를 하기 전에 말이죠."

소놀란이 끼어들었다.

"저희 창과 칼을 돌려받을 수 있을까요? 좋은 생각이 떠올랐어요. 제 형이 크고 파란 눈으로 아리따운 아가씨를 기쁘게 하느라 바쁠 동안, 제게는 그 젊은 사냥꾼을 기쁘게 할 방도가 있습니다."

"어떻게?"

존달라가 물었다.

"크신 할머니를 잡아서."

타멘은 혼란스러운 표정이었지만 언어상의 문제일 거라 생각하며 넘어갔다.

존달라는 그날 저녁과 다음 날까지 소놀란을 보지 못했다. 그 역시 정화 의식 때문에 눈코 뜰 새 없이 바빴다. 타멘의 도움이 있기는 했지만 여전히 의사소통에는 벽이 존재했다. 특히 못마땅한 얼굴을 한 나이 많은 여자들과 함께 있을 때는 더욱 불편했다. 하두마가 함께 있을 때만 비로소 마음이 편해졌다. 그가 용서받지 못할 실수를 해도 하두마가 옆에 있으면 알아서 무마해주는 게 분명했다.

하두마가 사람들을 지배하지는 않았지만 모두가 그녀 앞에서 그 어떤 반박도 하지 않았다. 사람들은 하두마를 호의 가득한 숭배와 함께 약간의 두려움을 갖고 대했다. 그녀가 그토록 오래 살고, 정신적인 능력을 완벽하게 유지하는 것은 주술 때문인 게 분명했다. 하두마는 존달라가 곤란한 상황에 놓여 있는 것을 귀신같이 알았다. 한번은 그가 무심코 금기를 어겼다고 여겨지는 상황이 있었는데, 하두마가 눈에 노기를 품고 다가와서는 물러가는 여자들의 등짝을 지팡이로 후려쳤다. 그녀는 존달라에게 반하는 행동을 용납하지 않았다. 그녀의 여섯 대째 자손이 존달라의 푸른 눈을 가질 터였다.

저녁이 되자 마침내 존달라는 둥근 원형 천막으로 인도되었다. 그는 안에 들어가서야 비로소 때가 왔다는 것을 알았다. 입구에 들어선 그는 멈춰 서서 주위를 둘러봤다. 돌로 만든 그릇 모양의 등잔 두 개에는 마른 이끼 심지가 등잔을 가득 채운 기름을 빨아올리며 주위를 환하게 비췄다. 땅에는 털가죽이 깔려 있었고, 벽에는 나무 속껍질로 복잡한 문양을 짜서 만든 천이 걸려 있었다. 털가죽을 덮은 침상 뒤에는 두툼하고 새하얀 백마의 털가죽이 걸려 있고, 아직 다 자라지 않은 커다란 점박이 딱따구리의 빨간 머리가 장식처럼 붙어 있었다. 노리아는 침상의 가장자리에 걸터앉은 채 무릎 위에 놓인 손을 초조하게 바라보고 있었다.

반대편으로는 심오한 의미가 담긴 상징들이 새겨진 가죽 천들이 칸막이 역할을 하듯 걸려 있었다. 자잘한 폭으로 길쭉길쭉 잘린 가죽 천 뒤에 누군가가 있었다. 손 하나가 자잘한 가죽 끈들 몇 개를 옆으로 젖히는 게 보였고, 그 사이로 하두마의 주름진 얼굴이 눈에 들어왔다. 존달라는 안도의 한숨을 내쉬었다. 초야 의식 때는 적어도 한 사람 이상의 보호자가 늘 따라왔다. 소녀가 여자로 거듭나는 과정의 증인이면서 남자가 지나치게 거칠게 행동하지 않는지 지켜보는 역할도 했다. 존달라는 낯선 자라는 이유로 자신을 못마땅해하는 보호자들이 감시하면 어쩌나 걱정이 되기도 했다. 하지만 하두마라면 거리낄 게 없었다. 그가 하두마에게 인사를 건네야 할지, 모른 척해야 할지 망설이는 순간, 가죽 천이 다시 내려졌다. 그는 아는 척을 하지 않기로 했다.

노리아가 그를 보자 일어났다. 그는 미소 지으며 다가갔다. 노리아는 작은 편이었고 부드럽고 옅은 갈색 머리가 얼굴 주위로 풀어져 있었다. 식물의 섬유질로 짜인 치마는 무릎 아래까지 내려왔고, 허리를 묶은 알록달록한 끈들이 늘어져 있었다. 신은 신지 않았다. 색을 들인 깃털로 장식한 부드러운 사슴 가죽 상의는 앞에서 끈으로 단단하게 여며져 있었다. 상의는 몸에 딱 붙어 여인으로서 잘 자란 몸매를 드러내고 있었지만 소녀다운 동글동글한 느낌은 아직 남아 있었다.

그가 다가오자 노리아는 미소를 지으려고 애썼지만 눈가에는 두려운 빛이 어렸다. 하지만 그가 어떤 갑작스러운 행동도 하지 않고 그저 침상 가장자리에 앉아 미소 짓자 그녀도 안도한 듯 서로의 무릎이 닿지 않을 정도로 떨어져 앉았다.

말이 통한다면 좋을 텐데. 존달라는 생각했다. 무척 겁을 먹었어. 놀랄 일도 아니지, 나는 완전히 낯선 사람이니. 참으로 매력적인 아가씨인데 저토록 겁을 먹다니. 그는 그녀를 보호해주고 싶은 동시에 짜릿한 흥분을 느꼈다. 그의 눈에 작은 탁자에 놓인 나무 그릇과 잔들이 들어왔다. 그가 손을 뻗자 노리아가 알아채고는 얼른 일어나 잔을 채웠다.

존달라는 황갈색의 음료가 담긴 잔을 건네는 노리아의 손을 감쌌다. 그녀는 깜짝 놀라며 살짝 손을 빼내려다가 이내 가만히 있었다. 그는 여자의 손을 부드럽게 꼭 쥐고는 잔을 받아 마셨다. 무언가를 발효시킨 음료는 달콤하면서도 강한 맛이 났다. 불쾌한 맛은 아니었지만 얼마나 강한지 알 수 없어 조금만 마셨다.

"고마워, 노리아."

그가 잔을 내려놓으며 말했다.

"존달라?"

그녀가 올려다보며 물었다. 등잔 빛에 보이는 여자의 눈은 회색인지, 푸른색인지 구분이 가지 않았지만 옅은 색조를 띠고 있었다.

"그래, 존달라. 젤란도니."

"존달라…… 젤란도니 남자."

"노리아, 하두마이 여자."

"여—자?"

"여자."

그는 노리아의 탱탱한 가슴을 어루만지며 말했다. 노리아는 놀라서 몸을 뒤로 뺐다. 존달라는 자신의 웃옷 목에 두른 끈을 풀어 앞자락을 느슨하게 하더니 옅은 색 털이 뒤덮인 가슴팍을 보여주었다. 그는 짓궂은 미소를 지으며 자신의 가슴을 만졌다. 그러더니 고개를 저으며 "여자 아니야. 남자" 하고 말했다.

여자는 쿡쿡 작게 웃었다.

"노리아, 여자."

그는 다시 그녀의 가슴을 향해 천천히 손을 뻗으며 말했다. 이번에는 몸을 빼지 않고 그가 만지도록 가만히 있었다. 미소도 더 편안해졌다.

"노리아, 여자."

그렇게 말하는 여자의 눈빛에 장난기가 어리더니 그의 사타구니 쪽을 가리키며 "존달라, 남자" 하고 말했다. 하지만 손이 닿지는 않았다. 갑자기 그녀는 자신이 도를 넘어선 행동이라도 한 듯 다시 겁을 먹은 표정을 하고는 잔에 음료를 더 따르기 위해 일어났다. 음료를 따르면서 긴장했는지 약간 흘리고는 당황한 얼굴이 되었다. 잔을 건네는 그녀의 손이 떨렸다.

그는 여자의 손이 떨리지 않게 잡아준 다음, 잔을 받아 한 모금 마시고 나서 여자에게도 권했다. 그녀가 고개를 끄덕였다. 그가 직접 잔을 입에 대주자 여자는 남자의 손을 감싼 채로 잔을 들어 음료를 마셔야 했다. 존달라는 잔을 내려놓고 다시 여자의 손을 잡더니 손바닥을 펼쳐 한쪽씩 가볍게 입을 맞췄다. 놀란 그녀의 눈이 커다래졌지만 빼지는 않았다. 그는 손으로 여자의 팔을 쓸어 올리더니 몸을 숙여 목덜미에 입을 맞췄다. 그녀는 두려움에 긴장되면서도 그가 다음에는 어떤 행동을 할지 기대감에 찼다.

존달라는 노리아에게 더 가까이 다가가 목에 다시 입을 맞추고는 손으로 한쪽 가슴을 감싸 쥐었다. 여자는 여전히 두려우면서도 그의 손길에 따라 반응하는 자신의 몸을 느끼기 시작했다. 남자가 여자의 머리를 살짝 뒤로 젖혀 목에 입을 맞췄다. 그러고는 혀로 목을 따라 내려오며 목 아래 웃옷의 끈을 풀었다. 그리고 입술로 귀를 애무하다가 턱선을 따라 내려와 여자의 입에서 멈췄다. 그는 혀로 여자의 입술 사이를 간질이다가 그녀의 입이 벌어지자 조금 더 크게 벌어지도록 자신의 혀로 부드럽게 밀고 들어갔다.

그는 여자의 어깨를 감싸 안은 채 입을 떼더니 미소 지었다. 눈은 감았지만 입은 여전히 벌어져 있었다. 숨소리는 더 빨라졌다. 그는 다시 입을 맞추며 한쪽 가슴을 감싸 쥐더니 여자의 웃옷을 여민 끈을 구멍에서 빼냈다. 그녀의 몸이 긴장으로 굳어졌다. 존달라는 동작을 멈추고 그녀를 향해 미소 지은 후 앞섶의 끈을 풀기 시작했다. 그녀는 미동도 하지 않은 채 뻣뻣하게 앉아서는 차례로 구멍에서 끈을 푸는 존달라의 얼굴을 바라볼 뿐이었다. 마침내 웃옷이 느슨해지더니 앞자락이 열리며 아래로 흘러내렸다.

존달라가 몸을 숙여 여자의 웃옷을 맨어깨까지 내리자 봉긋하게 솟은 가슴이 드러났다. 그는 자신의 남성이 일어서는 것을 느꼈다. 그가 여자의 어깨에 입을 맞추고 혀로 애무하자 여자의 몸이 떨리는 게 느껴졌다. 그는 여자의 팔을 쓸어내리더니 상의를 완전히 벗겨냈다. 두 손으로 여자의 등줄기를 쓸어 올리다가 혀로 목에서 가슴까지 애무했다. 혀를 굴리며 유륜을 핥다가 젖꼭지가 딱딱해지자 가볍게 빨았다. 그녀는 놀란 듯 숨을 들이마셨지만 몸을 빼지는 않았다. 존달라는 다른 쪽 가슴을 혀로 애무하다가 가슴과 목을 핥으며 입까지 올라와 키스를 한 뒤 그녀를 뒤로 밀어 눕혔다.

여자는 눈을 뜨더니 털가죽 위에 누워 그를 올려다보았다. 커다래진 여자의 눈은 밝게 빛나고 있었다. 남자의 파란 눈은 너무도 깊고 강렬해서 여자는 그에게서 눈을 뗄 수 없었다. 그녀는 "존달라 남자, 노리아 여자"라고 말했다.

그도 허스키한 목소리로 "존달라 남자, 노리아 여자"라고 말하고서 일어나 앉아 상의를 머리 위로 올려 벗었다. 순간 온몸을 휩싸는 흥분이 느껴졌다. 그의 남성이 하의 아래서 터질 듯 꿈틀댔다. 그는 몸을 숙여 다시 여자에게 키스했다. 노리아의 입이 벌어지는 것이 느껴지자 혀로 여자의 혀를 감으며 맛을 음미했다. 그는 손으로 젖가슴을 애무하는 동시에 혀로는 미끄러지듯 목과 어깨를 핥았다. 다시 혀로 젖꼭지를 애무하다가 조금 더 세게 빨아들이자 여자의 신음이 들렸다. 그의 호흡도 빨라지기 시작했다.

여자와 자는 것도 정말 오랜만이군. 그런 생각이 든 순간, 그는 당장 여자의 몸속으로 돌진하고 싶어졌다. 천천히, 겁을 주면 안 돼. 그는 스스로를 다독였다. 노리아에게는 첫 경험이야. 네게는 긴긴밤이 남아 있어, 존달라. 여자가 준비될 때까지 기다려야 해.

그는 젖무덤 아래의 맨살갗을 애무하다가 허리까지 내려와서는 치마를 묶고 있던 끈을 찾았다. 한 손으로 매듭을 풀고 다른 손은 여자의 배 위에 올려놓았다. 여자는 몸에 힘이 들어가더니 곧 긴장을 풀었다. 그는 여자의 허벅지 안쪽으로 손을 넣어 치골의 부드러운 털을 쓸었다. 그가 허벅지 안쪽을 따라 손을 움직이자 노리아는 다리를 벌렸다.

그가 손을 빼 일어나 앉더니 노리아의 치마를 엉덩이 아래로 내려 땅바닥에 떨어뜨렸다. 그리고 일어서서 아직 성숙한 여체의 곡선으로 다 여물지 않은, 둥그스름한 나체를 내려다보았다. 노리아는 신뢰와 갈망이 섞인 눈빛으로 그를 올려다보며 미소 지었다. 그도 바지의 끈을 풀어 내렸다. 부풀어 오른 채 꼿꼿하게 선 남근을 본 노리아의 눈빛이 놀란 듯 흔들리더니 두려운 빛마저 엿보였다.

노리아는 부족의 여자들이 들려주는 초야 의식에 대한 이야기에 늘 관심을 갖고 귀를 기울였다. 어떤 여자들은 그다지 큰 기쁨이 아니라고 말했다. 쾌락이라는 선물은 남자에게 주어진 것이며, 여자는 남자를 자신에게 묶어두기 위해 남자에게 쾌락을 선사하는 능력을 받은 것이라고 말했다. 그래서 여자가 아이를 배고 젖먹이를 돌보는 동안, 남자들이 사냥을 해서 식량과 옷가지를 만들 가죽을 가져다주는 것이라고 했다. 경험이 없는 여자는 첫 의식 때 고통이 따를 것이라는 말도 들었다. 존달라의 상징이 저토록 커졌는데, 어떻게 남자가 여자의 몸 안으로 들어온다는 것일까?

두려움이 깃든 여자의 표정은 익숙했다. 지금이 중요한 순간이었다. 그녀는 다시 그에게 익숙해져야 할 터였다. 그는 여자로 하여금 어머니의 선물인 쾌락에 눈을 뜨도록 이끄는 일을 즐겼다. 하지만 그러기 위해서는 섬세하고 능숙한 기교가 필요했다. 한때 그는 자신이 초야 의식에 선택되면 그 처녀에게 고통에 대한 걱정 없이 쾌락을 선사하고 싶다는 생각을 했었다. 하지만 이제 그는 그것이 불가능하다는 것을 알고 있었다. 초야 의식에서 여자는 어느 정도 통증을 느낄 수밖에 없었다.

그는 여자 곁에 앉아 그녀에게 시간을 주기 위해 기다렸다. 노리아의 시선이 끌리듯 남자의 불끈대는 음경에 닿았다. 여자의 손을 잡아 만지도록 이끈 순간, 욕망이 솟구치는 것을 느꼈다. 이런 때 보면 그의 남근이 마치 스스로 생명을 지닌 것처럼 느껴졌다. 노리아는 남자의 부드러운 살갗, 따뜻한 체온, 터질 듯 부풀어 오른 단단함을 손으로 느껴보았다. 남자의 음경이 자신의 손에서 갈망하듯 꿈틀대자 몸 깊은 곳에서 저릿저릿한 느낌이 일어나며 다리 사이가 축축하게 젖어들었다. 노리아는 애써 미소를 지으려고 했지만 눈에는 두려움이 어려 있었다.

남자는 여자 옆에 몸을 펴고 누워 가볍게 키스했다. 여자는 눈을 떠 남자의 눈을 들여다보았다. 그의 배려하는 눈빛과 갈망, 그리고 말로 표현할 수 없고, 저항할 수 없는 힘을 느꼈다. 그녀는 헤아릴 수 없이 짙은 파란 눈에 사로잡혀 정신없이 빠져들었고, 또 한 번 저 깊은 곳에서 기분 좋게 살랑대는 느낌을 받았다. 그녀는 그를 원했다. 고통이 두렵긴 했지만 그를 원했다. 그녀는 그에게 다가가 눈을 감고 입을 벌린 채 몸을 그에게 더 가까이 밀착시켰다.

여자에게 입을 맞춘 존달라는 잠시 그녀가 자신의 입속을 휘젓도록 내버려두었다. 그러고는 천천히 목으로 내려오며 키스했고 혀로 부드럽게 배와 허벅지를 애무했다. 다시 젖가슴으로 올라오며 애무하던 그는 예민한 젖꼭지에 이르자 혀로 감질이 날 만큼 살짝 간질이더니 잠시 뒤로 물러났다. 그러자 여자가 먼저 그의 입술로 다가왔다. 바로 그 찰나, 그는 여자의 가랑이 사이 뜨거워진 틈새로 손을 가져가 더듬더듬 작은 돌기를 찾아냈다. 그녀의 입 밖으로 탄성이 흘러나왔다.

그는 손가락을 계속 움직이며 젖꼭지를 빨아들이다가 부드럽게 깨물었다. 여자는 신음하면서 엉덩이를 들썩였다. 그가 여자의 몸 아래로 내려가 혀로 배꼽을 애무하자 노리아는 헉 하고 숨이 막힐 듯이 놀라워했다. 더 아래로 내려가자 여자의 몸은 긴장으로 굳어졌다. 존달라는 침상에서 내려가 땅에 무릎을 꿇고 앉았다. 그러고는 다리를 더 벌려서 여자의 몸에서 나오는 톡 쏘는 듯한 액체를 맛보았다. 노리아의 숨이 가빠지더니 몸서리를 치며 짧게 소리를 내질렀다. 그녀는 숨을 내쉴 때마다 신음하며 머리를 앞뒤로 흔들었다. 그리고 마침내 그에게 닿기 위해 엉덩이를 들어 올렸다.

그가 손으로 여자의 몸을 열어 뜨거워진 불두덩을 핥으며 혀로 돌기를 찾아내 애무했다. 그녀가 신음을 내뱉으며 엉덩이를 들썩이자 주체할 수 없는 욕망이 존달라를 덮쳤다. 그는 욕망을 자제하려고 애썼다. 빠르게 할딱이는 여자의 숨소리를 들었을 때 그는 삽입하고 싶은 충동을 억누르며 여전히 무릎을 꿇은 채 머리를 들었다. 부풀어 오른 남근의 머리를 아직 한 번도 열린 적이 없는 여자의 음문에 갖다 댄 그는 욕망을 조절하기 위해 이를 지그시 문 채로 꼭 조이는 따뜻하고 축축한 벽으로 밀고 들어갔다.

여자의 다리가 그의 허리를 감싸는 동안, 그는 여자의 몸이 아직 열리지 않은 것을 느꼈다. 그는 손가락으로 다시 돌기를 찾아 애무하며 몸을 조금씩 앞뒤로 움직였다. 여자의 숨소리가 교성으로 바뀌며 엉덩이가 들리는 게 느껴졌다. 그때 남자는 살짝 뒤로 몸을 뺐다가 그대로 여자의 몸속으로 돌진했다. 마침내 장막을 뚫고 완전히 들어갔다고 느낀 순간, 노리아는 고통과 쾌락이 뒤섞인 소리를 질렀다. 동시에 존달라는 꾹 참고 있던 욕망을 발작적으로 분출하며 내지르는 자신의 탄성을 들었다.

그는 몇 차례 여자의 몸을 들락거리며 할 수 있는 한 깊숙이 몸을 넣었다가 마지막 정기까지 다 쏟아냈을 때, 그녀의 몸 위로 무너져 내렸다. 끝이었다. 그는 잠시 숨을 거칠게 몰아쉬며 노리아의 가슴에 머리를 기댄 채 누워 있다가 몸을 일으켜 세웠다. 노리아는 눈을 감고 고개를 모로 돌린 채 축 늘어져 있었다. 일어선 존달라의 눈에 새하얀 털가죽에 묻은 핏자국이 들어왔다. 그는 자신을 감싸고 있던 여자의 다리를 침상 위에 내려놓은 뒤 그녀 옆으로 기어가 털가죽 위에 푹 쓰러졌다.

그의 호흡이 편해지기 시작한 순간, 머리를 만지는 손길이 느껴졌다. 눈을 떠보니 하두마가 반짝이는 눈으로 그를 응시하고 있었다. 노리아가 그의 옆에서 몸을 움직였다. 하두마가 잘 했다는 듯 고개를 끄덕이며 미소 짓더니 단조로운 노래를 흥얼거리기 시작했다. 노리아가 눈을 뜨더니 노파를 보고 반가워했다. 하두마의 손이 존달라의 머리에서 자신의 배로 옮겨오자 더욱 기뻐했다. 하두마는 그들 머리 위에서 주문 같은 노래를 흥얼거리며 손짓하더니 그들이 깔고 누워 있는 피가 얼룩진 털가죽을 잡아 뺐다. 첫 의식에서 흘린 피에는 특별한 주술적인 힘이 있었다.

노파는 다시 존달라를 보고 미소 짓더니 옹이진 손가락으로 그의 기진한 남근을 건드렸다. 순간 새롭게 흥분이 일며 다시 살아날 것처럼 꿈틀대더니 곧 멈추었다. 하두마는 나직하게 킬킬대고는 그들을 남겨두고 다리를 절며 천막을 나갔다.

존달라는 노리아 곁에 편히 누웠다. 얼마 후, 노리아가 일어나 앉더니 나른하면서도 뜨거운 눈빛으로 그를 내려다보았다.

"존달라 남자, 노리아 여자."

노리아는 이제 진정한 여자가 된 것처럼 말하며 몸을 숙여 남자에게 키스했다. 그는 그토록 빨리 온몸이 다시 흥분으로 달아오르는 것에 놀라면서 하두마의 손길 때문인지 궁금했다. 하지만 그런 궁금증은 금세 잊었다. 그는 간절한 눈빛의 여자에게 그를 즐겁게 하는 방법을 보여주고, 새로운 쾌락을 선사하는 데 몰두했다.

존달라가 일어났을 때에는 커다란 철갑상어가 이미 뭍에 올라와 있었다. 아침 일찍, 소놀란이 갈고리 몇 개를 보여주려고 천막으로 고개를 쏙 들이밀었지만 존달라는 가라고 손짓하더니 팔로 노리아를 감싸고는 다시 잠에 빠져들었다.

그가 나중에 눈을 떠 보니 노리아는 가고 없었다. 그는 바지를 입고 강가로 걸어갔다. 소놀란과 제렌, 몇몇 다른 청년들이 이제 갓 피어난 동료애를 느끼며 웃고 있는 것을 보니 존달라는 그들과 함께 낚시를 하지 못한 게 아쉬웠다.

"어라, 누가 일어났는지 봐봐."

소놀란이 그를 보자 말했다.

"저 나이 지긋한 하두마를 물 밖으로 끌어내느라 모두가 고생하는 동안 편히 쉰 파란 눈에게 나머지는 맡기자고."

제렌이 알아들은 말을 따라했다.

"하두마! 하두마!"

제렌은 웃어대며 철갑상어를 가리키더니 외쳤다. 그는 그 주위를 겅중겅중 뛰어다니다가 상어와 비슷하게 생겼지만 원시적인 느낌이 물씬 나는 머리 앞에 섰다. 아래턱에 튀어나온 더듬이가 바닥에서 먹이를 찾는 습성과 무해한 성격을 드러냈지만 그 크기만으로도 위협이 되었다. 길이만 해도 5미터가 넘었다.

젊은 사냥꾼은 악동처럼 웃으며 나이가 많은 커다란 물고기 코앞에 대고 성행위를 하듯이 골반을 앞뒤로 움직이며 마치 자기 것을 만져달라고 구걸하듯 "하두마! 하두마!" 하고 외쳐댔다.

다른 남자들은 음탕한 표정을 지으며 폭소를 터뜨렸고, 존달라도 따라 미소를 지었다. 제렌에 이어 다른 사냥꾼들도 철갑상어 주위를 돌며 골반 춤을 추면서 "하두마!"를 연호했다. 다들 흥분해서는 철갑상어 머리 앞에 서기 위해 서로 밀쳐댔다. 남자 하나가 밀리며 강으로 빠졌다. 그가 기어 올라오더니 가까이 있던 남자를 와락 강물로 잡아당겼다. 곧 서로 강물에 빠뜨리려고 몸싸움이 벌어졌다. 그 소동 가운데 소놀란도 있었다. 그는 흠뻑 젖은 채로 기슭 위로 올라서더니 형을 움켜잡았다.

"젖지 않고 내뺄 생각은 하지도 마!"

그는 존달라가 벗어나려고 하자 말했다.

"제렌, 어서! 파란 눈도 물속에 빠뜨려야지."

제렌이 자신의 이름을 듣더니 형과 몸싸움을 하고 있는 소놀란에게 달려왔다. 다른 남자들도 따라왔다. 밀치고 당기면서 그들은 존달라를 강가로 끌고 가서 낄낄대며 물속에 밀어 넣었다. 물을 뚝뚝 흘리며 강 밖으로 나올 때도 그들은 여전히 웃느라 정신이 없었다. 그때 누군가가 잡은 물고기 옆에 서 있는 노파를 발견했다.

"하두마라고?"

그녀가 엄한 표정으로 그들을 쏘아보며 말했다. 남자들은 멋쩍은 표정으로 서로 은밀히 눈빛을 주고받았다. 그때 노파는 환한 표정으로 킬킬대더니 철갑상어 머리 앞에 서서 엉덩이를 흔들었다. 남자들이 깔깔대며 노파에게로 달려와 엎드리더니 서로 자기 등에 업히라고 성화를 부렸다.

존달라는 그 광경을 보고 미소 지었다. 전에도 노파를 두고 이런 경쟁을 벌였던 게 분명했다. 하두마의 부족은 자신의 시조 할머니를 숭배했을 뿐 아니라 사랑했다. 노파는 그들과 어울리는 것을 즐거워하는 듯했다. 하두마가 주위를 둘러보더니 존달라를 보고는 그를 가리켰다. 남자들이 손을 흔들어 그를 불렀다. 그는 다른 이들의 도움을 받아 조심스레 노파를 등에 업고 일어났다. 노파는 무게가 느껴지지 않을 정도로 가벼웠지만 악력은 놀랄 만큼 셌다. 나이 지긋한 가냘픈 노파에게는 여전히 강인한 힘이 남아 있었다.

그가 걷기 시작하자 다른 남자들이 앞다투어 달려 나갔다. 그녀는 존달라의 어깨를 두드리더니 빨리 가라고 재촉했다. 남자들은 숨이 턱에 찰 때까지 강변을 계속해서 내달렸다. 존달라는 몸을 납작 낮춰서 노파를 내려놓았다. 그녀는 몸을 일으키더니 지팡이를 짚고서 위엄 있게 천막 쪽으로 걸어갔다.

"믿기니?"

존달라가 감탄하며 소놀란에게 말했다.

"다섯 대에 걸친 열여섯의 자손들이라니. 그런데도 저렇게 힘이 남아 있고. 분명 여섯 대째 자손까지 볼 거야."

"여섯 대째 자손 본다. 그리고 죽는다."

존달라가 목소리가 나는 쪽으로 몸을 돌렸다. 타멘이 다가와 있었다.

"무슨 말입니까, 죽는다고요?"

"하두마 말한다. 노리아 파란 눈 아들 만들다. 젤란도니 정령. 그리고 하두마 죽는다. 하두마 말한다. 여기 오래 있다. 갈 시간이다. 아기 보고 죽는다. 아기 이름, 존달. 여섯 대째 하두마이. 하두마 기쁘다, 젤란도니 남자. 하두마 말한다. 좋은 남자. 첫 의식, 여자 기쁘게 하는 거, 안 쉽다. 젤란도니 남자, 좋은 남자."

존달라는 여러 가지 감정이 교차하는 것을 느꼈다.

"떠나야 한다면, 그렇게 하시겠지요. 하지만 슬프군요."

그가 말했다.

"그렇다, 모든 하두마이 많이 슬프다."

타멘이 대꾸했다.

"제가 노리아를 다시 봐도 될까요? 초야 의식을 치르고 바로 이긴 하지만요? 잠깐 동안이라도? 하두마족 관습을 몰라서요."

"관습, 안 된다. 하두마 말한다. 괜찮다. 곧 떠나는가?"

"철갑상어가 말들을 쫓아낸 것에 대한 보상이 되었다고 제렌이 말하면, 저희는 떠나야 할 것 같습니다. 어떻게 아셨습니까?"

"하두마 말한다."

그날 저녁 사람들은 철갑상어로 잔치를 벌였다. 오후에는 이미 여러 사람이 달려들어 철갑상어의 살을 발라 말리는 일까지 후딱 해치웠다. 존달라는 몇몇 여자들의 인도로 강 상류를 향해 걸어가는 노리아를 멀리서 언뜻 보았다. 노리아가 몇몇 여자들과 함께 그를 보러 온 것은 해가 지고 나서였다. 그들은 강 쪽으로 함께 걸었는데, 두 여자가 그들 뒤를 조용히 따라왔다. 첫 의식이 끝나고 나서 바로 남자를 보는 것은 관습에 어긋나는 일이었다. 그것도 단둘이 보는 것은 더욱 금기시됐다.

그들은 아무 말 없이 나무 옆에 섰다. 여자는 머리를 숙인 채였다. 존달라는 노리아의 흘러내린 머리카락을 쓰다듬어주고는 턱을 들어 그를 보게 했다. 노리아의 눈에는 눈물이 한가득 고여 있었다. 존달라는 눈가의 반짝이는 눈물을 손가락으로 찍더니 자신의 입으로 가져갔다.

"오…… 존달라."

노리아가 울음을 터뜨리며 그에게 다가갔다. 그는 노리아를 안고 부드럽게 입을 맞췄다가 점차 더욱 열정적으로 그녀를 애무했다.

"노리아, 노리아 여자, 아름다운 여자."

그가 말했다.

"존달라 만든다. 노리아 여자."

그녀가 말했다.

"만든다…… 노리아…… 만든다……."

노리아는 자신의 마음을 그에게 전할 수 있는 말을 알지 못해 안타까워하며 흐느껴 울었다.

"알아, 노리아. 다 알아."

그가 여자를 안으며 말했다. 그러고는 뒤로 물러나 어깨를 감싸고 그녀에게 미소 지으며 여자의 배를 톡톡 두드렸다. 눈물을 흘리는 와중에도 노리아는 미소 지었다.

"노리아 만든다, 젤란도니……."

그녀가 그의 눈꺼풀을 만졌다.

"노리아 만든다, 존달…… 하두마……."

"응. 타멘이 내게 말해줬어. 존달, 여섯 번째 대 하두마이."

그가 고개를 끄덕이며 말했다. 그러더니 주머니에 손을 뻗었다.

"줄 게 있어, 노리아."

그는 도니 조각상을 꺼내 여자의 손에 쥐어주었다. 자신의 어머니가 준 그 조각상이 그에게 얼마나 특별한 것인지, 얼마나 오랜 세월 여러 대에 걸쳐 물려받은 것인지 말해줄 수 있다면 얼마나 좋을까 생각하며 고민했다. 그의 얼굴에 미소가 떠올랐다.

"이 도니는 나의 하두마."

그가 말했다.

"존달라의 하두마. 이제는 노리아의 하두마."

"존달라 하두마?"

여성을 표현한 조각상을 보며 놀란 노리아가 말했다.

"존달라 하두마, 노리아?"

그가 고개를 끄덕이자 노리아는 눈물을 터뜨리며 양손에 조각상을 꼭 움켜쥐더니 그것을 입술에 갖다 댔다.

"존달라 하두마."

그녀는 어깨를 들썩일 정도로 흐느끼며 말했다. 갑자기 노리아는 두 팔로 그를 꼭 끌어안고 입을 맞추더니 뒤돌아 천막 쪽으로 달려갔다. 너무 심하게 울어서 앞이 보이지 않을 정도였다.

모든 이들이 그들을 배웅하러 나왔다. 존달라가 사람들 앞에 섰을 때 하두마는 노리아 옆에 서 있었다. 하두마는 고개를 끄덕이며 미소 지었지만 노리아의 뺨에는 눈물이 흘렀다. 그는 눈물을 손가락으로 찍어 자신의 입에 대었다. 노리아는 미소를 짓기는 했지만 눈물을 멈출 수는 없었다. 그는 가려고 몸을 돌리기 전에 제렌이 심부름꾼으로 보냈던 곱슬머리 청년이 애타는 눈빛으로 노리아를 응시하고 있는 것을 놓치지 않았다.

노리아는 이제 여자가 되었고 하두마의 축복을 받았다. 그녀를 짝으로 맞이하는 남자의 불터에는 복이 많은 아이가 태어날 것임이 분명했다. 사람들은 그녀가 첫 의식에서 쾌락을 알게 되었다고들 말했다. 그런 여인들이 최고의 짝이 된다는 것은 누구나 아는 사실이었다. 노리아는 짝으로서 최고의 조건을 갖추었을 뿐 아니라 대단히 매력적이었다.

"노리아가 정말로 형의 정령이 깃든 아이를 수태할 거라고 생각해?"

그들이 야영지를 벗어났을 때 소놀란이 물었다.

"나야 모르지. 하두마는 지혜로운 노인이야. 다른 누구보다 많은 것을 알고 있고. '큰 주술'의 힘도 가지고 있는 것 같고. 누군가 그런 일을 할 수 있다면, 바로 하두마겠지."

그들은 한동안 말없이 강을 따라 걸었다. 얼마 후 소놀란이 입을 열었다.

"형, 물어보고 싶은 게 있어."

"물어봐."

"형은 대체 무슨 마법을 부리는 거야? 내 말은, 남자들은 누구나 첫 쾌락 의식에 선택되고 싶다고 말은 하지만 사실은 다들 두려워하거든. 거절하는 남자들도 몇몇 봤어. 솔직히 나도 늘 어색한 기분이 들더라고. 거절한 적은 없지만. 하지만 형은 늘 선택되잖아. 그리고 한 번도 실패한 것을 못 봤어. 여자들은 전부 다 형을 사랑하게 되지. 어떻게 그럴 수가 있어? 축제 때마다 형은 여자들을 몰고 다니잖아. 형의 어떤 점이 그렇게 특별한 거야?"

"나도 모르겠어, 소놀란."

그는 약간 당황한 투로 말했다.

"그저 조심하려고 할 뿐이야."

"어떤 남자가 안 조심하겠어? 더하면 더했지. 타멘이 그렇게 말했잖아? '첫 의식, 여자 기쁘게 하는 거, 안 쉽다.' 어떻게 여자가 쾌락을 느끼게 하는 거야? 난 그저 아주 많이 아프게 하지 않는 것만으로 만족하는데. 그렇다고 형의 그것이 더 작아서 쉬운 것도 아닐 테고. 어서, 동생한테 조언을 좀 해줘봐. 난 예쁘장한 젊은 처녀들이 날 쫓아다녀도 하나도 성가시지 않으니까."

그는 속도를 늦추더니 소놀란을 봤다.

"그래, 너라면 그럴 테지. 사실 내가 마로나에게 그런 약속을 한 이유 중 하나도 그 때문이었어. 뭔가 변명거리가 필요했지."

존달라가 미간을 찌푸렸다.

"첫 의식은 여자에게 특별하지. 내게도 마찬가지야. 하지만 처녀들 대부분이 어떤 면에서는 여전히 소녀에 머물러 있지. 남자애들을 쫓아다니는 것과 남자를 유혹하는 것의 차이도 모르는. 그런데 어떻게 특별한 밤을 함께 할 어린 처녀에게 사실 나는 노련한 여인과 함께 있을 때 더 편하다고 말할 수 있겠어? 처녀와 단둘이 시간을 보내야만 하는 상황에서. 소놀란! 난 정말 상처 주고 싶지 않아. 그렇다고 내가 함께 밤을 보내는 모든 여자들과 사랑에 빠지는 것은 아니야."

"형은 전혀 사랑에 빠지지 않잖아."

존달라가 더 빠르게 걷기 시작했다.

"무슨 소리야? 난 많은 여자를 사랑했어."

"그래, 그들을 다 사랑했지. 그건 사랑하는 게 아니야."

"네가 어떻게 안다고 그래? 너는 사랑해본 적이 있다는 거야?"

"몇 번. 오래 지속되지는 않았지만 그래도 그 차이는 알아. 있잖아, 형, 캐물으려는 건 아닌데 형이 걱정되어서 그래. 특히 형 기분이 축 처져 있을 때. 그리고 그렇게 달아날 필요 없어. 원한다면 내가 입 다물게."

존달라가 속도를 늦췄다.

"그래, 어쩌면 네 말이 맞아. 나는 한 번도 사랑에 빠진 적이 없는지도 몰라. 어쩌면 본래 내가 사랑에 빠지는 것과는 거리가 먼 사람일 수도."

"뭐가 부족한데? 형이 아는 여자들에게서 충족되지 않은 게 뭔데?"

"내가 안다면, 넌 또 나를 뭐로……."

그가 화가 난 채 말문을 열었다가 이내 멈췄다.

"모르겠다, 소놀란. 아마도 전부를 원하는 것 같아. 첫 의식 때 그대로의 모습을 간직한 여자라면 좋겠어. 첫날밤, 적어도 그 때만큼은 모든 여자와 사랑에 빠지는 것 같아. 하지만 내가 원하는 것은 어린 처녀가 아니라 여인이야. 가식 없이 솔직하게 자신을 표현하고 적극적인 여자를 원해. 조심스럽게 다루려고 긴장하고 싶지도 않고. 생기 있고, 자기만의 생각이 있으면 좋겠어. 젊음으로 빛나면서도 노련하고, 순수하면서도 지혜롭고, 동시에 이 모든 것들을 다 갖춘 여자."

"형이 욕심이 많네."

"음, 네가 물어봤잖아."

그들은 한동안 말없이 걸었다.

"젤란도니가 몇 살이라고 했지? 어머니보다 조금 더 어렸던가?"

소놀란이 묻자 존달라의 표정이 굳어졌다.

"왜 물어?"

"사람들이 그러는데, 젊은 시절에 그렇게 아름다웠다면서. 불과 몇 년 전까지만 해도 말이야. 젤란도니의 미모에 견줄 만한 여자는 없었다면서. 나야 잘 모르겠지만 사람들이 그러는데, 어머니 여신을 모시는 이들 중에서 가장 높은 지위에 오르기에는 젊은 나이였다고. 그런데 말이야, 형, 사람들이 형이랑 젤란도니에 대해 말하는 그 얘기, 사실이야?"

존달라가 걸음을 멈추더니 천천히 몸을 돌려 소놀란을 바라봤다.

"사람들이 나와 젤란도니에 대해 뭐라고 말하던?"

그가 지그시 이를 물며 물었다.

"미안. 내가 너무 심했어. 잊어버려."

5

에일라는 동굴 밖으로 걸어 나오며 암붕 위에서 눈을 비비고 몸을 쭉 폈다. 해는 여전히 동쪽에 낮게 걸려 있었다. 손으로 눈 위를 가려서 말들이 어디쯤 있는지 살펴보았다. 계곡에 머문 지 겨우 며칠밖에 되지 않았지만 아침에 눈을 뜨면 말들을 찾아보는 것이 어느새 습관이 되었다. 다른 생명체와 함께 계곡에서 지낸다는 생각을 하면 그나마 고독한 처지에 위안이 되었다.

그녀는 말들이 움직이는 경로를 점차 파악하게 되었다. 말 떼는 아침이면 물을 마시러 물가로 왔다가 오후가 되면 나무가 우거진 그늘으로 이동했다. 에일라는 말들을 하나하나 구분했다. 그중에는 등뼈를 따라 난 털과 짧은 다리, 빳빳한 갈기의 짙은 회색빛을 제외하면, 흰색으로 보일 정도로 아주 연한 회색 털을 가진 망아지가 있었다. 또 암말 하나는 건초 같은 황갈색 새끼를 데리고 다녔는데, 그 무리의 우두머리인 종마와 같은 색이었다. 자부심으로 가득한 우두머리 말도 인정하기 싫겠지만 거기 있는 망아지들 중 한 마리에게, 혹은 앞으로 태어날 새끼에게 언젠가는 그 자리를 물려줄 터였다. 갈기와 다리 아랫부분, 줄무늬가 짙은 갈색인 황갈색의 종마는 겉모습에서부터 지금이 한창때임을 보여주고 있었다.

"안녕, 말들아."

에일라는 말들을 향해 아침에 주로 하는 인사의 의미가 담긴 손짓을 했다.

"오늘 아침에 난 늦잠을 잤어. 너희는 이미 아침 물을 마셨구나. 나도 이제 마셔야겠다."

그녀는 가벼운 발걸음으로 개울까지 내려갔다. 가파르게 경사진 길도 이제는 익숙해져 넘어질 염려가 없었다. 그녀는 물을 마시고 아침 헤엄을 치기 위해 두르개를 벗었다. 늘 입던 두르개였지만 깨끗이 빨고 긁개로 가죽을 손질해 다시 부드럽게 만들었다. 정리와 청결한 습관은 에일라의 천성이기도 했지만 이자와 지내며 더욱 굳어졌다. 이자는 수많은 약초를 잘못 사용하는 일이 없도록 약전을 늘 정리했고, 불결함이나 오염으로 인한 감염에 대해서도 잘 알았기에 늘 청결에 신경 썼다. 여행 중에는 불결한 상태를 감수할 수밖에 없었지만 가까이에 맑은 개울이 흐르니 이제는 상황이 달라졌다.

에일라는 어깨 아래까지 늘어진 풍성한 금발을 손가락으로 쓸어내렸다.

"오늘 아침에는 머리를 감아야겠어."

그녀는 혼잣말처럼 손짓했다. 물이 굽어 돌아가는 곳에서 석회패랭이꽃을 발견한 에일라는 뿌리를 조금 캐 왔다. 개울을 보며 걸어가다가 얕은 수면 위로 튀어나온 큰 바위를 봤다. 바위 위쪽이 매끄러운 접시처럼 움푹 파여 있었다. 둥근 돌 하나를 주워서 바위까지 물을 헤치며 걸어갔다. 뿌리를 물에 헹구고 바위의 파인 곳에 손으로 물을 떠서 부은 다음, 뿌리를 돌로 찧자 사포닌으로 가득한 거품이 일었다. 거품이 충분히 생기자 머리를 물에 적시고 나서 거품으로 머리를 감고, 남은 거품으로는 몸을 닦은 후에 물속으로 들어가 헹궜다.

바위는 오래전에 절벽의 일부에서 떨어져 나온 것이었다. 에일라는 물속에 잠긴 바위를 밟고 올라가 수면 위로 솟아 있어 햇빛에 따듯하게 데워진 바위 표면까지 걸어갔다. 바위와 강기슭 사이에는 허리까지 차오르는 물길이 있어 바위는 꼭 작은 섬처럼 보였다. 흐드러지게 늘어진 버드나무들로 바위 한쪽에는 그늘이 져 있었고, 드러난 뿌리들은 뼈만 앙상한 손가락처럼 물가로 뻗어 있었다. 에일라는 바위틈으로 뿌리를 내리고 있던 작은 떨기나무에서 가지 하나를 꺾어 이로 껍질을 벗긴 다음, 머리가 햇빛에 마르는 동안 엉킨 머리카락을 가지로 풀었다.

에일라는 나직하게 콧노래를 부르며 꿈꾸듯 물속을 들여다보았다. 그때 뭔가가 스쳐 지나가는 게 보였다. 갑자기 정신이 번쩍 든 에일라의 눈에 버드나무 뿌리 아래서 쉬고 있는 커다란

은빛 송어가 들어왔다. 동굴을 떠난 이후로 물고기는 한 번도 먹지를 못했어. 에일라는 그런 생각을 하다가 아직 아침조차 먹지 않았다는 것을 깨달았다.

에일라는 버드나무에서 멀리 떨어진 바위 가장자리에서 조용히 물속으로 미끄러지듯 들어와 하류 쪽으로 쭉 헤엄쳐 내려왔다. 얕은 물에 당도한 에일라는 물속에 손을 넣고 손가락을 흐느적거리며 천천히 무한한 인내심으로 상류를 되짚어 올라갔다. 버드나무에 다다르자 뿌리 아래서 가만히 물살에 몸을 맡긴 채 지느러미를 살랑거리고 있는 송어가 보였다.

에일라의 눈이 흥분으로 빛났다. 하지만 송어에게 한 발짝 다가갈수록 훨씬 조심해야 했다. 손이 송어 바로 아래에 다다랐을 때 손을 들어 가볍게 만지자 벌어진 아가미가 느껴졌다. 그녀는 재빨리 송어를 왈칵 움켜잡아 단번에 물 밖으로 들어 올려서는 기슭으로 던져버렸다. 뭍 위로 올라온 송어는 펄떡펄떡 날뛰더니 얼마 후 잠잠해졌다.

에일라는 뿌듯함에 미소 지었다. 어린 시절, 물고기를 손으로 잡는 법을 배우느라 고생했던 게 떠올라서였다. 그녀는 처음으로 성공했을 때만큼이나 스스로가 자랑스러웠다. 송어 다음으로 그 자리를 차지할 물고기가 있을 듯하여 에일라는 위치를 눈여겨봐 두었다. 이 송어는 아침으로 다 먹기에 버거울 정도로 크네. 잡은 물고기를 가지고 오며 뜨거운 돌 위에 얹어 구워 먹을 신선한 송어 맛에 그녀는 입맛을 다시며 생각했다.

아침으로 먹을 생선이 익는 동안, 에일라는 전날 꺾어 온 실유카로 바구니를 만드느라 분주했다. 실용적이고 간단한 바구니였지만 짜기 무늬에 작은 변화를 주면 스스로 만족스러운 질감이 나올뿐더러 디자인에도 미묘한 차이가 생겼다. 에일라에게는 빠르게 손을 놀리면서도 물이 스며들지 않을 정도로 촘촘하게 짜는 기술이 손에 배어 있었다. 바구니에 뜨겁게 달군 돌을 넣으면 요리 도구로도 사용할 수 있지만, 그런 용도로 만들려는 것은 아니었다. 다가올 추운 계절을 나기 위해 해야 할 일들을 모두 생각하면서 저장 용기를 만드는 것이었다.

어제 딴 까치밥나무 열매는 며칠만 있으면 마르겠지. 에일라는 풀로 짠 깔개 위에 펼쳐 놓은 둥글고 빨간 열매를 바라보며 생각했다. 그때쯤이면 열매들도 더 익을 테고. 블루베리도 더 많이 열리겠지만 앙상한 작은 사과나무에서는 건질 게 별로 없겠어. 버찌도 주렁주렁 열렸지만, 벌써 너무 익었어. 버찌는 오늘 바로 따야겠어. 새들이 먼저 쪼아 먹지 않았다면 해바라기 씨를 따 와도 좋을 텐데. 사과나무 옆에 개암나무도 있었던 것 같은데. 내 작은 동굴 옆에 있던 개암나무보다 훨씬 작아 보이긴 했지만. 저 소나무는 솔방울에 커다란 열매가 든 종류 같은데, 나중에 확인해봐야겠다. 생선이 어서 익었으면!

푸성귀도 말리기 시작해야 돼. 그리고 이끼랑 버섯. 뿌리. 뿌리를 종류별로 다 말릴 필요는 없지만 몇 개는 동굴 뒤편에 오래 보관할 수 있을 거야. 털비름 씨앗도 더 구해야 할까? 저것들은 너무 작아서 양이 얼마 되지 않아. 알곡들은 걷어 오면 유용하긴 해. 들판에 이삭들도 무르익었어. 오늘은 버찌랑 알곡 이삭을 따 와야겠어. 하지만 우선 저장 바구니를 더 만들어야지. 자작나무 껍질로도 통을 만들 수 있을 거야. 큰 통을 만들 만한 생가죽이 있으면 얼마나 좋을까.

씨족 사람들과 살 때는 언제나 생가죽이 남아돌았는데. 겨울을 날 따뜻한 털가죽 한 장만 더 있어도 좋을 텐데. 토끼나 비단털쥐로는 털가죽 덮개 하나도 제대로 만들 수 없으니. 매머드를 사냥할 수 있다면 기름도 충분히 얻고, 등불도 켤 수 있을 텐데. 매머드 고기만큼 맛있고 영양가 있는 것도 없고.

이제 송어가 다 익었을까? 그녀는 흐늘흐늘한 나뭇잎을 옆에 치워두고 막대기로 생선을 찔러보았다. 조금만 더 익히면 되겠어.

소금을 치면 좋을 텐데, 가까이에 바다가 없으니. 머위를 넣으면 짠맛을 낼 수 있고, 다른 풀로도 맛을 낼 수 있겠지. 이자는 어떤 음식이든 맛을 잘 냈는데. 언제 한번 초원으로 나가서 뇌조가 있는지 보고 와야겠다. 혹 있으면 크렙이 좋아하는 방식대로 요리해야지.

이자와 크렙 생각에 갑자기 목이 메었다. 에일라는 생각을 하지 않으려는 듯, 혹은 터져 나오는 눈물을 참아보려는 듯 머리를 흔들었다.

약초와 찻잎을 말리는 선반이 필요하겠어. 약초도 말려야지. 아플 수도 있으니까. 선반 다리는 나무를 베면 되지만 그것들을 묶으려면 잡은 지 얼마 안 된 짐승 가죽으로 만든 끈이 필요한데. 잘 말라 줄어들어야 가죽끈이 질겨질 거야. 땔감 때문에 나무를 자를 필요는 없겠어. 쓰러진 나무랑 유목만 있어도 충분해. 말들의 배설물도 있고. 마르면 잘 타니까. 오늘부터 동굴에 땔감을 모아두어야겠어. 조만간 도구들도 만들고. 부싯돌을 찾다니 운이 좋았어. 송어가 다 익었겠다.

에일라는 생선을 익히던 뜨거운 돌 위에 송어를 그대로 두고 먹으며 접시로 쓸 만한 뼈나 나무가 있는지 뼈 무더기와 유목들을 뒤져봐야겠다고 생각했다. 작은 물 부대에 든 물을 요리 그릇에 비우며 더 큰 동물의 위장으로 만든 물 부대가 있으면 좋겠다는 생각을 했다. 동굴에서 사용하려면 물이 새지 않고 용량이 큰 부대가 필요했다. 모닥불에 달군 뜨거운 돌들을 몇 개 더 넣자 그릇에 담긴 물이 끓기 시작했다. 약자루에서 말린 들장미 이파리를 꺼내 김이 올라오는 물에 뿌렸다. 들장미 잎은 가벼운 감기에도 잘 들었지만, 그냥 차로 마시기에도 괜찮았다.

계곡에 널린 풍요로운 먹거리를 채집해 손질하고 저장하는 고된 일들이 에일라에게는 삶에 대한 의욕을 부채질하는 힘이 되었다. 그런 일들 덕분에 그녀는 계속 바삐 몸을 움직였다. 외롭다는 생각을 할 틈도 없었다. 혼자 먹을 정도의 식량만 비축하면 되었지만 모든 것을 혼자 해결해야 했다. 식량을 모으고 필요한 것들을 준비할 시간이 충분히 남았는지 걱정이 줄을 이었다.

차를 홀짝이며 바구니를 마무리하던 에일라는 춥고 긴 겨울을 나기 위해 필요한 것들을 곰곰이 생각했다. 잠자리 털가죽이 하나 더 필요할 거야. 그리고 말린 고기도. 기름은 어떡하지? 겨울에는 기름이 있어야 해. 바구니보다는 자작나무 껍질로 그릇을 만드는 게 훨씬 빠를 텐데. 발굽이랑 뼈, 가죽 쪼가리만 있다면 말이야. 그리고 큰 물 부대는 어디서 구하지? 약초를 말릴 선반을 만드는 데 필요한 끈은? 기름을 저장하려면 힘줄과 내장도 있어야 하고, 또…….

빠르게 움직이던 손가락이 멈췄다. 무슨 계시의 장면이라도 보듯 허공을 응시한 채였다. 큰 짐승 한 마리만 잡으면 이 모든 걸 다 얻을 수 있어! 딱 한 마리만 잡으면 되는데. 하지만 무슨 수로?

그녀는 작은 바구니를 다 만들고 나서 등에 메고 있던 채집 바구니에 넣었다. 도구들은 두르개 주머니에 넣은 뒤 뒤지개와 줄팔매를 들고서 들판으로 향했다. 벚나무를 발견한 에일라는 손이 닿는 대로 버찌들을 따고 나서는 더 많이 따기 위해 나무를 탔다. 따면서 입에 넣기도 했는데, 너무 무르익은 버찌에서는 달큼한 맛이 났다.

나무에서 내려온 그녀는 기침에 좋은 벚나무 껍질을 벗겨 가기로 했다. 손도끼로 질긴 겉껍질을 쳐내고 나서 칼로 안쪽의 부름켜를 긁어냈다. 문득 어린 시절, 이자가 심부름으로 벚나무 껍질을 가져오라고 했던 일이 생각났다. 그때 그녀는 벚나무 뒤에서 무기 연습을 하는 남자들을 우연히 보게 되었다. 잘못된 일인 줄은 알아서 남자들에게 들킬까봐 두려워 숨어 있었지만, 주그가 남자아이에게 줄팔매질을 가르치기 시작하자 흥미가 생겼던 것도 사실이었다.

그녀는 여자가 무기를 만져서는 안 된다는 것을 알고 있었다. 하지만 남자들이 줄팔매 하나를 남겨두고 떠났을 때 그녀는 호기심을 억누를 수 없었다. 한번 해보고 싶었다. 그때 줄팔매를 집어 들지 않았다면 내가 지금까지 살아 있을 수 있었을까? 내가 줄팔매 기술을 터득하지 않았다면 브라우드가 나를 그토록 미워하는 일은 없었을까? 만약에 그가 나를 싫어하지 않았다면 나를 쫓아내지는 않았겠지. 하지만 나를 싫어하지 않았다면 내게 억지로 욕망을 풀지도 않았을 거고, 만약 그랬다면 두르크도 태어나지 않았겠지.

만약에! 만약에! 에일라는 화가 났다. 일어났을지도 모르는 일들을 생각하는 게 다 무슨 소용이야? 나는 지금 여기에 있고, 저 줄팔매로는 큰 짐승을 잡을 수도 없는데. 창만 하나 있으면 좋을 텐데!

그녀는 물을 마시고 버찌즙으로 끈적끈적해진 손을 씻기 위해 어린 사시나무들을 헤치며 걸었다. 그때 곧게 자란 키가 큰 나무들이 눈에 들어오자 돌연 걸음을 멈췄다. 사시나무의 몸통을 움켜잡는 순간, 스치는 생각이 있었다. 이거면 되겠어! 이 나무로 창을 만들 수 있겠어.

그녀는 순간 겁이 났다. 브룬이 알면 엄청 화를 낼 텐데. 그녀는 생각했다. 내가 사냥을 하도록 허락할 때도 줄팔매가 아닌 다른 무기로는 절대 사냥을 하면 안 된다고 못 박았잖아. 그가 알면…….

브룬이 어쩌겠어? 뭘 할 수 있겠어? 그들이 안다고 해도 누가 날 어쩌겠어? 난 이미 죽었는데. 그리고 여기 나 말고는 아무도 없잖아.

그때 마치 팽팽하게 당겨진 줄이 끊어지듯 그녀의 내면에서 뭔가가 툭 끊어졌다. 그녀는 주저앉았다. 오, 이곳에 누구라도 함께 있다면 얼마나 좋을까. 누구든 좋아. 브라우드를 봐도 반가울 것 같아. 내가 다시 돌아갈 수 있다면, 두르크를 다시 보게 해준다면 평생 줄팔매는 건드리지도 않을 텐데. 에일라는 가느다란 사시나무 밑동 아래 무릎을 꿇은 채 손에 얼굴을 묻고 숨을 헐떡이며 흐느꼈다.

그녀의 흐느낌은 자신과 다른 생명체에게는 무관심한 짐승들의 귀에 닿았다. 초원과 숲에 사는 작은 짐승들은 그들의 영역으로 들어온 낯선 이의 이해할 수 없는 소리를 듣고 피해 갈 뿐이었다. 그녀의 울음을 들어줄 이도, 그녀를 이해해줄 이도 하나 없었다. 계속 여행을 하는 동안에는 자신과 비슷한 사람을 찾으리란 희망을 키웠다. 하지만 이제 한곳에 머물기로 결정한 이상, 그런 희망은 접어둔 채 고독을 받아들이고 홀로 살아가는 법을 배워야 했다. 미지의 장소에서 얼마나 혹독할지 가늠도 되지 않는 겨울을 홀로 나야 한다는 걱정이 커다란 중압감으로 다가왔다. 그나마 눈물을 터트렸던 것이 잔뜩 긴장되었던 마음을 풀어주었다.

다시 일어섰을 때 그녀는 몸을 떨고 있었지만 손도끼를 꺼내 어린 사시나무의 밑동을 거칠게 연속으로 내리쳤다. 남자들이 어떻게 창을 만드는지 여러 번 봤어. 그녀는 가지들을 잘라내며 속으로 생각했다. 그렇게 어려워 보이지 않았어. 그녀는 장대를 들판까지 끌고 가서 놓아둔 뒤 남은 오후 동안 외알밀과 호밀 이삭을 따서 장대와 함께 동굴로 가져갔다.

초저녁 내내 에일라는 나무껍질을 벗기고 창을 손질하는 일에 몰두했다. 남은 생선과 알곡을 넣어 저녁 준비를 하고 버찌를 널어둘 때만 잠시 멈췄을 뿐이었다. 어둠이 깔린 무렵, 그녀는 창으로 만들 장대를 동굴로 가지고 들어왔다. 남자들이 창을 만들던 모습을 떠올리며 장대에 자신의 키보다 조금 더 높은 곳에 표시를 해두었다. 그런 다음 표시해둔 부분을 불에 넣어 돌리며 까맣게 태웠다. 까맣게 된 부분을 톱니 모양의 홈이 있는 긁개로 깎아냈다. 윗부분이 떨어져 나갈 때까지 불에 태우고 깎아내는 작업을 계속했다. 불에 그슬리고 긁개로 깎아낼수록 장대의 끝은 불에 구워져 더 단단해지고 날카로워졌다. 하나를 만든 다음에는 또 다른 장대를 손질했다.

그녀가 창을 모두 완성했을 때는 이미 깊은 밤이었다. 피곤했지만 기뻤다. 그 때문에 더 편하게 잠을 청할 수 있었다. 밤은 항상 그녀에게 가장 힘든 시간이었다. 에일라는 모닥불이 꺼지지 않게 불을 재로 묻어두고 입구 쪽으로 걸어가 별들로 가득한 하늘을 바라보며 잠을 미루고 해야 할 일이 더 있는지 생각했다. 에일라는 동굴 바닥을 얕게 파서 마른 풀을 깔고 그 위를 털가죽으로 덮어 잠자리를 마련해두었다. 그녀는 잠자리를 향해 천천히 발걸음을 옮겼다. 몸을 누이고는 모닥불의 희미한 빛을 물끄러미 보며 주위의 적막함에 귀를 기울였다.

잠자리를 준비하는 부스럭거리는 소리도, 가까운 불터에서 남녀가 관계를 맺는 소리도, 코를 골거나 앓는 소리도 들리지 않았다. 사람의 소리라고는 숨소리조차 들리지 않았다. 오로지 에일라 혼자였다. 그녀는 일어나 아들을 업을 때 사용하던 포대기를 가져다가 가슴에 꼭 묻고는 몸을 가볍게 흔들며 아이를 재울 때 부르던 노래를 흥얼거렸다. 어느새 눈물이 얼굴을 타고 흘러내렸다. 마침내 다시 몸을 눕혀 빈 포대기로 몸을 말고는 울다 지쳐 잠들었다.

다음 날 아침, 에일라가 용변을 보기 위해 밖으로 나왔을 때 다리를 타고 피가 흘러내렸다. 그녀는 얼마 안 되는 소지품 속에서 월경대와 허리끈을 찾았다. 빨아놓은 것이었지만 뻣뻣하고 반들반들했다. 원래는 지난번에 사용하고 나서 땅에 묻어야 했던 것이었다. 그녀는 그 위에 채워 넣을 양털이 있으면 좋겠다고 생각했다. 그때 토끼털 가죽이 눈에 들어왔다. 저건 겨울에 쓰려고 했는데, 토끼야 또 잡을 수 있겠지.

그녀는 작은 가죽을 길게 자른 다음, 아침마다 하는 헤엄을 치기 위해 내려갔다. 곧 시작되리란 걸 알았어야 했는데, 그랬다면 미리 준비할 수 있었을 텐데. 이제 나는 아무것도 할 수 없겠어, 내가 할 수 있는 일이라고는…….

갑자기 그녀가 웃었다. 여기서 여인의 저주가 뭐가 중요해. 시선을 피해야 할 남자가 있는 것도 아니고, 남자가 먹을 음식에 손을 대지 못하는 것도 아닌데. 내가 걱정할 것은 오직 내 입 하나뿐이잖아.

그래도 미리 예상은 했어야 했어. 이렇게 시간이 빨리 지났다니. 할 때가 다가왔으리라고는 생각지도 못했는데. 내가 이 계곡에 온 지 얼마나 된 걸까? 그녀는 기억하려 애썼지만 그 날이 다 그 날처럼 희미해 헤아릴 수 없었다. 그녀는 눈살을 찌푸렸다. 내가 여기 온 지 얼마나 되었는지는 알아야 해. 생각했던 것보다 여름이 한참 더 지났는지도 몰라. 순간 극심한 공포가 엄습했다. 그렇게까지 심각한 상황은 아닐 거야. 그녀는 스스로를 다독였다. 과일이 다 익고 나뭇잎들이 떨어지기 전에 눈은 내리지 않아. 그래도 알아야 해. 날을 세야겠어.

오래전에 크렙이 막대기에 빗금을 그어 시간의 흐름을 표시하는 방법을 보여주었던 일이 떠올랐다. 에일라가 금세 그 방식을 이해하자 크렙은 매우 놀랐다. 그는 그저 에일라의 끝없는 질문을 잠재우려고 설명해준 것에 지나지 않았다. 오직 주술사와 그들의 제자에게 전수되는 지극히 신성한 지식을 여자아이에게 알려주어서는 절대 안 될 일이었다. 크렙은 에일라에게 절대 그 일에 대해 언급하지 말라는 주의를 주었다. 그녀는 언젠가 달이 다시 차오르기까지 며칠이 지나야 하는지 알아보려고 막대기에 표시를 하다가 크렙에게 들켰던 일도 떠올렸다. 그 일로 크렙은 크게 화를 냈었다.

"크렙, 정령의 세계에서 저를 지켜보고 있다면 부디 노하지 마세요."

그녀는 손짓언어로 말했다.

"왜 이렇게 해야만 하는지 아시겠지요."

그녀는 길고 무른 막대기 하나를 찾아 돌칼로 빗금을 그었다. 한참을 생각하더니 빗금을 두 개 더 그었다. 빗금 위에 손가락 세 개를 대보더니 세 손가락을 들었다. 이거보다는 더 오래된 것 같지만, 그래도 분명 이 정도는 되었어. 오늘 밤에 하나 더 표시를 하고, 앞으로 매일 밤 해야겠어. 그녀는 다시 막대기를 물끄러미 바라봤다. 이 빗금 위에다 작게 흠집을 내서 내가 여인의 저주를 시작한 날을 표시해놓아야겠어.

창을 만든 이후로 보름이 지났는데도 에일라는 커다란 동물을 어떻게 사냥해야 할지 막막하기만 했다. 그녀는 동굴 입구에 앉아 건너편 절벽과 밤하늘을 바라보았다. 여름은 완연해져 더위가 기승을 부렸지만 밤에는 시원한 바람이 불어왔다. 에일라는 얼마 전에 여름용 두르개를 새로 만들었다. 자락이 풍성한 두르개는 너무 더워 입을 수 없었다. 동굴 주변에서는 나체로 돌아다녔지만 멀리 나갈 때면 도구들을 담을 주머니가 필요했다. 여자가 된 후로 사냥을 나갈 때면 풍만한 가슴을 단단하게 감싸는 가죽끈을 차고 다녔다. 그렇게 하면 달리거나 뛰어오를 때 한결 편했다. 게다가 그런 모습을 이상하다고 생각하며 몰래 훔쳐보는 시선을 감내할 필요도 없었다.

에일라에게는 잘라서 사용할 큰 생가죽이 없었지만 털을 다 뽑아낸 토끼 가죽으로 허리 위가 다 드러나는 여름 두르개를 만들고 나머지 가죽으로 가슴에 둘러 묶는 끈을 만들었다. 사냥할 만한 짐승을 찾으리란 희망에 부풀어 아침 일찍 새로 만든 창을 들고 초원에 가볼 작정이었다.

계곡의 북쪽으로는 경사가 완만해 강 동쪽 초원에 쉽게 닿을 수 있었다. 서쪽 초원으로 이어지는 계곡은 절벽에 가까워 엄두가 나지 않았다. 에일라는 초원에서 사슴, 들소, 말 떼와 함께 사이가산양 무리도 발견했지만 정작 사냥에 성공해 동굴에 가지고 온 것은 뇌조 한 쌍과 큰 날쥐 한 마리뿐이었다.

날이 갈수록 에일라의 머릿속은 온통 큰 짐승을 사냥하는 일로 채워졌다. 그녀는 씨족 남자들이 사냥에 대해 이야기하는 것을 자주 지켜봤는데—남자들은 사냥 말고는 달리 할 말도 없었다—사냥은 항상 협력해서 이루어졌다. 가장 선호하는 기술은 늑대 무리처럼 짐승 하나를 무리에서 벗어나게 해 교대로 짐승의 진이 빠질 때까지 쫓아가서 마지막에 가까이 다가가 창을 내리꽂는 것이었다. 하지만 에일라는 혼자였다.

그들은 때로 고양잇과 포식 동물이 덮칠 준비를 하며 숨어서 기다리다가 맹렬하게 달려들어 송곳니와 발톱으로 사냥감을 단번에 해치우는 방식에 대해서도 이야기했다. 하지만 에일라에게는 송곳니도 발톱도 없었고 맹수처럼 폭발적인 속도를 낼 능력도 없었다. 창을 다루는 것조차 서툴게만 느껴졌다. 창은 한 손으로 움켜쥐기에 다소 크고 긴 편이었다. 그래도 에일라는 방법을 찾아내야 했다.

마침내 그녀가 통할지도 모르는 방법 하나를 떠올린 것은 초승달이 뜬 밤이었다. 달이 해를 등지고 있어 달의 끝부분만 빛을 받아 보이는 때면 그녀는 씨족 모임을 종종 생각했다. 동굴곰족의 축제는 언제나 초승달이 뜰 때 열렸다.

그녀는 여러 씨족이 재연하던 사냥춤을 떠올렸다. 에일라가 속한 씨족에서는 브라우드가 흥미진진한 사냥춤을 이끌었다. 횃불로 매머드를 꽉 막힌 협곡으로 유인해 사냥에 성공한 장면을 생생하게 재연해 사냥춤 경합에서 우승을 차지했다. 축제를 주최한 씨족은 털코뿔소들이 물을 마시러 가는 길에 구덩이를 파놓은 뒤, 코뿔소 한 마리를 함정으로 몰아넣는 사냥춤으로 경합에서 막상막하로 2위를 했다. 털코뿔소는 예측 불가능하고 위험하기로 악명이 높았다.

다음 날 아침 에일라는 말들의 위치를 확인했지만 인사를 건네지는 못했다. 이제 그녀는 말들을 하나하나 구분할 수 있었다. 그들은 계곡에서 함께 살아가는 친구에 가까운 존재였다. 하지만 자신이 생존하기 위해서 어쩔 수 없었다.

그녀는 며칠 동안 하루 중 대부분을 말들의 움직임을 관찰하며 보냈다. 그들이 평소에 물을 어디서 마시는지, 풀을 뜯는 장소는 어디인지, 밤은 어디에서 보내는지 면밀하게 주시했다. 말 떼를 지켜보는 동안, 서서히 구체적인 계획이 떠올랐다. 세세한 부분들까지 고민하며 일어날 수 있는 모든 사태에 대해서도 고려하려 애쓴 뒤, 마침내 사냥 준비에 나섰다.

그녀는 하루 종일 작은 나무와 덤불을 베어 들판 한가운데까지 끌고 와 개울을 따라 줄지어 선 나무들이 끊긴 빈터에 쌓았다. 나뭇진이 많은 나무껍질과 전나무, 소나무의 나뭇가지를 모으고, 불이 잘 붙는 단단한 나무 덩어리를 얻기 위해 썩은 나무 그루터기를 파냈으며, 마른 풀을 몇 움큼 뽑았다. 저녁이 되자 연기가 많이 나고 불이 잘 붙는 횃불을 만들 요량으로 나무 덩어리를 풀과 함께 가지에 묶었다.

사냥을 하기로 계획한 날 아침, 가죽 천막과 오록스 뿔을 가지고 밖으로 나왔다. 절벽 아래 쌓인 뼈 무더기를 뒤져 단단하고 평평한 뼈를 찾아낸 뒤, 한쪽 끝을 긁어내 뾰족하게 만들었다. 그런 다음, 그녀의 소지품 중에서 찾을 수 있는 끈들을 다 가져오고 칡처럼 질긴 덩굴을 나무에서 뜯어 돌투성이 강변에 쌓으며, 조만간 그것들이 꼭 쓰이기를 바랐다. 그리고 유목과 쓰러진 나무들도 힘겹게 강변으로 끌어다 놓았다. 이 정도면 불을 피우기에 충분할 듯싶었다.

초저녁 무렵, 모든 준비가 끝나자 에일라는 말 떼의 움직임을 살피기 위해 튀어나온 절벽이 있는 곳까지 강변을 위아래로 훑고 다녔다. 에일라는 걱정스럽게 동쪽에서 이는 구름을 지켜보았다. 이곳까지 흘러와 그녀가 의지해야 할 달빛을 가리는 일이 부디 없기를 바랐다. 알곡으로 죽을 쑤고 열매를 따서 요기를 했지만 많이 먹지는 않았다. 그녀는 계속해서 창 찌르기 연습을 했다.

마지막에는 유목과 뼈 무더기에서 끝이 둥그런 사슴의 앞다리 뼈를 찾아냈다. 그 뼈로 매머드의 상아를 내리치자 팔에 전해져 오는 반동에 움찔했다. 긴 사슴 뼈에 손상이 간 곳은 없었다. 단단한 곤봉 역할을 충분히 했다.

해가 지기도 전에 달이 떠올랐다. 에일라는 사냥 의식에 대해 알면 좋았으리란 생각을 했지만 여자는 그런 의식에 참여할 수 없었다. 여자들은 불운을 몰고 오기 때문이었다.

난 한 번도 내게 불운을 몰고 온 적이 없어. 그녀는 생각했다. 하지만 커다란 동물을 사냥하려고 했던 적은 없잖아. 행운을 가져오는 방법을 알았으면 좋았을 텐데. 에일라의 손은 어느새 부적으로 가 있었다. 그녀는 자신의 토템을 떠올렸다. 처음에 그녀가 사냥하도록 이끈 것은 어쨌든 그녀의 토템, 동굴사자였다. 크렙이 그렇게 말했잖아. 여인이 자신이 택한 무기를 남자보다 더 능숙하게 다룰 수 있는 데에 이유가 또 있겠는가? 그녀의 토템은 여자가 갖기에는 너무 강했다. 그 때문에 에일라에게 남성적인 성격이 나타나는 것이라고 브룬은 생각했었다. 에일라는 자신의 토템이 다시 한 번 행운을 불러오기를 희망했다.

땅거미가 짙은 어둠 속으로 젖어들 무렵 에일라는 강이 굽어 돌아가는 곳까지 걸어가 마침내 말들이 밤을 보내기 위해 자리를 잡는 것을 보았다. 평평한 뼈와 가죽 천막을 챙긴 에일라는 키가 큰 풀들 사이를 헤치며 말들이 아침에 물을 마시는 수풀의 빈터에 도착했다. 푸른 나뭇잎들은 사그라지는 햇빛 속에서 회색빛으로 보였고 저 멀리 나무들은 노을이 불타는 하늘을 배경으로 검은 윤곽을 드러냈다. 시야가 보일 정도로 달빛이 밝기를 바라며 에일라는 땅바닥에 천막을 펼친 채 땅을 파기 시작했다.

땅의 표면은 단단하게 굳어 있었지만 일단 어느 정도 파내자 뼈를 날카롭게 갈아 만든 삽으로 흙을 퍼내는 것이 수월해졌다. 가죽 위에 흙이 한 무더기 쌓이면 가죽을 수풀까지 끌고 가 흙을 버렸다. 구멍이 깊어지자 가죽을 구덩이 아래에 깔고 그 위에 파낸 흙을 담아 끌어 올렸다. 나중에는 눈으로 보는 것보다 손으로 더듬어서 땅을 파야 할 정도로 어두워졌다. 그녀는 한 번도 혼자서 구덩이를 파본 적이 없었다. 참으로 지난한 일이었다. 예전에 사냥한 들소의 우둔살을 통째로 익히느라 커다란 요리용 구덩이를 파본 적은 있었지만, 모든 여자들이 다 함께 한 일이었다. 심지어 에일라가 혼자 파는 이 구덩이는 더 크고 깊어야 했다.

구멍의 깊이가 허리까지 되었을 무렵, 바닥에 물기가 느껴졌다. 그제야 개울 가까이에 구덩이를 파면 안 된다는 것을 깨달았다. 금세 바닥에 물이 차올랐다. 진흙탕 위로 발목까지 물이 차오르자 에일라는 그만두고 구덩이 위로 올라왔다. 가죽을 위로 끌어 올리자 구덩이의 한쪽 면이 무너져 내렸다.

이 정도 깊이면 충분하겠지. 그녀는 생각했다. 그래야 할 텐데. 더 깊게 파면 물이 더 많이 차오를 거야. 그녀는 무심히 달을 보고는 어느새 밤이 찾아온 것에 깜짝 놀랐다. 빨리 일을 마무리하려면 서둘러야 했다. 원래 계획했던 대로 휴식을 취할 겨를이 없었다.

에일라는 덤불과 나무를 쌓아둔 곳으로 달려가다가 앞이 잘 보이지 않는 어둠 속에서 나무뿌리에 걸려 세게 넘어졌다. 덤벙댈 때가 아니야! 그녀는 정강이를 문지르며 생각했다. 무릎과 손바닥도 쓰렸고, 한쪽 다리에 미끄덩거리며 흘러내리는 액체가 느껴졌다. 눈으로 확인할 수는 없었지만 피가 난 게 분명했다.

돌연 그녀는 자신이 얼마나 위험한 상황에 처했는지 깨닫고 공포에 휩싸였다. 다리라도 부러지면 어쩌려고? 여기엔 나를 도와줄 사람이 아무도 없어. 이 밤중에 무슨 일이라도 일어나면 어떡하려고 그래? 불도 없는데? 짐승이 공격이라도 한다면? 예전에 자신에게 달려들던 스라소니의 모습이 생생히 떠올라 깜깜한 어둠 속에서 빛나는 맹수의 눈을 상상하며 줄팔매를 움켜쥐었다.

허리춤에 줄팔매가 끼워져 있는 것을 확인하자 마음이 한결 놓였다. 난 이미 죽은 몸이잖아. 아니 죽었어야 하는 사람이야. 무슨 일이 일어나려면, 일어나겠지. 지금으로서는 걱정할 틈도 없어. 서두르지 않으면 준비가 끝나기도 전에 아침이 올 거야.

나무를 쌓아둔 곳을 발견한 그녀는 잘라놓은 작은 나무들을 구덩이 쪽으로 끌고 가기 시작했다. 그녀 혼자서는 말들을 에워쌀 수도 없었다. 계곡에는 막다른 협곡도 없었다. 하지만 그녀는 직감을 통해 비약적인 생각 하나를 떠올렸다. 새로운 생각을 떠올리는 일은 그녀의 뇌에 적합한 특별한 재능이었다. 동굴곰족과 그녀를 가르는 차이는 외모보다 두뇌의 능력이 훨씬 컸다. 계곡에 막다른 협곡이 없으니 그와 비슷한 환경을 만들면 되겠다고 생각한 것이다.

누구도 그런 생각을 떠올린 적이 없었다는 것은 중요하지 않았다. 전에 없던 생각이기는 했지만 대단히 새로운 방법이라는 생각은 들지 않았다. 동굴곰족 남자들이 사냥하는 방식에 약간의 변화를 준 것뿐이었다. 약간의 변화만으로도 어쩌면 씨족 남자 중 그 누구도 감히 혼자 사냥할 생각을 못 하는 짐승을 여자 혼자서 죽이는 게 가능할지 몰랐다. 그것은 사실 필요해서 떠올린 대단히 새로운 방식이었다.

에일라는 나뭇가지를 엮어 구덩이 양옆에 세울 울타리를 만들며 불안하게 하늘을 바라봤다. 울타리의 구멍을 메우고 덤불을 위로 엮어 키를 높인 다음, 구덩이 양쪽에 울타리 두 개를 비스듬하게 세웠을 때는 동쪽 하늘의 별들이 희미해지고 있었다. 일찍 일어난 새들이 지저귀고 하늘이 밝아왔다. 그녀는 물러나서 손으로 작업한 결과물을 바라봤다.

구덩이는 가로보다 세로가 조금 더 긴 직사각형 모양이었고, 막판에 물이 차 진흙이 올라오는 바람에 가장자리는 질척거렸다. 진흙투성이 구덩이 양쪽에 세워진 울타리 덕분에 뭉개져서 세모꼴이 된 풀밭 위로 가죽에 모아둔 흙덩어리를 쏟아부었다. 두 개의 울타리 사이로 반짝이는 동쪽 하늘을 비추고 있는 강이 보였다. 잔잔하게 흐르는 강물의 저쪽 편으로 계곡의 가파른 남쪽 절벽은 꼭대기만 그 윤곽이 뚜렷할 뿐, 어렴풋이 보였다.

에일라는 말들의 위치를 확인하기 위해 발길을 돌렸다. 계곡의 반대편은 경사가 완만하다가 서쪽으로 갈수록 가팔라지며 동굴 앞 튀어나온 절벽으로 이어졌다. 그러다가 다시 동쪽으로는 완만해지며 수풀이 우거진 구릉이 계곡으로 길게 이어졌다. 여전히 어두웠지만 에일라는 말들이 움직이기 시작하는 것을 볼 수 있었다.

그녀는 가죽 천막과 평평한 뼈 삽을 꼭 쥐고서 강변까지 달렸다. 불이 잦아들고 있었다. 그녀는 불에 땔감을 더 집어넣고, 나뭇가지로 숯 하나를 꺼내 오록스 뿔 속에 넣은 다음, 횃불로 쓸 장대와 창, 곤봉을 챙겨서 구덩이로 향했다. 창은 구덩이 양편에 하나씩 놓고 창 옆에는 곤봉을 두고서 말들이 이동하기 전에, 말들에게서 멀찍이 거리를 두고 성큼성큼 걸어가 말 떼 뒤쪽에 숨었다.

그러고 나서 그녀는 기다렸다.

기다리는 일이 밤 동안의 고된 노동보다 더 힘들었다. 그녀는 자신의 계획이 성공할지 걱정하며 잔뜩 긴장했다. 불씨를 확인하고 기다리며 횃불로 쓸 장대를 건너다보고는 말들을 주시하며 기다렸다. 그녀는 전에는 생각해본 적 없는 수많은 일들을 하나하나 점검해보았다. 머리를 굴리며 그녀가 했어야 하는 일들, 다르게 했어야 하는 일들을 생각하며 기다렸다. 말들이 언제나 개울로 움직일까 궁금해하다가 저들이 빨리 움직이도록 뭔가 수를 써볼까도 생각해봤지만 마음을 고쳐먹고 가만히 기다리기로 했다.

말들이 서성이기 시작했다. 에일라는 말들이 평소보다 긴장한 것 같다는 느낌을 받았지만 말 떼를 이렇게 가까이서 보는 것도 처음이었으므로 확신할 수는 없었다. 마침내 우두머리 암말이 강 쪽으로 발길을 돌리자 나머지도 그 뒤를 따랐다. 가는 길에 멈춰 서서 풀을 뜯기도 했다. 강 쪽으로 가까이 다가갈수록 뭔가 초조한 기색이 역력했다. 말들은 에일라의 체취뿐 아니라 뒤엎어진 흙냄새도 맡았다. 암말이 방향을 틀려고 하는 순간, 에일라는 때가 왔다고 판단했다.

불씨로 장대에 불을 붙여 횃불을 만들고 두 번째 장대에도 불을 붙였다. 횃불 두 개에 불이 모두 잘 붙자 그녀는 오록스 뿔은 뒤에 두고 말 떼를 쫓기 시작했다. 달리면서 횃불을 흔들어 대고 소리를 질렀지만 그녀는 말들에게서 너무 멀리 떨어져 있었다. 연기 냄새에 말들은 본능적으로 들불에 대한 두려움을 느꼈다. 속도를 높이며 빠르게 에일라와 거리를 더 벌렸다. 말들은 덤불 울타리를 세워둔 쪽으로 달려갔다. 하지만 몇몇은 위험을 감지하고 동쪽으로 방향을 틀어 내달렸다. 에일라는 다른 방향으로 달리는 말들의 진로를 막으려고 같은 방향으로 최대한 빨리 달렸다. 그녀가 더 가까이 다가갈수록 더 많은 말들이 함정을 피해 방향을 바꾸는 게 보였다. 달리는 말들 속으로 질주하며 그녀는 계속 소리를 질렀다. 말들은 에일라를 피해 휙 지나갔다. 귀를 뒤로 젖히고 코를 벌름거리는 말들이 두려움과 혼란 속에서 크게 울음을 토해내며 그녀 옆을 스쳐 지나갔다. 에일라는 모두 다 멀리 도망가지나 않을지 전전긍긍하며 그 뒤를 쫓았다.

그녀가 덤불 울타리를 세워놓은 동쪽 끝에 다다랐을 때 그녀를 향해 달려오는 회갈색 암말이 보였다. 그녀가 양손을 크게 벌려 횃불을 흔들고 말을 향해 소리치자 에일라와 충돌이라도 할 것처럼 정면으로 돌진했다. 아슬아슬한 순간에 암말은 방향을 틀었지만, 말 입장에서 보면 잘못된 선택이었다. 암말은 빠져나갈 길이 막힌 것을 보고는 나갈 곳을 찾아 전속력으로 울타리 안쪽을 따라 달렸다. 에일라는 폐가 터질 것처럼 숨을 헐떡이며 뒤쫓았다.

암말은 울타리 사이로 어렴풋이 보이는 강을 보고는 그쪽으로 방향을 틀었다가 푹 파진 구덩이를 보았다. 하지만 이미 때는 늦었다. 다리를 모으고 구덩이를 뛰어넘다가 뒷발이 질척한 가장자리에 미끄러지며 구덩이 속으로 쿵 떨어져 다리 하나가 부러졌다.

에일라는 거칠게 숨을 몰아쉬며 전속력으로 구덩이로 달렸다. 창을 집어 든 그녀는 원망이 가득 찬 눈빛을 한 암말을 내려다봤다. 말은 울부짖고 머리를 흔들며 진흙탕 속에서 몸부림쳤다. 에일라는 다리에 단단히 힘을 주고 선 채 양손으로 창을 움켜쥐고서 구덩이를 향해 내리꽂았다. 옆구리를 향해 창을 꽂았지만 말에게 상처만 입혔을 뿐 죽을 정도는 아니었다. 에일라는 돌아서 구덩이 반대편으로 가려다가 진흙에 미끄러져 하마터면 구덩이 속에 빠질 뻔했다.

에일라는 다른 창을 집어 들어 이번에는 더 조심스럽게 창을 겨냥했다. 암말은 혼란과 고통 속에서 울부짖다가 두 번째 창 끝이 목 깊숙이 파고들자 마지막으로 힘 있게 앞발을 쳐들더니 앞으로 휘청했다. 그러고는 낑낑대는 소리에 가까운 울음을 내뱉고는 부러진 다리와 몸에 두 개의 상처를 입은 채 그대로 주저앉았다. 곤봉으로 강하게 한 방 내리치자 마침내 암말의 고통은 끝났다.

에일라의 정신은 천천히 돌아왔다. 그녀는 너무도 얼떨떨해 자신이 무슨 일을 해냈는지 알아차리지 못했다. 구덩이 가장자리에서 여전히 들고 있던 곤봉에 몸을 의지한 채 숨을 몰아쉬며 바닥에 쓰러진 말을 멍하니 바라봤다. 텁수룩한 회색빛 털에는 진흙이 엉겨 붙고 피로 물들어 있었다. 말은 미동도 없었다.

그 순간 그녀의 온몸에 뭔가가 서서히 차올랐다. 한 번도 경험하지 못한 강한 충동이 마음 깊은 곳에서부터 목구멍까지 차오르더니 입 밖으로 승리를 자축하는 원초적인 함성이 터져 나왔다. 그녀가 해낸 것이다!

북쪽으로는 그 끝을 알 수 없는 황토 초원이 펼쳐져 있고, 남쪽으로 습한 대륙의 초원이 펼쳐진 광활한 대륙 한가운데 위치한 고적한 계곡에 한 젊은 여인이 서 있었다. 한 손에 짐승의 뼈로 된 곤봉을 쥐고 자신이 강하다는 것을 만끽하고 있었다. 그녀는 살아남을 수 있었다. 그녀는 살아남을 것이었다.

하지만 성공의 기쁨은 잠시였다. 말을 내려 보던 에일라는 저 말을 통째로 구덩이에서 끌어낼 수 없으리란 사실을 깨달았다. 진흙탕이 된 구덩이 바닥에서 말을 부위별로 자르는 수밖에 없었다. 그런 다음 다른 포식 동물들이 피 냄새를 맡고 몰려들기 전에 자른 부위들을 무사히 강변으로 옮겨야 할 터였다. 고기는 길게 저미고, 필요한 다른 부위들도 잘 손질하고, 계속 불을 피워야 할 뿐 아니라 고기가 마르는 동안 감시도 해야 했다.

그녀의 몸은 이미 사냥 준비와 불안했던 말들과의 추격으로 녹초가 된 상태였다. 그렇다고 흥분으로 가득했던 사냥이 끝나면 뒷손질을 여자들에게 맡기고 쉬러 가는 동굴곰족의 남자들처럼 쉴 수도 없었다. 이제부터 또 다른 작업의 시작이었다. 그녀는 크게 한숨을 내쉬고는 구덩이로 뛰어들어 말의 목을 잘랐다.

그녀는 가죽 천막과 도구를 가지러 강변에 갔다가 돌아오는 길에 저 멀리 계곡 저편에서 말 떼가 계속 이동하는 것을 보았다. 비좁은 구덩이 속에서 피와 진흙으로 범벅이 된 채 이미 처음보다 상태가 나빠진 가죽에 최대한 손상이 가지 않도록 고기 덩어리를 자르느라 다른 말들의 존재는 잊고 있었다.

가죽 천막 위에 끌어 올릴 수 있는 최대한의 고기를 쌓아 올리는 동안, 썩은 고기를 먹는 새들이 내려와 버려진 뼈에 붙은 살점을 쪼아댔다. 그녀는 가죽 천막을 강변까지 끌고 와 모닥불에 땔감을 넣은 후, 가능한 가까이에 고기를 부린 뒤 빈 천막을 끌고 구덩이로 향했다. 하지만 그녀가 구덩이에 닿기도 전에 줄팔매에 메겨진 돌들이 먼저 날아갔다. 깽깽대는 소리가 들리더니 발을 절며 도망가는 여우가 보였다. 돌이 모자라지만 않았어도 여우를 죽일 수 있을 터였다. 에일라는 강바닥에서 돌들을 더 줍고, 일을 시작하기 전에 목을 축였다.

에일라가 다시 고기를 잔뜩 쌓아 올린 천막을 끌고 강변으로 돌아왔을 때, 모닥불의 열기에도 아랑곳 않고 과감하게 고깃덩어리를 물고 가던 오소리 한 마리가 돌에 맞아 즉사했다. 에일라는 고기를 불가에 끌어다 놓고 식충이 같은 그 짐승을 가지러 갔다. 오소리 털가죽은 겨울에 특히 유용해서 나중에 가죽을 벗길 시간이 있길 바라며 갖다 놓았다. 모닥불에 땔감을 더 넣은 뒤 유목이 쌓인 곳을 바라봤다.

구덩이로 다시 갔을 때, 하이에나에게도 돌을 날렸지만 이번에는 운이 따라주지 않았다. 짐승은 정강이 하나를 통째로 물고 달아났다. 계곡에 온 이후로 이렇게 많은 육식동물을 본 것은 처음이었다. 여우, 하이에나, 오소리 모두 그녀가 잡은 사냥감에 눈독을 들였다. 늑대 무리나 개와 친척이지만 그보다 훨씬 사나운 승냥이들이 줄팔매 사정거리 밖에서 어슬렁거렸다.

매와 솔개들은 그녀가 다가가도 별로 두려워하는 기색도 없이 날개를 퍼덕이며 뒤로 조금 물러날 뿐이었다. 스라소니나 표범, 어쩌면 동굴사자까지 나타날지도 모를 일이었다.

피로 더러워진 가죽 천막을 구멍 밖으로 끄집어냈을 때 해는 중천을 지나 막 기울고 있을 무렵이었다. 마지막으로 고깃덩어리를 강변에 옮기고 나서야 피로를 이기지 못하고 그대로 땅바닥에 주저앉았다. 밤새 한숨도 자지 못했고, 하루 종일 아무것도 먹지 않은 그녀는 손 하나 까딱하고 싶지 않았다. 하지만 정작 그녀를 다시 일으켜 세운 것은 아주 작은 날벌레들이었다. 윙윙대는 파리들 덕분에 에일라는 자신이 얼마나 더러운지 깨달았다. 급기야 파리들이 그녀를 물어댔다. 에일라는 억지로 몸을 일으켜 두르개를 벗을 생각조차 하지 않고 개울 속으로 걸어 들어가 물결이 씻어주도록 기꺼이 몸을 내맡겼다.

시원한 강물이 원기를 북돋았다. 얼마 후 그녀는 동굴로 올라가 햇빛에 마르도록 여름 두르개를 펼쳐 놓았다. 물속에 들어가기 전에 줄팔매를 허리춤에서 빼놓았던 것이 생각나자 아차 싶었다. 그대로 두었다가는 가죽이 뻣뻣하게 마르지 않을까 걱정되었다. 가죽을 손질해 유연하게 만들 시간이 없었다. 그녀는 봄가을에 입는 풍성한 두르개를 걸치고 동굴에서 잠자리 털가죽을 가지고 나왔다. 강변으로 돌아가기 전에 동굴 입구의 툭 튀어나온 바위 가장자리에서 들판을 바라봤다. 구덩이 근처에서 뭔가 움직이는 것이 포착되었지만 말들은 계곡에서 떠나고 없었다.

그때 갑자기 창이 떠올랐다. 암말의 몸에서 잡아당겨 빼서는 그 자리에 그냥 두고 온 터였다. 창을 가지러 다녀올까 고심하던 그녀는 그냥 그곳에 버려두는 쪽으로 마음이 기울었다. 하지만 나중에 새 창을 만드느라 고생하느니 이미 만들어놓은 창 두 개를 잘 보관하는 게 낫다는 결론에 이르렀다. 털가죽은 강변에 던져 놓고, 축축한 줄팔매를 집어 들었다. 잊지 않고 주머니 한 가득 돌멩이를 챙겼다.

구덩이에 가까이 다가간 에일라는 처음 보는 듯한 아수라장을 둘러보았다. 덤불로 만든 울타리는 여기저기 쓰러져 있었다. 구덩이는 마구 헤집어져 있고, 풀들은 짓밟혀 있었다. 피, 남은 고기 찌꺼기, 뼈들이 주변에 흩어져 있었다. 늑대 두 마리가 암말의 머리를 두고 으르렁대고 있었다. 여우들은 굽이 그대로 달린 앞다리를 두고 깨갱댔다. 하이에나 한 마리는 조심스레 에일라의 눈치를 살폈다. 그녀가 다가가자 솔개 한 무리가 푸드덕 날아올랐다. 하지만 오소리는 구덩이 옆에서 버텼다. 고양잇과 맹수들만이 여전히 모습을 드러내지 않았다.

서둘러야겠어. 그녀는 식충이 같은 오소리를 쫓아내기 위해 돌을 날리며 생각했다. 고기 덩어리 주변에 둥그렇게 불을 피워야지. 하이에나는 사정거리 밖까지 뒤로 물러나며 독특한 울음소리를 냈다. 여기서 꺼져, 이 보기 싫은 짐승! 에일라는 하이에나를 싫어했다. 하이에나를 볼 때마다 하이에나가 오가의 아기를 물고 가던 때가 떠올랐다. 그녀는 추후에 어떤 여파가 있을지 생각할 겨를이 없었다. 그대로 하이에나를 죽였다. 아기를 그런 식으로 죽게 내버려 둘 수는 없었던 것이다.

창을 들려고 몸을 숙이는데 덤불 울타리 사이에서 어떤 움직임이 포착되었다. 하이에나 몇 마리가 막대기처럼 가는 다리를 한 황갈색 망아지에게 다가가고 있었다.

에일라는 망아지를 보자 미안한 생각이 들었다. 네 어미를 죽이려던 건 아니야, 그저 잡고 보니 그게 네 어미였던 거야. 에일라는 죄책감을 느끼지는 않았다. 세상에는 사냥하는 존재가 있고 사냥당하는 존재가 있었다. 때로는 사냥하는 존재가 사냥을 당하기도 했다. 그녀 역시 무기와 모닥불에도 불구하고 쉽게 육식동물의 먹이가 될 수 있었다. 사냥은 생존의 한 방식이었다.

하지만 어린 말이 어미 없이 살아가게 될 것을 생각하니 무기력한 어린 짐승에 대한 연민이 들었다. 맨 처음 토끼를 이자에게 치료해달라고 가지고 온 이후로 에일라는 계속해서 상처 입은 작은 동물들을 동굴로 데리고 와 브룬을 무척 당혹스럽게 했다. 하지만 그는 육식동물은 안 된다고 못을 박았다.

하이에나들이 작은 암망아지를 에워쌌다. 잔뜩 겁을 먹은 망아지는 틈을 봐서 도망을 가보려고 기를 썼다. 널 돌봐줄 말이 없으니 그냥 여기서 포기하는 게 나을지 몰라. 에일라는 생각했다. 하지만 하이에나 한 마리가 새끼에게 달려들어 옆구리를 썩 베자 더 이상 아무런 생각도 들지 않았다. 돌들이 덤불을 헤치고 날아갔다. 하이에나 한 마리가 풀썩 쓰러지자 다른 녀석들은 뿔뿔이 달아났다. 하이에나를 죽일 작정은 아니었다. 우중충한 점박이 가죽에는 관심도 가지 않았다. 그저 망아지 곁에서 하이에나들이 떨어지길 바란 것뿐이었다. 망아지도 도망갔지만 그리 멀리 가지는 않았다. 에일라가 두렵긴 했지만 하이에나가 더 두려운 모양이었다.

에일라가 손을 내밀고 망아지에게 천천히 다가갔다. 예전에 겁먹은 짐승들을 진정시킬 때 그랬던 것처럼 나직하게 노래를 불렀다. 그녀는 천성적으로 동물들을 잘 다루었다. 모든 살아 있는 생명체를 잘 다루는 능력은 의술을 배우면서 더욱 커졌다. 이자는 에일라가 동물에게 쏟는 마음을 이상하게 생긴 아이가 굶주리고 다쳤다는 이유로 데려와 키웠던 자신의 마음과 닮았다고 생각해 에일라의 그런 성품을 더욱 키워주었다.

어린 망아지가 다가오더니 에일라의 손가락에 코를 박고 킁킁 냄새를 맡았다. 에일라가 더 가까이 다가가 망아지의 등을 토닥이고 쓸어주었다. 망아지는 에일라의 손가락에서 뭔가 익숙한 냄새를 맡은 듯, 소리 나게 손가락을 빨았다. 그 모습에 에일라는 오래 묵은 상처가 떠올랐다.

가엾은 아기, 네게 젖을 줄 어미가 없으니 얼마나 배고플까. 내게는 너에게 줄 젖이 없단다. 두르크에게 줄 젖도 모자랐는걸. 그녀는 눈물이 나올 것만 같아 고개를 흔들었다. 그래도 그 아이는 씩씩하게 자랄 거야. 네게 먹일 만한 것을 생각해봐야겠구나. 너도 이른 나이에 젖을 뗄 수밖에 없겠다. 이리 와, 아가야. 그녀는 손가락으로 망아지가 강변까지 따라오도록 했다.

강변에 도착했을 때, 그녀가 힘겹게 얻은 고깃덩이를 물고 달아나는 스라소니가 보였다. 마침내 고양잇과 맹수가 모습을 드러낸 것이다. 겁을 먹은 망아지가 뒷걸음을 치는 순간, 에일라는 줄팔매와 돌멩이 두 개를 꺼냈다. 스라소니가 머리를 쳐들었을 때, 그녀는 힘껏 돌멩이를 날렸다.

"줄팔매로 스라소니도 잡을 수 있어."

주그는 오래전에 완강하게 주장했다.

"더 큰 짐승은 무리겠지만 스라소니는 잡을 수 있다."

에일라가 그의 말이 옳다는 것을 증명한 것은 이번이 처음이 아니었다. 그녀는 빼앗길 뻔했던 고기를 제자리에 놓은 뒤, 귀 끝에 털 다발이 달린 스라소니도 끌어다 놓았다. 그러고는 쌓아 놓은 고기 더미와 진흙이 묻은 말가죽, 죽은 오소리와 스라소니를 바라보더니 갑자기 크게 웃음을 터뜨렸다. 고기도 필요했고,

털가죽도 필요했었지. 이제는 손질을 도울 사람만 몇 명 있으면 되겠네.

망아지는 불 냄새와 에일라가 갑자기 터뜨린 웃음에 놀라 주춤주춤 뒤로 물러났다. 에일라는 조심스레 망아지에게 다가가 목둘레에 끈을 묶어 강가로 데려왔다. 끈 한쪽은 작은 나무에 메어두었다. 그때 또 창을 깜빡한 게 생각나서 가지러 가려는데, 망아지가 따라오려는 것을 보고 돌아와서 달랬다. 너에게 뭘 먹이면 좋을까? 지금 당장 해야 할 일도 산더미처럼 많은데.

그녀가 풀을 한 번 입에 대주었지만 망아지는 풀을 가지고 어찌 해야 할지 모르는 눈치였다. 그때 에일라의 눈에 그릇 바닥에 차갑게 식은 곡물 죽이 남아 있는 게 보였다. 아기들은 어미가 먹는 것과 같은 종류의 음식을 먹을 수 있다는 게 생각났지만 더 부드러워야 했다. 그릇에 물을 넣고 곡물을 더 으깨 묽은 죽을 만들어 망아지에게 가져가 주둥이에 그릇을 갖다 대었더니 냄새만 맡고 물러났다. 그러더니 에일라의 얼굴에서 나는 맛이 더 좋은지 얼굴을 핥고는 배가 고픈지 에일라의 손가락을 다시 핥았다.

에일라는 잠시 생각에 잠겼다. 망아지는 아직도 빠는 것에 익숙한 듯했다. 그녀는 손을 그릇에 담가 죽을 묻혔다. 망아지는 죽을 핥더니 고개를 홱 쳐들었다. 하지만 몇 번 더 시도를 하자 배고픈 새끼 말은 어떻게 해야 하는지 이해한 듯했다. 망아지가 죽을 다 먹자 에일라는 나중에 죽을 만들어야겠다는 생각으로 동굴에 가서 곡물을 더 가져다 놓았다.

처음에 계획했던 것보다 곡물을 더 많이 모아야겠어. 하지만 시간이 있을지 모르겠어. 이것을 다 말려야 할 텐데. 그녀는 잠시 일손을 멈추고는 고기를 얻기 위해 말을 죽이고, 그 말의 새끼를 위해 식량을 구하는 자신을 동굴곰족 사람들이 보면 얼마나 이상하다고 여길까 생각했다. 여기에서라면 얼마든지 이상해질 수 있어. 그녀는 요기를 하기 위해 날카로운 꼬챙이에 말고기를 꽂으며 생각했다. 그러고는 눈앞에 쌓인 일들을 보고는 서둘러 손을 움직이기 시작했다.

보름달이 떠오르고 별들이 환하게 빛날 무렵, 에일라는 여전히 고기를 길게 저며내고 있었다. 강변에는 모닥불들을 둥글게 피워놓았다. 가까이에 땔감으로 쓸 유목들이 많이 쌓여 있어서 다행이었다. 모닥불로 둘러 둥글게 만든 원 안에 고기들을 줄줄이 널어 말렸다. 돌돌 말아놓은 황갈색 스라소니 가죽 옆에는 거친 갈색 오소리 가죽이 작게 말려 있었다. 두 가죽 모두 긁개로 긁어 손질하는 과정이 남아 있었다. 암말의 회색 가죽은 깨끗하게 씻어 돌 위에 펼쳐 놓았다. 그 옆에는 깨끗하게 씻어 부드러워지라고 물을 가득 채워놓은 말의 위장이 돌 위에서 마르고 있었다. 깨끗하게 씻은 기다란 힘줄과 내장, 말굽, 뼈도 나란히 늘어놓았고, 나중에 정제해서 내장에 저장해놓을 지방 덩어리도 따로 모아두었다. 스라소니와 오소리의 지방도 따로 떼어 놓았지만—등불과 가죽에 물이 스미지 않도록 손질할 때 유용했다—육식동물의 고기는 먹지 않기 때문에 버렸다.

에일라는 마지막으로 고깃덩이 두 개를 보더니 흐르는 물에 진흙을 씻어내고 그중 하나를 집어 들었다가 마음을 바꿨다. 나중에 해도 될 일이었다. 그녀는 지금껏 이토록 피곤했던 적이 또 있나 싶었다. 모닥불을 하나하나 확인하고 땔감을 더 넣은 다음, 곰 가죽을 펼쳐 그 안에 들어가 몸을 감쌌다.

망아지는 더 이상 작은 나무에 묶여 있지 않았다. 두 번째로 죽을 먹고 난 후, 녀석은 더 이상 움직일 마음이 없는 것처럼 보였다. 에일라가 거의 잠이 들었을 때 망아지는 에일라에게 다가와 킁킁 냄새를 맡더니 그녀 옆에 누웠다. 불이 잦아들어 맹수가 가까이 다가와 망아지가 울어대도 깨어나지 못할 것 같았는데, 어렴풋이 말의 기척을 느꼈다. 에일라는 비몽사몽간에 팔을 둘러 따뜻하고 작은 짐승을 안았다. 망아지의 심장 박동을 느끼며 숨소리를 듣더니 더 가까이 안았다.

6

존달라는 까칠하게 자란 턱수염을 문지르더니 키 작은 소나무에 세워 둔 배낭으로 손을 뻗었다. 부드러운 가죽으로 감싼 작은 꾸러미를 꺼내 매듭을 풀어 펼치고서 부싯돌로 만든 얇은 날을 조심히 살폈다. 기다란 날은 살짝 굽었는데—부싯돌의 특성 때문에 부싯돌을 쪼개 만든 칼날은 약간 휘어지기 마련이었다—끝부분은 평평하고 날카로웠다. 그 칼은 그가 따로 보관해 놓은 특히 질이 좋은 도구 중 하나였다.

갑작스러운 바람이 이끼로 뒤덮인 오래된 소나무의 마른 가지를 요란스레 흔들었다. 세찬 바람은 천막 덮개를 훌러덩 들어 올려 부풀어 오르게 하더니 천막을 묶은 줄과 말뚝을 팽팽하게 잡아당기고는 다시 확 하고 닫아버렸다. 칼날을 살피던 존달라는 고개를 흔들고는 다시 가죽을 둘둘 말았다.

"수염을 기를 때야?"

소놀란이 물었다.

존달라는 그가 다가오는지도 모르고 있다가 대꾸했다.

"수염에 대해 한마디 하자면, 여름에는 성가시다는 거야. 땀이 나면 간지러우니까 미는 게 편하지. 하지만 겨울이 되면 얼굴을 따뜻하게 해주고. 겨울이 다가오고 있잖아."

소놀란은 두 손에 입김을 불고 비비더니 천막 앞에 피워놓은 작은 모닥불 앞에 쪼그리고 앉아 불을 쬐며 말했다.

"그 색이 그립다."

"그 색이라니?"

"빨강. 여기는 빨간 게 하나도 없잖아. 온통 덤불뿐. 그나마 보이는 것들도 죄다 노랗게 물들었다 갈색으로 변하고. 풀이며, 이파리며."

그는 턱을 들어 자신의 뒤로 펼쳐진 탁 트인 초원을 가리키더니 나무 가까이에 서 있는 존달라 쪽을 바라봤다.

"심지어 소나무마저 칙칙하잖아. 물웅덩이와 개울가에는 벌써 살얼음이 꼈어. 난 아직도 가을을 기다리고 있는데."

"너무 오래 기다리지 마."

존달라가 다가와 소놀란 반대편 불가에 쭈그리고 앉았다.

"새벽에 코뿔소 한 마리를 봤어. 북쪽으로 가더군."

"그렇다면 눈 냄새를 맡았나봐."

"코뿔소와 매머드가 눈에 띄는 걸 보면 눈이 내리기에는 아직 일러. 추운 날씨를 좋아하지만 눈은 싫어하니까. 언제 눈보라가 칠지 알고 있는 것 같아. 그 무렵이면 꼭 서둘러 빙하지대로 옮겨가니까. 왜 그런 말도 있잖아. '매머드가 북쪽으로 이동할 때는 길을 나서지 마라.' 코뿔소도 이 말에 해당되는데, 오늘 본 녀석은 급해 보이지 않았어."

"털코뿔소가 북쪽으로 이동 중이라는 이유만으로 사냥단 전체가 창 한 번 던져보지 않고 돌아오는 걸 본 적도 있어. 여기는 눈이 얼마나 올까?"

"여름에는 비가 별로 오지 않았잖아. 겨울도 그렇다면 매머드와 코뿔소가 사계절 내내 여기서 머물지도 모르지. 하지만 우린 꽤 남쪽까지 내려와 있으니 눈이 더 많이 내릴 수도 있고. 동쪽 산에 사람들이 살고 있다면 그들은 알 텐데. 뗏목으로 강을 건너게 도와준 부족의 동굴에서 묵었어야 했는지도 모르겠다. 조만간 겨울을 보낼 곳이 필요해."

"아름다운 여자들로 가득한 우호적인 동굴이라면 지금 당장에라도 좋아."

소놀란이 헤벌쭉 웃으며 말했다.

"난 그저 우호적인 동굴로 족해."

"형도 여자 없이 겨울을 나고 싶지는 않을 것 같은데."

그러자 존달라가 미소 지었다.

"아름답든 아니든, 여자가 없으면 겨울이 훨씬 춥기는 하겠지."

소놀란이 뭔가를 헤아려보려는 듯이 존달라를 바라봤다.

"많이 궁금하던 게 있었는데 말이야."

"뭐가?"

"어디를 가든 남자들 모두가 선망하는 미녀가 있기 마련이잖아. 한데 그런 미녀는 오직 형만 보더라고. 형이야 멍청하지 않으니까 다 눈치를 채고. 그런데 어째서 형은 최고의 미녀를 안 고르고 구석에 앉아 있는 작은 생쥐 같은 여자를 택하는 거야?"

"나도 모르겠다. 간혹 그런 '생쥐'는 자기 뺨에 사마귀가 있다거나 코가 너무 길다는 이유로 자기가 아름답지 않다고 생각하지. 대화를 해보면 모두가 쫓아다니는 여자보다 더 많은 걸 가진 여자들이 종종 있어. 때로는 완벽하지 않은 여자가 훨씬 흥미를 끄는 법이야. 그런 여자들은 더 많은 일을 경험하면서 터득한 게 있거든."

"형 말이 옳을지도. 형이 관심을 기울이면 수줍어하던 여자들이 꽃처럼 활짝 피기도 하더군."

존달라가 어깨를 으쓱하더니 일어났다.

"이런 식으로 있다가는 여자든 동굴이든 찾지 못하고 말 거야. 어서 야영지를 정리하자."

"좋아!"

소놀란이 기다렸다는 듯이 대답하고는 불가에서 등을 돌렸다가 그 자리에 얼어붙었다.

"존달라!"

그는 숨이 턱 막힐 정도로 놀랐지만 아무렇지 않게 말하려고 애썼다.

"저놈의 주의를 끄는 짓은 하지 마. 천막 너머에 오늘 새벽에 봤다는 그 녀석이 있어. 그 녀석과 비슷한 놈이거나."

존달라는 천막 위쪽을 넘겨다보았다. 바로 건너편에 엄청난 덩치에 한 발 한 발 걸을 때마다 좌우로 흔들리는 두 개의 뿔을 가진 거대한 털코뿔소가 있었다. 고개를 한쪽으로 기울인 채 소놀란을 주시하고 있었다. 털코뿔소는 바로 앞에 있는 것을 거의 보지 못했다. 작은 눈으로 멀리 있는 것을 볼 수 있기는 하지만 애당초 시력이 좋지 않았다. 시력보다는 예민한 청각과 날카로운 후각에 의존했다.

두 겹으로 된 털가죽을 둘러쓴 털코뿔소는 추운 곳에서 살아가기에 적합한 동물인 게 틀림없었다. 안쪽 가죽에는 부드럽고 굵은 솜털로, 바깥쪽 가죽에는 적갈색 털로 텁수룩하게 뒤덮여 있으며, 질긴 가죽 아래 피하지방층은 손가락 세 마디를 합친 정도로 두터웠다. 녀석은 머리를 숙이고 어깨를 땅으로 축 늘어뜨린 채 긴 뿔로 땅을 헤치다시피 하며 쿵쿵 움직였다. 목초지에 쌓인 눈을 헤치는 데—그리 깊지 않다면—뿔이 사용되기도 했다. 하지만 짧고 굵은 다리는 깊은 눈에 쉽게 빠져 갇히기 십상이었다. 지방을 더욱 비축하기 위해 풍성한 풀을 먹으러 짧게 남쪽의 초원을 다녀오기도 했는데, 주로 큰 눈이 내리기 전 날씨가 꽤 쌀쌀해진 늦가을이나 초겨울에 움직였다. 털코뿔소는 눈이 많이 내리는 지역은 피해 다녔다. 또한 두터운 가죽 때문에 더운 곳에서도 견디지 못했다. 그들의 고향은 매섭게 춥고 땅이 바짝바짝 갈라지는 동토대와 빙하에서 가까운 초원지대였다.

끝이 가는 긴 앞 뿔은 눈을 헤치는 데보다 훨씬 위험한 용도로 쓰이기도 했다. 그리고 바로 지금 소놀란은 빈손으로 그 코뿔소와 지척에서 대치 중이었다.

"움직이지 마."

존달라가 쉿 소리를 내며 말했다. 그는 천막 뒤로 몸을 획 수그리고서 창이 꽂혀 있는 배낭에 손을 뻗었다.

"그런 가벼운 창으로는 어림도 없어."

소놀란은 존달라에게 등을 보인 채로 말했다. 그 말에 존달라의 손이 잠시 멈칫했다. 그는 소놀란이 자신이 무엇을 하려고 하는지 어떻게 알았을까 궁금했다.

"눈처럼 약한 곳을 맞혀야 하는데, 표적으로 삼기에는 눈이 너무 작아. 털코뿔소를 잡으려면 묵직한 긴 창이 필요해."

소놀란이 계속 말을 이어가자 존달라는 그가 추측으로 말한 것임을 깨달았다.

"말 좀 그만해. 그러다가 녀석의 주의를 끌겠어."

존달라가 주의를 주었다.

"내게 묵직한 창이 없긴 하다만, 너는 아예 아무런 무기도 갖고 있지 않잖아. 내가 천막 뒤로 돌아가서 시도해볼게."

"기다려, 존달라! 안 돼! 그 창으로는 녀석의 성질만 건드릴 뿐이라고. 생채기도 내지 못할걸. 어렸을 때 일부러 코뿔소들의 화를 돋우던 일 생각나? 달려가면서 코뿔소가 쫓아오게 하다가 피하면 기다리고 있던 다른 애가 주의를 끌어 계속 쫓아오게 하던 거? 녀석이 너무 지쳐서 움직이지 못할 때까지 말이야. 내가 먼저 달음박질을 해서 저놈이 쫓아오게 할게. 이따가 형이 준비되면 주의를 끌어봐."

"안 돼! 소놀란."

존달라는 소리쳤지만 소놀란은 이미 달려 나갔다.

예측하기 힘든 짐승의 행동을 미리 짐작하기란 언제나 불가능했다. 코뿔소는 소놀란을 쫓는 대신, 바람에 부풀어 오른 천막을 향해 질주했다. 뿔로 천막을 들이받아 구멍을 내고 줄들을 끊더니 천막 안에 갇혀 허우적댔다. 쓰러진 천막 안에서 빠져나온 놈은 사람들과 그들의 야영지가 별로 마음에 들지 않는 듯, 큰 피해를 입히지 않고 떠났다. 어깨 너머로 지켜보던 소놀란은 코뿔소가 사라진 것을 확인하고 성큼성큼 돌아왔다.

"멍청한 짓이었어!"

존달라가 소리치며 창을 땅바닥에 세게 내동댕이치자 뼈로 된 날카로운 끝부분 바로 아래 나무 자루가 부러졌다.

"죽으려고 작정했어? 도니 여신이시여! 소놀란, 둘이서 코뿔소를 약 올려 지치게 하는 게 가당키나 해? 놈을 에워싸야 했다고. 놈이 너를 쫓아오기라도 했으면 어쩔 뻔했어? 네가 다치기라도 했다면 내가 어땠겠어?"

소놀란은 처음에는 놀라더니 언뜻 화가 난 듯했다. 그러더니 크게 미소를 지었다.

"진짜 내 걱정을 엄청 했구나! 맘껏 소리 지르라고. 하지만 이제 닭달은 그만 해. 나도 그렇게 달리는 게 아니었지만 그렇다고 형이 그런 어리석은 짓을 하도록 볼 수는 없었다고. 그렇게 가벼운 창으로 말이 돼? 형이 다치기라도 했다면 내가 어땠겠냐고!"

그의 미소가 커지더니 제 말장난에 흡족한 어린아이마냥 눈빛이 빛났다.

"게다가 나를 쫓아오지도 않았잖아."

소놀란의 활짝 웃는 얼굴과 달리 존달라의 표정은 멍했다. 그는 화가 나서 감정을 표출했다기보다는 안도감에서 그런 것이었다. 소놀란이 무사하다는 것을 깨닫는 데도 한참이 걸렸다.

"네가 운이 좋았던 거야. 우리 둘 모두."

그가 긴 한숨을 토해내며 말했다.

"하지만 긴 창을 몇 개 만드는 게 좋겠어. 지금 당장 창끝을 뾰족하게 할 시간이 많지 않아도."

"주목나무는 보지 못했지만 가다 보면 물푸레나무나 오리나무는 찾을 수 있을 거야."

소놀란이 천막을 정리하며 말했다.

"그런 나무라도 되겠지."

"어떤 나무라도 돼. 버드나무라도 괜찮아. 떠나기 전에 만들어야 해."

"존달라, 우선 여기에서 벗어나자. 저 산에 가야 하는 거 아냐?"

"코뿔소가 출몰하는 곳에서 긴 창도 없이 길을 나서기는 싫어."

"가다가 중간에 멈춰도 되잖아. 어쨌든 천막도 고쳐야 할 테니까. 길을 나서면 괜찮은 나무를 찾을 수 있을 거야. 야영을 하기에 더 좋은 장소도 찾을 테고. 코뿔소가 돌아올지도 몰라."

"어쩌면 우리를 따라올지도 모르지."

소놀란은 언제나 아침 일찍 길을 나서고 싶어 안달이라는 것을 존달라는 알고 있었다. 그는 발길이 묶이는 것을 참지 못했다.

"좋아, 소놀란. 저 산까지 가도록 노력은 해보자. 하지만 가다가 중간에 멈추는 거야, 알겠지?"

"알았어, 형."

둘은 장거리 여행에 알맞은 일정한 속도로 강가를 따라 성큼성큼 걸었다. 오래전부터 그들은 서로의 보폭에 익숙했고 침묵 속에서도 편안했다. 여행을 통해 더욱 가까워진 그들은 서로의 생각과 마음을 터놓고 말했고, 장단점도 확인했다. 습관적으로 각자 맡은 일을 했고, 위험이 다가오면 서로 힘을 합쳤다. 그들은 젊고 힘이 넘쳤으며 건강했고, 어떤 일이 닥친다 해도 헤쳐 나갈 수 있다는 자신감에 가득 차 있었다.

그들은 환경에 대단히 민감해서 작은 변화에도 무의식적으로 반응할 정도였다. 위협이 될 만한 뭔가가 느껴지면 즉시 경계

태세에 들었다. 하지만 나뭇잎이 다 떨어진 나뭇가지 사이로 불어오는 차가운 바람 앞에서 저 멀리 있는 태양의 온기는 어렴풋이 느껴질 뿐이었다. 먹장구름이 그들 앞에 놓인 새하얀 빙산을 에워싸고 있었고, 그 앞을 깊은 강이 빠르게 흘렀다.

거대한 대륙의 산맥들이 위대한 어머니 강의 물길을 내고 있었다. 강은 빙하로 뒤덮인 산맥의 북쪽 고지에서 발원해 동쪽으로 흘렀다. 첫 번째 산맥을 지나 아주 오래전 내해의 분지였던 평원으로 흘러 들어가 더 멀리 동쪽으로 이동하다가 큰 호를 그리며 두 번째 산맥을 돌았다. 첫 번째 산맥에서 가장 동쪽으로 위치한 높은 산록대와 두 번째 산맥의 북서쪽 끝자락에 위치한, 사암과 이암이 층을 이룬 구릉지가 만나는 곳에서 강은 산맥 사이를 지나 급작스럽게 남쪽으로 방향을 틀었다.

석회암이 빗물에 녹아 형성된 카르스트 고지대에서 흘러내려 초원을 가로지르던 강은 쇠뿔 모양의 만곡부로 흘러들었다가 여러 개의 지류로 나뉘었다가 합쳐지며 구불구불 남쪽으로 흘렀다. 폭이 넓고 얕은 유로를 흐르는 강이 평원을 지나는 속도는 마치 아무런 움직임도 없는 것 같은 착각을 불러일으킬 정도로 느릿느릿했다. 평원의 남쪽 끝 고지대에 닿을 무렵, 위대한 어머니 강은 다시 동쪽으로 방향을 틀며 지류들과 함께 얼음으로 뒤덮인 거대한 첫 번째 산맥의 북쪽과 동쪽에서 흘러온 강물에 합류했다.

어마어마하게 불어난 어머니 강은 넓게 곡선을 그리며 두 번째 산맥 봉우리들의 남쪽 끝을 돌아 동쪽으로 흘렀다. 두 남자는 강의 왼편 기슭을 걸으며 어머니 강에 합류하기 위해 빠르게 물결치는 지류와 개울을 건너기도 했다. 강 건너 남쪽으로는 가파르게 높은 험준한 바위지대가 자리 잡고 있었다. 그들이 걷는 쪽 구릉지는 강가에서부터 완만하게 경사져 있었다.

"겨울이 되기 전에 도나우의 끝을 찾을 수 있을지 모르겠다."

존달라가 말했다.

"사실 강이 끝나는 곳이 있는지조차 의심스럽기 시작했어."

"끝이 있어. 곧 찾을 거라 생각해. 어머니 강이 얼마나 큰지 보라고."

소놀란은 오른쪽을 향해 팔을 크게 휘둘렀다.

"강이 이토록 클 거라고 누가 생각이나 해봤겠어? 곧 끝에 닿을 거야."

"하지만 아직 자매 강에도 당도하지 못했잖아. 적어도 내 생각으로는 아직 자매 강을 만나지 못한 것 같다. 자매 강도 어머니 강만큼 크다고 타멘이 말했지."

"말로 전해지면서 과장되는 그런 이야기 중 하나일 거야. 설마 정말 이 평원을 따라 남쪽으로 흐르는 강이 또 있다고 믿어?"

"음, 타멘이 직접 본 것은 아니지만 어머니 강이 다시 동쪽으로 돌아 흐른다는 것은 맞았잖아. 우리가 큰 지류를 건너도록 도와준 부족 이야기도 그렇고. 자매 강도 사실일 거야. 뗏목으로 우리를 도와준 동굴 사람들의 말을 알아들었다면 좋았을 텐데. 어머니 강만큼 크다는 지류에 대해서도 알았을지 몰라."

"먼 곳에 있는 경이로운 것들에 대해 얼마나 과장을 잘 하는지 알잖아. 타멘이 말한 '자매 강'은 더 동쪽에 있는 어머니 강의 물길 중 하나일 거야."

"네 말이 맞으면 좋겠다, 아우야. 자매 강이 정말로 있다면 저 산에 도달하기 전에 그 강을 건너야 할 테니까. 저 산 말고 겨울을 날 만한 장소를 찾을 수 있을지 모르겠다."

"자매 강을 직접 눈으로 보기 전까지 나는 못 믿겠어."

자연스러운 자연현상에서 벗어난 게 분명한 어떤 움직임이 의식된 순간, 존달라는 주의를 기울였다. 소리가 나는 쪽을 보니 저 멀리 검은 구름이 바람과 상관없이 몰려오는 게 보였다. 멈춰서서 지켜보니 V 자 대형을 이룬 기러기들이 울며 다가오고 있었다. 기러기들은 한 몸인 것처럼 하늘을 어둡게 뒤덮으며 내려오더니 지면에 가까워지자 다리를 내리고 날개를 퍼덕이며 제각각 흩어져 자리 잡았다. 강은 앞에 놓인 가파른 고지대에서 방향을 틀며 굽어 흘렀다.

소놀란은 흥분을 감추지 못한 채 웃음 띤 얼굴로 존달라에게 말을 걸었다.

"형, 저 앞에 습지가 없다면 기러기들이 앉았을 리가 없어. 어쩌면 저 고지대 뒤에 호수나 바다가 있을 거야. 장담컨대 어머니 강이 그 호수나 바다로 흘러들고 있을 거야. 마침내 강의 끝에 당도한 거라고!"

"저 언덕에 오르면 더 잘 보이겠지."

존달라는 신중한 태도로 덤덤하게 말했다. 하지만 소놀란은 형이 자기 말을 믿지 않는다는 인상을 받았다.

숨을 몰아쉬며 빠르게 언덕을 올라 정상에 도착한 순간, 그들은 놀라서 숨이 턱 막혔다. 아주 먼 곳까지 잘 보일 만큼 그들은 꽤 높은 곳에 있었다. 어머니 강은 폭이 넓어지며 굽는 지점 너머에서 방대한 물과 만나 소용돌이치며 포말을 일으켰다. 더욱 커진 물줄기는 바닥에서 마구 휘저어진 진흙으로 탁했으며 온갖 부유물로 가득했다. 부러진 나뭇가지, 짐승의 사체, 뿌리째 뽑힌 나무들이 거친 물살에 휩쓸려 요동쳤다.

그들은 어머니 강의 끝에 다다른 것이 아니었다. 자매 강을 만난 것이었다.

그들 앞에 우뚝 서 있는 높은 산맥에서 발원한 자매 강은 처음에는 시내와 개울이었다. 개울은 여울목을 질주하며 강이 되었다가 폭포로 쏟아져 내리며 거대한 두 번째 산맥의 서쪽을 향해 곧장 흘러갔다. 유속을 늦춰줄 호수나 저수지도 없이 물길은 거침없이 빠르게 흘러가다가 평원에서 만났다. 오로지 어머니 강만이 사나운 자매 강의 물길을 막아 격류를 잠재울 수 있었다.

어머니 강과 거의 맞먹는 크기의 자매 강은 빠른 물살을 지배하려는 어머니 강에 맞서며 밀려들어 왔다. 자매 강은 어머니 강의 본류에 밀려났다가 다시 쏟아져 들어오며 거친 역류나 강한 저류를 형성해 순간 엄청난 소용돌이를 일으켰다. 강 위에 떠다니던 부유물은 소용돌이에 휩쓸려 강바닥으로 고꾸라졌다가 얼마 후 강 위로 거칠게 솟아오르더니 하류로 떠내려갔다. 지류와 본류가 충돌하며 만나는 곳에는 너무 폭이 넓어서 건너기에 위험해 보이는 호수가 형성되었다.

절정에 달했던 가을 홍수가 끝나고 최근에 물이 빠져나가며 진창이 된 습지대가 강기슭 너머까지 이어지며 참극의 현장을 그대로 드러내고 있었다. 나무들이 뿌리를 하늘로 뻗은 채 고꾸라져 있었고, 물을 잔뜩 머금은 나무 몸통, 부러진 가지들, 죽은 짐승들이 널브러져 있었으며, 말라가는 물웅덩이에서는 죽어가는 물고기들이 오도 가도 못하고 있었다. 물새들은 별다른 수고 없이 물고기들로 마음껏 배를 채웠다. 그나마 주변에 생기가 도는 것은 물새 덕분이었다. 근처에는 하이에나 한 마리가 먹황새들의 날갯짓에도 신경 쓰지 않고 수사슴 한 마리를 허겁지겁 먹어치우고 있었다.

"위대한 어머니시여!"

소놀란이 기도하듯 내뱉었다.

"이건 자매 강이 틀림없어."

존달라는 경외감에 휩싸인 나머지 소놀란에게 이제는 믿을 수 있겠냐는 말도 던지지 못했다.

"어떻게 저 강을 건넌다지?"

"모르겠어. 상류 쪽으로 돌아가야 할 것 같다."

"얼마나 멀리? 어머니 강만큼이나 큰데."

존달라는 고개를 저을 수밖에 없었다. 근심으로 그의 미간이 찡그러졌다.

"타멘의 충고에 따랐어야 했어. 언제 눈이 내릴지도 모르는데. 다시 돌아가기에는 너무 멀리 왔고. 탁 트인 초원에서 눈보라를 맞닥뜨리고 싶지는 않은데."

갑작스러운 돌풍이 소놀란의 망토를 낚아채 뒤로 넘기자 그의 머리가 드러났다. 그는 망토를 다시 여미고 몸을 떨었다. 여행에 나선 이후 처음으로 그는 다가온 긴 겨울을 날 수 있을지 강한 의문에 사로잡혔다.

"이제 어떻게 하지, 존달라?"

"야영할 곳을 찾아야지."

존달라는 높은 곳에서 아래를 내려다보았다.

"저기 상류 쪽에 오리나무들이 있는 제법 높은 강기슭이 어때? 자매 강으로 흘러 들어가는 시내도 있으니, 물을 구하기에도 좋고."

"통나무 하나에 배낭 두 개를 묶고서 헤엄쳐 건너면 어떨까? 허리에 줄을 묶어 통나무와 연결하면 짐을 잃거나 서로 떨어질 일도 없고."

"네가 대담하다는 것을 잘 안다만, 그건 너무 무모해. 짐을 실은 통나무를 끌고 가는 것은 고사하고, 헤엄을 쳐서 저 강을 건널 수 있을지도 의문이다. 게다가 저 강은 무척 차가워. 워낙 빠르게 흘러서 얼어붙지 않는 거야. 오늘 아침에 보니 강가에는 살

얼음이 끼었더라. 그리고 저기 떠다니는 나뭇가지에 얽히기라도 한다면? 하류로 휩쓸려 가다가 강 밑으로 끌려 들어갈지도 몰라."

"위대한 어머니 강 가까이에 있는 동굴에서 살던 사람들 기억나? 큰 나무의 속을 파서 그걸로 강을 건넜잖아. 우리도 그렇게……."

"주위에 그렇게 큰 나무가 있는지 봐."

존달라는 팔을 뻗어 왜소하고 여윈 나무밖에 없는 초원을 가리키며 말했다.

"어떤 동굴 사람들은 자작나무 껍질을 사용한다던데……. 하지만 보나마나 엉성하겠지."

"나도 본 적 있어. 하지만 만드는 방법은 전혀 몰라. 어떤 아교풀로 나무를 붙이기에 물이 새지 않는지도 모르고. 그리고 그곳의 자작나무는 여기서 본 그 어떤 나무보다 훨씬 굵고 컸어."

소놀란은 주위를 둘러보며 존달라의 가차 없는 논리로도 반박할 수 없는 다른 좋은 생각을 떠올리려 애썼다. 그의 눈에 남쪽 언덕에 곧게 서 있는 오리나무들이 들어왔다. 그는 활짝 웃으며 말했다.

"뗏목은 어때? 통나무 여러 개를 묶기만 하면 되잖아. 저 언덕에 오리나무도 충분히 있고."

"방향을 잡으려면 강바닥에 닿을 만큼 길고 단단한 장대가 있어야 해. 뗏목은 작고 얕은 강에서는 띄우기도 어렵고."

자신만만하던 소놀란의 미소가 사라지는 것을 본 존달라는 억지로 웃음을 참아야 했다. 소놀란은 자신의 감정을 전혀 숨기지 못했다. 존달라는 소놀란이 그런 노력을 해본 적은 있는지 궁금했다. 하지만 그를 좋아할 수밖에 없는 이유가 바로 그런 충동적이고 솔직한 성격 때문이기도 했다.

"그래도 그렇게 형편없는 생각은 아냐."

존달라는 자신의 말에 소놀란의 얼굴에 미소가 다시 차오르는 것을 놓치지 않았다.

"상류 쪽으로 올라가다 보면 격류에 휩쓸릴 위험이 없는 곳이 나올 거야. 강폭이 넓어지면서 얕아지는 곳을 찾아보자. 유속도 빠르지 않고 나무도 있는 곳. 날씨만 도와주면 되는데."

존달라가 날씨 얘기를 하자 소놀란의 표정 역시 굳어졌다.

"그러면 이동해보자. 천막은 다 고쳤으니."

"먼저 저 오리나무들을 살펴봐야겠어. 그래도 단단한 창 몇 개는 필요하니까. 어젯밤에 만들었어야 했는데."

"아직도 그 코뿔소 걱정이야? 우리보다 한참 뒤처졌을걸. 어서 강을 건널 만한 지점을 찾아보자."

"그래도 창으로 쓸 나무는 베어놓아야겠어."

"그러면 내 것도 하나 부탁해. 나는 짐을 싸도록 할게."

존달라가 도끼를 들어 날을 살피더니 고개를 끄덕이고는 오리나무들이 군집한 언덕을 향해 달려갔다. 그는 신중하게 나무를 보더니 키가 크고 곧은 나무를 골라 도끼로 쓰러뜨렸다. 가지들을 쳐내고 소놀란의 창으로 쓸 나무를 고르는데 소란스러운 소리가 들렸다. 쿵쿵대는 소리에 이어 소놀란의 비명이 들렸다. 지금껏 들어본 그 어떤 소리보다 무서운 고통에 찬 비명이었다. 그 비명 뒤에 찾아온 침묵이 더 끔찍했다.

"소놀란! 소놀란!"

존달라는 등골을 서늘하게 하는 두려움에 사로잡혀 오리나무 장대를 꼭 쥐고 언덕을 쏜살같이 내려왔다. 자신의 어깨에 닿을 만큼 커다란 털코뿔소가 축 늘어진 사람의 형체를 밀고 가는 것을 본 순간, 심장 소리가 귀에 들릴 만큼 크게 쿵쾅댔다. 코뿔소는 자신이 쓰러뜨린 사냥감으로 뭘 해야 할지 모르는 것 같았다. 마음 깊은 곳에서 솟아오른 두려움과 분노에 휩싸인 그는 생각할 겨를 없이 바로 행동에 들어갔다.

오리나무 장대를 곤봉처럼 휘두르며 자신의 안전은 아랑곳하지 않은 채 코뿔소를 향해 달려들었다. 휘어진 거대한 뿔 바로 아래 주둥이를 한 대 세게 강타한 뒤 연이어 장대를 내리쳤다. 코뿔소는 자신에게 달려들어 통증을 남긴, 길길이 날뛰는 남자를 앞에 두고 어찌 할지 모르겠다는 듯 뒤로 물러났다. 존달라가 다시 한 번 장대를 날릴 준비를 하며 높이 쳐든 순간 코뿔소가 등을 돌렸다. 코뿔소는 엉덩이를 세차게 맞고도 전혀 아프지 않았지만 자신을 쫓아오는 키가 큰 남자의 기세에 서둘러 그 자리를 떠났다.

또 한 번 내리친 오리나무 장대가 공기를 갈랐다. 코뿔소는 저 멀리 달아났다. 존달라는 그 자리에 서서 멀어지는 코뿔소를 보며 숨을 가다듬었다. 그러더니 창을 내던지고 소놀란에게 달려갔다. 그는 코뿔소가 그를 버리고 간 자리에서 땅바닥에 머리를 박은 채 쓰러져 있었다.

"소놀란? 소놀란!"

존달라가 그를 돌려 눕혔다. 사타구니 근처의 바지가 찢어져 있었다. 바지 위로 핏자국은 더 넓어져 갔다.

"소놀란! 오, 도니!"

그는 소놀란의 가슴에 귀를 갖다 대고 심장 소리를 들었다. 존달라는 그 소리가 그저 자신의 상상이 아닐까 의심하다가 소놀란이 숨 쉬는 것을 보고 안도했다.

"오, 도니, 살아 있습니다! 하지만 제가 어떻게 해야 할까요?"

존달라는 의식이 없는 소놀란을 간신히 들어 올려 부드럽게 품에 안은 채 잠시 서 있었다.

"도니, 오, 위대한 대지의 어머니시여! 아직 이 사람을 데려가지 마십시오. 살게 해주십시오. 오, 제발……."

그의 목소리가 갈라졌고, 가슴에서부터 커다란 울음이 차올랐다.

"어머니…… 제발…… 소놀란을 살게 해주세요."

존달라는 고개를 숙여 소놀란의 축 처진 어깨에 얼굴을 묻고 흐느끼다가 그를 천막으로 데려가 침낭 위에 조심스레 눕혔다. 뼈로 된 손자루가 있는 칼로 소놀란의 옷을 잘라냈다. 한눈에 보아도 살갗 곳곳이 심하게 벗겨져 있었고 왼쪽 다리 윗부분의 근육도 손상된 게 분명했다. 벌겋게 부어오른 가슴과 피부색마저 변한 왼쪽 옆구리는 얼마나 심각하게 다쳤는지 가늠조차 되지 않았다. 손으로 조심스레 만져보니 갈비뼈도 몇 개 부러진 게 틀림없었다. 어쩌면 내상을 입었을 수도 있었다.

소놀란의 다리에 난 깊은 상처에서 피가 울컥울컥 쏟아지며 침낭에 흥건히 고였다. 존달라는 짐을 뒤져 피를 닦을 만한 천이 있는지 찾았다. 소매가 없는 여름 상의가 보이자 그것을 뭉쳐서 털가죽 위에 고인 피를 닦아보려 했지만 주변이 핏자국으로 더럽혀질 뿐이었다. 그는 부드러운 가죽을 상처 위에 얹었다.

"도니, 도니! 어찌해야 합니까! 저는 젤란도니가 아닙니다."

존달라는 무릎을 꿇고 앉아 손으로 머리를 쓸어 올렸고, 얼굴에는 핏자국이 남았다.

"버드나무 껍질! 버드나무 껍질 차를 만들어야겠어."

그는 밖으로 나가 물을 데웠다. 젤란도니가 아니더라도 버드나무 껍질에 진통 성분이 있다는 것은 알았다. 누구나 두통이나 가벼운 통증이 있을 때는 버드나무 껍질를 우려 마셨다. 심각한 상처에도 효과가 있는지는 확신하지 못했지만 다른 방법을 알지 못했다. 그는 차가운 물이 끓는 동안 불 주위를 초조하게 돌며 한 번씩 천막을 바라봤다. 그가 불에 땔감을 더 넣자 물을 가득 넣은 요리용 부대를 받치고 있던 나무틀 가장자리가 불에 그슬었다.

왜 이렇게 오래 걸린담! 아참, 버드나무 껍질이 없구나. 물이 끓기 전에 구해야겠다. 그는 천막 안으로 고개를 넣고 한참 동안 동생을 바라보고는 강가로 달렸다. 잎이 다 진 버드나무가 길고 가는 나뭇가지를 물에 드리우고 있었다. 그는 나무껍질을 벗겨 다시 천막으로 달려갔다.

소놀란이 깼는지 확인하려던 존달라의 눈에 피에 흥건히 젖은 그의 여름용 상의가 들어왔다. 그리고 요리용 부대에 넘치도록 담긴 물과 꺼져가는 불이 보였다. 무엇을 먼저 해야 할지—차를 만들지, 동생에게 가봐야 할지—감이 오지 않았다. 그는 모닥불과 천막을 번갈아 보더니 마침내 물 잔을 쥐고 손이 델 정도로 뜨거운 물을 퍼낸 뒤 가죽 솥에 버드나무 껍질을 넣었다. 불이 잘 붙기를 바라며 모닥불에 땔감을 더 넣었다. 그는 소놀란의 배낭을 뒤지다가 화가 난 듯 다 쏟아내더니 피가 흥건한 그의 상의 대신 피를 닦아낼 동생의 상의를 집어 들었다.

그가 천막으로 들어선 순간, 소놀란이 신음했다. 동생의 입에서 처음으로 흘러나온 소리였다. 그는 재빨리 버드나무 차를 가지러 나갔다. 그런데 물이 거의 다 졸아들어서 차가 너무 독하지나 않을지 걱정이 되었다. 뜨거운 차를 들고 들어가 잔을 놓을 곳을 정신없이 찾아보던 그의 눈에 조금 전보다 피에 더 젖어든 옷이 들어왔다. 소놀란이 깔고 누운 침낭도 피로 흥건히 젖어 있었다.

피를 너무 많이 흘렸어! 오, 어머니! 그에게는 젤란도니가 필요합니다. 제가 어찌 해야 할까요? 그는 동생이 어떻게 될까 두려워 불안해지기 시작했다. 그는 자신이 너무도 무기력하게 느껴졌다. 도움을 청해야 해. 어디에서? 어디에서 젤란도니를 찾는단 말인가? 자매 강을 건널 수조차 없는데. 그렇다고 소놀란을 여기 두고 갈 수도 없고. 늑대나 하이에나가 피 냄새를 맡고 올 거야.

위대한 어머니시여! 저 옷에 흥건한 피를 좀 봐! 짐승이 곧 냄새를 맡을 텐데. 존달라는 피로 흥건한 상의를 낚아채 천막 밖으로 던졌다. 아니야, 그래봤자 소용이 없어! 그는 밖으로 나가 상의를 들고 천막에서, 그의 동생에게서 멀리 떨어진 곳에 놓아 둘 장소가 없는지 미친 듯이 둘러보았다.

큰 충격에 빠진 그는 슬픔에 휩싸였다. 마음 깊은 곳에서는 희망이 없으리란 것을 알고 있었다. 그의 동생은 그가 줄 수 없는, 그가 찾기 힘든 도움을 필요로 했다. 존달라가 어디로 가면 도움을 얻을 수 있을지 안다고 해도 떠날 수는 없을 터였다. 벌어진 상처에서 피를 쏟고 있는 소놀란은 피에 젖은 옷보다 더 피 냄새를 풍기고 있었다. 그 옷을 멀리 버린다는 생각은 무의미했다. 하지만 존달라는 그런 사실에 마음 쓸 겨를이 없었다. 공포에 사로잡힌 그는 이성적으로 생각할 수 없었다.

그는 오리나무 무리가 자라는 언덕을 보더니 정신없이 달려 올라갔다. 오리나무에 높이 매달린 굽은 가지에 상의를 끼우고는 다시 천막으로 돌아왔다. 자신의 그런 노력만으로도 그의 동생이 상처에서 회복될 수 있다고 믿기라도 하는 듯, 그는 미소 지으며 소놀란을 바라봤다.

소놀란은 형의 간절한 마음을 느낀 것처럼 신음을 내더니 고개를 들어 눈을 떴다. 존달라는 가까이 다가갔다. 소놀란은 희미하게 미소 지었지만 눈에는 고통이 깃들어 있었다.

"형 말이 맞았어. 대부분 그랬지. 코뿔소를 따돌린 게 아니었어."

"내 말이 맞기를 바라지 않아. 어때?"

"솔직하게 말해? 아파. 얼마나 심한 거야?"

그가 앉으려고 애쓰며 물었다. 억지로 지은 미소가 고통으로 일그러졌다.

"움직이지 마. 여기, 버드나무 차를 만들어봤어."

존달라가 동생의 머리를 받치고 잔을 입에 갖다 댔다. 소놀란은 몇 모금 마시더니 안도하며 다시 누웠다. 그의 눈에는 고통과 함께 두려움도 어른댔다.

"솔직하게 말해줘, 존달라. 얼마나 심해?"

존달라는 눈을 감고 숨을 고르더니 답했다.

"좋지 않아."

"그런 것 같았어. 그런데 얼마나 심한데?"

소놀란의 시선이 형의 손에 가닿더니 깜짝 놀라 크게 벌어졌다.

"형 손이 피범벅이야. 그게 내 피야? 나한테 말해주는 게 좋겠어."

"사실 나도 잘은 몰라. 사타구니 쪽을 뿔로 들이받혀서 출혈이 심했어. 코뿔소가 너를 집어 던져 밟았던 것 같아. 갈비뼈도 몇 개 부러진 것 같고. 다른 건 잘 모르겠어. 나는 젤란도니가 아니라서."

"한데 나는 젤란도니가 필요하잖아. 도움을 구하려면 우리가 건너지 못한 저 강을 건너는 수밖에 없을 텐데."

"그렇지."

"날 좀 앉게 도와줘. 얼마나 심한지 보고 싶어."

존달라는 안 된다고 할 셈이었으나 마지못해 도와주다가 그 즉시 후회하고 말았다.

소놀란은 앉으려던 순간, 고통에 비명을 지르고는 다시 의식을 잃었다.

"소놀란!"

존달라가 외쳤다. 늦춰졌던 출혈이 몸을 움직이자 다시 빨라지며 피가 쏟아졌다. 존달라는 동생의 여름 상의를 접어 상처 위에 올려놓고 밖으로 나왔다. 불이 잦아들고 있었다. 존달라는 신중하게 땔감을 더 넣어 불을 피워놓고 물을 더 길어다가 불 위에 올리고 나무를 더 잘랐다.

그는 다시 동생의 상태를 확인하러 천막으로 들어갔다. 소놀란의 상의는 피로 흠뻑 젖어 있었다. 그는 상처를 보기 위해 상의를 들었다. 피에 흥건한 자신의 상의를 버리려고 언덕을 뛰어

올랐던 조금 전의 일을 상기하며 쓴웃음을 지었다. 처음 느꼈던 공포가 진정되자 자신의 행동이 참으로 어리석게 느껴졌다. 출혈이 멈췄다. 그는 겨울용 속옷을 찾아 상처 위에 얹은 다음, 털가죽으로 소놀란을 덮어주었다. 그러고는 피가 흥건한 옷을 들고 강가로 가서 그 옷을 강에 던졌다. 여전히 공포에 휩싸였던 순간에 저지른 우스꽝스러운 일을 떠올리며 강물에 피범벅인 손을 씻었다.

그는 극한의 상황에서 그러한 공포가 살아남을 힘이 된다는 것을 알지 못했다. 모든 방법이 수포로 돌아가고, 해결책을 찾으려는 모든 이성적인 방법이 다 고갈되면 공포가 마음을 잠식하기 마련이었다. 하지만 때로는 공포에 질려 나도 모르게 했던 정신 나간 행동이 이성으로는 결코 생각해내지 못하는 해결책이 될 때도 있는 법이었다.

그는 야영지로 돌아와 모닥불에 땔감을 더 넣은 다음, 이제 와서 창을 만드는 게 무슨 의미인가 싶으면서도 오리나무 장대를 찾아 나섰다. 그는 자기 자신이 너무도 쓸모없게 느껴져서 뭐라도 해야 했다. 장대를 찾은 그는 천막 밖에 앉아 거칠게 창끝을 깎기 시작했다.

다음 날은 존달라에게 악몽과도 같았다. 소놀란의 왼쪽 옆구리에 진한 멍이 생겼고 뭔가에 살짝 닿기만 해도 통증을 느꼈다. 존달라는 잠을 거의 자지 못했다. 소놀란에게도 힘겨운 밤이었다. 그가 신음할 때마다 존달라는 일어났다. 그가 할 수 있는 일이라고는 버드나무 차를 주는 것밖에 없었지만, 고통을 줄이는 데 도움은 되지 않았다. 아침에는 죽을 만들었지만 둘 다 먹는 둥 마는 둥했다. 저녁이 되자 상처에 열이 나면서 소놀란의 체온도 올랐다.

소놀란이 통증에 시달리며 계속 뒤척이다가 눈을 뜨면 근심 어린 형의 파란 눈이 보였다. 해가 지기 시작했어도 밖은 아직 밝았지만 천막 안은 어두침침했다. 그럼에도 존달라는 소놀란의 정신이 점차 흐릿해지는 것을 놓치지 않고 보았다. 그는 잠을 자면서 신음을 토해내거나 뭐라고 중얼거렸다.

존달라는 기운을 북돋아보려는 듯 억지로 미소를 지었다.

"어때?"

소놀란은 너무 고통스러운 나머지 미소조차 짓지 못했고, 존달라의 근심 어린 표정에도 불안감이 깃들어 있었다.

"앞으로 코뿔소 사냥은 별로 하고 싶지 않아."

그가 대답했다.

둘 다 무슨 말을 해야 할지 몰라 한동안 침묵이 지속되었다. 소놀란은 눈을 감은 채 크게 한숨을 내쉬었다. 고통과 싸우는 것에 진력이 났다. 숨을 쉴 때마다 가슴이 뻐근했고 왼쪽 사타구니에 입은 상처의 통증이 온몸으로 퍼져나가는 것 같았다. 일말의 희망이라도 남아 있다는 생각이 들었다면 그는 견뎌보려고 했을 것이었다. 하지만 오래 지체하면 할수록 눈보라가 닥치기 전에 존달라가 강을 건너갈 확률은 적어졌다. 그가 곧 죽는다고 해서 그의 형까지 죽어야 할 이유는 없었다. 소놀란이 다시 눈을 떴다.

"존달라, 도움을 받지 못하면 내게는 더 이상 희망이 없어. 형도 알잖아. 그렇다고 해서 형까지……."

"무슨 소리야, 희망이 없다니? 너는 젊어, 강인하고. 괜찮아질 거야."

"시간이 별로 없어. 이렇게 탁 트인 초원에서는 가망이 없어. 존달라, 형은 계속 여행을 해. 머물 곳을 찾아. 형은……."

"네가 제정신이 아니구나!"

"아니, 나는……."

"제정신이라면 그런 말을 할 리가 없어. 어서 기운을 차릴 생각이나 해. 앞으로의 일은 내가 다 알아서 할 테니. 우리 둘 다 해낼 수 있어. 내게 계획이 있어."

"무슨 계획?"

"세세한 것들이 다 결정되면 말해줄게. 뭘 좀 먹을래? 아무것도 못 먹었잖아."

소놀란은 자신이 살아 있는 동안은 존달라가 떠나지 않으리란 걸 알았다. 하지만 그는 지쳐 있었다. 그만 포기하고 존달라에게 기회를 주고 싶었다.

"배고프지 않아."

그가 대답하자 존달라의 눈에 실망하는 기색이 어렸다.

"그래도 물은 마실 수 있어."

존달라가 마지막 남은 물을 다 따르더니 소놀란의 머리를 받쳐 물을 마시게 해주었다. 그는 물 부대를 흔들었다.

"비었네. 물을 더 떠 올게."

그는 밖으로 나갈 핑곗거리가 필요했다. 소놀란은 포기하려 했다. 소놀란이 희망의 끈을 놓으려고 했기 때문에 존달라는 계획이 있다고 허세를 부린 터였다. 소놀란이 일말의 희망도 없다고 생각하는 것도 무리가 아니었다. 어떻게든 강을 건너서 도움을 구해야 해.

그는 숲 너머 상류 쪽을 보기 위해 둔덕에 올랐다. 부러진 가지 하나가 튀어나온 바위에 걸려 있는 것을 바라보며 서 있던 그는 자신이 그 헐벗은 가지처럼 무기력하게 갇혀 있다는 생각이 들었다. 그는 충동적으로 물가로 걸어가더니 바위에 걸려 있던 부러진 가지를 빼내주었다. 그는 물살에 실려 하류로 떠내려가는 가지를 보며, 무언가에 걸리기 전까지 그 가지가 얼마나 멀리 갈까 생각에 잠겼다. 그때 버드나무가 눈에 뜨이자 칼로 안쪽 껍질을 벗겼다. 소놀란은 고통으로 괴로운 밤을 보낼 터였다. 버드나무 차로도 별 소용이 없을 것이었다.

마침내 그는 자매 강에서 몸을 돌려 사납게 흘러가는 강에 약간의 물을 보태는 작은 시내로 돌아가 부대를 채웠다. 천막으로 돌아가려던 그가 무엇 때문에 상류 쪽을 바라보게 되었는지는 확실치 않았다. 세찬 물소리 말고는 아무것도 들리지 않았다. 하지만 상류 쪽을 바라본 순간, 그는 입을 벌린 채 믿기지 않는 광경에서 눈을 떼지 못했다.

무언가가 상류 쪽에서 그가 서 있는 기슭을 향해 곧장 다가오고 있었다. 무시무시하게 생긴 물새 한 마리였다. 부릅뜬 눈에 사납게 보이는 볏이 달린 머리를 길게 구부러진 목이 받치고 있었다. 물새가 더 가까이 다가왔을 때, 그 짐승의 등에서 뭔가 움직이는 게 보였다. 무언가의 머리들이었다. 그중 하나가 손을 흔들었다.

"홀—라!"

누군가가 크게 외쳤다. 존달라에게 있어 그토록 반가운 소리는 처음이었다.

7

에일라는 이마에 맺힌 땀을 손등으로 훔치며 작은 황갈색 말에게 미소 지었다. 망아지는 에일라에게 바짝 다가와서는 손 아래로 주둥이를 밀어 넣으려고 했다. 어린 암말은 에일라가 시야에서 사라지는 것이 싫은 듯 어디를 가나 졸졸 따라다녔다. 에일라는 누군가 곁에 있는 게 좋았기에 망아지가 성가시지 않았다.

"망아지야, 네가 먹을 곡물을 얼마나 모아두어야 할까?"

에일라가 손짓했다. 건초 같은 황갈색을 띤 작은 말은 에일라의 몸짓을 유심히 바라봤다. 그 모습을 보자 자신이 어렸을 때 씨족의 손짓언어를 배우던 일이 떠올랐다.

"말하는 걸 배우게? 어쨌든 알아들어야지. 손으로 말하는 것은 힘들겠지만 내가 하는 말을 이해하려고 애쓰는 것 같구나."

에일라는 손짓을 할 때 몇몇 소리를 내기도 했다. 격식을 갖춘 고대의 언어는 오로지 침묵 속에서 이루어졌지만 동굴곰족이 쓰는 일상적인 언어는 그렇지 않았다. 그녀가 어떤 말을 큰 소리로 하자 망아지의 귀가 쫑긋거렸다.

"너 내 말을 듣고 있구나, 그렇지, 귀여운 망아지?"

그러더니 에일라는 고개를 저었다.

"너를 계속 귀여운 망아지, 작은 말이라고 부르고 있구나. 그러면 안 될 것 같은데. 이름이 필요하겠어. 네가 들으려고 하는 게 네 이름이니? 네 어미는 널 뭐라고 불렀을까? 안다고 해도 내가 그 말을 할 수는 없겠지만."

망아지는 에일라가 손을 움직일 때면 자신에게 관심을 집중하고 있다는 것을 안다는 듯 그녀를 뚫어지게 바라보았다. 에일라가 손짓을 멈추자 망아지는 히힝 하고 울었다.

"내 말에 대답한 거야? 히힝이!"

에일라는 말의 울음소리를 내보려고 노력하더니 꽤 비슷하게 따라했다. 어린 말은 익숙한 소리에 고개를 들고는 대답처럼 히힝 하고 울었다.

"그게 네 이름이야?"

에일라가 미소 지으며 손짓했다. 망아지는 다시 한 번 고개를 쳐들고 껑충껑충 달려 나가더니 다시 돌아왔다. 에일라가 웃었다.

"작은 말들의 이름은 모두 똑같겠구나. 어쩌면 내가 구별 못 하는 것인지도 모르지."

에일라가 다시 히힝 소리를 내자 말도 울음으로 답했다. 그들은 한동안 장난치듯 서로 소리를 주고받았다. 말과 장난을 치던 에일라의 머릿속에 아들과 함께 소리를 내며 놀던 일들이 지나갔다. 두르크만 그녀가 내는 소리를 다 따라할 수 있었다. 크렙은 그녀가 처음 숲에서 발견되었을 때 동굴곰족이 하지 못하는 여러 가지 소리를 낼 수 있었다고 말했다. 자신의 아들도 여러 소리를 낸다는 것을 처음 알았을 때 그녀는 무척 기뻐했다.

에일라는 키가 큰 외알밀을 따러 길을 나섰다. 계곡에는 에머밀이 자랐고, 동굴 가까이에서는 호밀과 비슷한 종류의 곡물이 자랐다. 말의 이름에 골몰하던 그녀는 슬며시 웃고 말았다. 한 번도 짐승에게 이름을 붙여준 적은 없었다. 말에게 이름을 지어주면 동굴곰족 사람들이 이상하다고 생각하겠지? 말하고 같이 사는 것보다 더 이상할 리야 없지. 그녀는 신이 나서 뛰노는 어린 말을 지켜봤다. 말과 함께 지내게 되어서 정말 기뻐. 그런 생각이 든 에일라는 갑자기 목이 메는 것 같았다. 그래도 망아지가 있으니 그렇게 외롭진 않아. 너를 구하지 못했다면 어쩔 뻔했어. 이름을 지어줘야겠어.

에일라가 일손을 멈추고 하늘을 바라보았을 때 해는 뉘엿뉘엿 지고 있었다. 에일라는 멈춰 서서 하늘을 바라봤다. 텅 비고 광활했다. 하늘의 깊이를 재어볼 구름 한 점 없었고, 무한의 세계에서 눈을 돌릴 만한 그 무엇도 없었다. 다만 저 멀리 드넓은 서쪽 하늘에는 햇무리가 서려 있었다. 노을빛과 절벽 꼭대기 사이에 남아 있는 햇빛으로 보건대 이제 하던 일을 멈출 때가 되었다.

에일라가 손을 멈춘 것을 눈치챈 망아지는 소리를 내며 다가왔다.

"동굴로 돌아가야겠지? 먼저 물 좀 마시자."

그녀는 망아지의 목에 팔을 두르고 개울로 걸어갔다.

가파른 남쪽 절벽 아래를 흐르는 개울 근처 나뭇잎들은 계절의 흐름을 보여주는 듯 느릿하게 변하는 색의 향연을 펼쳤다. 더욱 짙어진 녹색 옷을 입은 소나무와 전나무들 사이로 강렬한 금빛과 연한 노란색, 갈색, 불타는 듯한 빨간색 나뭇잎을 매단 나무들이 서 있었다. 절벽에 둘러싸여 바람이 닿지 않는 계곡은 햇빛이 잘 들어 생기 없는 누런 초원의 한가운데에서 밝고 환한 자연의 빛깔을 뽐냈다. 온통 가을색으로 물이 들었지만 여름날의 더위가 그대로 남아 착각을 일으키기 쉬웠다.

"풀을 더 뜯어야겠어. 잠자리에 깔아놓은 풀들을 먹기 시작할 테니."

말 옆에서 걷던 에일라는 계속 혼잣말을 하더니 자기도 모르게 손짓을 멈추고, 생각에 빠졌다. 이자는 가을이면 늘 겨울 잠자리에 쓸 풀들을 모았다. 밖에서 눈보라가 칠 때, 잠자리 풀을 갈면 그 향기가 참으로 좋았다. 바람 소리에 귀를 기울인 채 여름날의 신선한 풀 향기를 맡으며 잠이 드는 걸 참 좋아했었는데.

앞을 보니 말이 빠르게 걷고 있었다. 에일라의 입가에 너그러운 미소가 깃들었다.

"나만큼이나 목이 마른가보구나. 히이힝."

암망아지의 울음소리에 에일라는 크게 말 울음소리를 냈다. 그게 꼭 말의 이름처럼 들렸지만 제대로 된 이름을 짓는 의식이 필요했다.

"히힝! 히이힝!"

그녀가 외쳤다. 망아지는 고개를 높이 들어 에일라를 보더니 다가왔다.

에일라는 머리를 쓸어주고 몸을 긁어주었다. 망아지는 털갈이 중이었다. 새끼 때의 까끌까끌한 털은 빠지고 겨울을 나기 위한 긴 털이 자라고 있어 말은 긁어주는 것을 좋아했다.

"너도 그 이름이 마음에 드나보구나. 네게 잘 어울려. 그래도 작명 의식을 치르는 게 좋겠어. 너를 내 품에 안을 수도 없고, 크렙이 여기 와서 네 얼굴에 표시를 할 수도 없지만. 내가 목우르가 되어야 할 것 같네."

에일라는 미소 지었다. 여자 목우르라니.

에일라는 다시 강으로 향하다가 구덩이 함정을 파놓았던 빈터 근처가 눈에 들어오자 상류 쪽으로 방향을 틀었다. 구멍을 막아놓았지만 말은 남아 있는 냄새나 기억에 신경이 쓰이는 듯, 그 주변을 돌면서 코를 벌름거리며 킁킁대고 발로 땅을 찼다. 계곡 저 아래로 달아났던 말들은 모닥불과 에일라의 소리를 피해 그날 이후로 돌아오지 않았다.

그녀는 동굴과 더 가까운 곳에서 물을 마시도록 망아지를 데려갔다. 가을 홍수로 불어나 탁해진 개울은 수위가 낮아지면서 물가에 온갖 부유물이 뒤섞인 진흙탕이 되었다. 질펀대는 진흙 위를 철벅철벅 걷다 보니 에일라의 다리에 적갈색 진흙이 묻었다. 그것을 보니 목우르가 이름 짓는 의식에 쓰던 붉은 황토 반죽이 생각났다. 그녀는 진흙에 손가락을 푹 찍어 다리에 쓱 그어 보더니 미소를 짓고는 한 손 가득 진흙을 펐다.

붉은 황토를 찾을까 했는데, 이거면 충분하겠어. 에일라는 눈을 감고 크렙이 두르크에게 이름을 지어주면서 했던 일들을 떠올리려고 애썼다. 그러자 흉터가 있는 크렙의 노쇠한 얼굴이 떠올랐다. 눈이 있어야 할 자리를 덮고 있는 살가죽, 툭 튀어나온 눈썹뼈, 아래로 경사진 이마가 스치고 지나갔다. 듬성듬성 자란 수염은 가늘어지고, 머리 선도 뒤로 물러나고 있었지만 그날 그의 풍모만큼은 또렷이 기억났다. 젊음이 주는 힘과는 달랐지만 그의 힘은 절정에 다다라 있었다. 그녀는 험악하게 보이지만 기품이 깃든 그의 얼굴을 사랑했었다.

갑자기 온갖 감정들이 북받쳤다. 아들을 잃을지도 모른다는 두려움, 그리고 붉은 황토 반죽이 담긴 그릇을 봤을 때의 벅찬 기쁨. 그녀는 몇 번이나 감정을 추슬렀지만 목이 메어왔다. 얼굴에 진흙 얼룩이 묻는지도 모르고 손으로 눈물을 훔쳤다. 작은 말은 에일라가 자기를 필요로 한다는 것을 느낀 것처럼 그녀에게 기댄 채 코를 비볐다. 에일라는 그대로 주저앉아 망아지를 안고서 단단한 목에 이마를 갖다 댔다.

네 작명 의식을 치르기로 했었지. 마음을 가다듬고 에일라는 생각했다. 처음 퍼낸 진흙은 손가락 사이로 다 빠져나갔다. 다시 한 손 가득 진흙을 퍼 올린 다음, 크렙이 정령들을 부를 때 한 손으로 축약된 손짓을 하던 것처럼 에일라는 다른 손을 하늘을 향해 들었다. 말의 이름을 짓는 의식에 동굴곰족 정령들을 불러내도 될지 망설여졌다. 어쩐지 흔쾌히 와줄 것 같지 않았다. 그녀는 손에 담긴 진흙을 손가락으로 떠낸 다음, 크렙이 두르크의 미간에서 작은 코끝까지 붉은 황토로 선을 죽 그렸듯이 망아지의 이마부터 코끝까지 진흙으로 그었다.

"히힝."

그녀가 크게 말하더니 격식을 갖춘 손짓을 했다.

"이 여자아이, 아니 암망아지의 이름은 히힝이다."

얼굴에 묻은 축축한 진흙을 떼어내려고 고개를 흔드는 말을 보더니 에일라는 웃음을 터뜨렸다.

"마르면 저절로 떨어질 거야, 히힝아."

그녀는 손을 씻고, 등에 짊어진 곡물 바구니를 고쳐 메고서 천천히 동굴을 향해 걸었다. 히힝이는 그녀의 외로움을 달래주는 살아 있는 생명체였지만, 홀로 작명 의식을 치른 그녀는 자신이 얼마나 외로운 존재인가 다시 한 번 절감했다. 돌로 뒤덮인 강변에 도착하자 에일라의 눈에서 또르르 눈물이 떨어졌다.

어린 말을 달래고 부추기며 동굴까지 가파른 비탈길을 오르다 보니 어느새 에일라는 슬픔에서 조금씩 빠져나오고 있었다.

"어서, 히힝아, 할 수 있어. 네가 산악염소나 사이가산양이 아닌 걸 알지만, 익숙해지면 잘 할 거야."

동굴 앞, 절벽에서 튀어나온 바위까지 오른 그들은 마침내 동굴로 들어갔다. 에일라는 재로 덮어놓은 모닥불에 불을 지피고 몇 가지 곡물로 죽을 끓이기 시작했다. 망아지는 이제 풀이나 곡물을 생으로 먹어서 따로 조리해 먹일 필요는 없었지만 히힝이가 좋아해서 곡물을 걸쭉하게 끓여주곤 했다.

에일라는 어둠이 완전히 내려앉기 전에 밖으로 나가 낮에 잡아 온 토끼 한 쌍의 가죽을 벗긴 다음 동굴 안으로 들어왔다. 토끼는 굽고, 가죽은 나중에 손질하려고 돌돌 말아 놓았다. 한쪽에는 짐승 가죽이 많이 쌓여 있었다. 여러 종의 토끼와 비단털쥐 가죽을 포함해 무엇이든 잡은 짐승의 가죽은 버리는 법이 없었다. 아직 그 가죽들로 무엇을 할지 결정하지 못했지만 세심하게 손질해 잘 보관했다. 겨울 동안 천천히 생각하면 되었다. 추위가 찾아오면 가죽들을 겹겹이 두르기만 해도 될 터였다.

낮이 짧아지고 기온이 내려갈수록 겨울에 대한 생각이 떠나지 않았다. 이곳의 겨울이 얼마나 길고 혹독할지 에일라는 알지 못했고, 그래서 더욱 걱정이 되었다. 갑자기 불안감에 휩싸인 에일라는 이미 자신이 저장해놓은 것들을 다 알면서도 다시 한 번 점검했다. 말린 고기와 열매, 푸성귀, 씨앗, 견과류와 곡물을 저장해놓은 바구니와 나무껍질로 만든 용기들을 훑어보았다. 입구에서 가장 멀리 떨어진 구석에는 아직 무를 기미가 전혀 없는 싱싱한 뿌리와 열매들이 쌓여 있었다.

뒷벽을 따라서는 땔감으로 쓸 나무와 초원에서 가져온 마른 말똥과 함께 건초가 그득 쌓여 있었다. 건너편 구석에는 히힝이가 먹을 곡물이 담긴 바구니가 몇 개 더 있었다.

에일라는 불터로 돌아와 죽이 잘 끓고 있는지 확인하고 나서 토끼 고기를 뒤집은 다음, 잠자리와 가까운 벽을 따라 놓아 둔 물건들을 지나 선반에 매달아놓은 나무껍질과 약초, 뿌리를 점검했다. 그녀는 흙이 다져진 동굴 바닥에 말뚝을 박아 넣고 그 위에 선반을 올리고 그 위에 양념으로 쓸 푸성귀와 찻잎, 약초를 널어 놓았다. 불가에서 적당한 거리에 시렁을 만들어놓아, 잎들이 마르는 동안 모닥불의 열기를 받을 수 있었다.

이제 돌봐야 할 씨족 사람들이 없었기 때문에 온갖 종류의 약초를 구비해놓을 필요는 없었다. 하지만 그녀는 이자의 몸이 허약해진 이후로 이자의 약전을 채워놓는 일을 계속 맡아온 터였다. 그녀에게 먹을거리와 함께 약초를 채집하는 일은 몸에 밴 습관이었다. 약초를 정리해둔 시렁의 반대편에는 다양한 것들이 있었다. 나무 덩이, 막대기와 가지, 풀과 나무껍질, 가죽, 뼈, 바위와 돌은 물론 강변의 모래를 담은 바구니까지 있었다.

그녀는 앞으로 다가올 길고 외로운 겨울에 대해서는 그다지 생각하고 싶지 않았다. 하지만 잔치를 벌이는 의식도, 옛날이야기도, 새로 태어날 아기도 없으리란 것을 잘 알았다. 떠도는 소문이나 여인들과의 대화는 물론, 이자와 우바와 함께 치료술에 대해 논하는 일도 없을 것이고, 남자들이 사냥 기술에 대해 이야기하는 것도 보지 못할 터였다. 대신 겨울 내내 도구를 만들며 보내기로 계획했다. 가능한 한 분주하게 보내려면 어렵고 오래 걸리는 일일수록 좋을 터였다.

그녀는 단단한 나무 덩이를 살펴봤다. 작은 것에서 큰 것까지 다양해 온갖 크기의 그릇을 만들 수 있었다. 나무를 다듬는 자귀로 사용되는 손도끼와 칼로 나무속을 파서 모양을 만든 뒤, 둥근 돌이나 모래로 표면을 매끄럽게 문지르는 일은 며칠씩 소요되었다. 그녀는 그릇 몇 개를 만들기로 마음먹었다. 작은 가죽들로는 손싸개, 다리와 발싸개를 만들고, 남은 가죽은 털을 다 뽑은 뒤 잘 손질하여 아기 피부처럼 부드러우면서도 흡수성이 좋은 천을 만들 것이었다. 실유카, 부들개지 같은 식물의 줄기와 갈대, 잘 휘어지는 버드나무 가지, 뿌리로는 복잡한 문양들을 넣어가며 촘촘하거나 느슨하게 짜서 바구니를 만들 터였다. 또한 식물의 섬유질과 나무껍질, 동물의 힘줄과 말의 긴 꼬리로는 얇은 끈에서부터 두툼한 밧줄까지 모두 만들 것이었다. 돌을 얕게 파서 그 안에 기름을 채워놓고 말린 이끼를 심지로 쓰면 연기가 나지 않는 등잔을 만들 수 있었다. 에일라는 육식동물의 고기는 먹지 않았지만 등잔 기름으로 쓰려고 지방은 따로 보관해두었다.

접시들로 사용할 평평한 엉덩이뼈와 어깨뼈, 국자나 젓는 용도로 쓸 뼈들도 있었고, 부싯깃이나 잠자리 밑에 깔 여러 식물들의 솜털도 모아두었으며, 부싯돌 덩어리와 도구들도 정리해

놓았다. 에일라는 생존에 필요한 도구들을 만들며 벌써 몇 번의 겨울을 났다. 하지만 이번에는 본 적만 있을 뿐, 직접 만든 적이 없는 도구도 만들어볼 작정이었다.

그녀는 자신의 손에 딱 맞는 창과 곤봉, 새 줄팔매를 만들고 싶었다. 사냥돌도 시도해보고 싶었다. 하지만 사냥돌은 줄팔매만큼이나 연습이 필요한 무기였고, 만드는 데도 기술이 필요했다. 브룬은 사냥돌을 능숙하게 잘 다룰 뿐 아니라 만드는 데도 일가견이 있었다. 돌멩이 세 개를 쪼아서 둥글게 만들어 적절한 길이의 줄에 넣은 뒤 균형을 잘 맞추는 게 관건이었다.

브룬이 두르크에게 가르쳐줄까? 에일라는 문득 그런 생각이 들었다.

햇빛이 서서히 잦아들고 모닥불도 잦아들었다. 곡물이 물을 다 흡수해 부드러워졌다. 에일라는 자신이 먹을 것을 덜어내고 물을 더 부어 히힝이가 먹을 죽을 만들었다. 그러고는 물이 스미지 않는 바구니에 담아 동굴 입구 반대편 벽에 마련된 망아지의 잠자리로 죽을 가져다주었다.

강변에서 지내는 며칠 동안 에일라는 망아지를 곁에 두고 잠을 잤지만 동굴에서는 따로 잠자리를 마련하기로 했다. 잘 마른 말의 배설물은 땔감으로 좋았지만, 털가죽에 묻는 배설물은 전혀 쓸모가 없었다. 망아지도 싫은 기색이었다. 지금이야 자신의 잠자리에서 말을 안고 잠들 수 있지만, 언젠가는 말이 너무 커져서 좁게 느껴질 날이 올 터였다.

"이 정도면 충분하겠다."

에일라가 말에게 손짓했다. 그녀는 이제 습관적으로 망아지에게 말을 걸었고, 망아지도 특정한 손짓이나 소리에는 반응을 보이기 시작했다.

"겨우내 이걸로 충분하면 좋을 텐데. 여기 겨울이 얼마나 길지 알 수 없으니 말이다."

겨울을 떠올리니 불안감이 찾아오며 기분마저 울적해졌다. 밖이 어둡지만 않으면 잠깐이라도 산책을 하고 올 텐데. 아니면 실컷 뜀박질이라도 하면 기분이 나아질 것을.

망아지가 바구니를 씹기 시작하자 에일라는 신선한 건초를 한 아름 가져다주었다.

"히힝아, 이걸 씹도록 해. 그릇을 먹으면 안 되지!"

에일라는 두드리거나 긁는 것으로 망아지에게 특별한 관심을 보여주었다. 그녀가 손길을 멈추면 망아지는 에일라의 손에 코를 비비며 관심이 더 필요하다는 듯 옆구리를 들이밀었다.

"무척 가려운가보구나."

에일라는 웃으며 다시 긁기 시작했다.

"잠깐, 좋은 생각이 있어."

그녀는 잡동사니를 모아 놓은 곳으로 가더니 말린 산토끼꽃 한 다발을 찾아냈다. 기다란 달걀 모양의 꽃을 말리면 가시들이 촘촘히 달려 있는 꽃대는 솔질을 하기에 좋았다. 줄기에서 꽃대를 툭 꺾어 히힝이의 옆구리를 부드럽게 쓸어주었다. 한 곳을 쓸어주다가 내친김에 텁수룩한 털을 모두 솔질해주자 망아지도 무척 기분이 좋은 눈치였다.

얼마 후 에일라는 히힝이의 목을 안고 따뜻한 온기를 느끼며 신선한 건초 위에 누웠다.

에일라는 깜짝 놀라 깨어났다. 그 자리에 못 박힌 채 눈만 크게 뜨고 있던 그녀는 불길한 예감에 휩싸였다. 뭔가 잘못됐어. 차가운 바람이 얼굴을 때리자 숨이 턱 막히는 것 같았다. 저 쿵쿵대는 소리는 뭐지? 그녀는 망아지의 숨소리와 심장 소리가 아니라 정말로 쿵쿵대는 소리를 들은 것인지 확신이 서지 않았다. 동굴 뒤쪽에서 난 소리인가? 동굴 안은 너무나 어두워서 아무것도 보이지 않았다.

너무 어두워. 저 소리야! 재만 남은 모닥불에서는 불꽃이 전혀 보이지 않았다. 에일라는 방향마저 제대로 파악할 수 없었다. 벽이 왜 여기에 있는 건지, 그리고 찬 바람은……. 소리가 또 났어! 쿵쿵대고 컹컹대는 소리야! 내가 히힝이 잠자리에서 뭘 하는 거지? 잠드는 바람에 모닥불에 나무를 얹어 놓는 걸 깜빡한 거야. 그래서 불이 꺼졌고. 계곡에 온 이후로 불을 꺼뜨린 적은 없었는데.

에일라는 몸서리를 쳤다. 그 순간 목 뒤의 털이 쭈뼛 서는 게 느껴졌다. 에일라는 자신에게 찾아오는 예감과 관련된 단어도, 손짓도, 개념도 몰랐다. 다만 느낄 뿐이었다. 등 근육이 팽팽하게 긴장됐다. 무슨 일이 일어나려는 거야. 불과 관련한 어떤 일이. 그녀는 숨을 쉬는 것만큼이나 분명하게 알아차렸다.

전에도 이런 느낌을 받은 적이 있었다. 씨족 모임을 주관한 씨족의 동굴 깊숙한 성소에 들어가 크렙과 목우르들을 지켜봤던 때 이후로 종종 그런 느낌을 받았다. 크렙은 그녀를 눈으로 봐서가 아니라 느꼈기 때문에 그녀의 존재를 알아차렸다. 에일라 또한 크렙을 기묘한 방식으로 자신의 두뇌에서 느꼈다. 그리고 그녀는 불가해한 것들을 목격했다. 그때 이후로 에일라는 그냥 뭔가를 알게 되는 경우가 있었다. 고개를 돌리지 않고도 브라우드가 자신을 노려보고 있다는 것을 알았다. 그의 마음속에 자리한 증오심도 알아봤다. 심지어 지진이 일어나기 전부터 죽음을 예상하고 동굴이 무너질 것을 직감했다.

하지만 이토록 강한 느낌은 처음이었다. 마음 깊은 곳에서 올라오는 불안과 두려움은 꺼진 불 때문만은 아니었다. 에일라는 그 불안이 자신과 관련된 것이 아님을 깨달았다. 그것은 자신이 사랑하는 누군가와 관련이 있었다.

그녀는 조용히 일어나 손으로 더듬으며 불을 붙일 수 있는 작은 불씨라도 남아 있기를 바라며 불가까지 다가갔다. 불은 차갑게 식어 있었다. 갑자기 소변을 보고 싶은 생각이 절실해졌다. 벽을 찾아 짚어 가며 입구로 향했다. 차가운 바람이 머리카락을 흩날리더니 다 탄 숯을 헤집으며 사방으로 재를 날려버렸다. 그녀는 몸서리를 쳤다.

동굴 밖으로 나온 순간, 강풍이 달려들었다. 에일라는 바람을 피해 몸을 숙이고는 벽을 꼭 붙잡은 채 튀어나온 바위 끝까지 걸어갔다. 쓰레기를 버리거나 용변을 보는 곳이었다.

하늘을 수놓던 별은 하나도 보이지 않았다. 구름이 뒤덮인 하늘에 뜬 달이 은은한 빛을 비추고 있어서 동굴 안보다는 덜 캄캄했다. 하지만 그녀의 신경을 곤두서게 한 것은 눈이 아니라 귀였다. 또 한 번 킁킁대는 소리와 함께 숨소리가 들리더니 뭔가가 슬금슬금 다가오는 게 보였다.

그녀는 줄팔매를 찾아 허리춤을 더듬었지만, 줄팔매는 없었다. 가지고 나오지 않았던 것이다. 침입자를 쫓아내는 불에 의존한 나머지 동굴 안에서는 경계를 풀게 되었다. 하지만 불은 꺼졌고, 어린 말은 포식자들에게 만만한 사냥감이었다.

그때 동굴 입구에서 컹컹대는 소란스러운 소리가 들렸다. 뒤이어 히힝이의 울음소리가 들렸는데, 두려운 기색이 역력했다. 망아지는 동굴 안에 있었고, 유일한 입구를 하이에나들이 에워싸고 있었다.

하이에나! 에일라는 하이에나를 떠올렸다. 웃음소리 같기도 한 컥컥대는 소리, 지저분해 보이는 점박이 가죽, 잘 발달한 어깨와 앞다리에서부터 작은 뒷다리까지 내려오는, 꼭 움츠린 듯한 인상을 주는 등까지 하이에나에게는 에일라를 거슬리게 하는 뭔가가 있었다. 무엇보다 하이에나에게 자기 아들이 끌려가는데, 무기력하게 내뱉던 오가의 비명이 잊히지 않았다. 그리고 이번에 녀석들은 히힝이를 노리고 있었다.

줄팔매를 가지고 있지 않았지만 그렇다고 가만히 있을 그녀가 아니었다. 누군가가 위험에 빠졌을 때 자신의 안전은 안중에도 없이 바로 행동에 들어갔던 때가 처음이 아니었다. 그녀는 주먹을 휘두르고 소리를 내지르며 동굴로 달려갔다.

"여기서 꺼져! 저리 가!"

동굴곰족의 말 중에서도 이것은 소리가 있는 표현이었다.

하이에나들은 황급히 뒤로 물러났다. 짐승을 쫓아내겠다는 에일라의 서슬에 기가 죽기도 했지만, 불은 꺼졌어도 여전히 공기 중에 연기 냄새가 감돌았다. 에일라의 체취도 짐승들에게 아주 낯설지만은 않았다. 마지막으로 그 체취를 맡았던 때, 어디선가 돌들이 세게 날아온 기억도 있었다.

에일라는 동굴로 들어가 어둠 속을 더듬으며 줄팔매를 찾았다. 어디에 두었는지 기억을 못 하는 자신이 그토록 한심할 수가 없었다. 다시는 이런 일이 없도록 하겠어. 그녀는 다짐했다. 줄팔매는 보관하는 장소를 따로 마련해야지.

그녀는 줄팔매 대신 눈에 들어온 요리할 때 쓰는 돌들을 모았다. 겁 없는 하이에나 한 마리가 대열에서 벗어나 동굴 입구에 그림자를 드러낸 순간, 녀석은 줄팔매가 없어도 에일라의 겨냥은 정확하며, 돌에 맞으면 얼얼하다는 것을 알게 되었다. 몇 번 더 동굴로 들어오려는 시도를 하던 하이에나들은 어린 말이 그렇게 쉬운 사냥감이 아님을 깨달았다.

에일라는 어둠 속에서 손으로 더듬으며 돌을 더 모으다가 시간의 흐름을 표시하는 막대기 하나를 찾았다. 에일라는 필요할 경우 막대기 하나로 망아지를 지켜낼 각오로 남은 밤은 계속 히힝이 곁에 있겠다고 작정했다.

잠과 싸우는 것이 무엇보다 어려웠다. 여명이 밝아오기 바로 직전, 에일라는 깜박 잠이 들었다. 하지만 첫 아침 햇살이 비출 무렵, 에일라는 손에 줄팔매를 들고 동굴 앞 너른 암붕 위에 서 있었다. 하이에나는 보이지 않았다. 그녀는 동굴로 들어가 털가죽 두르개와 발싸개를 했다. 기온이 뚝 떨어져 있었다. 밤사이 바람이 방향을 바꿨다. 북동쪽에서 불어온 바람은 좁고 기다란 계곡을 휩쓸듯 지나다가 튀어나온 절벽과 강이 돌아 나가는 굽이에서 부딪혀 에일라의 동굴로 급작스럽게 불어닥쳤다.

에일라는 물 부대를 들고 가파른 길을 달리듯 내려가 물가에 낀 살얼음을 깼다. 공기 중에는 뜻밖에도 눈 냄새가 감돌았다. 투명한 얼음장 사이로 차가운 물을 퍼 올리며 어제만 해도 따뜻했던 날씨가 어떻게 하루 만에 이토록 차갑게 변했는지 의아했다. 날씨는 순식간에 바뀌었다. 에일라는 반복되는 일상에 너무 젖어 있었다. 날씨의 변화만으로도 그녀는 일상에 안주할 여유가 없다는 것을 깨달았다.

모닥불에 나무를 얹지 않고 잠든 것을 이자가 알면 무척 나무랐을 텐데. 불을 또 새로 피워야 하잖아. 바람이 동굴 안까지 들이닥칠지 몰랐어. 항상 북쪽에서 불어왔으니까. 바람 때문에 불이 더 쉽게 꺼졌는지도 몰라. 재를 잘 덮어놓았어야 했어. 하지만 바짝 마른 유목은 너무 잘 타서 불이 오래가지 않아. 아무래도 나무를 새로 해 와야겠어. 생가지는 불이 잘 안 붙긴 해도 천천히 타니까. 바람막이를 세우려면 말뚝으로 쓸 나무도 잘라 와야겠어. 눈이 내리면 땔감 구하기가 어려울 테니 더 모아 오고. 새로 불을 피우기 전에 주먹도끼를 가져가서 나무 먼저 해 와야지. 바람막이를 세우기 전에 바람이 불을 또 꺼뜨리면 안 되니까.

에일라는 동굴로 돌아오는 길에 유목도 몇 개 주웠다. 히힝이는 동굴 앞 너른 암붕까지 나와 반갑다며 히힝 하고 소리를 내며 애정 어린 손길을 원하는 듯 머리를 부드럽게 들이밀었다. 에일라는 미소만 지어주고 서둘러 동굴로 들어갔다. 히힝이는 그 뒤를 바짝 따르며 에일라의 손 아래에 코를 갖다 대려고 했다.

알았어, 히힝아. 에일라는 나무와 물을 내려놓고 생각을 하더니 잠시 망아지의 등을 토닥이고 긁어준 다음, 바구니에 곡물을 담았다. 그녀는 차가워진 토끼 고기를 조금 먹고 나서 따뜻한 차 생각이 간절했지만 차가운 물을 마셨다. 동굴 안은 추웠다. 손을 따뜻하게 하려고 손에 입김을 호호 불고 나서 겨드랑이에 잠시 끼었다가 잠자리 가까이에 놓아둔 도구 바구니를 들고 밖으로 나왔다.

에일라는 계곡에 도착한 지 얼마 안 되어 새 도구를 만들고 몇 개 더 만들 작정이었지만 늘 그보다 급한 일들이 있어 미루어 왔던 차였다. 그녀는 예전부터 가지고 다니던 주먹도끼를 더 밝은 빛에서 살펴보려고 가지고 나왔다. 제대로 다룰 줄만 알면 주먹도끼는 자동적으로 날카로워졌다. 계속 사용하다 보면 작은 흠집이 생기기도 했지만 날은 항상 날카롭게 벼려지기 마련이었다. 하지만 잘못 사용하면 박편이 떨어져 나가거나 조각조각 부서지기도 했다.

에일라는 발굽 소리에 너무 익숙해진 탓에 히힝이가 다가오는 것을 듣지 못했다. 망아지는 코를 에일라의 손 안으로 들이밀었다.

"아, 히힝아!"

그녀가 소리쳤다. 부서지기 쉬운 부싯돌로 만든 주먹도끼가 단단한 바닥으로 떨어지며 몇 조각으로 깨지고 말았다.

"하나밖에 없는 주먹도끼인데. 나무를 자르려면 꼭 필요하단 말이야."

뭐가 잘못된 건지 모르겠어. 그녀는 생각에 잠겼다. 날이 추워지자 불이 꺼지고, 불이 꺼진 줄도 몰랐을 텐데, 하이에나들이 달려들어 너를 해치려 했고. 게다가 이제는 주먹도끼까지 부서졌구나. 그녀는 연달아 찾아온 불운이 좋은 징조가 아닌 것 같아 걱정이 되었다. 당장 주먹도끼부터 만들어야겠어.

그녀는 조각난 주먹도끼를 주워 차갑게 식은 불가 가까이에 놓아두었다. 그 조각들도 언젠가 쓰일 용도가 있을 터였다. 잠자리 뒤편 움푹 들어간 바닥에서 비단털쥐 가죽으로 감싸 끈으로 묶어놓은 꾸러미를 들고 강변으로 내려왔다.

히힝이가 따라와 머리를 들이밀었지만 에일라가 쓰다듬어주지 않고 밀어내자 더 이상 에일라를 귀찮게 하지 않고 계곡의 절벽 주위를 돌아다니기 시작했다.

에일라는 조심스레, 경건하기까지 한 몸짓으로 꾸러미를 풀었다. 그러한 태도는 일찍이 동굴곰족의 뛰어난 석공 드루그에게서 익힌 것이었다. 꾸러미 안에는 여러 종류의 도구들이 가지런히 놓여 있었다. 그녀가 처음 집어 든 것은 타원 모양의 돌이었다. 처음 부싯돌로 도구를 만들기 시작했을 때, 에일라는 손에 꼭 맞는 느낌과 부싯돌을 치기에 적당한 탄력을 지닌 돌망치를 찾으려고 발품을 팔았다. 석기를 만드는 도구는 모두 다 중요했지만 그중에서도 돌망치가 가장 중요했다. 돌망치는 부싯돌을 타격하는 첫 번째 도구였다.

에일라의 돌망치에는 흠집이 몇 개 없었지만 드루그의 돌망치는 오랜 세월 사용해 여기저기 닳고 흠집이 많았다. 하지만 누구도 드루그에게 그 돌망치를 그만 사용하라고 설득할 수 없었다. 누구나 부싯돌로 대충 도구를 만들 수 있었지만 진정 훌륭한 석기들은 도구를 잘 관리하고 돌망치의 정령을 기쁘게 하는 방법을 아는 뛰어난 장인의 손길에서 만들어졌다. 에일라는 처음으로 돌망치의 정령을 걱정했다. 이제 그녀는 스스로 도구를 만들어 써야 했기 때문에 돌망치는 어느 때보다 더욱 중요해졌다. 돌망치가 부러지는 불운을 피하려면 돌의 정령이 새로운 돌에 깃들도록 달래는 의식을 반드시 치러야 했지만 에일라는 의식의 절차를 알지 못했다.

그녀는 돌망치를 옆에 치워두고 마지막으로 사용했을 때의 흔적이 남아 있는 초식동물의 단단한 다리뼈를 살폈다. 그 뼈 망치를 점검한 후에는 절벽 아래 뼈 무더기에서 찾아낸 커다란 고양잇과 동물의 턱뼈에서 빠진 송곳니로 만든 다듬개를 살폈고, 그다음 다른 뼈와 돌로 만든 도구들을 점검했다.

에일라는 드루그를 지켜본 뒤 스스로 연습하면서 부싯돌을 타격해 격지를 떼어내는 법을 배웠다. 드루그는 에일라에게 석기 만드는 과정을 거리낌 없이 보여주었다. 에일라는 주의를 기울여 보았고 드루그도 그런 노력을 인정했지만, 석공의 견습생은 아니었다. 여자를 견습생으로 삼는 것은 생각해볼 가치도 없는 일이었다. 여자들이 만들 수 있는 도구의 범위도 한정되어 있었다. 그들은 사냥에 쓰이거나 무기를 만드는 데 사용되는 도구를 만들 수 없었다. 하지만 에일라는 여자들이 쓰는 도구가 남자들 것과 크게 다르지 않다는 것을 알게 되었다. 칼은 칼일 뿐이었다. 뒤지개든 창이든 끝을 날카롭게 하기 위해서는 홈날격지를 사용했다.

에일라는 도구들을 살피고 나서 부싯돌 덩어리를 들었다가 다시 내려놓았다. 본격적으로 부싯돌을 깨서 도구를 만들려면, 작업을 할 때 돌의 받침대로 사용할 모루가 필요했다. 드루그는 주먹도끼를 만들 때 모루가 필요 없었다. 더 발달된 도구를 만들 때만 모루를 사용했다. 에일라도 평소 대강 도구를 만들 때는 모루 없이 했지만, 묵직한 부싯돌을 받쳐줄 모루가 있다면 다루기가 더 수월할 것 같았다. 모루는 견고하면서 표면이 평평해야 했다. 하지만 모루가 너무 단단하면 한 번의 타격에도 부싯돌이 부서질 수 있었다. 드루그는 매머드의 다리뼈를 모루로 사용했다. 에일라는 뼈 무더기에서 매머드의 뼈가 있는지 찾아보기로 했다.

뼈와 나무와 돌들이 뒤죽박죽 뒤섞인 무더기 위를 올랐다. 매머드의 상아가 있으니 다리뼈도 있을 터였다. 에일라는 긴 나뭇가지를 지레로 사용해 무거운 것들을 들어 올리기로 했다. 커다란 돌을 들어 올리다가 나뭇가지가 툭 부러졌지만 훨씬 단단해 보이는 어린 매머드의 작은 상아색 엄니를 찾아냈다. 그리고 마침내 절벽과 가장 가까이 있는 무더기에서 찾고 있던 게 눈에 띄어 끄집어냈다.

다리뼈를 작업장까지 끌고 오던 에일라의 눈에 반짝거리는 회색빛이 도는 황색 돌이 들어왔다. 햇빛이 닿은 면은 번쩍였다. 멈춰 서서 황철광 조각을 집어 들었을 때야 비로소 그 돌이 왜 어디선가 본 듯했는지 떠올랐다.

내 부적. 에일라는 목에 걸고 있는 작은 가죽 주머니를 만지작거리며 생각했다. 내 동굴사자 토템이 두르크가 살게 될 거라는 징조로 보내준 돌이야. 그 순간 강변 여기저기에 흩어진 햇빛에 반짝이는 돌들이 보였다. 전에는 무심코 지나쳐서 몰랐던 것

뿐이었다. 그러고 보니 구름도 개고 있었다. 내가 이 돌을 찾았을 때는 딱 하나밖에 없었는데, 여기에는 이렇게 널려 있어. 특별할 게 없는 돌이었어.

그녀는 돌을 던져 놓고 매머드 다리뼈를 끌고 작업하던 강가에 앉은 다음, 다리 사이에 끌어다 놓았다. 비단털쥐 가죽으로 무릎을 덮은 그녀는 다시 부싯돌을 집어 들었다. 어디에 먼저 타격을 가할지 결정하기 위해 부싯돌을 이리저리 돌려봤지만 마음이 들뜨고 집중이 되지 않았다. 뭔가가 불편했다. 차갑고 딱딱하고 두툴두툴한 돌에 앉아 있어서 그럴지 몰랐다. 그녀는 깔개를 가져오기 위해 동굴로 달려갔다. 동굴에 간 김에 불을 피우는 막대기와 나무판, 부싯깃을 가지고 왔다. 불을 피우면 기분이 좋아질 거야. 아침나절인데도 여전히 추워.

깔개 위에 앉은 에일라는 손이 닿는 곳에 도구를 만드는 연장들을 놓고서 다리 사이에 모루로 쓸 다리뼈를 넣고, 무릎 위를 가죽으로 덮었다. 백악질의 회색 돌을 집어 모루 위에 놓은 에일라는 돌망치를 들어 손에 딱 들어온다는 느낌이 들 때까지 몇 번이고 바꿔 잡더니 다시 내려놓았다. 내가 왜 이러지? 왜 이렇게 불안하지? 드루그는 작업을 시작하기 전에 늘 토템에게 도움을 청했어. 나도 그래야 할 것 같아.

그녀는 손으로 부적을 꼭 움켜쥐고 눈을 감고서 마음을 가다듬기 위해 천천히 심호흡을 했다. 구체적으로 어떤 청을 한 것은 아니었다. 그저 온 마음을 다해 동굴사자의 정령에게 닿고자 노력했다. 그녀를 보호하는 정령은 그녀의 일부이며, 늘 그녀의 내면에 있다고 노주술사는 말했었고, 에일라는 그의 말을 믿었다.

그녀를 선택한 위대한 동굴사자의 정령에 닿으려는 노력만으로도 마음을 달래는 효과가 있었다. 그녀는 마음이 편안해진 것을 느끼며 눈을 뜨고서 긴장을 풀기 위해 손가락을 몇 번 움직여본 뒤 다시 돌망치를 집어 들었다.

첫 번째 타격에 백악질의 외피가 떨어져 나갔다. 에일라는 외피가 떨어져 나간 부싯돌을 들고 면밀히 살폈다. 어두운 회색빛으로 색깔은 좋았지만 입자가 아주 고운 것은 아니었다. 하지만 불순물이 없어서 주먹도끼로 알맞았다. 부싯돌을 주먹도끼 모양으로 다듬어나가자 다른 용도로 사용할 수 있는 얇은 격지들이 떼어져 나왔다. 돌망치로 내려친 격지 끝은 뭉툭했지만 반대쪽 끝으로 갈수록 가늘어지며 날카로워졌다. 격지가 떨어져 나가면서 부싯돌 석핵에는 물결 모양의 깊게 파인 자국이 남았고, 격지들에도 물결 모양이 나 있었지만 질긴 가죽이나 고기를 자르거나 풀을 벨 때 유용할 듯했다.

대강 원하는 모양이 나오자, 에일라는 돌망치 대신 뼈 망치를 들었다. 뼈 망치는 돌망치보다 더 부드럽고 탄력이 있어 날에 굴곡이 생길 수는 있어도 가늘고 날카로운 날을 부서뜨릴 염려는 없었다. 뼈 망치로 타격을 가할 때마다 뭉툭한 부분은 더 평평해지고 물결자국도 덜 생기면서 더 길고 가는 격지가 떨어져 나왔다. 준비에 들인 시간에 비하면 실제 만드는 데는 오래 걸리지 않았다.

전체적으로 둥그스름하고 뭉툭하지만 끝은 뾰족한, 대략 10센티미터 길이의 주먹도끼가 완성되었다. 주먹도끼에는 단단하지만 얇고 가느다란 단면이 있어 끝에서부터 경사면까지 곧고 날카로웠다. 손으로 둥그런 아랫부분을 쥐고 사용하는 이 도구는 도끼처럼 나무를 자르거나 자귀처럼 나무를 파내어 그릇을 만들 수 있었다. 이 주먹도끼만 있으면 매머드의 상아도 자르고 짐승을 도살할 때 뼈를 자르는 등, 두루두루 쓸모가 많았다.

한결 긴장이 풀린 에일라는 더 발달되고 어려운 기술을 사용하는 도구를 만들 마음의 준비가 되었다. 다시 돌망치를 들고 다른 부싯돌 덩어리를 내리치자 외피가 떨어져 나갔다. 하지만 그 돌에는 결함이 있었다. 백악질의 외피가 진한 회색의 내피는 물론 석핵까지 이어져 있었다. 불순물이 있으면 도구로 만들기에 적합하지 않았다. 작업의 흐름이 깨지자 집중력이 흩어지는 것을 느꼈고, 다시 신경이 곤두섰다. 에일라는 돌망치를 돌투성이 강변에 내려놓았다.

또다시 불운이라니 나쁜 징조야. 그녀는 믿고 싶지 않았고, 그대로 포기하고 싶지 않았다. 에일라는 그 부싯돌로도 쓸 만한 날을 만들 수 있지 않을까 싶어 들여다보고는 돌망치를 들었다. 격지 하나가 떨어져 나왔지만 손질을 할 필요가 있어 돌망치를 내려놓고 돌로 만든 다듬개에 손을 뻗었다. 하지만 도구들을 힐끗 본 뒤에 에일라는 줄곧 부싯돌에 눈을 고정했다. 그리고 강변에서 집어 든 돌 하나가 그녀의 삶을 뒤바꿔놓을 사건의 발단이 되었다.

모든 발명이 필요에 의해 이뤄진 것은 아니었다. 뜻밖의 우연한 발견일 때도 많았다. 새로운 발명으로 이어지는 요령이라면 그것을 제대로 인식하느냐에 달려 있었다. 모든 요소들은 그대로 있지만 우연히 그 요소들이 정확하게 맞아떨어지는 일이었다. 따라서 우연이야말로 중요한 요소였다. 어느 누구도, 특히 외로운 계곡에 돌투성이 강변에 앉아 있는 젊은 여인이라면 더더욱 의도적으로 그런 실험을 해볼 생각은 꿈에도 꾸지 못했다.

에일라가 돌 다듬개를 집으려고 손을 뻗었을 때, 그녀의 손에 들어온 것은 가까이 있던 비슷한 크기의 황철광이었다. 외피가 떨어져 나간 부싯돌을 여기저기 흠이 많이 난 황철광으로 내리쳤을 때, 무슨 우연인지 가까이에는 동굴에서 가져온 마른 부싯깃이 있었다. 두 돌이 맞부딪치자 불꽃이 튀었고, 우연히도 부싯깃을 가져온 식물의 보슬보슬한 솜털에 불똥이 떨어졌다. 가장 중요한 것은, 바로 그때 에일라가 우연히도 불똥이 날아가는 쪽을 보았고, 부싯깃에 내려앉았을 때 한순간 연기가 피어오르다가 꺼진 것을 놓치지 않았던 것이었다.

그것은 우연한 발견이었다. 에일라는 그 장면을 인지했을 뿐 아니라 발명에 필요한 다른 요소들도 갖추고 있었다. 그녀는 불을 피우는 과정을 이해했고, 불이 필요했으며, 새로운 것을 시도

하는 데 두려움이 없었다. 에일라는 자신이 목격한 것을 파악하고 숙고하는 데 약간의 시간이 필요했다. 처음 연기를 봤을 때 에일라는 당황했다. 한참 생각을 하고 나서야 연기와 불꽃이 서로 관련이 있을 거라고 짐작했다. 하지만 불꽃이 어디에서 생겨났는지는 여전히 갈피를 잡을 수 없었다. 그때 에일라는 자신의 손에 들린 돌을 보았다.

이건 다른 돌이잖아! 그녀가 손에 쥐고 있던 것은 돌 다듬개가 아니라 강변에 널려 있는 빛나는 황철광이었다. 하지만 그것도 돌이었고, 돌은 불에 타지 않는다. 하지만 뭔가가 불꽃을 일으켜서 부싯깃에 연기가 났어. 잘못 봤나?

에일라는 둥글게 뭉쳐놓은 부싯깃을 집어 들었다. 착각했다고 믿으려는 순간, 손가락에 그을음이 묻었다. 그녀는 다시 황철광을 집어 들고는 자세히 살폈다. 돌에서 불꽃이 일어난 걸까? 뭘 어찌 했었지? 부싯돌 격지. 에일라는 황철광으로 부싯돌을 내리쳤다. 바보스럽다는 생각이 들면서도 다시 한 번 두 개의 돌을 맞부딪쳤다. 아무 일도 없었다.

뭘 기대한 거야? 그녀는 생각했다. 그래도 다시 한 번 더 세게 내리치자 불꽃이 튀었다. 갑자기 미약하나마 머릿속에 자리 잡고 있던 이상한 생각이 활짝 피어나기 시작했다. 이상하지만 흥분되는 생각, 조금은 무섭기도 한 생각이었다.

에일라는 매머드 다리뼈 위에 가죽 덮개를 깔고 그 위에 조심스레 돌 두 개를 올려놓은 다음, 불을 피우는 재료들을 다 가져왔다. 준비가 끝나자 돌 두 개를 부싯깃 가까이에 대고 세게 맞부딪쳤다. 불꽃이 튀었지만 차가운 돌에 떨어져 바로 꺼졌다. 각도를 바꿔 다시 시도했지만 이번에는 힘이 부족했다. 그녀가 더 힘껏 돌을 치자 불꽃이 곧장 부싯깃 가운데로 떨어져 몇 가닥이 검게 그을리더니 꺼졌다. 하지만 연기가 났다는 것만으로도 에일라는 고무되었다. 다시 돌을 쳤을 때, 바람이 불자 연기가 나던 부싯깃에서 순간 불이 확 일더니 꺼졌다.

그렇구나! 부싯깃을 불어야 돼! 에일라는 부싯깃을 불기 쉽게 자세를 고쳐 앉고 다시 불꽃을 일으켰다. 밝고 오래가는 강한 불꽃이 부싯깃에 내려앉았다. 연기가 피어오르는 부싯깃을 불자 불길이 일어났고, 가까이에 있던 에일라는 열기를 느꼈다. 나무 부스러기와 조각들을 집어넣자 어느새 눈앞에는 불이 타오르고 있었다.

불을 피우는 것은 우스울 정도로 쉬웠다. 어찌나 쉬운지 믿을 수 없을 정도였다. 에일라는 다시 한 번 확인해야 할 것 같았다. 부싯깃과 나무 부스러기, 불쏘시개를 더 가져와 두 번째, 세 번째, 네 번째 불을 연속으로 피웠다. 두려움과 경외감, 발견의 기쁨이 뒤섞인 흥분을 느꼈지만 무엇보다 순수하게 경이로움에 사로잡혔다. 에일라는 뒤로 물러나 네 개의 불을 바라봤다. 모두가 부싯돌로 일으킨 불이었다.

절벽 주변을 서성이던 히힝이가 연기 냄새에 이끌려 강변으로 돌아왔다. 한때 무서워하던 불은 이제 안전한 곳의 냄새였다.

"히힝아!"

에일라가 망아지에게 뛰어가며 소리쳤다. 비록 짐승일지라도 누군가에게 새로운 발견에 대해 이야기하지 않을 수 없었다. 에일라는 손짓으로 "저걸 봐" 하고 말했다.

"저 불들 좀 봐! 돌로 피운 거야, 히힝아. 돌로!"

구름 사이로 햇살이 비집고 나오자 갑자기 강변 전체가 반짝였다.

평범한 돌인 줄 알았는데, 내가 틀렸어. 진작 깨달아야 했는데. 내 토템이 내게 보내준 돌이니까. 저것들 좀 봐. 이제야 알겠어. 저 돌 안에 불이 살고 있다는 것을. 그녀는 생각에 잠겼다. 하지만 왜 내게? 왜 내게 보여준 걸까? 전에는 두르크가 살게 될 거라는 징조로 동굴사자가 보내준 것인데. 지금은 무슨 말을 하려는 걸까?

에일라는 타오르는 네 개의 불 한가운데 서서, 동굴 안에서 불이 꺼진 후에 느꼈던 이상한 예감을 떠올리며 몸서리쳤다. 그리고 안도감이 밀려드는 것을 느끼며 자신이 걱정에 사로잡혀 있었다는 것을 그제야 깨달았다.

8

"여보시오! 여기요!"

존달라는 강가로 달리며 소리치고 손을 흔들었다.

안도감이 밀려왔다. 거의 포기하려던 순간에 사람의 목소리를 들으니 새로운 희망이 솟아올랐다. 그 사람들이 우호적이지 않을지도 모른다는 생각은 들지 않았다. 도움이 전혀 없는 것보다는 훨씬 나았다. 게다가 인정 없는 사람들로 보이지 않았다.

존달라에게 큰 소리로 외친 남자가 둘둘 감겨 있는 밧줄을 들더니 한쪽 끝을 거대한 물새에 묶었다. 존달라는 이제야 그것이 살아 있는 새가 아니라 손으로 새긴 일종의 조각상이라는 것을 알게 되었다. 남자가 존달라에게 밧줄을 던졌다. 밧줄을 놓친 존달라는 물속으로 첨벙첨벙 들어갔다. 또 다른 밧줄을 끌어 내린 몇몇 사람들이 배에서 뛰어내려 허벅지까지 차오르는 물살을 헤치고 걸어왔다. 그들 중 하나는 존달라의 표정을 보더니 입가에 웃음을 지었다. 존달라는 희망과 안도감, 그리고 자기 손에 들린 밧줄을 어쩌라는 것인지 당혹감이 뒤섞인 표정을 지었다. 존달라에게서 굵은 밧줄을 건네받은 남자는 배에 연결된 그 밧줄을 더 가까이 잡아당긴 다음, 다른 끝을 기슭에 있는 나무에 묶었다. 그러고는 강에 반쯤 잠긴 채 쓰러져 있는 커다란 나무의 부러진 가지 끝에 팽팽하게 묶어놓은 다른 밧줄도 확인했다.

또 다른 남자는 강기슭으로 올라오더니 쓰러진 나무 위에서 몇 번 뛰어보면서 안전한지 점검했다. 그가 낯선 말로 몇 마디를 하자 사다리처럼 생긴 판자가 배와 통나무 사이에 다리처럼 걸쳐졌다. 남자는 다시 배로 돌아가더니 어떤 여인이 누군가를 도와 판자를 건너는 것을 거들었다. 하지만 여인의 도움을 받고 있는 사람은 도움이 필요해서라기보다는 그냥 도와주겠다니까 내버려 두는 것처럼 보였다.

틀림없이 큰 존경을 받는 것으로 보이는 그 사람은 침착하면서도 대단한 위엄이 느껴졌다. 하지만 그에게서 뭐라 딱 꼬집어 말하기 어려운 모호한 분위기를 느낀 존달라는 자신도 모르게 그를 뚫어져라 바라보았다. 목 뒤로 묶은 긴 하얀 머리가 바람에 휘날렸다. 깨끗하게 수염을 깎은—아니면 원래 수염이 없는—얼굴의 주름이 세월의 흔적을 보여주었지만 안색은 환하게 빛났다. 턱선하며 뾰족한 턱 끝은 강인해 보였는데, 그 사람의 기질인가 싶었다.

존달라는 누군가가 자신에게 손짓하는 것을 보고 그제야 자신이 차가운 물속에 서 있다는 것을 깨달았다. 하지만 가까이서 살펴보아도 수수께끼는 풀리지 않았다. 그에게는 뭔가 중요한 게 빠져 있다는 느낌만 들 뿐이었다. 존달라는 다시 멈춰 서서 자비로우면서도 의문의 미소를 띤 얼굴을 들여다보았다. 꿰뚫어보는 듯한 그의 눈은 회색인지 엷은 갈색인지 딱 잘라 말하기 어려웠다. 바로 그 순간 놀랍게도 존달라는 앞에서 차분하게 기다리고 있는 수수께끼 같은 이의 정체를 깨달았다.

키는 그 사람의 정체를 파악하는 데 전혀 도움이 되지 않았다. 여자치고는 다소 컸고, 남자치고는 다소 작았다. 별다른 모양을 내지 않은 풍성한 옷 때문에 신체적인 특징은 드러나지 않았다. 걸음걸이 역시 애매했다. 그를 보면서 모호하다는 느낌이 들면 들수록, 존달라는 궁금증이 풀린 듯 후련해졌다. 그는 그런 유의 사람을 알고 있었다. 남자의 성을 갖고 태어났지만 다른 성의 기질을 보이는 사람이었다. 그들은 남자도 여자도 아니었다. 아니, 두 가지 성의 특징을 다 가지고 있었다. 그들은 주로 어머니 신을 모시는 자로 살아갔다. 남녀의 기질을 모두 물려받은 능력 덕분에 그들에게는 치유자로서 특별한 재주가 있다고들 했다.

존달라는 자신이 태어난 곳에서 멀리 떨어진 곳까지 와 있었고, 이 사람들의 관습은 전혀 몰랐다. 하지만 그가 치유자라는 것에는 의심의 여지가 없었다. 어쩌면 어머니 신을 모시는 사람일 수도 있었다. 하지만 존달라에게 그것은 관심 밖의 일이었다. 소놀란에게는 치유자가 필요한데, 치유자가 왔다는 게 중요했다.

한데 이 사람들은 우리에게 치유자가 필요하다는 것을 어떻게 알았을까? 어떻게 알고 여기까지 온 것일까?

존달라는 모닥불에 나무 하나를 더 던져놓고 불꽃이 튀며 밤하늘로 솟아오르는 연기를 눈으로 좇았다. 그는 맨살이 드러난 등을 침낭 속에 파묻은 채 바위에 기대앉아 하늘 위로 올라가는 불꽃들을 물끄러미 바라봤다. 그때 어떤 형체가 다가오더니 별들이 촘촘히 박힌 하늘을 가렸다. 끝없는 하늘을 초점 없이 바라보던 눈이 김이 피어오르는 차를 들고 서 있는 젊은 여인을 알아보는 데는 잠시 시간이 걸렸다.

벌떡 일어나는 바람에 침낭이 허벅지까지 내려오자 존달라는 얼른 침낭을 움켜쥐었다. 당장에라도 불가에서 말라가고 있는 바지와 신발을 가져오고 싶은 눈빛이었다. 여인이 활짝 웃었다. 환한 미소만으로 여인은 다소 진지하고 수줍은 분위기의 예쁘장한 젊은 처녀에서 눈이 번쩍 뜨이는 미녀로 바뀌었다. 그는 이토록 놀라운 변화를 목격한 적이 없었다. 여인에게 매료된 존달라의 입가에 자동적으로 미소가 떠올랐다. 하지만 그녀는 낯선 남자가 민망하지 않도록 장난기 가득한 웃음을 참으려고 애쓰며 고개를 숙였다. 고개를 든 그녀의 눈에는 반짝이는 웃음기만이 남아 있었다.

"미소가 아름답군요."

여인이 찻잔을 건네자 존달라가 말했다. 그녀는 고개를 저으며 뭔가를 말했다. 그의 말을 이해하지 못했다고 말하는 것 같았다.

"제 말을 이해하지 못하겠죠. 하지만 그래도 당신들이 여기에 와주어서 얼마나 고마운지 꼭 전하고 싶어요."

여인은 그를 유심히 바라보았다. 그녀 또한 그와 말이 통하기를 바라는 눈치였다. 존달라는 말을 멈추면 여인이 떠날까봐 계속해서 말을 이었다.

"당신과 말을 하고, 당신이 여기에 있어주는 것만으로도 한결 기분이 좋아지네요."

존달라는 차를 한 모금 마셨다.

"맛이 좋아요. 무슨 차죠? 카밀레 맛이 나는 것 같군요."

그는 찻잔을 들고 물어보고서 고맙다는 듯이 고개를 끄덕였다. 그녀도 알겠다는 듯 고개를 끄덕이더니 불가 가까이에 앉아 이해할 수 없는 말로 뭔가를 말했다. 하지만 그녀의 목소리는 유쾌했고, 그가 옆에 있어주길 바란다는 걸 아는 듯했다.

"고맙다는 말을 전할 수 있다면 좋겠어요. 당신들이 오지 않았다면 나 혼자 어찌했을지 모르겠네요."

그간의 걱정과 근심에 얼굴을 찌푸리자 그녀는 이해한다는 듯 미소를 지었다.

"우리가 이곳에 있는 걸 어떻게 알고 왔는지 정말 궁금하군요. 젤란도니, 그러니까 당신네 부족은 치유자를 어떻게 부르는지 모르겠지만, 하여튼 어떻게 알고 와주었는지 알고 싶어요."

그녀가 가까이에 설치된 천막을 향해 손짓하며 그의 말에 대답했다. 안에 불을 피워놓은 천막에서 환한 빛이 새어 나오고 있었다. 그는 이해하지 못해 안타까워하며 고개를 저었다. 여자는 그의 말을 이해한 것 같았다. 존달라는 여자의 말을 이해하지 못했다.

"그렇게 중요한 문제는 아니지요. 하지만 내가 소놀란 곁에 있어도 된다고 치유자가 허락해주면 좋겠어요. 말을 하지 않아도 알겠지만 내 동생은 그간 아무런 도움도 받지 못했거든요. 치유자의 능력을 의심하는 건 아니에요. 그저 동생 곁에 있고 싶어서 그래요."

그가 어찌나 간절하게 여인을 바라보던지 그녀는 존달라의 마음을 달래기 위해 그의 팔에 손을 얹었다. 존달라는 웃으려고 했으나 표정에는 근심이 어렸다. 그때 천막의 덮개가 젖혀지며 나이 든 여자가 나왔다. 존달라는 그 여자를 향해 시선을 돌렸다.

"제타미오!"

그녀가 부르더니 몇 마디 말을 덧붙였다.

젊은 여인이 벌떡 일어났지만 존달라가 여자의 손을 잡아 붙들었다.

"제타미오?"

그는 여인을 가리키며 물었다. 그녀가 고개를 끄덕였다. 그는 자기 가슴을 두드리며 "존달라"라고 말했다.

그녀가 천천히 그의 이름을 따라했다. 그러더니 천막을 보고 나서 자신의 가슴을 두드리고 존달라를 가리키더니 천막을 향해 손을 뻗었다.

"소놀란, 내 동생 이름은 소놀란이에요."

존달라가 말하자 그녀는 따라 말하더니 서둘러 천막을 향해 갔다. 존달라는 여자가 살짝 다리를 절고 있다는 것을 알아차렸지만 그렇다고 그녀의 매력이 반감되는 것은 아니었다.

바지가 여전히 눅눅했지만 존달라는 바지를 가져다 입고는 허리끈을 묶거나 신을 신지도 않은 채 나무가 우거진 숲으로 쏜살같이 달려갔다. 눈을 뜬 이후로 줄곧 요의를 참고 있던 터였다. 여분의 옷가지는 배낭 속에 있었는데, 하필이면 배낭은 치유자가 소놀란을 치료하고 있는 커다란 천막 뒤에 있었다. 짧은 상의만 걸친 채 유유히 덤불 뒤로 걸어갈까도 생각해봤지만 전날 밤 제타미오가 웃음을 터뜨린 것을 떠올리니 망설여졌다. 그는 자신을 돕고 있는 이 부족 사람들의 관습이나 금기를 깨고 싶지 않을뿐더러 야영지에 여자가 둘이나 있는 것도 의식되었다.

그는 처음에는 침낭을 둘둘 만 채로 일어나 걸어갈까도 생각했었다. 한데 한참을 망설이다 보니 더 이상 참을 수 없는 지경에 이르러 창피함도 잊고 달려 나가려는데 말랐든 젖었든 그냥 바지를 입자는 생각이 들었다. 아니나 다를까, 뒤이어 제타미오의 웃음소리가 들려왔다.

"제타미오, 저 남자를 보고 웃지 마라. 예의에 어긋나게."

나이 든 여자가 말했다. 하지만 정작 본인도 애써 웃음을 참느라 엄한 훈계의 표정은 짓지 못했다.

"오, 로샤리오, 일부러 그런 건 아니에요. 어쩔 수가 없었어요. 침낭을 말고 걸으려던 걸 보셨어요?"

그녀는 다시 키득대다가 어떻게든 참아보려고 애를 썼다.

"그냥 일어나면 될 것을 왜 저러는 걸까요?"

"관습이 다른 거겠지, 제타미오. 워낙 먼 곳에서 온 것 같더구나. 저렇게 생긴 옷은 처음 본다. 그가 쓰는 말도 전혀 모르겠고. 대다수 여행자들은 그래도 비슷한 말을 썼는데 말이다. 저 남자가 쓰는 말은 따라서 소리내기도 힘들 것 같다."

"분명 그런 듯싶어요. 맨살을 드러내는 게 불편한가봐요. 제가 허벅지를 조금 봤다고 얼굴이 빨개지던 저 남자를 보셨어야 했는데. 그런데 우리를 보고 저렇게 기뻐한 사람은 처음 봐요."

"너무 기뻐한다고 나무라는 거냐?"

"다른 남자는 어떤가요? 샤무드는 무슨 말이 없던가요, 로샤리오?"

제타미오는 다시 진지해진 표정으로 물었다.

"붓기는 가라앉고 열도 내린 것 같더구나. 무엇보다 이제 잠을 좀 편히 자는 것 같고. 샤무드 말로는 그 남자가 코뿔소 뿔에 받힌 것 같더구나. 그러고도 어떻게 살아남았는지 모르겠다. 그 키 큰 남자가 도움을 청하려고 그런 표시를 남기지 않았다면 오래 못 버텼을 거야. 어쨌든 우리가 저들을 발견했으니 운이 좋았지. 무도가 그들에게 호의적인 게 틀림없어. 어머니 신은 항상 잘생긴 젊은 남자들을 좋아하시거든."

"다치지 않게 지켜주신 것 같지는 않아요. 소놀란이 뿔에 찔린 것을 보면……. 그 남자가 다시 걸을 수 있을까요?"

로샤리오는 제타미오를 향해 부드럽게 미소 지었다.

"네 의지의 절반만이라도 갖고 있다면야 걸을 수 있을게다, 제타미오."

제타미오의 뺨이 달아올랐다.

"샤무드를 도울 일이 없는지 가봐야겠어요."

그녀는 그렇게 말하고는 다리를 절지 않으려고 무던히도 애쓰며 천막 쪽으로 걸어갔다.

"키 큰 남자에게 그 사람 짐을 가져다주는 게 어떻겠니?"

로샤리오가 그녀의 뒤에 대고 소리쳤다.

"그럼 젖은 바지를 안 입고 있어도 될 거 아니냐."

"어떤 게 그 사람 것인지 몰라요."

"두 개 다 갖다주거라. 그러면 그 천막 안도 더 넓어질 테고. 그리고 빠르면 언제쯤 우리가 다시 이동할 수 있을지 샤무드에게 물어보고. 그 남자 이름이 뭐라고? 소놀란?"

제타미오가 고개를 끄덕였다.

"우리가 여기서 한동안 더 머물러야 한다면, 돌랜도는 사냥을 계획해야 할 거다. 식량을 충분히 가져오지 않았으니. 라무도 이족이라고 해도 이런 강에서는 낚시를 할 수 없을 거다. 뭍에 아예 오지 않았더라면 더 좋아했을 사람들이긴 하다만. 난 발 밑에 단단한 땅이 있는 게 좋구나."

"오, 로샤리오, 돌랜도가 아니라 라무도이 남자랑 짝을 맺으셨다면 그 반대로 말씀하셨을 것 같은데요."

나이 든 여자가 제타미오를 날카로운 눈으로 응시했다.

"노를 젓는 남자들 중 하나가 구애라도 한 게냐? 내가 네 친엄마는 아니지만, 제타미오, 그래도 모두가 너를 내 딸처럼 여긴단다. 예의를 모르는 남자라면 애당초 네가 원하는 남자가 아닐 게다. 강을 떠도는 저런 남자들은 믿을 수가 없어."

"걱정 마세요, 로샤리오. 강 사람이랑 도주할 마음은 없어요. 아직까지는."

제마티오는 장난기 가득한 미소를 띠며 말했다.

"제타미오, 우리 불터에 들어와 살려는 훌륭한 샤무도이 청년들이 쌔고 쌨다. 뭘 보고 웃는 게냐?"

제타미오는 두 손으로 입을 가린 채 웃지 않으려고 애를 썼지만 자꾸만 손 사이로 웃음이 새어 나왔다. 제타미오의 시선이 가 있는 쪽으로 몸을 돌린 로샤리오도 갑자기 손으로 입을 막더니 터져 나오려는 웃음을 참았다.

"짐을 가져다주어야겠어요."

제타미오가 간신히 말했다.

"키가 큰 친구에게 마른 옷이 필요하겠어요."

그러더니 다시 키득대기 시작했다.

"펑퍼짐한 바지를 입은 어린애 같아요!"

그녀는 발길을 서둘렀지만 천막에 들어가기 전 울려 퍼진 그녀의 웃음소리를 존달라가 듣고 말았다.

"무슨 재밌는 일이라도?"

치유자는 한쪽 눈썹을 추켜세우며 의아하다는 듯 물었다.

"죄송합니다. 여기에 그렇게 웃으며 들어오는 게 아니었는데. 그저……."

"내가 저세상에 와 있는 건지, 아니면 당신이 나를 데리러 온 도니인 건지. 지상의 어떤 여인도 그토록 아름다울 수는 없을 겁니다. 그런데 당신이 하는 말을 전혀 이해할 수가 없군요."

제타미오와 샤무드 모두 부상당한 남자를 향해 고개를 돌렸다. 그는 희미한 미소를 띤 채 제타미오를 보았다. 남자 곁에 무릎을 꿇고 앉은 그녀의 얼굴에서 미소가 사라졌다.

"제가 이 사람의 잠을 방해했어요! 저는 왜 이렇게 생각이 없을까요?"

"미소를 거두지 마세요, 아름다운 도니여."

소놀란이 제타미오의 손을 잡으며 말했다.

"그래, 네가 방해를 했구나. 하지만 너까지 방해를 받지는 마려무나. 네가 곁에 있는 동안에는 물론 저 남자가 훨씬 '방해'를 받을 것 같긴 하지만."

제타미오는 고개를 저으며 당혹스러운 눈빛으로 샤무드를 바라봤다.

"저는 혹 필요한 게 없으신지 여쭈러 왔어요. 제가 도울 수 있다면 말이지요."

"이미 도왔구나."

그녀는 더욱 당황했다. 때로는 치유자의 말을 자신이 제대로 이해했는지 의심스러울 때도 있었다.

치유자의 날카로운 눈빛이 살짝 놀리는 듯 부드럽게 변했다.

"내가 할 수 있는 건 다 했다. 나머지는 저 사람의 몫이지. 지금 단계에서는 살겠다는 의지를 북돋는 것만이 도움이 될 게다. 그런데 네가 방금 그 사랑스러운 미소로 그렇게 했단다."

발갛게 달아오른 얼굴을 숙이던 제타미오는 소놀란이 여전히 자신의 손을 잡고 있다는 것을 깨달았다. 고개를 들자 웃고 있는 회색 눈과 마주쳤다. 마주 웃어주는 그녀의 미소가 환하게 빛났다.

치유자가 헛기침을 하자 제타미오는 너무 오래 낯선 남자를 바라보고 있었다는 것을 깨닫고는 당황하며 시선을 돌렸다.

"네가 할 일이 있다. 이제 정신이 든 것 같으니 뭔가 영양이 될 만한 것을 줘야겠구나. 죽이라면 마실 수 있을 게다. 무엇보다 네가 가져온 것이라면 말이지."

"아, 그렇게 할게요. 죽을 해 오겠습니다."

그녀는 그렇게 말하고는 당황한 모습을 감추기 위해 서둘러 천막을 빠져나왔다. 밖에 나오니 존달라에게 말을 걸어보려고 시도하는 로샤리오가 눈에 들어왔다. 존달라는 어정쩡하게 서서 기분 좋은 표정을 지으려고 애쓰고 있었다. 제타미오는 깜빡한 일이 떠올라 다시 천막 안으로 들어갔다.

"짐을 가지러 왔어요. 그리고 소놀란을 데리고 언제쯤 이동할 수 있을지 로샤리오가 알고 싶으시대요."

"저 남자 이름이 뭐라고?"

"소놀란이요. 다른 남자가 말해주었어요."

"로샤리오에게 하루 이틀 더 기다려야 한다고 전해라. 배를 타고 거친 강을 건너기에는 아직 무리니까."

"내 이름을 어떻게 아셨나요? 아름다운 도니여. 당신 이름을 물어도 될까요?"

제타미오는 몸을 돌려 소놀란에게 웃어주고는 황급히 배낭 두 개를 들고 나갔다. 만족스럽게 환하게 웃으며 편히 눕던 소놀란은 그제야 백발의 치유자를 처음 보고는 놀라서 움찔했다. 묘한 분위기의 얼굴에는 고양이 같은 미소가 감돌았다. 지혜로워 보이고, 다 안다는 듯한 표정에는 어쩐지 포식 동물 같은 느낌도 있었다.

"젊은이의 사랑은 대단하기도 하지."

샤무드가 말했다. 소놀란은 그의 말을 이해하지 못했지만 비꼬는 말투가 아니라는 것은 알았다. 소놀란은 그를 더 자세히 보았다.

치유자의 목소리는 깊지도 낮지도 않았다. 그 음색이 여자에게서 나는 저음인지, 남자에게서 나는 고음인지 짐작해보려고 그의 옷이나 행동을 살펴봤지만 딱히 판단이 서지 않았다. 하지만 무슨 이유에서인지 소놀란은 그의 솜씨가 뛰어날 거란 확신이 들어 안심했다.

제타미오가 천막에서 배낭을 들고 나오자 존달라의 얼굴에 안도하는 기색이 역력히 드러났다. 진작 가져다주지 않은 게 민망할 정도였다. 그녀는 존달라의 문제를 알면서도 그의 모습이 무척 재미있어서 두고 봤었다. 존달라는 말이 통하지 않음에도 여러 번 고맙다는 인사를 하더니 키가 높은 덤불 속으로 들어갔다. 그는 마른 옷을 입는 것만으로도 기분이 좋아져서 제타미오가 크게 웃었던 것조차 마음에 남겨두지 않기로 했다.

좀 우스워 보이긴 했겠지, 하지만 바지가 젖은 데다 차가워서 말이지. 존달라는 생각했다. 그 정도 웃음은 도와준 것에 대한 작은 답례라고 생각하자. 정말이지, 나 혼자였다면 어찌 할 바를 몰랐을 텐데. 그런데 저 사람들은 어떻게 알고 왔을까? 치유자에게 다른 능력도 있는 것일까? 언젠가 알게 되겠지. 지금 당장은 치유 능력만으로 감사할 따름이야. 그가 돌연 멈춰 섰다. 젤란도니라면 치유 능력은 있을 텐데, 아직 소놀란을 보지 못했잖아. 좋아지고 있는지 확인도 못 했어. 지금 알아보러 가야겠다. 어쨌든 내 동생이니까. 내가 동생을 보겠다는데 막을 수는 없겠지.

존달라는 야영지로 성큼성큼 걸어와 불가 옆에 배낭을 놓은 뒤, 일부러 시간을 끌며 천천히 축축한 옷들을 널어 놓고는 천막으로 향했다.

안으로 들어가려고 머리를 숙이던 존달라는 막 나오고 있던 치유자와 충돌할 뻔했다. 샤무드는 존달라를 빠르게 훑더니 존달라가 뭐라고 말을 하기도 전에 환심을 사려는 미소를 짓고는 옆으로 비켜섰다. 그러고는 키가 크고 힘센 남자의 뜻에 따르겠다는 듯 안으로 들어가 보라며 우아하면서도 과장된 손짓을 했다.

존달라는 치유자를 살피는 듯한 눈길로 바라봤다. 그의 시선을 맞받아치는 날카로운 눈에는 권위를 내려놓은 기색은 전혀 보이지 않았다. 모호한 눈 색깔만큼이나 그의 심중은 파악하기가 어려웠다. 처음 봤을 때 환심을 사려는 듯했던 미소는 다시 보니 비꼬는 것 같기도 했다. 존달라는 치유자라고 불리는 많은 이들이 그러하듯, 이 치유자 역시 힘이 되어주는 친구가 아니라면 강적이 될 것임을 직감했다.

그는 판단을 뒤로 미루고 고맙다는 뜻으로 짧게 미소를 지으며 고개를 끄덕인 뒤 안으로 들어갔다. 그는 자신보다 먼저 천막 안에 와 있는 제타미오를 보고 놀랐다. 그녀는 한쪽 손으로 소놀란의 머리를 받치고서 다른 손으로는 뼈로 만든 잔을 입에 대어주고 있었다.

"진작 눈치챘어야 했는데."

존달라가 말했다. 동생이 정신을 차렸을 뿐 아니라 훨씬 많이 좋아졌다는 사실에 입가에는 기쁨의 미소가 흘렀다.

"또 성공했구나."

둘 다 존달라를 올려다보았다.

"내가 뭘, 형?"

"눈을 세 번 깜박이는 사이에 주변에서 가장 아름다운 여자가 네 시중을 들도록 했잖아."

활짝 웃는 소놀란의 모습이 존달라에게는 그토록 반가울 수 없었다.

"가장 아름다운 여자라는 말은 맞아."

소놀란은 애정 어린 눈빛으로 제타미오를 바라봤다.

"그런데 정령의 세계에 형은 뭘 하고 있는 거야! 내가 무슨 생각을 했냐면, 이 여인이 내 도니라고 생각했어. 그러니까 그 파란 눈을 들이밀 생각은 하지도 마."

"내 걱정은 안 해도 돼, 아우야. 저 여인은 나를 볼 때마다 깔깔거리기만 하니까."

"날 보고 언제든 마음껏 웃어도 좋아."

소놀란은 여인을 향해 미소 지으며 말했다.

"죽었다가 깨어났는데 저런 미소가 맞이하고 있다는 걸 형은 상상이나 해봤어?"

여인의 눈을 뚫어져라 바라보는 그의 눈빛에는 사랑이 듬뿍 담겨 있었다.

존달라는 소놀란과 제타미오를 번갈아 봤다. 도대체 어찌 된 거지? 소놀란은 이제 깨어났고 서로 말 한마디 안 통할 텐데, 저 녀석은 사랑에 빠진 게 틀림없어. 존달라는 여자를 조금 더 객관적으로 다시 바라봤다.

머리는 평범한 옅은 갈색이었고, 소놀란이 평소 끌리던 여자들보다 키도 작고 몸도 더 가냘파서 소녀라고 착각을 할 수도 있을 듯싶었다. 하트 모양의 얼굴에 이목구비는 평범했다. 예쁘장했지만 흔히 볼 수 있는 보통의 젊은 여인들과 특별히 다를 바 없었다. 그녀가 미소를 짓기 전까지는.

그녀의 얼굴에 미소가 깃들면, 빛과 그림자가 신비스럽게 자리를 바꾸며 무슨 마법이라도 부리는 것인지 아주 미묘한 찰나에 그녀는 아름다워졌다. 흠 잡을 데 없는 아름다움이었다. 그 변화가 얼마나 눈부신지 존달라조차 그녀가 아름답다고 생각했다. 그저 미소를 한 번 짓는 것만으로도 미모가 피어났지만 존달라가 생각하기에 제타미오는 미소를 자주 짓는 편은 아니었다. 그는 지금으로서는 믿기지 않지만, 제타미오의 첫인상이 진지하고 수줍어하던 여인이었다는 것을 떠올렸다. 하지만 눈앞의 그녀는 환하게 빛났고 생기가 넘쳐흘렀다. 사랑의 열병에 제대로 빠진 소놀란은 실없이 웃으며 그녀에게서 눈을 떼지 못했다.

소놀란은 전에도 사랑에 빠진 적이 있었지. 존달라는 생각했다. 우리가 떠날 때 저 여인이 너무 상심하지 않기를 바랄 수 밖에.

천막 위 연기 구멍을 닫아놓은 덮개 끈이 해어져 열려 있었다. 존달라의 시선은 구멍을 향해 있었지만 의식적으로 보지는 않았다. 그는 완전히 깬 채로 침낭에 누워, 무엇 때문에 깊은 잠에서 그토록 빨리 깨어났는지 고민했다. 그는 몸을 움직이지는 않았지만 소리와 냄새에 집중하며 곧 닥쳐올 위험을 경고하는 이례적인 조짐이 없는지 감지하려고 애썼다. 얼마 후 그는 침낭에서 빠져나와 조심스럽게 천막 덮개를 열어봤지만 아무런 문제도 없었다.

몇몇 사람들이 불가에 모여 있을 뿐이었다. 존달라는 천천히 걸어보았지만 여전히 불안하고 신경이 곤두섰다. 뭔가 그의 마음에 걸리는 게 있었지만 꼭 집어낼 수가 없었다. 소놀란? 아니, 뛰어난 샤무드와 정성스럽게 돌보는 제타미오가 있으니 소놀란은 괜찮을 거야. 그를 괴롭히는 문제가 소놀란은 분명 아니었다.

"홀라."

그가 인사를 건네자 제타미오는 고개를 들어 미소를 지었다. 그녀는 더 이상 존달라를 보며 웃음을 터뜨리지 않았다. 의사소통은 여전히 몸짓과 존달라가 배운 몇 개 안 되는 단어로 한정되어 있었지만, 소놀란에 대한 공통의 관심 속에서 둘 사이에는 우정이 꽃피었다.

제타미오는 그에게 뜨거운 차를 건넸다. 그는 얼마 전 배운 고맙다는 말로 감사를 표시하면서 그들에게 받은 도움을 갚을 방법이 있다면 좋겠다는 생각을 했다. 그는 차를 한 모금 마시더니 미간을 찡그리고는 한 모금 더 마셨다. 약초로 만든 차였는데, 불쾌한 맛은 아니었지만 의외의 맛이었다. 이들 부족은 아침마다 고기를 넣은 죽을 먹었다. 불가에는 도끼로 벤 자국이 남아 있는, 나무로 만든 통에서 뿌리와 곡물이 끓고 있는 냄새가 났다. 하지만 고기 냄새는 나지 않았다. 한 번 힐끗 보는 것만으로도 그 이유를 알 수 있었다. 남은 고기가 없었다. 그간 누구도 사냥을 나가지 않았던 것이다.

그는 벌컥벌컥 차를 마신 뒤, 잔을 내려놓고 서둘러 천막으로 들어갔다. 아침이 되길 기다리는 동안, 오리나무로 견고한 창대를 만들고 부싯돌로 만든 창촉을 붙여 창 두 개를 완성했다. 그는 창들을 천막 뒤에 세워 놓은 뒤 배낭에서 더 가벼운 투창 여러 개를 꺼내 불가로 갔다. 그들의 말을 조금밖에 배우지 못했지만 사냥을 하고 싶다는 뜻을 전하는 데 많은 말이 필요하지는 않았다. 해가 중천에 뜨기도 전에 많은 이들이 들뜬 마음으로 모여들었다.

제타미오는 사냥에 따라가야 할지 남아야 할지 갈피를 잡지 못했다. 자신을 볼 때마다 미소를 짓는 부상자 곁에 머물면서 미소를 지어주고 싶기도 했고, 사냥에도 가고 싶었다. 그녀는 사냥에 참여할 수 있게 된 이후로 자신이 도움이 된다면 사냥에 빠진 적이 없었다. 로샤리오는 그녀에게 가라고 부추겼다.

"그 남자는 괜찮을 거야. 네가 없어도 샤무드가 보살펴줄 거고, 나도 있잖니."

사냥대는 이미 출발했다. 제타미오는 망토를 묶고 사냥대를 부르며 숨이 턱에 차도록 뒤쫓아 왔다. 존달라는 그녀가 사냥을 할 수 있을지 의심스러웠다. 젤란도니족의 젊은 여자들은 종종 사냥을 하기도 했다. 여자들에게 사냥은 각 부족의 관습에 따른 선택의 문제였다. 사냥을 하던 여자들도 아이를 가지면 몰이사냥에 나서는 경우를 제외하면 주로 집에 머물렀다. 짐승 무리를 함정이나 절벽으로 모는 몰이사냥에는 사지가 온전한 사람이면 누구나 함께 해야 했다.

존달라는 사냥하는 여자를 좋아했다. 사냥을 하는 여자들은 사냥의 어려움을 잘 알았고 그래서 짝을 더 잘 이해한다고 여겨졌다. 그렇다고 부족 남자들이 모두 다 사냥하는 여자를 좋아하는 것은 아니었다. 존달라의 어머니도 사냥하는 여자였다. 특히 짐승의 흔적을 따라가는 데 탁월했고, 아이를 낳은 후에도 사냥에 참여할 때가 많았다.

사냥대는 제타미오가 따라잡을 때까지 기다렸다가 다시 빠른 속도로 이동했다. 기온이 떨어진 것 같다는 생각이 들었지만 빠르게 움직이고 있어 어머니 강에 닿는 길을 찾기 위해 초원을 감아 돌아 흐르는 구불구불한 시내에서 이동을 멈출 때까지는 확신하지 못했다. 물 부대를 채우려고 보니 물가에 두툼한 얼음이 얼어 있었다. 주변 시야를 가리는 모자의 털들이 신경 쓰여 망토에 달린 모자를 벗었다가 머지않아 다시 푹 눌러쓰는 사람이 존달라 하나만이 아니었다. 공기는 확연히 차가워져 있었다.

누군가가 상류 쪽에서 짐승의 흔적을 발견했다. 모두가 모여드는 사이, 존달라가 흔적을 자세히 살폈다. 얼마 전에 코뿔소 가족도 시냇가에서 물을 마신 모양이었다. 존달라는 막대기를 들어 축축한 모래 위에 사냥 계획을 그림으로 그렸다. 얼음 결정 때문에 땅바닥이 딱딱했다. 돌랜도가 나뭇가지로 질문을 하자 존달라가 더 자세히 그림을 그렸다. 사냥 계획을 파악한 그들은 어서 코뿔소를 따라잡고 싶은 마음이 간절했다.

그들은 급히 흔적을 따라 방향을 바꿨다. 빠르게 움직이다 보니 몸에 열이 오른 그들은 다시 망토를 느슨하게 풀었다. 존달라의 긴 금발머리가 흩날리며 망토의 털가죽을 때렸다. 코뿔소들을 따라잡는 데는 생각했던 것보다 더 오래 걸렸다. 하지만 앞서 가는 적갈색의 털코뿔소가 눈에 들어온 순간, 왜 더 오래 걸렸는지 이해가 갔다. 코뿔소들은 평소보다 더 빠르게, 북쪽을 향해 직진하고 있었다.

존달라는 불안한 표정으로 하늘을 힐끗 올려다봤다. 저 멀리 몇몇 구름만이 떠 있을 뿐, 새파란 하늘이 펼쳐져 있었다. 곧 폭풍이 일어날 조짐은 없었지만 발길을 돌려 소놀란을 어서 다른 곳으로 옮기고 싶은 생각이 들었다. 코뿔소가 눈앞에 있는 마당에 누구도 발길을 돌릴 생각 같은 것은 하지 않았다. 그는 이들 부족에게도 털코뿔소가 북쪽으로 이동하면 곧 눈이 온다는 속설이 전해져 오는지 궁금했다. 하지만 이들은 무심해 보였다.

사냥에 나서자는 것은 존달라의 생각이었고, 그런 생각을 전하는 데도 별다른 어려움이 없었다. 하지만 이제 그는 소놀란에게 돌아가 그를 안전한 곳으로 옮겨놓고 싶었다. 하지만 구름 한 점 없는 하늘 아래서 어떻게 곧 눈 폭풍이 닥쳐올 거라고 설명한단 말인가? 그는 고개를 저었다. 먼저 코뿔소를 사냥하는 수밖에 없었다.

코뿔소 무리에 가까이 다가갔을 때 존달라는 가장 뒤처진, 아직 다 자라지 않아 다른 코뿔소들을 힘겹게 따라가는 어린 코뿔소를 앞서기 위해 돌진했다. 키가 큰 그는 소리를 지르고 팔을 휘두르며 코뿔소보다 앞서 나갔다. 짐승의 주의를 끌어 방향을 바꾸게 하거나 속도를 늦추게 할 속셈이었다. 하지만 다른 코뿔소들처럼 오로지 한 목표를 향해 북쪽으로 내달리는 어린 코뿔소는 존달라를 못 본 척했다. 코뿔소의 관심을 돌리는 것은 쉽지 않았고 존달라는 더욱 걱정이 되었다. 폭풍이 생각보다 더 빨리 다가오고 있다는 뜻이었다.

존달라는 자신의 뒤를 바짝 따라잡은 제타미오를 곁눈으로 보고는 흠칫 놀랐다. 눈에 띄게 다리를 절었지만 빠른 속도로 달렸다. 존달라는 자신도 모르게 달리기 솜씨를 인정한다는 듯 고개를 끄덕였다. 사냥대의 다른 남자들도 어린 녀석을 에워싸 무리에서 떼어내기 위해 속도를 높였다. 코뿔소들은 안전이나 생존을 위해 우두머리의 지시를 따르고 협동하며 떼를 지어 다니는 동물이 아니었다. 털코뿔소는 개별적으로 행동하는 성미가 고약한 짐승이었다. 가족 단위보다 더 크게 무리를 지어 다니는 일은 드물었다. 무엇보다 위험할 정도로 예측할 수 없는 동물이었다. 코뿔소를 사냥할 때는 각별히 주의하는 게 현명했다.

사냥꾼들은 전략적으로 뒤처진 어린 녀석을 집중적으로 몰아붙였다. 하지만 아무리 빠르게 거리를 좁히며 소리를 쳐도 녀석은 속도를 늦추지도 더 빨리 달리지도 않았다. 마침내 제타미오가 자신의 망토를 벗어 녀석을 향해 휘두르며 주의를 끌었다. 코뿔소는 속도를 늦추더니 망토가 펴덕이는 쪽으로 고개를 돌렸다. 하지만 뭘 어찌 할지 정하지는 못한 게 분명해 보였다.

제타미오 덕분에 다른 사냥꾼들 모두 코뿔소를 따라잡았다. 그들은 코뿔소를 에워쌌다. 무거운 긴 창을 든 사냥꾼들은 더 가까이 섰다. 가벼운 창을 든 사냥꾼들은 필요한 경우 가까이 선 사냥꾼들을 보호하기 위해 언제든 뛰어들 태세로 바깥에서 에워쌌다. 코뿔소가 멈춰 섰다. 다른 코뿔소들이 빠르게 앞서가고 있다는 것은 모르는 눈치였다. 그러더니 녀석은 다소 천천히 움직이더니 바람에 휘날리는 망토 쪽으로 방향을 틀었다. 존달라가 제타미오에게 바싹 다가섰고, 돌랜도 또한 가까이 다가오는 게 보였다.

그때 존달라가 배에서 사는 사람으로 알고 있던 청년 하나가 망토를 흔들며 짐승을 향해 그들 앞으로 돌진했다. 젊은 여인을 향해 돌진하던 코뿔소는 갈피를 못 잡는 듯 보이더니 방향을 바꿔 남자를 쫓기 시작했다. 비록 시력이 좋지는 않았지만 코뿔소에게는 더 큰 몸집의 남자를 표적으로 삼는 게 나았다. 예민한 후각은 이미 너무도 많은 사냥꾼들이 가까이에 있어 교란됐다. 녀석이 남자에게 가까이 다가간 순간, 또 다른 사내가 돌진해 끼어들었다. 털코뿔소는 멈춰 서더니 움직이는 표적 중 무엇을 따라가야 할지 고민했다.

코뿔소는 방향을 바꿔 아슬아슬하게 코앞에 있던 두 번째 남자를 쫓아 달렸다. 하지만 또 다른 사냥꾼이 커다란 털가죽 망토를 휘두르며 나타났다. 녀석이 가까이 다가가자 그 사냥꾼은 옆에서 가깝게 달리며 코뿔소의 기다란 붉은 털을 힘껏 잡아당겼다. 이제 코뿔소는 갈피를 못 잡는 정도가 아니었다. 화가 나기 시작한 코뿔소는 점점 살기등등해졌다. 콧김을 내뿜으며 발로 땅을 굴렀다. 그때 녀석을 산만하게 하려고 뛰어든 또 다른 사냥꾼이 눈에 들어오자 녀석은 전속력으로 쫓았다.

강에 사는 부족의 청년은 코뿔소보다 빨리 달리기가 쉽지 않았다. 그가 방향을 틀자 코뿔소도 빠르게 방향을 바꿔 쫓아왔다. 하지만 녀석도 지쳐 있었다. 성가시게 구는 사냥꾼을 계속해서 쫓다 보니 더는 누구도 따라잡을 힘이 남아 있지 않았다. 사냥꾼 하나가 망토를 펄럭이며 털코뿔소 앞으로 뛰어들었다.

녀석은 멈춰서 커다란 앞 뿔이 땅에 닿도록 고개를 숙이더니 바로 앞에서 다리를 절며 달리는 표적을 마음에 두고 뒤쫓았다.

존달라는 창을 높이 든 채 제타미오와 코뿔소를 향해 달렸다. 숨이 찬 코뿔소가 한숨 돌리기 전에 목숨을 끊어야 했다. 돌랜도 또한 같은 목적으로 다른 방향에서 달려왔고, 다른 사냥꾼들도 거리를 좁혀왔다. 제타미오는 코뿔소의 관심을 끌기 위해 조심스럽게 더 가까이 다가가 망토를 펄럭였다. 존달라는 녀석이 겉보기 대로 진이 다 빠졌기를 바랐다.

모두의 관심이 제타미오와 코뿔소에게 쏠렸다. 그때 존달라는 무엇에 이끌려 그랬는지 모르겠지만 북쪽을 봤다. 큰 의미 없이 우연한 일이었을 것이다.

"조심해!"

그가 앞으로 뛰어들며 외쳤다.

"북쪽에 코뿔소!"

하지만 다른 이들은 그의 몸짓이나 외침을 이해하지 못했다. 게다가 누구도 성질이 돋은 암코뿔소가 전속력으로 달려오는 것을 보지 못했다.

"제타미오! 제타미오! 북쪽!"

그가 창으로 북쪽을 가리켜 흔들며 크게 소리쳤다.

그가 가리킨 북쪽 방향을 바라본 제타미오는 암코뿔소가 표적으로 삼고 있는 청년을 향해 소리쳤다. 다른 사냥꾼들도 잠시 어린 코뿔소는 잊어버린 채 청년을 돕기 위해 달려갔다. 그때 어린 코뿔소는 충분히 쉬었던 덕분인지, 아니면 달려온 어미 코뿔소의 냄새를 맡고 기운이 북돋은 덕분인지 갑자기 아주 가까이에서 망토를 흔들던 여인을 향해 내달렸다.

코뿔소가 아주 가까이에 있던 것이 제타미오에게는 오히려 다행이었다. 속도가 붙을 만큼 충분한 시간이 없던 코뿔소가 앞으로 움직이며 콧김을 내뿜던 순간, 제타미오는 퍼뜩 정신을 차렸다. 존달라 역시 그 소리를 듣고 다시 어린 코뿔소에게 시선을 던졌다. 제타미오는 몸을 날려 간신히 코뿔소의 뿔을 피한 다음, 녀석의 뒤를 쫓았다.

사라진 표적을 찾으며 속도를 늦춘 녀석은 긴 다리로 빠르게 거리를 좁히며 쫓아오는 키가 큰 남자를 보지 못했다. 그리고 남자를 봤을 때는 이미 너무 늦었다. 작은 눈으로는 더 이상 초점을 맞추지 못할 터였다. 존달라는 묵직한 창으로 가장 약한 부위인 눈을 찔러 두개골까지 부쉈다. 연이어 제타미오가 다른 쪽 눈에 창을 박자 세상이 깜깜해졌다. 녀석은 놀란 것 같더니 그대로 주저앉았다가 숨이 끊어지며 쿵 하고 땅바닥으로 쓰러졌다.

누군가 크게 소리를 질렀다. 고개를 든 사냥꾼 둘은 전속력으로 다른 방향으로 내달렸다. 다 자란 암코뿔소가 그들을 향해 돌진하고 있었던 것이다. 하지만 암코뿔소는 어린 코뿔소에게 가까워지자 속도를 줄였다. 멈추려던 곳보다 몇 발자국 앞으로 더 나아간 코뿔소는 다시 뒤를 돌아 눈에 창이 꽂힌 채 땅에 쓰러져 있는 어린 녀석에게 다가갔다. 암코뿔소는 녀석에게 일어나라며 뿔로 쿡쿡 찔렀다. 그러다가 고개를 갸웃거리고는 결정을 내리려는 것처럼 한 발 한 발에 힘을 실었다.

몇몇 사냥꾼들이 암코뿔소의 주의를 끌어보려고 망토를 펄럭였지만 보지 못한 것인지, 모른 척하기로 한 것인지 미동도 없었다. 다시 한 번 어린 새끼를 뿔로 받아보고 나서 더 깊은 본능에 이끌려 다시 북쪽으로 방향을 틀었다.

"정말이야, 소놀란, 가까이에 있었어. 한데 그 암코뿔소는 북쪽으로 가기로 작심한 듯 보였어. 한시도 더 머물고 싶어 하지 않더군."

"곧 눈이 내릴 것 같아?"

소놀란은 허벅지에 붙여진 찜질약을 보더니 걱정스러운 표정으로 물었다. 존달라가 고개를 끄덕였다.

"한데 내가 저들의 말을 할 줄 안다고 해도, 폭풍이 오기 전에 떠나야 한다고 돌랜도에게 어떻게 전해야 할지 모르겠다. 하늘에 구름 한 점 없는데."

"며칠째 눈 냄새를 맡았어. 큰 눈구름이 만들어지고 있는 게 틀림없어."

존달라는 기온이 계속 떨어지고 있다고 확신했다. 다음 날 아침, 불가에 놓아둔 찻잔에 낀 얇은 살얼음을 깨며 그는 자신의 짐작이 옳다는 것을 알았다. 그는 다시 한 번 우려스러운 날씨에 대해 말해보려고 했지만 쉽지 않았다. 그는 더 뚜렷한 조짐이 나타나기를 바라며 초조하게 하늘을 바라봤다. 금방 쏟아져 내릴 눈보라만 아니라면 차라리 산 너머로 구름이 피어오르다가 파란 하늘을 가득 메우는 것을 봐야 마음이 놓일 것 같았다.

사람들이 야영지를 철수하는 조짐이 보이자 존달라는 바로 천막을 걷고 자신과 소놀란의 짐을 쌌다. 미소를 띤 돌랜도는 존달라가 서둘러 떠날 준비를 하자 고개를 끄덕이며 강을 가리켰다. 하지만 그의 미소에는 초조함이 어른거렸고, 눈에도 걱정이 가득했다. 요동치는 강과 나무에 묶인 배가 팽팽해진 줄에 묶인 채 위아래로 거세게 흔들리는 것을 보니 존달라의 불안도 커져갔다.

도살해 꽁꽁 얼린 코뿔소 고기 가까이에 자신의 짐을 받아 놓아두는 남자들은 훨씬 무표정한 얼굴이었다. 그렇다고 서로를 격려하는 분위기도 아니었다. 그는 어서 그곳을 빠져나가고 싶기도 했지만 이동 수단이 될 배를 보니 마음이 편안하지만은 않았다. 소놀란을 배에 어떻게 태울지 걱정이 된 그는 도울 일이 없는지 야영지로 돌아왔다.

존달라는 야영지가 빠르고 효율적으로 철수되는 것을 지켜보며 때로 가장 큰 도움은 그저 멀리 떨어져 있어주는 것임을 깨달았다. 그는 육지에서 거주하는 샤무도이족과 배에서 생활하는 라무도이족의 옷차림이 세세한 부분에서 다르다는 것을 그제야 알아차렸다. 하지만 그들은 다른 부족처럼 보이지 않았다.

서로 농담도 주고받을 만큼 의사소통이 수월했고, 두 부족이 만났을 때 긴장감이 깃든 예의를 차리지도 않았다. 같은 언어를 사용하고 함께 음식을 해 먹고 무슨 일을 하든 손발이 잘 맞았다. 그렇기는 해도 육지에 사는 부족은 돌랜도가 우두머리인 듯했고, 배에서 사는 사람들은 다른 남자의 지시를 받았다.

치유자가 천막에서 나왔고, 그 뒤를 이어 두 남자가 소놀란을 기발하게 만든 들것에 싣고 나왔다. 배에서 가져온 여분의 줄을 오리나무로 만든 창 두 개에 튼튼하게 엮어 그 위에 부상당한 소놀란을 태우고 다시 줄을 감아 안정적으로 고정시켜놓았다. 존달라는 서둘러 그들을 향해 가다가 로샤리오가 키가 높은 둥근 천막을 걷기 시작하는 것을 보았다. 하늘과 강을 바라보는 초조한 시선에서 존달라는 그녀 역시 자신만큼이나 이런 날씨에 이동하는 것을 불안해한다는 것을 알 수 있었다.

"저 구름들 좀 봐. 눈을 잔뜩 머금은 것 같아. 형은 산꼭대기가 보이지 않을걸. 북쪽에는 눈이 내리기 시작한 게 분명해. 여기서 보면 세상이 아주 다르게 보인다고."

소놀란은 형을 보자 말했다. 존달라는 들것에 실려 가는 소놀란 옆에서 걸었다.

존달라는 산으로 몰려드는 구름을 올려다보았다. 구름들은 얼어붙은 산꼭대기를 가리더니 서로 밀치고 떠밀리며 푸른 하늘을 빠르게 뒤덮고 있었다. 존달라의 표정은 하늘만큼이나 잔뜩 찌푸려져 수심으로 가득했지만 불안을 내색하지 않으려 했다.

"그거 보려고 누워 있다는 핑계를 대는 거냐?"

그는 애써 미소를 지으며 말했다.

강에 반쯤 잠긴 채 쓰러져 있는 통나무에 도착하자 존달라는 뒤로 물러난 채 지켜봤다. 강 사람 두 명은 흔들리는 나무 위에 올라선 뒤 힘겹게 들것까지 들고 조심스레 균형을 잡아가며 꽤 불안해 보이는 건널 판자를 건넜다. 그제야 왜 소놀란을 들것에 그렇게 꽉 고정시켜놓았는지 이해가 갔다. 그 뒤를 따라 건널 판자를 건너며 균형을 잡는 게 쉽지 않았던 존달라는 앞서 간 남자들을 존경의 시선으로 봤다.

로샤리오와 샤무드가 꽁꽁 묶은 장대들과 천막으로 쓰인 가죽을 배에 실으라고 라무도이 사람들에게 주고서 판자를 건너기 시작할 때, 회색빛 구름이 잔뜩 낀 하늘에서 하얀 눈발이 날리기 시작했다. 하늘의 기분을 반영이라도 하듯 강은 하류로 내려갈수록 존재감을 과시하며 거세게 소용돌이쳤다.

건널 판자를 묶어놓은 통나무는 배보다 더 흔들렸다. 존달라가 배 옆구리로 몸을 내밀어 손을 건네자 로샤리오는 고마워하는 표정으로 그의 손을 잡고 거의 들어 올려지다시피 배에 탔다. 샤무드도 거리낌 없이 그의 도움을 받았다. 고마워하는 치유자의 표정에는 로샤리오처럼 진심이 담겨 있었다.

한 남자가 여전히 기슭에 서 있었다. 나무에 묶어놓은 밧줄 중 하나를 풀더니 재빨리 판자 위를 뛰어 배에 올라탔다. 그러자 건널 판자가 순식간에 끌어 올려졌다. 물살에 합류하기 위해 요동치는 배는 이제 밧줄 하나와 노꾼들의 손에 쥐어진 손자루가 긴 노에 의해 기슭에 머물러 있었다. 마지막 줄마저 한 번에 홱 거두어들이자 배는 마침내 자유로워졌다. 배가 위아래로 흔들리며 자매 강의 주류를 향해 출렁출렁 나아가자 존달라는 배 옆구리에 꼭 달라붙었다.

폭풍이 빠르게 다가오고 있었다. 흩날리는 눈발에 앞이 잘 보이지 않았다. 제각각의 속도로 떠내려가는 온갖 부유물—물을 잔뜩 머금은 통나무, 얽힌 덤불, 배가 불룩한 죽은 동물들, 간혹 작은 유빙—과 충돌하지는 않을지 존달라는 걱정이 되었다. 멀어지는 기슭을 바라보던 그의 눈에 높은 언덕 위 오리나무 군락이 보였다. 나무 하나에 걸쳐진 무언가가 바람에 펄럭이고 있었다. 갑자기 돌풍이 불어 그것을 강 쪽으로 날려 보냈다. 그 물체가 수면으로 떨어진 순간, 존달라는 돌연 짙은 얼룩이 진 빳빳한 가죽이 자신의 여름 상의라는 것을 깨달았다. 지금까지 저 나무에 매달린 채 펄럭이고 있었단 말인가? 가죽은 잠시 물 위를 떠내려가다가 물을 잔뜩 머금고는 가라앉았다.

들것에서 내려온 소놀란은 배 옆구리에 기대앉아 있었다. 창백해진 얼굴에는 고통스럽고 두려운 기색이 엿보였지만 곁에 앉은 제타미오와 눈이 마주치면 있는 힘껏 미소를 지어 보였다. 그들 곁에 앉아 있던 존달라는 얼마 전 공포에 떨던 기억이 떠올라 인상을 찡그렸다. 그리고 배가 다가오는 것을 처음 봤을 때 느꼈던 엄청난 기쁨이 떠오르며 다시 한 번 그들이 어떻게 알고 왔는지 궁금해졌다. 그때 한 가지 생각이 떠올랐다. 바람에 휘날리던 피 묻은 상의를 그들이 본 걸까? 하지만 애당초 어떻게 여기까지 올 생각을 했던 것일까? 그것도 샤무드와 함께?

배가 격랑에 덜커덕 흔들렸다. 배를 자세히 살펴보던 존달라는 견고한 구조에 깊은 인상을 받았다. 배 바닥은 아주 단단한 듯싶었다. 커다란 나무의 몸통을 중간 부분이 더 넓도록 파내고, 일렬로 겹치게 엮은 판자들이 옆에서부터 뱃머리까지 이어졌다. 배의 옆구리에 간격을 두고 지지대를 놓고서 그 사이에 노꾼들이 앉을 판자를 깔아놓았다. 그들은 맨 앞자리에 앉아 있었다.

배의 구조를 찬찬히 뜯어보던 존달라의 눈에 얼핏 뱃머리에 부딪힌 통나무가 눈에 들어왔다. 무심코 뒤를 돌아본 그는 심장이 마구 뛰는 것을 느꼈다. 뱃머리 가까이, 배 바닥 부분 통나무의 얽힌 가지에 피가 검게 얼룩진 여름용 가죽 상의가 걸려 있었다.

9

"너무 욕심부리지 마, 히힝아."

에일라는 황갈색 말이 나무 그릇 바닥에 남은 물을 싹싹 핥는 것을 보며 주의를 줬다.

"다 마셔버리면 얼음을 더 녹여야 한다고."

암망아지는 콧김을 내뿜더니 머리를 흔들고는 다시 그릇에 코를 들이밀었다. 에일라는 웃음을 터뜨렸다.

"그렇게 목이 마르면 얼음을 더 가져와야겠구나. 같이 갈래?"

머릿속을 맴도는 생각들을 망아지에게 전하는 것이 습관이 되었다. 그저 마음속으로만 표현하는 것이 아니었다. 그녀에게 익숙한 손짓이나 태도, 표정으로 전할 때도 잦았다. 하지만 에일라의 목소리에 더 반응을 했기 때문에 에일라는 예전보다 스스럼없이 소리를 냈다. 동굴곰족과 달리 에일라는 다양한 소리를 낼 뿐 아니라 소리의 높낮이도 자유롭게 바꿀 수 있었다. 오로지 에일라의 아들만이 그녀처럼 소리를 낼 수 있었다. 서로가 내는 무의미한 음절들을 흉내 내는 그들만의 놀이도 있었다. 하지만 점차 몇몇 소리들은 의미를 갖기도 했다. 말에게 연이어 말을 걸다 보니 더 복잡한 소리도 내게 되었다. 그녀는 동물의 울음소리를 흉내 내고 그녀가 알고 있는 소리들을 조합해서 새로운 말을 만들기도 했다. 그중에는 아들과 장난치며 내던 의미 없는 소리들도 있었다. 불필요한 소리를 내는 것을 탐탁지 않게 여기는 시선이 없자 소리 언어들이 더욱 늘어났다. 하지만 그 말은 오직 그녀만이, 그리고 특이하게도 망아지만이 이해할 수 있었다.

에일라는 털가죽 각반으로 종아리를 감싸고, 텁수룩한 말가죽으로 지은 두르개를 입고 오소리 망토를 걸친 뒤 손싸개를 했다. 손싸개 틈으로 나온 손으로 허리끈에 줄팔매를 꽂고서 바구니도 짊어졌다. 그러고 나서 얼음 깨는 송곳을 챙겨 동굴을 나섰다. 송곳은 말의 기다란 앞다리에서 골수를 빼기 위해 나선형으로 금을 낸 뒤 쪼갠 다음, 돌에 갈아서 끝을 뾰족하게 만든 것이었다.

"어서, 히힝아."

그녀는 천막으로 사용하던 묵직한 오록스 가죽을 젖히며 손짓했다. 동굴 입구에 말뚝을 박고, 오록스 가죽을 매달아 바람막이로 쓰고 있었다. 말이 에일라의 뒤를 따르며 가파른 비탈을 내려왔다. 강굽이를 휘돌아 나가는 바람이 얼어붙은 물길 위를 걷는 에일라의 몸을 흔들고 지나갔다. 그녀는 얼어붙은 개울이 잘 깨질 만한 곳을 찾아 송곳으로 얼음을 마구 쳐서 부쉈다.

"물을 얻기 위해 얼음을 깨는 것보다 눈을 한 그릇 가득 퍼 담는 게 훨씬 쉬울 텐데, 히힝아."

그녀는 얼음 덩어리를 바구니에 담으며 말했다. 절벽 아래에서는 유목을 몇 개 주웠다. 얼음을 녹일 땔감이 있다는 게 얼마나 다행인지 몰랐다.

"여기 겨울은 건조하고 더 춥기까지 해. 눈이 그립다, 히힝아. 이곳에 내리는 얼마 안 되는 눈은 눈 같지도 않아. 그저 더 춥게 느껴지게 할 뿐이야."

에일라는 나무를 불가 가까이에 쌓아놓고, 얼음을 그릇에 부어 녹도록 불가 옆에 두었다. 불에 올리는 가죽 솥에도 얼음을 조금 넣었다. 약간의 물이 있어야 솥이 타지 않았다. 그런 뒤 완성해야 하는 여러 가지 일들이 있어 그날 뭘 할지 자신의 아늑한 동굴을 둘러봤다. 하지만 마음이 차분히 가라앉지 않았고, 어떤 일에도 끌리지 않았다. 그때 얼마 전에 완성한 새 창들이 눈에 들어왔다.

사냥을 나가야겠어. 에일라는 생각했다. 한동안 초원에 나가 보질 못했어. 한데 저걸 가져갈 수는 없어. 그녀는 얼굴을 찡그렸다. 별 도움이 되지 않을 거야. 창을 사용할 만큼 짐승에게 접근하지 못할 테고. 산책 삼아 줄팔매를 가지고 가야지. 그녀는 하이에나가 돌아올 경우를 대비해 동굴에 쌓아놓은 돌무더기에서 둥근 돌 몇 개를 찾아 두르개 주머니에 가득 넣었다. 그리고 모닥불에 땔감을 더 넣고 동굴을 나섰다.

에일라가 동굴에서 초원으로 이어지는 가파른 비탈을 오르려고 하는데, 히힝이가 뒤에서 따라오려고 끙끙대더니 그녀 뒤에서 울어댔다.

"걱정하지 마, 히힝아. 오래 안 걸려. 괜찮을 거야."

그녀가 꼭대기에 닿았을 때, 바람이 망토를 낚아채 도망가려는 듯 위협했다. 그녀는 망토를 여며 끈을 묶고 가장자리에 서서 주위를 둘러봤다. 메마른 초원의 여름 풍경은 꽁꽁 얼어붙은 겨울 초원에 비하면 생기가 돌았던 것이었다. 혹독한 바람이 몰아쳤다. 귀청을 찢는 듯한 소리로 울부짖다가 통곡하듯 소리를 높이더니 다시 낮게 신음하는 것이 꼭 귀에 거슬리는 장송곡을 부르는 것 같았다. 바람은 회갈색 땅을 할퀴고 지나가며 꼼짝없이 바람의 통곡을 듣고 있던 새하얀 골짜기의 싸락눈을 휘몰아치듯 들어 올려 대기 중으로 날려 보냈다.

바람에 휘날리던 눈이 맨얼굴을 때리자 꼭 모래처럼 느껴졌다. 무엇보다 어찌나 차가운지 에일라는 망토를 단단히 여미고 고개를 숙인 채 북동쪽에서 불어오는 혹독한 바람을 맞으며 초원으로 돌아 나가는 마른 풀밭을 헤치며 걸었다. 가차 없이 수분을 앗아가는 대기 때문에 코는 얼얼하고 목은 따가웠다. 불시에 불어닥친 돌풍이 에일라를 지나갔다. 그녀는 숨이 턱 막혔다. 숨을 크게 들이마시다가 기침을 했더니 가래가 나왔다. 가래를 뱉자 바로 꽁꽁 얼어붙더니 단단한 땅에 떨어졌다 튀어 올랐다.

내가 여기서 뭘 하고 있는 거야? 에일라는 정신이 번쩍 들었다. 이렇게까지 추울 수 있다는 걸 몰랐어. 돌아가야겠어.

그녀는 몸을 돌렸다가 혹독한 추위도 잊은 채 그 자리에 멈춰 섰다. 협곡 너머로 작은 무리의 털매머드가 느릿느릿 지나가고 있었다. 마치 작은 언덕이 움직이는 것 같았지만 붉은 빛이 도는 진한 갈색 털과 휘어진 기다란 엄니를 가진 매머드였다. 이토록 혹독하고 황량하기 그지없는 땅이 그들의 고향이었고, 추위에 얼어붙은 질긴 풀들이 그들의 먹이였다. 이러한 환경에 적응해 살아가다 보니 다른 환경에서 살아갈 능력을 잃었다. 그리하여 매머드가 지상에서 살아갈 날도 얼마 남지 않았다. 지구를 뒤덮은 빙하가 녹기 시작하면서 그들도 유명을 달리할 터였다.

에일라는 넋을 잃고 바라보다가 희미한 형체가 휘몰아치는 눈 속으로 사라지자 발길을 서둘렀다. 꼭대기에서 내려오자 바람이 불지 않는 것만으로 참으로 다행이라 여겨졌다. 처음 이 계곡을 발견했을 때 느꼈던 기분이 떠올랐다. 이 계곡을 찾지 못했다면 어쩔 뻔했어? 동굴 앞 바위까지 나와 있는 망아지를 안아주고는 가장자리까지 걸어가 계곡을 내려다보았다. 아래쪽, 특히 바람이 눈을 쓸어다 놓은 곳에는 눈이 더 깊게 쌓여 있었다. 건조하고 춥기는 마찬가지였다.

하지만 계곡은 바람이 닿지 않는 곳이었다. 그리고 동굴도 있었다. 동굴과 털가죽, 불이 없었더라면 에일라는 살아남지 못했을 것이었다. 그녀는 털로 뒤덮인 생명체가 아니었다. 동굴 앞 튀어나온 바위 위에 서 있자니 바람에 실려 울부짖는 늑대와 캥캥대는 승냥이 소리가 들렸다. 저 아래로는 흰여우가 꽁꽁 언 개울을 건너고 있었다. 가만히 멈춰 서면 하얀 털 덕분에 새하얀 배경에 녹아들어 잘 보이지 않았다. 계곡 아래로도 움직임이 포착되었다. 동굴사자의 형체였다. 거의 하얗게 바랜 황갈색 털이 빽빽하게 나 있었다. 네 다리의 포식자들은 먹잇감이 있는 환경에 적응해 살아갔다. 에일라와 같은 인간은 환경을 그들에게 맞춰 변화시켰다.

가까이에서 들리는 짐승 소리에 에일라는 깜짝 놀랐다. 위를 올려다보니 절벽 가장자리에 하이에나 한 마리가 보였다. 그녀는 몸서리를 치며 줄팔매를 들었다. 녀석은 물러서더니 눈에 띄게 다리를 절뚝대며 초원으로 돌아갔다. 히힝이가 다가와 나직하게 울더니 에일라를 향해 부드럽게 머리를 들이밀었다. 에일라는 말가죽으로 만든 황색 두르개를 더 단단히 여미고서 히힝이의 목에 팔을 두른 채 동굴로 들어갔다.

에일라는 털가죽 잠자리에 누운 채 왜 갑자기 깨어났을까 의아해하며 머리 위 동굴 천장의 익숙한 윤곽을 바라봤다. 그녀는 고개를 들어 히힝이가 있는 쪽을 봤다. 망아지도 눈을 뜬 채 에일라 쪽을 바라보고 있었지만 불안한 눈빛은 아니었다. 하지만 에일라는 분명 뭔가 달라졌다고 확신했다.

그녀는 따뜻한 털가죽 속으로 파고들었다. 온기를 만끽하며 동굴 입구 위쪽에서 새어 들어오는 빛에 의지해 자신이 직접 만든 집을 둘러보았다. 여기저기 작업하던 일들이 널려 있었지만 약초를 말리는 선반 반대편 벽을 따라 이미 완성한 여러 기구와 도구들이 점차 늘어나고 있었다. 배가 고파진 그녀의 시선은 선반으로 이끌렸다. 말에서 얻은 기름을 정제해 깨끗하게 씻은 창자에 넣고 띄엄띄엄 비틀어 마디를 만들어놓은 하얀색 작은 소시지들이 뿌리째 널어놓은 각종 마른 약초와 양념으로 쓸 풀들과 함께 주렁주렁 매달려 있었다.

그것을 보고 있자니 시장기가 돌았다. 말린 고기, 풍미를 살리기 위한 기름, 그리고 양념으로 쓸 재료와 곡물, 말린 까치밥나무 열매를 넣고 죽을 만들면 될 것 같았다. 잠이 완전히 달아나 더 이상 잠자리에 누워 있을 수 없게 되자 털가죽을 젖혔다. 그녀는 서둘러 두르개의 끈을 동여매고 발싸개를 하고 나서 체온이 남아 따뜻한 스라소니 털가죽을 두른 다음, 소변을 보기 위해 동굴을 나섰다. 동굴 입구의 바람막이를 걷은 에일라는 숨이 턱 막힐 정도로 놀랐다.

절벽에서 툭 튀어나온 삐죽삐죽한 바위의 윤곽이 밤새 내려 두툼히 쌓인 하얀 눈에 뒤덮여 부드럽게 변해 있었다. 온 세상이 하얀 눈으로 밝게 빛나며, 솜털 같은 구름이 걸린 투명하게 파란 하늘을 비추고 있었다. 더 놀라운 변화는 한참이 지나서야 알 수 있었다. 대기 중에는 바람 한 점 없었다.

습한 대륙의 초원이 건조한 황토 초원과 만나는 곳에 자리

한 계곡에는 두 지역의 기후가 공존했는데, 이제 잠시나마 남쪽의 기후가 우세를 차지한 것이었다. 동굴곰족 동굴이 있던 지역에는 겨울이면 폭설이 자주 내렸다. 그래서인지 가득 쌓인 눈을 보고 있자니 고향에 온 것 같은 기분이 들었다.

"히힝아! 어서 나와! 눈이 내렸어. 눈이 내려 온 세상이 변했어."

갑자기 동굴 밖으로 나온 이유가 떠오른 그녀는 바위 가장자리까지 가서 새하얀 눈밭에 처음으로 흔적을 남겼다. 동굴 입구로 돌아온 그녀는 어린 말이 조심조심 눈 위에 발을 떼는 모양새를 지켜봤다. 머리를 숙이고 냄새를 맡더니 차가운 표면에 대고 콧김을 내뿜었다. 에일라를 본 말이 히이힝 울었다.

"어서 와, 히힝아. 눈은 널 해치지 않아."

말은 이토록 가만히 두툼하게 쌓인 눈을 보는 게 처음이었다. 말은 바람에 흩날리거나 떠밀려 쌓여 있는 눈에 익숙해져 있었다. 머뭇머뭇 다시 발을 내딛는 순간, 발굽이 눈 아래로 푹 꺼지자 괜찮은지 묻는 듯 다시 에일라를 향해 울음을 내뱉었다. 에일라는 말이 안심하도록 옆에 붙어 걸었다. 조심스러워하던 망아지는 어느새 재미있다는 듯 타고난 호기심으로 눈을 탐색했다. 그 모습에 에일라는 웃음을 터뜨렸다. 추위를 느낀 에일라는 옷도 제대로 챙겨 입지 않은 채 동굴 밖에 오래 있었다는 것을 깨달았다.

"들어가서 따듯한 차랑 먹을 것을 만들어야겠다. 한데 물이 얼마 없네. 가서 얼음을 좀……."

그녀가 갑자기 웃어댔다.

"뭐 하러 강에서 힘들게 얼음을 깬담. 여기에서 한 그릇 가득 눈을 퍼 담을 수 있는데! 오늘 아침에 따뜻한 죽 한 그릇 어때, 히힝아?"

아침을 먹은 뒤 에일라는 따뜻하게 옷을 챙겨 입고 밖으로 나갔다. 바람이 없으니 날이 온화하게 느껴졌다. 하지만 무엇보다 익숙한 눈길을 걷는 기분이 무척이나 좋았다. 그녀는 그릇과 바구니에 눈을 담아 동굴 안 불가 옆에서 녹였다. 얼음을 깨는 것에 비해 어찌나 쉽던지 그녀는 눈을 녹인 물로 씻어야겠다는 생각까지 하게 되었다. 겨울이면 눈을 녹여서 몸을 깨끗이 하곤 했었다. 하지만 이곳에서는 두꺼운 얼음을 깨는 것만으로는 마실 물과 요리에 쓸 물도 부족해서 씻는다는 것은 사치에 가까웠다.

그녀는 동굴 뒤편에 쌓아놓은 나무 더미에서 땔감을 가져다가 모닥불에 얹어놓고, 동굴 밖에 쌓아놓은 땔감 위에 내린 눈을 치우고서 안으로 더 가져다 놓았다. 물도 얼음처럼 쌓아놓을 수 있다면 좋을 텐데. 에일라는 그릇 속에서 녹는 눈을 보며 생각했다. 땔감을 더 가지고 오기 위해 그릇을 가지고 나와서 눈을 치웠다. 그릇에 눈을 한가득 퍼서 나무 옆에 버리자 눈은 그릇에 담겨 있던 모양 그대로를 유지했다. 눈을 이런 식으로 쌓으면 될까? 땔감 쌓아놓듯이?

자신의 생각에 솔깃해진 에일라는 동굴 앞 바위에 쌓인 깨끗한 눈을 그릇으로 다 퍼 담아 입구 옆 절벽에 쌓았다. 그러더니 강변으로 이어지는 비탈길을 내려가며 눈을 모았다. 히힝이는 덕분에 눈이 치워진 길을 따라 강변으로 내려왔다. 동굴 밖에 쌓인 눈 무더기를 보며 미소 짓는 에일라의 두 눈은 반짝였고 뺨은 발그레해졌다. 바위 끝에 완전하게 치워지지 않은 눈이 보이자 단호하게 그쪽으로 걸음을 옮겼다. 그곳에서 계곡을 내려 보고 있다가 익숙하지 않은 눈길을 앙증맞을 정도로 조심히 걷고 있는 히힝이가 눈에 들어오자 깔깔 웃었다.

뒤돌아 동굴 옆 눈 더미를 힐끗 본 에일라는 별난 생각이 떠오른 듯 입술 한쪽을 올리며 씩 웃었다. 그릇으로 퍼 올려 수북하게 쌓아놓은 눈은 여기저기 울퉁불퉁했는데, 멀리서 보니 꼭 사람의 얼굴 같았다. 에일라는 눈을 조금 더 퍼서 눈 더미에 쌓더니 뒤로 물러났다가 손으로 두드려 눈을 다진 다음, 뒤로 물러나 어떤지 살폈다.

코가 조금만 더 크면 꼭 브룬의 얼굴 같겠어. 그녀는 그런 생각을 하며 눈을 더 담았다. 코 부분에 눈을 더 올린 다음, 구멍을 파고, 울퉁불퉁한 면을 매끄럽게 한 다음 자신이 만든 얼굴을 보기 위해 뒷걸음쳤다.

그녀의 눈이 장난기 섞인 웃음으로 빛났다.

"안녕하세요, 브룬."

손짓을 하던 그녀는 다소 마음의 가책을 느꼈다. 브룬이라면 눈 더미를 자신의 이름으로 부르는 것을 달가워하지 않을 터였다. 이름은 너무나도 중요해서 아무렇게나 붙이면 안 되는 것이었다. 그래도 닮았는데, 뭘. 에일라는 킬킬댔다. 그래도 더 예의를 갖춰야겠어. 족장은 피붙이라고 해도 여자가 함부로 말을 걸 수도 없는데. 허락을 구해야지. 에일라는 자신의 놀이에 살을 붙이려고 작정한 듯, 눈 더미 앞에 앉아 땅바닥을 내려다보았다. 그것이 남자에게 할 말이 있을 때 취해야 하는 올바른 자세였다. 에일라는 속으로는 자신의 장난에 웃으면서 말을 해도 된다고 누군가 어깨를 두드려주기를 기다리는 것처럼 조용히 고개를 숙였다. 침묵이 무겁게 내려앉았다. 돌바닥은 차갑고 딱딱했다. 그녀는 그렇게 앉아 있는 게 얼마나 바보스러운지 깨닫기 시작했다. 브룬을 꼭 닮은 눈으로 만든 형상은 그녀의 어깨를 두드리지 않을 터였다. 마지막으로 그 앞에 앉았을 때 그랬던 것처럼. 그녀가 얼마나 부당하게 죽음의 저주를 받았느냐는 상관없었다. 그녀는 나이가 지긋한 예전 족장에게 분노로 불타오르는 브라우드에게서 자신의 아들을 보호해달라고 애원하고 싶었다. 하지만 브룬은 고개를 돌렸다. 그녀는 이미 죽은 몸이었던 것이다. 갑자기 장난스럽던 분위기는 다 날아갔다. 일어선 그녀는 자신이 눈으로 만든 조각상을 뚫어져라 응시했다.

"넌 브룬이 아니야!"

그녀는 화가 나서 손짓을 하더니 조심스럽게 모양을 만들어 놓았던 부분을 연거푸 주먹으로 쳤다. 마음 깊은 곳에서 분노가 솟구쳐 올랐다.

"넌 브룬이 아니라고!"

주먹과 발로 눈 더미를 연신 때리자 얼굴 모양이 무너져 내렸다.

"다시는 브룬을 볼 일이 없겠지. 두르크도 결코 보지 못할 테고. 누구도, 다시는 보지 못할 거야! 난 완전히 혼자야."

입술 사이로 슬픔에 젖은 흐느낌이 새어 나왔다.

"오, 왜 나는 혼자인 걸까?"

그녀는 그대로 주저앉더니 눈 위로 쓰러졌다. 따뜻했던 눈물이 그녀의 얼굴에서 차갑게 식었다. 그녀는 얼음처럼 차가운 눈밭에 몸을 눕힌 채 점차 마비되는 감각을 환영이라도 하듯 두고 보았다. 에일라는 눈 속으로 들어가 그 안에 묻혀 고통과 분노, 외로움을 꽁꽁 얼리고 싶었다. 사시나무처럼 몸이 떨리기 시작하자 그녀는 눈을 감고 뼛속까지 파고드는 추위를 모른 척하려고 애썼다.

그때 얼굴 위로 따뜻하고 축축한 뭔가가 느껴지더니 망아지의 나직한 울음소리가 들렸다. 그녀는 히힝이도 모른 척하려고 했다. 망아지는 다시 얼굴을 들이밀었다. 에일라는 눈을 떠서 커다랗고 짙은 눈과 기다란 주둥이를 봤다. 그녀는 몸을 일으켜 망아지의 목에 팔을 두르더니 텁수룩한 털에 얼굴을 묻었다. 그녀가 손에서 말을 놓자, 말은 다시 부드럽게 울었다.

"나보고 일어나라는 거구나, 히힝아?"

말은 그녀의 말을 이해했다는 듯이 고개를 위아래로 까닥거렸다. 에일라는 말이 알아들었다고 믿고 싶었다. 그녀의 마음속에는 늘 강한 생존 본능이 자리하고 있었다. 외로움 따위로 포기할 그녀가 아니었다. 브룬의 씨족에서 자라면서 여러 사람들의 애정을 받기도 했지만 늘 여러 면에서 깊은 외로움을 느낀 게 사실이었다. 그녀는 처음부터 끝까지 그들과 달랐다. 그녀에게 있어 다른 생명에 대한 사랑은 매우 강력한 힘이었다. 그녀를 필요로 하는 사람들, 병든 이자, 늙은 크렙, 어린 아들은 그녀가 살아가는 이유였고, 삶에 목적을 부여했다.

"네 말이 맞아. 일어나야지. 널 혼자 둘 순 없지. 여기 있었더니 다 젖어서 춥구나. 마른 두르개로 갈아입어야겠어. 그리고 따듯하고 맛있는 죽을 만들어줄게. 그러는 게 좋겠지?"

에일라는 두 마리의 수컷 흰여우가 암여우를 차지하기 위해 서로 으르렁대며 공격하는 것을 지켜보고 있었다. 그녀의 동굴이 있는 곳까지 발정기의 수컷 여우들에게서 나는 강한 냄새가 올라왔다. 저 녀석들은 겨울이 되면 예뻐지는구나. 여름에는 그냥 칙칙한 갈색인데. 흰 털가죽을 얻으려면 지금이 기회야. 에일라는 그렇게 생각하면서도 줄팔매를 가지러 일어나지 않았다. 싸움에서 이긴 수컷이 의기양양하게 암컷을 차지했다. 수컷이 암컷 위에 올라타자 암여우는 요란한 소리를 냈다.

짝짓기를 할 때만 저런 소리를 낸단 말이야. 좋아서 저러는 걸까, 아니면 싫어서? 난 더 이상 아프지 않게 되었을 때도 한 번도 좋았던 적이 없었어. 하지만 다른 여자들은 좋아했어. 왜 나만 다른 걸까? 내가 브라우드를 싫어해서? 그게 무슨 차이를 만드는 걸까? 그럼 저 암컷은 수컷이 마음에 드나? 수컷이 하는 걸 좋아하나? 도망가질 않잖아.

에일라가 사냥을 하지 않고 여우나 다른 육식동물을 관찰하는 것은 이번이 처음이 아니었다. 그녀는 며칠씩 자신의 토템이 사냥을 허락해준 사냥감을 관찰할 때가 종종 있었다. 그들의 습성과 서식처에 대해 알기 위해서였다. 그러다 보니 육식동물들이 지상에서 함께 살아가는 흥미로운 생명체라는 것을 알게 되었다. 동굴곰족 남자들은 식용인 초식동물을 대상으로 사냥 기술을 연마했다. 따뜻한 털가죽을 얻기 위해 육식동물을 사냥할 때도 있었지만 선호하는 사냥감은 아니었다. 그들은 육식동물에 대해 에일라만큼 끈끈한 유대감을 느끼지 못했다.

에일라는 육식동물에 대해 잘 알았지만 여전히 그들에게 매료되곤 했다. 에일라는 암컷 위에서 몸을 흔들어대는 수컷 여우와 그 아래서 소리를 질러대는 암컷 여우를 보며 사냥할 생각보다는 궁금증이 일었다. 흰여우들은 매년 늦겨울이면 저렇게 암수가 같이 오더라. 봄이 되면 암컷의 털이 갈색으로 변하고, 새끼를 낳고. 저 암여우는 뼈 무더기와 유목 아래에서 그냥 머물까, 아니면 다른 곳에 가서 굴을 팔까? 여기 그냥 있으면 좋을 텐데. 어미 여우는 자기 입으로 잘게 자른 먹이를 새끼들에게 먹이겠지. 새끼들이 자라면 사냥감을 산 채로 잡아 와서 사냥하는 법을 가르칠 거고. 내년 가을이면 새끼는 거의 다 자랄 테고, 겨울이 되면 암여우들은 또 짝짓기를 하며 소리를 지를 거고.

어째서 그럴까? 왜 저렇게 짝짓기를 하는 거지? 아무래도 수컷이 새끼를 배게 하는 것 같아. 여자가 아이를 갖기 위해서는 정령을 삼켜야 한다고 크렙이 말했었지. 그렇다면 짝짓기는 왜 하는 걸까? 누구도 내가 아기를 가질 거라 생각 못 했어. 내 토템의 정령이 너무 세다고들 했지. 하지만 난 아기를 가졌어. 브라우드가 내게 그 일을 저질렀을 때, 두르크가 내 배 속에 들어온 거라면, 내 토템이 강한 것과는 아무런 상관이 없는 거잖아.

하지만 사람이 여우와 같을 리야 없겠지. 사람은 봄에만 아기를 갖는 것도 아니고. 여자들은 언제라도 아기를 가질 수 있어. 그리고 겨울에만 짝짓기를 하는 것도 아니고, 늘 하잖아. 그렇다고 매번 아기를 가지는 건 아니야. 크렙 말이 맞을지도 모르겠어. 남자 토템의 정령이 여자의 몸속에 들어와야 하는 것일지도 몰라. 하지만 여자가 정령을 삼키는 건 아니야. 내 생각엔 남녀가 짝짓기를 할 때 남자의 성기를 여자에게 집어넣어서 그런 것 같아. 어떨 때는 여자의 토템이 남자와 싸우기도 하지만 어떨 때는 새 생명이 시작되기도 하는 거야.

하얀 여우 털은 탐내지 않는 게 좋겠어. 한 마리를 죽이면 다른 여우들도 다 떠날 거야. 저 암여우가 새끼를 몇 마리나 낳는지 보고 싶어. 털 색깔이 갈색으로 변하기 전에 하류에서 봤던 어민을 잡아야겠다. 어민 털은 하얗고 더 부드러워. 꼬리 끝의 검은 부분도 마음에 들고.

하지만 어민은 너무 작아서 문제야. 어민 가죽으로는 손싸개 하나도 만들지 못할 텐데. 그리고 어민도 봄이면 새끼를 낳을 테고. 아마 내년 겨울이면 더 많은 어민을 볼 수 있을 거야. 오늘은 사냥을 하지 말아야겠어. 그릇이나 마저 만들어야지.

에일라는 봄에 떠날 계획을 세웠으면서 어째서 내년 겨울 일까지 생각하는지 스스로 깨닫지 못했다. 그녀는 점차 고독한 생활에 익숙해지고 있었다. 부드러운 막대기에 빗금을 긋고 다른 막대기 더미 위에 올려놓는 저녁 무렵에만 잠시 쓸쓸함을 느낄 뿐이었다.

에일라는 얼굴에 달라붙은 먼지와 기름이 낀 머리카락을 손등으로 떼어내려고 애썼다. 그녀는 나무의 잔뿌리를 길게 잘라 망사 바구니를 만들고 있어 손가락을 뗄 수가 없었다. 그녀는 줄곧 새로운 기법들을 시도했다. 다양한 재료를 섞어가며 여러 가지 질감과 무늬를 가진 물건들을 만들었다. 하지만 에일라의 관심을 가장 끄는 것은 이리저리 꼬아보고 묶고 매듭을 지어 이런저런 띠와 끈, 줄을 만드는 것이었다. 다 만들고 나면 전혀 쓸모가 없거나 우스꽝스러운 것들도 간혹 있었지만 때로는 혁신적인 물건을 만들 때도 있어 새로운 시도를 멈추지 않았다. 그녀는 어느새 손에 닿는 것이면 무엇이든 꼬거나 땋았다.

어느 날 에일라는 아침 일찍부터 특별히 복잡한 문양을 짜는 작업을 하고 있었다. 히힝이가 바람막이를 주둥이로 젖히며 들어올 때야 비로소 저녁이라는 것을 알았다.

"시간이 언제 이렇게 된 거야? 히힝아, 네 그릇에 물도 부어주지 않았구나."

그녀는 일어나 오랫동안 같은 자세로 앉아 있어 뻣뻣해진 몸을 풀며 말했다.

"먹을 걸 가져올게. 잠자리에 까는 풀도 갈아야겠어."

에일라는 말에게 신선한 풀을 가져다주랴, 자신의 잠자리 가죽 아래 풀을 새로 깔고 오래된 풀을 동굴 아래로 버리랴, 부산하게 움직였다. 그리고 동굴 입구에 쌓아놓은 눈의 바깥 면 얼음을 깨고 눈을 퍼왔다. 동굴 앞에 눈이 있다는 것이 새삼 다행스럽게 여겨졌다. 남은 눈은 얼마 되지 않았다. 저기 쌓인 눈으로 얼마나 더 오래 버틸 수 있을까. 에일라는 생각에 잠겼다. 얼마 후면 다시 물을 구하러 아래로 내려가야 할 터였다. 그녀는 눈을 더 퍼 와서 씻을지 고심하다가 머리를 감아야겠다고 마음먹었다. 이번이 아니면 어차피 봄이 오기 전에 씻지 못할 것 같아서였다.

음식을 요리하는 동안, 불가 가까이에 있던 눈이 녹았다. 손으로 음식을 만들면서도 요즘 흠뻑 빠져 있는 나무의 잔뿌리로 작업하는 일이 뇌리를 떠나지 않았다. 저녁을 먹고 씻은 다음 젖어서 헝클어진 머리를 나뭇가지와 손가락으로 빗어 내리는데

엉기성기 얽힌 나무뿌리를 풀 때 사용하는 말린 산토끼꽃 꽃대가 눈에 들어왔다. 한 번씩 꽃대로 히힝이의 털을 빗겨주다 보니 나무뿌리도 풀어볼 생각이 들었던 터였고, 이제는 자연스레 자신의 머리를 빗어보기로 했다.

그녀는 결과에 무척 흡족했다. 그녀의 치렁치렁한 숱 많은 금발이 부드럽고 매끄럽게 느껴졌다. 사실 전에는 어쩌다 머리 감을 때를 빼면 자신의 머리에 특별한 관심이 없었다. 그녀는 보통 앞으로 쏟아지는 머리는 귀 뒤로 꽂고 나머지는 되는대로 풀어 놓았다. 불빛에 비추며 꽃대로 머리를 빗던 에일라는 문득 이자의 말이 떠올랐다. 이자는 에일라의 용모 중에 가장 아름다운 부분이 머리카락이라고 자주 말하곤 했다. 색깔은 괜찮은 편이네. 에일라가 생각했다. 그보다 훨씬 좋은 건 촉감이야. 부드럽고 긴 머릿결. 에일라는 어느새 자신이 무엇을 하고 있는지 의식하지 못한 채 머리카락을 한 가닥 잡고는 땋고 있었다.

다 땋은 머리채는 힘줄로 끝을 묶은 뒤 또 한 가닥을 땋기 시작했다. 에일라는 머리카락을 땋고 있는 모습을 누가 보면 얼마나 이상해할까 스치듯 생각했지만 머리를 땋는 손을 멈추지는 않았다. 어느새 그녀의 머리 전체가 가닥가닥 땋은 머리채들로 덮였다. 머리를 좌우로 흔들어보더니 새로운 머리 모양이 마음에 드는 듯 미소를 지었다. 하지만 땋은 머리는 귀 뒤로 꽂을 수가 없어 자꾸 얼굴로 흘러내렸다. 몇 가지 시도를 해본 끝에 땋은 머리들을 칭칭 감아 고리처럼 묶는 법을 터득했다. 땋은 머리가 흔들거리는 게 재미있어서 양옆과 맨 뒤는 올리지 않았다.

처음에는 새로운 것을 시도하는 재미로 머리를 땋았지만 나중에는 편하다는 이유로 계속 머리를 땋게 되었다. 무엇보다 흘러내리지 않아 좋았다. 누가 이상하다고 생각한들 무슨 상관이겠는가? 자기 마음에 들면 그뿐이었다.

에일라는 머지않아 동굴 입구에 쌓아놓은 눈을 다 사용했다. 하지만 물을 얻기 위해 얼음을 깰 필요가 없었다. 바람에 날린 눈들이 계곡 곳곳에 쌓였다. 처음 눈을 가지러 내려가 보니 동굴 바로 아래 눈에는 모닥불에서 날아든 재와 검댕이가 묻어 있었다. 그녀는 더 깨끗한 눈을 찾아 상류로 올라갔다. 좁은 협곡에 들어서자 호기심이 발동한 그녀는 조금 더 가보기로 했다.

헤엄을 쳐서 상류까지 가본 적은 없었다. 물살이 세기도 했고, 그럴 필요도 없어서였다. 하지만 발아래만 조심하면 걷는 것은 크게 힘들지 않았다. 협곡을 따라서 걷다 보니 얼음들이 빚어낸 신비롭고 환상적인 세계가 펼쳐졌다. 기온이 떨어지며 얼어붙은 물보라가 압력을 받으면서 여러 가지 모양의 이랑을 만들어놓은 것이다. 에일라는 그 경이로운 형상에 정신이 팔려 미소를 짓다 보니 곧 다가올 광경에 대해서는 마음의 준비가 되어 있지 않았다.

에일라는 조금 더 걷다가 돌아갈 생각이었다. 그늘진 깊은 협곡은 저 아래 골짜기보다 추웠고 얼음 때문에 더욱 으스스했다. 그녀는 강이 굽어지는 곳까지만 더 가보기로 했다. 물굽이에 도

달했을 때 그녀는 경외감에 휩싸인 채 멈춰 섰다. 물굽이를 돌자 협곡의 절벽들이 만나 초원으로 이어지는 절벽을 이루고 있었다. 절벽으로 쏟아지던 폭포는 고드름 모양의 종유석처럼 그대로 얼어붙은 채 반짝이고 있었다. 돌처럼 단단했지만 차갑고 흰 얼어붙은 폭포는 마치 동굴을 뒤집어놓은 것처럼 장관을 이루고 있었다.

거대한 얼음 조각상은 그 웅장함만으로도 숨을 턱 막히게 했다. 겨울의 손아귀에 사로잡힌 엄청난 물의 세력이 금방이라도 덮칠 것만 같았다. 그 때문에 에일라는 현기증까지 일 정도였지만 장엄한 모습에 사로잡힌 채 한자리에 못 박힌 듯 서 있었다. 억눌린 물의 세력 앞에서 그녀는 몸서리를 쳤다. 몸을 돌리기 전에 에일라는 얼음 기둥 끝에서 반짝이는 물방울이 떨어지는 것을 본 것 같았다. 뼛속까지 파고드는 오한을 느끼며 그녀는 다시 한 번 몸서리를 쳤다.

에일라는 거세게 불어닥친 돌풍에 잠에서 깼다. 고개를 들어 동굴 입구를 보니 바람막이가 휘날리며 말뚝을 때리고 있었다. 에일라는 바람막이를 다시 고정시키고 잠시 바람을 맞으며 서 있었다.

"히힝아, 날이 따뜻해졌어. 바람이 예전처럼 차갑지 않아."

말은 귀를 쫑긋거리며 기대에 찬 눈빛으로 에일라를 봤다. 그것이 그들만의 대화였다. 망아지에게서 반응이 나올 거라 기대하는 손짓이나 신호가 따로 있는 것은 아니었다. 가까이 오라거나 뒤로 물러나라는 손짓도, 곧 먹이를 주겠다는 신호도 없었다. 빗질을 해주거나 두드려주거나 다른 형태의 애정 표현을 나타내는 손짓을 정하지도 않았다. 에일라는 의식적으로 말을 길들이는 것은 아니었다. 그녀는 히힝이를 친구처럼 여겼다. 하지만 영리한 말은 특정 신호나 소리가 어떤 행동과 연관이 있다는 것을 눈치챘고, 많은 경우 적절하게 반응하는 법을 배웠다.

에일라 또한 히힝이의 언어를 이해하기 시작했다. 말은 단어로 말할 필요가 없었다. 에일라는 히힝이의 표정이나 태도에 나타나는 미세한 변화를 읽는 데 익숙해졌다. 동굴곰족의 언어에서도 소리는 두 번째 의사소통 수단에 불과했다. 긴 겨울 내내 서로 가깝게 붙어 지내다 보니 둘 사이에는 끈끈한 정이 생겨났을 뿐 아니라 서로를 더욱 잘 이해하게 되었다. 에일라는 히힝이가 기분이 좋은지 나쁜지, 만족스러운지, 초조한지 알아차렸으며 자신의 관심을 필요로 할 때—먹이, 물, 애정 표현—말이 보내는 신호에 바로 응답했다. 하지만 어디까지나 주도적인 위치에 있는 것은 에일라였다. 직관적으로 에일라는 말에게 지시를 하거나 신호를 보냈고, 그러면 말이 반응하는 식이었다.

에일라는 고쳐놓은 바람막이 상태를 보느라 동굴 입구 바로 안쪽에 서 있었다. 바람막이 위쪽에 구멍을 몇 개 더 뚫고 새 끈을 꿰어서 가로대에 묶어놓은 터였다. 그때 갑자기 목 뒤가 축축해졌다.

"히힝아, 하지 마."

몸을 돌리자 말은 제 잠자리에 그대로 있었다. 그때 물방울 하나가 똑 떨어졌다. 주위를 둘러보다 뒤를 보니 연기 구멍에 기다란 고드름이 매달려 있었다. 요리할 때의 연기와 숨결에서 나온 수분이 모닥불 덕분에 더워진 공기에 실려 올라갔다가 구멍에서 들어오는 차가운 공기와 만나 얼어붙은 것이었다. 하지만 건조한 바람이 수분을 빼앗다 보니 고드름은 아주 커지지는 못했다. 지금까지는 구멍 주변에 얼음이 끼는 정도였다. 재와 검댕이 잔뜩 묻은 기다란 고드름을 본 에일라는 화들짝 놀랐다.

너무 놀라 한 발짝도 움직이지 못한 채 서 있는 에일라의 이마 위로 물방울이 또다시 튀었다. 그녀는 이마를 닦더니 흥분에 겨워 소리를 질렀다.

"히힝아! 히힝아! 봄이 오고 있어! 얼음이 녹기 시작해!"

그녀는 망아지에게 달려가 꼭 안으며 자신의 함성에 놀란 말을 진정시켜주었다.

"오, 히힝아, 곧 나무에서 새순이 돋아날 거야. 풀들도 새싹을 틔울 테고. 봄에 나는 새순처럼 맛 좋은 게 없단다! 기다려봐. 너도 아주 좋아할걸!"

에일라는 새하얀 세상 대신 푸르른 세상이 기다리고 있기라도 한 것처럼 동굴 밖으로 뛰어나갔다. 얼음이 처음으로 녹았던 기쁨도 잠시, 봄에 대한 설렘은 실망으로 바뀌었다. 봄이 온다는 징조는 고사하고, 며칠 후에 최악의 눈보라가 골짜기로 들이닥쳤다. 하지만 빙하로 뒤덮인 대지에도 겨울이 가면 봄은 어김없이 찾아왔다. 따뜻한 태양의 숨결이 대지를 덮은 얼음의 표면을 녹였다. 물 몇 방울은 에일라가 상상하는 것 이상으로 계곡의 얼음이 물로 녹아내리고 있음을 예고하는 것이었다.

일찍부터 녹기 시작한 빙하와 함께 봄비가 내리자 쌓여 있던 눈과 얼음이 쓸려 내려가며 건조한 초원에 일시적으로 수분이 흘러 들어갔다. 하지만 주변에는 눈만 쌓여 있던 게 아니었다. 계곡을 흐르는 강의 발생지는 거대한 빙하에서 시작되었다. 봄이 찾아와 빙하가 녹기 시작하면서 물길을 따라 지류들이 흘렀다. 그중에서 상당수는 에일라가 처음 계곡에 왔을 때는 보지 못했던 것들이었다.

메마른 구덩이에 갑작스런 홍수가 들이닥치며 무방비 상태의 짐승들을 휩쓸어갔다. 거친 소용돌이에 휘말린 짐승의 사체는 찢어지고 부딪치다가 뼈만 남았다. 홍수로 넘쳐난 물이 꼭 기존의 물길을 따라 흐르지는 않았다. 빙하가 녹아 흘러넘치는 강은 새로 물길을 내며 오랜 세월 혹독한 환경에서 적응하느라 고군분투한 덤불과 나무를 뿌리째 뽑아 쓸어 갔다. 돌은 물론이고 엄청나게 큰 바위까지 물에 침식된 잔해들과 함께 떠내려갔다.

거세게 쏟아져 내리던 물줄기는 에일라의 동굴에서 상류 쪽에 위치한 협곡의 절벽에 막혀 물길이 좁아졌다. 한 호흡 쉬어가던 물줄기는 협곡을 통과하면서 거센 물살을 일으키며 강의 수위를 높였다. 여우들은 돌투성이 강변이 불어난 물에 쓸려 가기 오래전에 지난해 쌓인 퇴적층 아래에 굴을 파서 보금자리를 마련해놓았다.

에일라는 동굴에만 있을 수가 없었다. 암붕에 나가 포말을 일으키며 빠르게 소용돌이치는 강의 수위가 매일 높아지는 것을 지켜봤다. 폭포가 겨울의 손아귀에서 벗어나자 암붕에서도 폭포가 보였다. 좁은 협곡을 지나자마자 거침없이 흘러 내려오는 물줄기는 튀어나온 절벽으로 사정없이 부딪치며 그 아래 온갖 잔해를 남기고 갔다. 에일라는 그제야 그간 유용하게 썼던 짐승의 뼈와 유목, 돌들이 어떻게 절벽 아래 무더기를 이뤘는지 알게 되었다. 그리고 새삼 이렇게 높은 곳에 있는 동굴을 찾게 되어서 얼마나 운이 좋았는지 깨달았다.

거대한 바위나 나무가 절벽에 쿵쿵 부딪칠 때마다 암붕도 흔들렸다. 에일라는 겁을 먹기도 했지만 그녀의 마음속에는 모든 것을 운명에 맡기는 태도가 자리 잡고 있었다. 죽어야 할 운명이라면 죽어야 할 것이었다. 그녀는 이미 죽음의 저주를 받은 몸이었다. 자신의 운명을 스스로 다스리겠다는 의지보다 더 강력한 힘이 존재하는 게 분명했다. 그녀가 절벽 위 동굴에 있는 동안 절벽이 무너진다면, 그것은 자신의 힘으로 어쩔 수 없는 일이었다. 그리고 에일라는 그러한 자연의 무자비한 힘에 넋을 잃었다.

하룻밤 자고 나면 계곡의 풍경은 매일 달라져 있었다. 반대편 절벽 가까이에서 자라던 거대한 나무들 중 하나가 물살에 굴복했다. 나무는 에일라의 암붕 쪽을 향해 쓰러지다가 이내 불어난 강물에 휩쓸려 갔다. 에일라는 급류에 휘말려 물굽이를 돌았다가 저 아래 초원의 길고 좁은 물길을 따라 흘러가는 나무를 눈으로 좇았다. 조용히 흐르던 강가 양옆에 줄지어 자라던 식물들은 물에 완전히 잠겼다. 요동치는 강물에 잠긴 채 힘겹게 땅에 매달려 있던 덤불과 나뭇가지들이 쓰러진 거대한 나무들에 엉키면서 함께 휩쓸려 내려갔다. 저항해봐야 아무런 소용이 없었다. 나무들은 땅에서 뿌리째 뽑혀 산산조각이 났다.

에일라는 겨울이 얼어붙었던 폭포를 완전히 놓아주었다는 것을 알 수 있었다. 협곡을 울리는 얼음이 깨지는 소리와 함께 얼음 덩어리들이 물살에 소용돌이치며 떠내려왔다. 얼음 덩어리들은 한꺼번에 절벽을 향해 몰려들었다가 부딪쳐 부서졌다.

마침내 에일라가 비탈을 내려가 강가를 걸을 수 있을 만큼 물이 빠졌을 때, 익숙했던 강변은 달라져 있었다. 진흙탕이 된 절벽 아래도 새로웠다. 뼈와 유목 사이로 짐승의 사체와 쓰러진 나무들이 그득했다. 돌들이 널려 있던 땅의 모양도 변했고, 나무들도 쓸려 내려가고 없었다. 하지만 모든 식물이 다 사라진 것은 아니었다. 강가에서 떨어져 원래부터 건조했던 땅속에 뿌리를 깊이 내린 식물들은 건재했다. 살아남은 덤불과 나무들은 해마다 일어나는 강의 범람에 익숙해져 가며 매년 더 단단하게 자리 잡았다. 산딸기 덤불에서 처음으로 연둣빛 싹이 트자 에일라는 벌써 빨갛게 익은 열매가 눈에 보이는 듯했다. 하지만 이내 문제가 떠올랐다.

여름이 되어야 무르익는 열매를 생각하는 것은 무의미한 일이었다. 다른 종족을 찾아 다시 길을 나선다면, 에일라는 여름에 이 계곡에 남아 있지 않을 터였다. 봄이 시작되자 결단을 내릴 때가 다가왔다. 언제 계곡을 떠나느냐, 그것이 문제였다. 그것은 에일라가 상상했던 것보다 훨씬 어려운 문제였다.

그녀는 동굴 앞 암붕 끝에 앉아 있는 것을 좋아했다. 들판과 마주 보고 있는 쪽 암붕은 평평해서 앉기에 좋았고 그 아래로는 발을 놓을 수 있는 자리까지 있었다. 그곳에서는 강이 돌아가는 물굽이나 강변이 보이지 않았지만 계곡은 훤히 들여다보였다. 고개를 돌리면 강 상류의 협곡이 보였다. 들판에 있는 히힝이를 주시하던 에일라는 고개를 뒤로 돌렸다. 히힝이가 절벽을 돌자 시야에서 벗어났지만 비탈을 따라 올라오는 소리를 들으며 나타나기를 기다렸다.

짙은 귀와 빳빳한 갈색 갈기를 한 머리가 보이자 에일라는 미소 지었다. 암붕까지 올라오자 털갈이를 하고 있는 히힝이의 듬성듬성 자란 털이 눈에 띄었다. 새로 나기 시작한 진한 갈색 털이 등을 따라 숱이 많은 진한 꼬리까지 줄무늬처럼 나 있었다. 앞다리의 아랫부분은 진한 갈색이었지만 윗부분에는 희미하게 줄무늬가 나타나기 시작했다. 망아지는 에일라를 보더니 용건이 있는지 묻기라도 하듯 나직하게 울고는 동굴 속으로 들어갔다. 아직 살이 더 붙어야 하지만 한 살이 된 말은 크기가 다 자란 말과 비슷했다.

에일라는 다시 계곡으로 시선을 던졌다. 그러자 며칠째 잠 못 이루게 했던 생각이 떠올랐다. 지금 떠날 수는 없어. 먼저 사냥도 해두고, 과일이 익을 때까지 기다려야 해. 그리고 히힝이는 어쩌지? 그것이 가장 큰 고민이었다. 에일라는 혼자 살고 싶지 않았다. 하지만 동굴곰족이 다른 종족이라 부르는 사람들에 대해서는 아무것도 알지 못했다. 그녀 역시 다른 종족이란 사실만 알 뿐이었다. 그 사람들을 찾는다 해도 히힝이를 키우지 못하게 한다면? 브룬은 절대로 다 자란 말을 키우도록 허락하지 않을 거야. 어린 말은 더더욱. 히힝이를 죽이려고 하면? 히힝이는 도망가지도 않고 그냥 선 채로 가만히 있을 텐데. 죽이지 말라고 한다면 내 말을 들어줄까? 브라우드라면 내가 뭐라고 말하든 죽이려고 했을 거야. 다른 종족의 남자들도 브라우드 같다면? 아니, 그보다 더 나쁘다면? 고의로 그런 건 아니지만 어쨌든 오다의 아기가 죽게 된 건 그 사람들 때문이었어.

언젠가는 다른 종족 사람을 찾아야 하지만 우선은 조금 더 머물러도 돼. 사냥을 할 때까지라도. 뿌리를 채집할 수 있으면 더 좋고. 그러면 되겠다. 캐도 될 만큼 뿌리가 커질 때까지 여기서 지내야겠어.

떠나는 시기를 미루기로 결정하자 안심이 되었고, 이제는 일이 손에 잡힐 듯했다. 그녀는 일어나서 암봉의 반대편으로 걸어갔다. 절벽 아래 새롭게 쌓인 무더기에서 고기 썩는 악취가 올라왔다. 저 아래 움직임이 포착되었다. 하이에나 한 마리가 강력한 턱으로 사슴의 것으로 보이는 앞다리를 으스러뜨리고 있었다. 포식 동물과 청소동물을 통틀어 하이에나만큼 턱과 몸의 앞부분에 힘이 집중되어 있는 동물은 없었다. 그러다 보니 그토록 균형이 맞지 않는 볼품없는 모양새를 갖게 되었다.

에일라는 낮게 내려앉은 엉덩이와 구부정한 다리, 주둥이를 뼈 무더기 속에 파묻고 있는 짐승을 보자 당장 해치우고 싶은 충동이 일었다. 하지만 하이에나가 썩은 고기 한 점을 물고 가는 것을 보자 그냥 내버려두었다. 처음으로 하이에나들이 하는 일에 대해 고마운 생각마저 들었다. 그녀는 다른 육식동물을 관찰하듯 하이에나를 오랫동안 지켜봐 속속들이 알았다. 다른 고양잇과 맹수나 늑대들과 달리 하이에나는 사냥감을 공격하기 위해 순식간에 힘 있게 뛰어오를 수 있는 뒷다리 근육이 발달하지 않았다. 사냥을 하고 나서도 내장과 부드러운 아랫배, 유선이 있는 가슴 부위를 주로 먹었다. 하지만 가장 흔하게 먹는 것은 썩은 고기였다. 얼마나 썩었든 상관없었다.

하이에나는 부패한 것도 즐겨 먹었다. 사람들이 버린 음식을 뒤져서 먹는가 하면, 제대로 묻지 않은 인간의 시신을 파내 먹기도 했다. 심지어 배설물도 먹었다. 그래서인지 먹는 음식만큼이나 하이에나에게서는 고약한 악취가 났다. 하이에나에게 물리면 치명적인 상처가 아니어도 감염으로 인해 죽는 경우도 있었다. 그리고 살아 있는 사냥감일 경우, 새끼들을 노렸다.

에일라는 역겨운 생각이 들어 얼굴을 찌푸리며 몸서리를 쳤다. 그녀는 줄팔매로 쫓아내고 싶은 충동을 간신히 억눌러야 했다. 갈색 점박이 짐승들에 대한 혐오감만은 어쩔 수 없었다. 에일라로서는 아무리 생각해도 그 짐승에게서 단점을 덮어줄 만한 구석을 찾지 못했다. 다른 청소동물들도 냄새가 고약하지만 하이에나만큼 혐오감을 주지는 않았다.

암붕이 있는 높은 위치에서는 남은 찌꺼기를 채 가려는 오소리까지 훤히 보였다. 식충이 같은 녀석은 꼬리가 길 뿐 아기 곰처럼 보였지만 족제비에 더 가까운 짐승이었다. 녀석들의 사향샘은 스컹크만큼 지독한 악취를 내뿜었다. 오소리는 악랄한 청소동물이었다. 아무 이유 없이 동굴에 침범해서 어질러놓고 가기도 했다. 공격적이고 영리한 오소리들은 쥐나 새, 개구리, 물고기, 열매로는 배가 차지 않는다는 듯이 큰뿔사슴까지 서슴없이 공격할 정도로 겁이 없는 포식 동물이기도 했다. 에일라는 사냥감을 지키기 위해 자기 몸집보다 더 큰 동물들을 쫓아내는 오소리들을 본 적도 있었다. 오소리는 인정할 만한 구석이 있는 짐승이었고, 녀석의 털가죽은 성에가 끼지 않아 가치가 있었다.

에일라는 붉은솔개 한 쌍이 강 건너 나무 위 높은 둥지에서 하늘로 빠르게 날아오르는 것을 지켜봤다. 불그스름한 긴 날개와 두 개로 갈라진 꼬리를 활짝 펴더니 강변에 내려앉았다. 솔개는 썩은 고기를 먹지만 다른 맹금류처럼 작은 포유류나 파충류도 먹이로 삼았다. 에일라는 맹금류에 대해 잘은 몰랐지만 암컷이 수컷보다 더 크고 아름다운 편이었다.

독수리는 대머리를 비롯해 생김새도 별로이고 지독한 냄새도 났지만 에일라는 참아줄 만하다고 생각했다. 갈고리 같은 부리는 날카롭고 강력해서 죽은 짐승의 고기를 자르는 데 유용했다. 다른 것은 몰라도 독수리가 날아가는 모습에는 위엄 같은 게 느껴졌다. 커다란 날개를 펴고 기류를 타다가 먹이를 발견하면 땅으로 하강해 목은 쭉 펴고 날개는 반을 접고서 죽은 고기를 향해 빠르게 다가갔다.

저 아래 골짜기에서 청소동물들은 모처럼 마음껏 배를 채우고 있었다. 까마귀들까지 가세해 한몫 챙겼다. 에일라는 기뻤다. 그녀가 사는 동굴 위까지 부패한 짐승 사체에서 나는 악취가 올라와 그토록 싫어하는 하이에나까지 참아주고 있던 참이었다. 청소동물들이 썩어가는 고기를 빨리 해치울수록 그녀는 더욱 흡족할 터였다. 에일라는 지독한 악취를 더는 참을 수 없을 것 같았다. 악취가 섞이지 않은 맑은 공기가 간절했다.

"히힝아."

에일라가 부르자 말은 자신의 이름을 듣고 동굴 밖으로 머리를 쑥 내밀었다.

"산책 가려는데 같이 갈래?"

암말은 자신을 부르는 손짓을 보더니 에일라를 향해 걸어와 고개를 홱 들었다.

그들은 비탈을 내려와 강변을 점령한 시끄러운 짐승들을 피해 절벽을 돌아갔다. 다시 평상시 기슭의 모습으로 돌아간, 작은 강을 따라 줄지어 자란 덤불 옆을 걷다 보니 말은 편안한 모습이었다. 죽음 짐승의 냄새뿐 아니라 오래전 하이에나에게 공격을 당해 생겨난 뿌리 깊은 공포가 망아지를 불안하게 하던 터였다. 공기는 여전히 습하고 차가웠지만, 둘은 꼼짝없이 갇혀 지낸 겨울이 끝나고 화창한 봄이 선사하는 자유를 만끽했다. 또한 탁 트인 들판에서는 신선한 향기가 났다. 계곡에는 맹금류들만이 잔치를 벌이는 게 아니었다. 들판의 새들은 더 중요한 일들이 있다는 듯 부산하게 움직이고 있었다.

에일라는 발걸음을 늦추며 큰점박이딱따구리 한 쌍을 지켜봤다. 진홍색 머리를 한 수컷과 하얀색 암컷이 죽은 나무를 쪼아대다가 서로를 쫓듯 나무 주위를 돌면서 날갯짓을 선보였다. 에일라는 딱따구리에 대해서는 잘 알았다. 암수 한 쌍은 함께 고목에 구멍을 내고 나뭇조각들을 모아다가 둥지를 지었다. 하지만 갈색 점들이 박힌 예닐곱 개의 알을 낳고 아기 새들이 태어나면 암컷과 수컷은 더 이상 같이 다니지 않고 각자의 영역에 있는 나무에서 벌레를 잡았다. 그 무렵이면 나무를 거칠게 쪼아대는 소리가 사방으로 퍼졌다.

종달새는 조금 달랐다. 무리 지어 다니던 새들은 번식 기간에만 암수 한 쌍씩 나뉘었는데, 이때 수컷들은 싸움닭처럼 호전적으로 변했다. 에일라는 종달새 한 쌍이 하늘을 날아오르며 지저귀는 아름다운 노랫소리를 들었다. 어찌나 크게 울려 퍼지는지 저 멀리 하늘에서 점으로 보일 때까지 소리를 들을 수 있었다.

그때 갑자기 돌 두 개가 떨어지듯 급강하한 종달새들이 다시 노랫소리를 이어갔다.

에일라는 말을 사냥하기 위해 구덩이를 팠던 곳이라 짐작되는 지점에 도착했다. 흔적은 전혀 남아 있지 않았다. 울타리를 만들기 위해 잘랐던 덤불은 홍수에 다 쓸려 가고 없었고, 파인 부분도 다 평평하게 다져 있었다. 조금 더 멀리 가서 물을 마시려고 멈췄는데, 물가로 총총 걸어가는 할미새를 보니 미소가 슬며시 나왔다. 종달새랑 비슷하지만 노란색의 아랫배가 더 홀쭉했다. 꼬리를 물에 적시지 않으려고 몸을 수평으로 유지하며 걷다 보니 꼬리가 위아래로 까닥까닥 움직였다.

물 흐르듯 맑은 새소리가 나는 곳으로 시선을 돌리니 물에 젖는 것을 아랑곳하지 않고 서로 구애의 몸짓을 하고 있는 물까마귀들이 보였다. 에일라는 항상 물까마귀를 볼 때마다 물속을 걷는데도 어떻게 깃털이 젖지 않을까 궁금증이 일곤 했다. 그녀가 들판으로 돌아왔을 때 히힝이는 새로 돋아난 풀들을 뜯고 있었다. 갈색 굴뚝새 한 쌍이 앉은 덤불 가까이를 지나자 꾸짖기라도 하듯 시끄럽게 지저귀는 통에 에일라는 웃음이 났다. 덤불을 지나자 더 크고 청아한 노랫소리가 들려왔다. 새 한 마리가 선창하듯 노래 한 가락을 뽑자 또 다른 새가 그 뒤를 이었다.

에일라는 통나무 위에 앉아 다채로운 새들이 들려주는 감미로운 노랫소리에 귀를 기울였다. 그때 휘파람새가 다른 새들의 소리를 흉내 내자 에일라는 깜짝 놀랐다. 작은 새의 기교에 놀라

숨을 들이마셨다가 살며시 내뱉던 순간, 에일라는 자신의 입에서 난 휘파람 소리에 또 한 번 놀랐다. 그때 에일라의 뒤를 이어 푸른색 멧새가 숨을 들이마시고 내는 휘파람 같은 특유의 소리를 내자 흉내 내기를 좋아하는 휘파람새가 질세라 따라했다.

에일라는 무척 즐거웠다. 자신이 새들의 합창단에 단원이라도 된 듯 다시 휘파람을 불었다. 입술을 오므린 채 숨을 들이마셨다가 내뱉자 바람 빠지는 소리 같은 아주 작은 휘파람 소리가 났다. 다음 번 시도에서는 조금 더 큰 소리가 나긴 했지만 숨을 너무 많이 들이마시는 바람에 얼른 내뱉느라 짧은 휙 소리만 났다. 입술 사이로 공기만 내뱉을 때는 소리가 잘 나지 않았다. 다시 숨을 들이마셨다가 내뱉으며 소리를 내자 소리는 작아도 휘파람이 더 잘 불어졌다.

숨을 들이마셨다가 내쉬며 여러 번 시도를 하다 보니 한 번은 꽤 날카로운 휘파람 소리가 났다. 그녀는 연습에 너무 열중한 나머지 알아차리지 못했지만 휘파람 소리가 날 때마다 히힝이가 귀를 쫑긋거렸다. 망아지는 그 소리에 어떻게 반응을 해야 할지 몰랐지만 호기심에 에일라에게 다가왔다.

에일라는 망아지가 귀를 젖힌 채 약간 놀란 표정으로 다가오는 것을 봤다.

"내가 새소리를 내서 놀랐지? 나도 그래. 내가 새소리를 낼 수 있는 줄은 몰랐거든. 새소리가 아주 똑같은 것은 아니지만, 계속 연습하면 비슷해질 것 같아. 다시 한 번 해볼까."

그녀는 숨을 들이마셨다가 입술을 오므리고 집중해서 숨을 내쉬자 꽤 선명한 휘파람 소리가 길게 이어졌다. 히힝이는 고개를 쳐들고 울어대더니 껑충껑충 달려 에일라에게 다가왔다. 벌떡 일어나 말의 목을 안던 에일라는 말이 부쩍 커진 것을 느낄 수 있었다.

"많이 컸구나, 히힝아. 말들은 정말 빨리 자라네. 이제는 다 자란 말 같아. 이제 얼마나 빨리 달릴 수 있을까? 어서, 히힝아. 같이 달려보자."

에일라가 말의 엉덩이를 찰싹 때리며 손짓하더니 전속력으로 달려 나갔다.

말은 몇 발자국 만에 에일라를 앞지르더니 다리를 쭉쭉 펴며 질주했다. 에일라는 달리는 기분이 좋아 말의 뒤를 따라 달렸다. 그녀는 더 이상 달릴 수 없을 때까지 뛰다가 멈춰 서서 거칠게 숨을 몰아쉬었다. 에일라는 기다란 계곡까지 달렸다가 넓은 원을 그리며 돌아오는 망아지를 바라봤다. 나도 너처럼 달릴 수 있으면 얼마나 좋을까. 에일라는 생각했다. 그러면 어디에서든 함께 달릴 수 있을 텐데. 내가 사람이 아니라 말이라면 더 좋았을까? 그럼 외롭지도 않을 텐데.

아니, 난 혼자가 아니야. 히힝이가 사람은 아니지만 내겐 좋은 친구야. 히힝이한테는 내가 전부고, 나한테는 히힝이가 전부야. 그래도 내가 히힝이처럼 달릴 수 있다면 정말 멋질 거야.

돌아온 망아지는 땀투성이가 되어 있었다. 망아지는 이내 들판을 구르더니 다리를 위로 쳐들고는 기분이 좋은지 나직하게 소리를 냈다. 에일라는 그 모습에 깔깔대고 웃었다. 망아지는 일어나더니 몸을 흔들고는 다시 풀을 뜯기 시작했다. 에일라는 말을 계속 지켜보다가 말처럼 달리면 얼마나 신이 날지 생각하며 다시 휘파람 연습에 열중했다. 또 한 번 날카로운 휘파람 소리가 나자 히힝이는 고개를 들더니 다시 에일라에게 걸어왔다. 에일라는 망아지를 안아주었다. 휘파람 소리에 말이 오다니 기분이 좋았다. 하지만 여전히 말과 함께 달리고 싶다는 생각이 머리에서 떠나지 않았다.

그때 생각 하나가 스치듯 지나갔다.

에일라가 겨울 내내 말을 친구이자 동반자로 생각하며 함께 살지 않았다면 결코 떠오르지 않았을 생각이었다. 그리고 여전히 동굴곰족과 함께 살았다면 결코 실행에 옮기지 못했을 생각이었다. 하지만 에일라는 이제 충동적으로 떠오르는 욕구들을 따르는 데 익숙해져 있었다.

히힝이가 꺼려할까? 에일라는 걱정이 되었다. 가만히 있을까? 에일라는 망아지를 통나무가 있는 곳으로 데려와 등 위에 올라타 양쪽으로 다리를 벌리고 앉은 다음, 팔로 목을 안았다. 나랑 같이 달리자, 히힝아. 달려, 나를 태우고 달리는 거야. 에일라는 속으로 생각했다.

망아지는 등을 누르는 무게에 익숙하지 않아서 귀를 뒤로 납작 젖히고는 불안한 듯 서성댔다. 하지만 무게가 낯설 뿐이지 등

위에 올라탄 여인은 그렇지 않았다. 게다가 목을 감싼 에일라의 팔 덕분에 조금씩 마음이 진정되었다. 히힝이는 무거운 짐을 털어내기라도 할 것처럼 뒷다리로 설 듯 하더니 앞으로 달리기 시작했다. 망아지는 에일라를 등에 매단 채 전속력으로 달렸다.

하지만 망아지는 이미 한바탕 들판을 달렸던 터였다. 게다가 동굴에서의 생활은 다른 말들보다 훨씬 정적일 수밖에 없었다. 다른 야생말들처럼 계곡의 건초들을 뜯긴 했지만 무리를 따라 달리거나 포식자들을 피해 달아난 경험도 없었다.

그리고 히힝이는 아직 다 큰 말이 아니었다. 얼마 되지 않아 속도가 줄더니 멈춰 선 채 씩씩거리며 머리를 떨어뜨렸다.

에일라는 말의 등에서 미끄러지듯 내려왔다.

"히힝아, 정말 대단했어!"

에일라는 흥분을 감추지 못하고 손짓했다. 에일라는 축 처진 망아지의 고개를 양손으로 들어 올려 말의 코에 자신의 뺨을 부비더니 머리를 자신의 겨드랑이 아래에 꼈다. 말이 더 작았을 때 말고는 잘 해주지 않았던 애정이 담긴 몸짓이었다. 특별한 경우를 위해 아껴둔 특별한 포옹인 셈이었다.

말을 타고 달리는 것은 주체할 수 없을 만큼 강렬한 스릴이었다. 질주하는 말을 타고 함께 달린다는 생각 자체가 참으로 놀라웠다. 그녀는 그런 게 가능할 거라고 꿈도 꾼 적이 없었다. 그리고 지금껏 누구도 해본 적 없는 일이었다.

10

에일라는 한시도 말의 등에서 내려올 수 없었다. 말에 탄 채 전속력으로 질주하는 것은 이루 말할 수 없는 즐거움을 주었다. 지금까지 알았던 그 무엇보다 흥분된 일이었다. 히힝이도 즐기는 것처럼 보였다. 망아지는 금세 에일라를 태우는 것에 적응했다. 곧 계곡은 질주를 하기에는 너무 비좁게 느껴졌다. 그들은 접근하기 쉬운 강 동쪽의 초원까지 누빌 때가 많았다.

에일라는 계절의 순환에 따라 사냥과 채집을 해 먹을거리를 손질하고 저장해야 한다는 것을 알고 있었다. 하지만 겨울 내내 잠들었던 긴 잠에서 깨어나고 있는 대지에는 아직 먹을거리가 풍부하지 않았다. 새로 돋아난 몇몇 푸성귀가 있어 그나마 말린 음식으로 조리하는 밋밋한 음식에 신선한 풍미를 더할 뿐이었다. 아직은 뿌리나 싹도, 앙상한 줄기도 완전히 자라려면 더 기다려야 했다. 에일라는 어쩔 수 없이 주어진 여가 시간을 이용해 아침부터 저녁 늦게까지 말을 타는 데 열중했다.

처음 말 위에 올랐을 때는 가만히 앉아서 말이 이끄는 대로 갔다. 망아지에게 지시를 내린다는 것 자체가 머릿속에 떠오르지 않았다. 히힝이가 배운 몇 가지 신호들은 눈으로 봐야 하는 것이었는데, 에일라를 등에 태우고 있어서 볼 수가 없었다. 에일라는 소리로 신호를 전할 생각은 아예 시도조차 해보지 않았다. 하지만 에일라에게 있어 신체 언어는 손짓으로 말하는 것만큼 의사소통에서 상당한 부분을 차지하고 있었기 때문에 말을 타는 것 자체가 말과 친밀한 소통을 가능하게 했다.

처음 온몸의 근육이 쑤시던 시기가 지나자 에일라는 말의 근육이 어떻게 움직이는지 알아차리기 시작했다. 히힝이 또한 적응 단계를 거치자 에일라가 긴장하거나 이완하는 순간을 느낄 수 있었다. 그들에게는 이미 서로의 욕구와 느낌을 감지하는 능력은 물론 서로가 필요로 하는 것에 응하려는 마음도 생겼다. 에일라가 특정한 방향으로 가고 싶어 자신도 모르게 그 방향으로 몸을 기울이면서 생기는 근육의 긴장이 말에게 고스란히 전달되었다. 그러면 말은 방향이나 속도를 조절하는 방식으로 자신의 등 위에 올라탄 여인에게 반응을 보이기 시작했다. 거의 감지하기 힘든 움직임에도 말이 반응을 보이자 에일라는 히힝이에게서 같은 반응을 얻어내고 싶을 때면 같은 방식으로 몸에 긴장을 주거나 움직였다.

그들은 서로를 길들이는 시간을 보내고 있었다. 서로에게 배우는 과정에서 관계는 더욱 깊어졌다. 하지만 에일라는 스스로 모르고 있을 뿐 주도권을 잡아가고 있었다. 여인과 말 사이의 신호는 감지하기 어려울 정도로 미세했고, 수동적인 받아들임에서 적극적인 지시 형태로 넘어가는 단계도 매우 자연스러워 에일라는 자신이 말을 길들이고 있다는 사실을 의식하지 못했다. 하지만 계속된 말 타기는 집중적인 훈련으로 이어지고 있었다. 그들이 서로에 대해 더욱 예민하게 반응하게 됨에 따라 에일라가 원하는 방향과 속도에 대해 생각만 했을 뿐인데도 히힝이는 마치 에일라와 한 몸이라도 되는 것처럼 정확하게 행동으로 옮겼다. 에일라는 자신이 신경과 근육을 통해 대단히 예민한 말의 피부에 신호를 전한다는 사실을 깨닫지 못했다.

에일라는 작정하고 히힝이를 훈련시킨 게 아니었다. 오히려 아낌없이 베풀어준 사랑, 그리고 말과 인간 사이의 타고난 차이점으로 인해 자연스럽게 말이 그녀에게 길들여진 것이었다. 히힝이는 호기심이 많고 영리해 새로운 것을 배울 수 있었고 기억력도 좋았다. 하지만 말의 두뇌는 인간만큼 발달하지 못했으며 다른 구조로 진화되었다. 말들은 무리를 지어 살기 좋아하는 사회적 동물이어서 다른 말들과 친밀하게 지내는 게 중요했다. 따라서 촉각이 특히 발달되어 있었고, 촉각은 친밀한 관계를 맺는데 중요한 역할을 했다. 또한 어린 암말은 본능적으로 지시에 따라 움직이는 것을 선호했다. 위험한 상황에 몰리면 무리의 우두머리 말들조차 다른 말들과 함께 달아나기에 바빴다.

반면 에일라의 행동에는 목적이 있었다. 에일라의 두뇌는 끊임없이 지식과 경험을 떠올리며 상황을 분석하고 통찰력을 발휘해 어떤 행동을 할지 판단했다. 그녀의 취약한 입지로 인해 생존을 위한 반사 신경은 날카롭게 벼려졌으며 늘 주위 환경을 의식할 수밖에 없었다. 이 때문에 말을 훈련하는 과정은 점점 더 속도가 붙었다. 에일라는 그저 재미로 말을 타고 있을 때도 토끼나 비단털쥐를 보면 줄팔매를 들어 쫓고 싶었다. 히힝이는 재빨리 그녀의 속마음을 읽고는 사냥감을 쫓았고, 의식하지 못하는 사이에 에일라는 히힝이를 완벽하게 조절하고 있었다. 에일라는 비단털쥐를 잡고 나서야 마침내 그 사실을 깨닫게 되었다.

여전히 이른 봄날에 있었던 일이었다. 우연히 비단털쥐와 마주쳤고, 달리는 녀석을 본 에일라가 그쪽으로 몸을 틀며 줄팔매를 끄집어내자 히힝이가 사냥감을 향해 달리기 시작했다. 목표물에 가까이 오자 뛰어내릴 생각을 하며 자세를 바로잡는 순간, 말이 때맞춰 멈춰 그녀는 내려와 돌을 날렸다.

오늘 밤에는 신선한 고기를 먹겠어. 에일라는 기다리고 있는 말에게 다가가며 생각했다. 사냥을 더 해야겠어, 하지만 히힝이를 타는 게 이토록 재미가 있으니…….

잠깐, 나는 히힝이를 타고 있었어! 히힝이가 비단털쥐를 쫓았지. 그런데 내가 원하는 때에 멈췄어! 에일라는 처음으로 말의 등에 올라타 팔로 목을 두르던 때를 떠올렸다. 히힝이는 새로 돋아난 부드러운 풀을 뜯고 있었다.

"히힝아!"

에일라가 소리쳤다. 말은 고개를 들더니 귀를 쫑긋 세웠다. 에일라는 너무도 놀랐다. 어떻게 표현해야 할지 할 말을 잃었다. 말 위에 탄다는 생각만으로도 충분히 벅찬 일이었다. 그런데 에일라가 원하는 곳으로 말이 움직인다는 사실은 더욱 이해하기 어려웠다.

말이 그녀에게 다가왔다.

"오, 히힝아."

그녀의 목소리가 갈라졌다. 자신도 왜 그런 감정이 드는지 알 수 없었지만, 에일라는 텁수룩한 목을 안으며 흐느꼈다. 히힝이는 콧김을 내뿜더니 에일라의 어깨 위에 머리를 갖다 댔다.

에일라는 사냥감을 들고 평소처럼 말에 올라타려고 했지만 잘 되지 않았다. 에일라는 큰 바위가 있는 곳으로 걸어갔다. 지금은 뛰어오르면서 바로 발 하나를 넘겨 휙 말에 올랐지만, 비단털쥐를 들고 있어 자세가 나오지 않았다. 그래서 오래전에 바위에 발을 얹고 올라타던 방식으로 해봐야겠다는 생각이 든 것이다. 히힝이는 다소 혼란스러워하더니 동굴 쪽으로 가기 시작했다. 에일라가 의식적으로 히힝이를 이끌려고 하면, 자연스럽게 몸에 붙은 무의식적인 신호가 교란되면서 히힝이도 헷갈려 했다. 에일라는 자신이 어떻게 말에게 지시를 내리고 있는지 그 과정을 전혀 몰랐다.

에일라는 자신이 긴장을 풀면 히힝이가 신호를 더 잘 알아듣는다는 것을 발견하고는 다시 반사 신경에 의존하는 법을 터득했다. 하지만 그 과정에서 몇몇 의도가 담긴 신호를 만들기도 했다. 봄이 완연해지자 에일라는 본격적으로 사냥에 나섰다. 초기에는 말을 멈추고 내려서 줄팔매를 사용했지만 얼마 되지 않아 말 위에서 줄팔매를 시도해보았다. 목표물을 놓쳤다는 것은 더욱 연습을 해야 한다는 뜻이었다. 그것은 에일라에게 새로운 도전이었다. 그녀는 처음부터 독학으로 줄팔매를 익혔다. 그때는 일종의 놀이이기도 했고, 기술을 가르쳐줄 스승도 없었다. 게다가 그녀는 사냥을 해서는 안 되는 여자였다. 그리고 돌이 빗나가는 바람에 스라소니의 공격을 받았던 이후로는 연달아 돌 두 개를 던지는 기술을 완벽하게 연마할 때까지 연습을 거듭했다.

오랜만에 시작한 줄팔매 연습은 다시 재미있어서 하는 놀이가 되었다. 사실 에일라는 이미 오래전에 더 이상 줄팔매 연습을 하지 않아도 되는 기량에 오른 상태였다. 그래서 얼마 되지 않아 말 위에서도 평지에서 돌을 날리는 것처럼 정확하게 표적을 맞힐 수 있게 되었다. 에일라는 말의 등에 올라탄 채 엄청나게 날쌘 토끼를 따라잡아 사냥을 하면서도 자신이 상상도 할 수 없었던 큰 혜택을 누리고 있다는 것을 인식하지 못했다.

처음에만 해도 에일라는 평소처럼 사냥감을 바구니에 넣어 등에 짊어진 채 동굴로 돌아왔다. 그러다가 얼마 후에는 히힝이의 등에 턱 걸치고 왔다. 그다음에 생각한 방법은 히힝이의 등에 짐바구니를 매다는 것이었다. 그리고 얼마 후에는 폭이 넓은 끈을 사용해 바구니 두 개를 등 양옆에 매다는 방식으로까지 생각이 발전되었다. 바구니 한 개를 더 추가하면서 에일라는 이제 조금씩 네 발 달린 친구의 힘을 이용하는 것의 장점을 깨닫기 시작했다. 처음으로 그녀는 혼자 힘으로 가지고 올 수 있는 것보다 더 많은 짐을 동굴에 가져올 수 있게 되었다.

말의 힘을 빌려 할 수 있는 일들을 이해하게 되자 방법들에도 변화가 생겼다. 그녀의 생활 방식 자체가 변했다. 그녀는 밖에서 더 오래 머물렀고, 더 먼 곳까지 누볐으며, 식물부터 사냥한 작은 짐승에 이르기까지 더 많은 것을 한 번에 가지고 돌아왔다. 그러고는 며칠에 걸쳐 수확물들을 손질했다.

산딸기가 익어갈 무렵, 에일라는 가능한 많은 산딸기를 찾아 넓은 지역을 찾아다녔다. 아직 제철이 아니어서 잘 익은 산딸기 덤불은 여기저기 흩어져 있었다. 동굴로 돌아가기 위해 길을 나섰을 때는 이미 어둠이 깔린 뒤였다. 길을 잃지 않기 위해 평소 이정표를 유심히 봐두고 다녔지만 계곡에 도착하기도 전에 너무 어두워져 아무것도 보이지 않았다. 다행히 동굴에서 가까운 곳이어서 에일라는 본능에 따라 길을 찾아가는 히힝이에게 의지했다. 그 후로는 종종 말이 스스로 길을 찾아가도록 할 때가 많았다.

하지만 만약의 경우를 대비에 그녀는 털가죽을 가지고 다니기 시작했다. 어느 날 저녁 그녀는 초원에서 자기로 했다. 날이 어두워지기도 했지만 무엇보다 별이 빛나는 밤하늘 아래에서 자면 좋을 것 같다는 생각이 들었다. 히힝이 옆에서 잠을 청했기 때문에 춥지 않았지만, 야행성 짐승을 쫓기 위해 불 피우는 것을 잊지 않았다. 초원에 사는 동물들은 모두 연기 냄새를 경계했다. 들판에 번진 걷잡을 수 없는 불이 며칠씩 모든 것들을 다 없애버릴 때도—혹은 구워버릴 때도—있었다.

한 번 밖에서 야영을 하고 나니 동굴에서 멀리 떨어진 곳에서 하루 이틀 밤을 보내는 것이 점점 수월해졌다. 에일라는 계곡에서 동쪽으로 떨어진 지역을 본격적으로 누비며 다녔다.

스스로 인정하지는 않았지만 그녀는 다른 종족을 찾고 있었다. 찾으면 좋겠다는 희망과 찾으면 어쩌나 하는 두려운 마음이 반반이었다. 한편으로는 계곡을 떠나기로 한 결정을 미루는 방편이기도 했다. 그녀는 곧 다른 종족을 찾아 떠날 채비를 해야 한다는 것을 알고 있었다. 하지만 이제 계곡은 그녀에게 집처럼 느껴져 떠나고 싶지 않았다. 히힝이도 여전히 걱정이었다. 미지의 사람들이 히힝이에게 행여 나쁜 짓을 할지도 몰랐다. 말을 타고 계곡 주변을 다니다가 혹시 사람들을 발견하면 자신의 존재를 알리기 전에 그들을 관찰하며 어떤 사람이지 알 수도 있었다.

다른 종족이 바로 그녀가 속한 종족이었지만 그녀는 씨족 사람들과 살기 전의 일에 대해서는 전혀 기억나지 않았다. 그녀는 강 옆에서 의식을 잃은 채 발견되었다. 아사 직전의 상태였고 동굴사자가 할퀸 상처는 곪고 있었다. 이자가 새 동굴을 찾는 여정 중에 에일라를 발견했을 때 그녀는 죽음의 문턱에 있었다. 그리고 그 이전의 삶에 대해 떠올리려고 애를 쓸 때마다 발밑이 흔들리는 것 같은 불안과 함께 속이 울렁거리는 두려움이 그녀를 덮쳤다.

다섯 살 난 어린아이를 운명의 손아귀—그리고 그녀와는 매우 다른 인간들의 연민—에 맡긴 채 황야 속에 홀로 던져놓았던 지진은 어린 마음에 너무도 큰 충격을 안겼다. 그녀는 지진은 물론 자신이 태어났던 부족 사람들에 대한 기억을 모두 잃었다. 이제 그들은 동굴곰족 사람들이 부르는 것처럼 '다른 종족'일 뿐이었다.

차가운 비가 내렸다가 따뜻한 햇볕이 내리쬐는 변덕스런 봄날의 날씨처럼 에일라의 마음도 널을 뛰었다. 낮에는 기분이 괜찮은 편이었다. 동굴곰족과 함께 생활하는 동안에도 낮이면 동굴 주변의 들판을 쏘다니며 이자를 위해 약초를 캐다 주고, 나중에는 사냥 연습을 하느라 혼자 있는 시간에 익숙했다. 아침이나 오후에는 늘 분주하게 활동하다 보니 히힝이와 아늑한 계곡에 머무는 것만으로도 더는 바랄 게 없었다. 하지만 밤에 작은 불을 피워놓은 채 말과 있다 보면 그녀의 외로움을 달래줄 누군가가 그리웠다. 길고 추웠던 겨울보다 따뜻한 봄이 되자 혼자 있는 게 더 견디기 힘들었다. 아들을 안고 싶다는 생각이 더욱 간절했다. 밤마다 내일 떠날 준비를 하겠다고 마음을 먹었지만 아침이면 다음으로 미루고 히힝이를 타고 동쪽 초원을 누볐다.

조심스럽게 영역을 넓혀가며 다니다 보니 지형은 물론 광대한 초원에 살고 있는 짐승에 대해서도 잘 알게 되었다. 초식동물 무리가 이동하기 시작하자 다시 한 번 큰 짐승을 사냥하고 싶다는 생각이 들었다. 일단 사냥에 대한 생각이 마음 한편을 차지하자 오래전부터 그녀를 괴롭히던 외로움은 달아났다.

초원에는 말들이 있었지만 한 마리도 계곡으로 돌아오지 않았다. 하지만 말을 사냥할 마음이 없었으므로 상관하지 않았다. 그녀는 어떻게 사용할지 모르면서도 창을 가지고 다니기 시작했다. 긴 창을 가지고 다니는 것은 꽤나 불편해서 그녀는 말 등의 양옆에 있는 바구니에 창을 꽂는 거치대를 만들었다.

마침내 암컷 순록 무리가 눈에 띄었을 때, 구체적인 생각이 떠오르기 시작했다. 에일라는 소녀 시절부터 남자들이 가장 좋아하는 주제인 사냥 이야기를 할 때면 핑계를 만들어 근처에서 일하며 은밀하게 사냥 기술을 귀로 동냥해가며 자연스레 익혔다. 나중에는 줄팔매와 관련된 사냥 기술에 더욱 관심을 갖게 되었지만 사냥과 관련된 이야기면 어떤 것이든 흥미를 끌었다. 가지진 작은 뿔이 달린 순록 무리를 처음 보았을 때는 수컷인 줄 알았지만 새끼들을 거느리고 있었다. 그때 불현듯 사슴 중에서 순록은 암컷에게 뿔이 있다는 이야기를 들은 게 생각났다. 그러자 순록에 관해 들었던 이야기들이—순록 고기의 맛을 비롯해—줄줄이 생각났다.

더욱 중요한 이야기도 떠올랐다. 남자들이 말하기를, 순록들은 봄에 북쪽으로 이동했는데, 오직 길이 하나인 것마냥 늘 같은 길로만 다녔고, 따로 떨어져 움직였다. 먼저 암컷과 새끼들이 이동하고, 그 뒤를 젊은 수컷 무리가 뒤따랐다. 그리고 늦봄이 되면 나이 든 수컷들이 작은 무리를 지어 이동했다.

에일라는 암컷과 새끼 무리 뒤를 천천히 따라갔다. 날이 더워지면 순록들은 눈과 귀 주변 털에 알을 까는 각다귀와 파리 떼를 피해 날벌레들이 많지 않은 더 시원한 지역으로 옮겨갔는데, 마침 날벌레들이 나타나는 시기였다. 에일라는 무심하게 머리 주위를 도는 날벌레 몇 마리를 손으로 쫓았다. 그녀가 길을 나섰을 때는 여전히 아침 안개가 낮은 골짜기 주변에 감돌고 있었다. 떠오르는 태양에 의해 골짜기 깊은 곳의 습기가 증발하기 시작하자 초원에는 평소와는 다른 습한 기운이 느껴졌다. 순록들은 발굽 동물에 익숙해서 히힝이를 의식하지 않았다. 그 위에 탄 사람도 가까이 오지 않는 한, 크게 신경 쓰지 않았다.

에일라는 순록 무리를 주시하며 사냥에 대해 고민했다. 수컷들이 암컷 무리를 따라온다면 곧 이쪽 길로 나타나겠지. 그러면 수컷 한 마리를 사냥할 수 있을 거야. 어떤 길로 올지 아니까. 하지만 창을 꽂을 만큼 가깝게 다가가지 못하면 길을 안다 해도 소용이 없을 거야. 예전처럼 구덩이를 파야 할 수도 있어. 하지만 구덩이를 돌아갈 수도 있어. 덤불이 별로 없어서 순록들이 뛰어넘지 못할 정도로 높은 울타리를 만들 수도 없겠네. 내가 말로 달리면서 녀석들을 쫓아가면 한 놈쯤은 뒤처져 함정으로 몰아넣을 수 있겠지.

하지만 성공한다 해도 순록을 구덩이에서 어떻게 빼내지? 지난번처럼 진창이 된 구덩이 속에서 고기 손질을 하고 싶지 않아. 동굴로 가져갈 수 없으면, 또 여기서 고기를 말려야 할 테고.

에일라는 말을 타고 하루 종일 순록 뒤를 밟았다. 먹고 쉴 때만 잠깐 멈췄다가 계속 따라가다 보니 어느새 새파란 하늘에 떠 있는 구름이 노을에 물들고 있었다. 그녀는 전보다 훨씬 먼 북쪽까지 와 있어서 주변 지형은 낯설기만 했다. 저 멀리 줄지어 선 초목들이 보였다. 빽빽한 덤불숲 너머로는 옅어지는 햇빛 속에서 주홍빛으로 물들어가는 하늘이 펼쳐져 있었다. 순록 무리는 개울로 이어지는 길을 줄지어 지나가더니 강을 건너기 전에 얕은 물가에 죽 늘어서서 물을 마셨다.

하늘은 저녁에게 빼앗긴 색을 보상이라도 하듯 붉게 타올랐지만, 땅거미가 내려앉은 지상의 초록빛은 서서히 어둠에 가려졌다. 에일라는 그 개울이 좀 전에 여러 번 건넌 것과 같은 물줄기인지 궁금했다. 하나의 강으로 흘러드는 여러 개의 시내와 지류들 중 하나일 수도 있었지만, 평평한 초원지대를 구불구불 흐르다가 쇠뿔 모양으로 흐르는 만곡부가 있는 강이면, 같은 물길을 몇 번이나 건너야 할 때도 있었다. 그녀의 추측이 옳다면, 그 물길의 반대편으로 가면 다른 강을 건너지 않고도 그녀가 사는 계곡에 당도할 터였다.

돌아다니며 이끼를 뜯어 먹던 순록들은 그날 밤 반대편 개울가에서 쉬었다가 갈 모양이었다. 에일라도 근처에서 야영을 하기로 결정했다. 돌아가려면 강을 건너 먼 길을 가야 하는데, 한기가 찾아오는 밤에 몸을 물에 적시고 싶지 않았다. 말에서 내린 그녀는 짐바구니를 내려놓으며 야영 준비를 했고, 히힝이는 자유로이 돌아다녔다. 부싯돌 덕분에 마른 덤불과 유목에는 금세 불이 붙었다. 나뭇잎에 싸온 전분이 많은 땅콩을 굽고, 푸성귀를 채운 비단털쥐를 요리해 먹은 뒤, 낮은 천막을 쳤다. 에일라는 히힝이가 가까이 있으면 해서 휘파람을 불었다. 그러고는 잠자리 털가죽으로 기어 들어가 머리를 천막 밖으로 내민 채 누웠다.

지평선상에는 구름이 깔려 있었다. 그 위로는 쏟아질 듯 많은 별들이 밤하늘의 검은 장막을 뚫고 믿기 힘들 정도로 환하게 빛났다. 크렙은 저 별들이 하늘에 있는 불이라고 말했었지. 그녀는 생각에 잠겼다. 영혼들의 불터이자 토템의 정령이 사는 불터이기도 하다고. 그녀의 눈은 하늘을 훑으며 별들이 그려내는 어떤 모양을 찾았다. 저거야, 저게 우르수스의 불터야. 그리고 저것은 내 토템, 동굴사자의 불터고. 하늘 주위를 도는데도 별들의 모양이 바뀌지 않다니 참으로 신기해. 사냥에 나섰다가 자기 동굴로 돌아가기라도 하는 걸까. 에일라는 궁금했다.

순록을 사냥해야 하는데. 어서 서두르는 게 좋겠어. 곧 수컷 무리가 올 테니까. 그렇다면 여기를 지날 것이고. 히힝이가 네 다리의 포식자 냄새를 맡았는지 콧김을 거세게 내뿜으며 불이 있는 에일라 곁으로 다가왔다.

"저쪽에 뭐라도 있는 거야, 히힝아?"

에일라는 동굴곰족 사람들이 내던 소리와는 전혀 다른 소리와 손짓으로 물었다. 그녀는 히힝이가 내는 소리와 아주 비슷한, 나직한 울음소리를 낼 수 있었다. 그녀는 여우처럼 깽깽대는 소리와 늑대처럼 우우 길게 울부짖는 소리도 따라냈으며, 새들처럼 휘파람 소리를 내는 것도 터득했다. 그녀는 불필요한 소리를 금기시하던 씨족의 관습은 잊은 지 오래였다. 그녀는 자신이 속한 종족의 사람들처럼 수월하게 여러 가지 소리를 마음대로 내고 있었다.

말은 안전한 곳을 찾으려는 듯, 에일라와 모닥불 사이에 자리잡았다.

"히힝아, 저리 비켜줘. 모닥불을 가리고 있잖아."

에일라는 일어나 불에 땔감을 더 넣었다. 히힝이가 불안해하는 것을 느낀 그녀는 말의 목을 안아주었다. 불이 꺼지지 않게 밤새 지켜야겠어. 그녀는 생각했다. 저기에 있는 게 무엇이든, 네가 불 가까이에 있는 한 너보다는 순록에게 더 관심이 많을 거야. 에일라는 히힝이에게 손짓했다. 하지만 계속 큰 불을 피우는 게 현명할 듯싶었다.

에일라는 쭈그리고 앉아 불꽃을 응시했다. 불에 통나무 하나를 더 집어넣자 불꽃이 피어올라 어둠 속으로 사라졌다. 강 건너에서 소란스러운 소리가 들려왔다. 아마도 고양잇과 짐승에게 순록 한두 마리가 희생된 것 같았다. 그녀는 다시 사냥에 대해 생각했다. 땔감을 더 넣으려고 말을 옆으로 밀어 보내던 순간, 갑자기 생각 하나가 떠올랐다. 히힝이가 편안해하자 에일라는 잠자리 털가죽으로 돌아왔다. 이런저런 생각들이 가지를 치더니 꽤 흥미진진한 방법들이 하나둘 구체화되었다. 잠이 들 무렵, 에일라는 사냥 계획의 윤곽을 어느 정도 그려놓은 뒤였다. 자신이 생각해낸 계획이 스스로도 믿기 힘들 정도로 대담해 입가에는 슬며시 미소가 지어졌다.

다음 날 아침, 강을 건너자 한두 마리가 줄어든 순록 무리는 이미 떠난 뒤였다. 하지만 그녀는 더 이상 암컷 무리를 쫓지 않을 터였다. 그녀는 히힝이를 타고 계곡까지 질주해 돌아왔다. 제 시간에 맞춰 준비하려면 해야 할 일들이 많았다.

"옳지, 히힝아. 봐, 그렇게 무겁진 않잖아."

에일라가 다독였다. 그녀는 인내심을 갖고 히힝이를 훈련시키고 있었다. 히힝이는 묵직한 통나무를 연결시켜놓은 가죽끈을 가슴과 등에 두르고 있었다. 처음에는 무거운 짐을 들 때 가끔 사용하는 이마에 거는 멜빵과 비슷한 방식으로 히힝이의 머리에 끈을 걸쳐보았다. 하지만 말은 머리를 자유롭게 움직일 필요가 있다는 것을 금세 깨닫자 가슴과 어깨에 끈을 두르는 게 나을 듯싶었다. 아직 어린 말은 짐을 끄는 것에 익숙하지 않았고, 마구 때문에 움직임이 자유롭지 못했다. 하지만 에일라의 의지는 확고

했다. 그녀의 계획이 실현되려면 방법은 그것밖에 없었다.

이 생각은 포식 동물을 쫓기 위해 불에 땔감을 넣던 순간에 떠올랐다. 이제는 거의 다 자라 힘이 생겼는데도 여전히 자신의 보호를 필요로 하며 불 앞으로 다가온 히힝이를 애정의 손길로 밀치며 에일라는 생각에 잠겼다. 그때 문득 자신도 히힝이처럼 힘이 세면 얼마나 좋을까 하는 생각이 언뜻 스치고 지나갔다. 그러더니 갑자기 오래도록 고민하던 문제를 해결할 방법이 불쑥 떠올랐다. 말이 구덩이 속에서 사슴을 끌어 올릴 수 있을 거야.

그러고 나서 고기를 손질하는 방법에 대해 고심하던 그녀에게 새로운 발상이 떠올랐다. 초원에서 사냥감을 부위별로 자르면 피 냄새 때문에 불가피하게 포식 동물을 끌어들일 수 있었다. 지난밤 순록을 공격한 게 동굴사자가 아닐 수도 있었지만 고양잇과 동물인 게 분명했다. 호랑이나 표범은 동굴사자보다 몸집은 절반 정도였지만 줄팔매만으로는 역부족이었다. 줄팔매로 스라소니를 죽일 수는 있었지만 커다란 맹수는, 그것도 몸을 숨길 곳이 없는 초원에서는 또 다른 문제였다. 하지만 동굴 가까이 있는 절벽을 등에 지고 고기를 손질한다면 맹수를 쫓아낼 수 있을 것이었다. 세게 날아간 돌이 치명상을 입히지는 않을지라도 매서운 맛은 느낄 수 있을 터였다. 히힝이가 구덩이에서 사슴을 끌어낼 수 있다면 계곡까지 못 끌고 올 이유가 없잖아?

하지만 먼저 히힝이가 짐을 끌 수 있도록 훈련시키는 게 우선이었다. 에일라는 줄이나 끈으로 사냥한 사슴을 말에게 연결시키기만 하면 될 거라 생각했다. 어린 암말이 거부할 거란 생각은 들지 않았다. 말을 타는 일이 무의식적인 과정을 통해 이루어지다 보니 짐을 끌기 위해 말을 훈련시켜야 한다는 생각을 할 수 없었던 것이다. 가죽끈으로 마구를 만들어 채우고 나서야 그녀는 몇 번의 연습이 필요하다는 것을 깨달았다. 여러 가지로 시도를 해보면서 말이 편한 쪽으로 수정과 조절을 거듭했다. 마침내 말도 짐을 끄는 것을 받아들이기 시작했고, 에일라는 자신의 계획이 성사될 수 있을 거라고 판단했다.

통나무를 끄는 말을 지켜보던 에일라는 씨족 사람들이 떠올라 고개를 흔들었다. 내가 말과 함께 사는 것을 보면 이상하다고 생각하겠지. 지금 이 모습을 보면 또 무슨 생각을 할까? 하지만 그곳에는 사람들이 많잖아. 고기를 말려 지고 오는 것은 여자들의 몫이었고. 혼자서 사냥을 시도할 이유가 없지.

에일라는 갑자기 말을 끌어안고는 히힝이의 목에 자신의 이마를 댔다.

“정말 큰 도움이 되는구나. 네가 이렇게 큰 도움이 될 줄은 미처 몰랐다. 네가 없으면 어쩔 뻔했니, 히힝아. 다른 종족이 브라우드 같으면 어쩌지? 누구도 널 해칠 수는 없어. 내가 어쩌면 좋을까.”

말을 안고 있는 그녀의 눈에서 눈물이 차올랐다. 그녀는 눈물을 닦더니 마구를 풀었다.

“지금 당장은 뭘 해야 할지 알아. 수컷 무리가 어디까지 왔나

보러 가야 돼."

며칠이 되지 않아 암컷의 뒤를 이어 수컷들이 나타났다. 수컷 순록들은 암컷들이 갔던 길을 따라 느긋한 속도로 이동 중이었다. 에일라는 어렵지 않게 장비를 챙겨 순록 무리보다 앞서 움직였다. 그녀는 암컷 순록이 건넜던 강 옆에 야영지를 마련했다. 그러고 나서 땅을 쑤실 뒤지개와 흙을 퍼 올릴 끝이 뾰족한 엉덩이뼈, 흙을 옮길 가죽을 챙겨 암컷 무리가 강을 건넌 곳으로 갔다.

순록이 지나가는 큰길 두 개와 그 옆으로 난 작은 길 두 개는 모두 덤불숲을 지났다. 에일라는 순록들이 한 줄로 지나야 하는 길에 함정을 파기로 결정했다. 강에서 가까우면서도 땅을 깊이 파도 강물이 스며들지 않을 만한 곳이었다. 땅에 구덩이를 팠을 무렵, 늦은 오후의 태양이 지평선으로 가라앉고 있었다. 그녀는 휘파람을 불어 말을 타고는 수컷 무리가 어디쯤 왔는지 확인하러 갔다. 그러고는 다음 날 언제쯤 강가에 도착할지 가늠해 보았다.

강으로 돌아왔을 때 해가 저물어 날은 어슴푸레했지만 땅에 파인 구멍은 단번에 눈에 띄었다. 순록 무리 중 어느 녀석도 구멍 속에 떨어지지 않을 것 같았다. 다들 저 구멍을 피해 돌아갈 거야. 에일라는 낙담했다. 하지만 벌써 밤이 늦었으니 오늘은 별다른 방법이 없겠어. 내일 아침에 고민해봐야겠어.

하지만 아침이 되어도 기막힌 생각이 번쩍 하고 떠오르는 일은 일어나지 않았다. 밤새 하늘에는 구름이 잔뜩 껴 있었다. 그녀는 얼굴에 철썩 떨어진 커다란 물방울에 잠이 깨었다. 희미한 빛마저 구름에 가려진 흐릿한 새벽이었다. 그녀가 잠자리에 들 때만 해도 하늘이 맑았고, 가죽은 축축하고 진흙이 묻어 있었기 때문에 천막을 치지 않았다. 근처에 마르라고 널어둔 가죽은 이제 쏟아지는 비에 흠뻑 젖었다. 그녀는 잠자리 털가죽을 두른 채 바구니를 뒤졌지만 오소리 가죽으로 만든 망토가 보이지 않자 털가죽을 머리끝까지 쓰고 까맣게 재만 남은 불가 옆에 옹송그리고 앉았다.

번쩍 하는 섬광이 동쪽 평원을 가르며 지평선까지 훤하게 비췄다. 잠시 후, 멀리서 우르릉 하는 소리가 경고음처럼 들려왔다. 그것이 신호인 듯 폭우가 쏟아져 내리기 시작했다. 에일라는 젖은 가죽 천막을 집어 들어 몸에 둘렀다.

아침 햇살이 조금씩 어둠을 몰아내자 주위가 더 선명하게 보이기 시작했다. 비구름이 푸른색으로 물들어가는 초원의 빛깔을 씻어가 버린 듯 회색빛에 감싸인 초원은 창백해 보였다. 하늘조차 파란색도, 회색도, 흰색도 아닌 채 막연한 빛깔을 띠고 있었다.

지하의 영구 동토층을 덮은 물이 스며드는 얇은 토양층이 더 이상 비를 흡수할 수 없자 땅 곳곳에 물웅덩이가 생기기 시작했다. 땅 표면을 이룬 토양층 가까이에 있는 영구 동토층은 북극의 빙벽만큼이나 단단하게 얼어 있었다. 날이 따뜻해지면 땅속 깊이 얼었던 땅도 녹기 마련이었지만, 영구 동토층은 항상 그대로 얼어붙어 물이 스며들지 못했고 빠져나갈 틈도 없었다. 특정한 조건이 되면 물에 흠뻑 젖은 토양이 위험한 유사로 변해 늪지대가 되어 거대한 매머드까지 삼켜버리기도 했다. 또한 예측 불가능하게 이동하는 빙하의 가장자리를 우연히 지나가던 매머드가 순간 냉동되면서 수천 년간 그대로 보존될 수도 있었다.

장대비를 퍼붓는 납빛 하늘은 모닥불을 피운 자리에도 시커먼 물웅덩이를 만들어놓았다. 에일라는 물웅덩이로 떨어졌다가 사방으로 튀며 주변으로 흘러내리는 빗방울들을 바라보며 있자니 안락한 동굴 생각이 간절해졌다. 물이 스미지 않도록 발싸개에 기름을 칠하고 사초로 속을 채워 넣었는데도 묵직한 가죽을 뚫고 뼛속까지 한기가 밀려들었다. 물에 잠긴 수렁들은 사냥에 대한 의욕마저 꺾어놓았다.

웅덩이에서 넘쳐흐른 흙탕물이 잔가지와 부러진 나무, 풀, 지난 계절의 낙엽을 쓸어 강으로 향하는 지류가 되어 흐르기 시작하자 에일라는 흙무더기가 쌓인 작은 둔덕에 올라섰다. 그냥 돌아가는 게 어때. 그녀는 바구니를 들어 올리며 생각했다. 부들개지로 엮은 바구니 위로 빗물이 흘러내렸지만 안의 내용물은 젖지 않았다. 이게 다 무슨 소용이야. 짐들을 다 히힝이 등에 올리고 떠나야겠어. 순록은 결코 잡지 못할 거야. 내가 원한다고 해서 저 큰 구멍에 순록이 빠져주지는 않아. 나중에 늙은 순록은 잡을 수 있을지 몰라. 하지만 고기도 질기도 가죽에도 상처가 많을 텐데.

에일라는 한숨을 내쉬고는 잠자리 털가죽과 천막 가죽으로 온몸을 둘렀다. 그토록 오래 계획해서 구멍까지 다 만들어놓았는데. 이깟 비가 날 멈추게 할 수는 없어. 오늘 사슴을 못 잡는다 해도 사냥꾼이 빈손으로 돌아가는 일이 어디 한두 번인가. 한 가지 분명한 것은, 시도하지 않으면 아무것도 얻을 수 없다는 거야.

에일라는 빗물에 둔덕마저 쓸려 내려가려고 하자 바위로 올라서서 약해지는 빗줄기 사이로 눈을 가늘게 뜨고 주변을 둘러봤다. 탁 트인 초원에는 커다란 나무나 돌출된 절벽 같이 비를 피할 곳이 없었다. 온몸이 흠뻑 젖은 말처럼 에일라도 폭우 한 가운데 서서 비가 그치기를 기다리는 수밖에 없었다. 에일라는 순록들도 발걸음을 멈추고 기다리기를 바랐다. 아직 순록을 맞이할 준비가 되지 않았다. 아침 무렵, 에일라의 의지는 다시 한 번 흔들리더니 얼마 후에는 손가락 하나 까딱하고 싶은 마음이 없었다.

변덕스러운 봄 날씨가 그렇듯이 정오 무렵 구름이 흩어지더니 세찬 바람이 모두 먼 곳으로 구름을 몰고 가버렸다. 구름 한 점 없는 오후에는 빗물에 씻긴 푸르른 초목과 풀들이 찬란한 햇빛을 받으며 밝게 빛났다. 땅은 대기 중으로 쉴 새 없이 수증기를 내뿜었다. 구름을 쫓아버린 건조한 바람은 빙하에게 빼앗긴 수분을 보충이라도 하듯 탐욕스럽게 수분을 흡수했다.

자신감까지는 아니었지만 에일라의 의지도 돌아왔다. 그녀는 물에 젖어 무거워진 오록스 가죽이 조금이라도 마르길 바라며 키 큰 덤불 위에 널어놓았다. 발은 축축했지만 시릴 정도는 아니어서 그냥 무시하기로 했다. 어차피 온몸이 다 젖었다. 순록이 지나는 길에 당도한 에일라는 구덩이가 보이지 않자 심장이 쿵 내려앉았다. 자세히 살펴보니 구덩이를 파놓은 곳에 흙탕물이 가득 고인 채 그 위를 나뭇잎과 부러진 가지들 같은 잔해들이 뒤덮고 있었다.

이를 앙 다문 채, 구멍에서 물을 퍼 올릴 통 하나를 가지러 야영지에 갔다가 돌아오는 길에 에일라는 멀리서 구멍이 어디 있는지 주의 깊게 살펴보았다. 그 순간, 에일라의 입가에 미소가 번졌다. 이파리와 가지들로 덮여 있어 내가 구멍을 눈여겨 찾아봐야 할 정도면, 빠르게 달리는 순록도 저 구멍을 보지 못할 거야. 하지만 구멍 안에 고인 물을 그대로 둘 수는 없어. 다른 방법이 있을 텐데…….

버드나무 가지는 구덩이를 덮을 만큼 길어. 버드나무 가지로 구덩이를 덮고 그 위를 나뭇잎으로 덮어놓으면 어떨까. 버드나무는 약해서 순록의 무게를 지탱하지 못하겠지만 나뭇잎과 가지까지 엮으면 괜찮을 거야. 갑자기 에일라는 큰 소리로 웃어댔다. 그에 응답하듯 말이 히이힝 울며 다가왔다.

"오, 히힝아! 비가 와서 상황이 나빠진 것만은 아니었어."

에일라는 온몸이 진흙으로 범벅이 되는 것도 아랑곳하지 않고 구덩이에서 물을 퍼냈다. 구덩이는 깊지 않았지만 물을 퍼내려고 보니 지하수면이 높아져 물이 더 차오른 상태였다. 흙탕물이 되어 소용돌이치며 흐르는 강물의 수위도 높아져 있었다. 에일라는 몰랐지만, 따뜻한 봄비로 인해 지표면 아래 바위처럼 단단한 영구 동토층도 물러져 있었다.

구덩이가 눈에 띄지 않게 위장하는 것은 생각만큼 쉽지 않았다. 버드나무의 긴 가지를 한 아름 모아 오기 위해 하류까지 내려갔지만, 그것으로도 모자라 갈대를 더 꺾어 왔다. 가지들을 듬성듬성 엮은 덮개를 구덩이 위에 얹자 그대로 푹 꺼지는 바람에 가장자리를 말뚝으로 고정시켜야 했다. 덮개 위에 나뭇잎과 가지들을 흩뿌렸지만 여러모로 함정 티가 났다. 완전히 만족스럽지는 않았지만 이제는 잘 되기만을 기원하는 수밖에 없었다.

진흙투성이인 몸으로 하류까지 터벅터벅 내려간 에일라는 애타는 마음으로 강을 보더니 휘파람으로 히힝이를 불렀다. 순록 무리는 에일라가 생각했던 것만큼 가까이 있지 않았다. 초원이 건조했더라면 무리는 빠르게 강에 도착했겠지만 곳곳에 물웅덩이가 고이고 일시적으로 지류가 흐르다 보니 순록들은 더 유유히 움직였다. 에일라는 젊은 수컷 무리가 다음 날 아침까지도 강을 건너는 곳까지 당도하지 못하리라고 확신했다.

그녀는 크게 안도하며 야영지로 돌아와 두르개와 발싸개를 벗고 강 속으로 뛰어들었다. 차가웠지만 에일라는 차가운 물에 익숙해져 있었다. 에일라는 진흙을 씻어낸 두르개와 발싸개를 바위 위에 펼쳐 놓았다. 축축한 가죽 속에 감싸여 있던 발은 하얗고 쪼글쪼글해졌고, 딱딱하게 굳은 발바닥마저 부드러워져 있었다. 햇빛에 따뜻해진 바위를 보자 반가운 마음이 들었다. 바위 표면이 말라 있어 그 위에서 불을 피울 수도 있었다.

폭우 속에서도 소나무의 아래쪽에 달린 죽은 가지는 비에 잘 젖지 않았다. 강가에 자라는, 관목처럼 키가 작은 소나무도 예외는 아니었다. 에일라는 가지고 다니는 부싯돌과 황철광, 마른 부싯깃으로 작은 불을 피웠다. 불에 작은 나뭇가지를 계속 넣은 다음, 더 크고 천천히 타는 나무 막대기의 물기가 마르면서 타도록 원뿔형으로 세워놓았다. 에일라는 억수 같이 쏟아지는 비만 아니라면 빗속에서도 불을 피울 수 있었다. 불이 어느 정도 살아나면 젖은 나무를 땔감으로 넣어도 마르면서 탔기 때문에 일단 작은 불을 피우는 게 관건이었다.

에일라는 여행용 식량인 따뜻한 차를 한 모금 마시고는 만족스러운 숨을 내쉬었다. 이동 중에 먹는 식량은 영양분도 충분했고 먹으면 포만감도 느껴졌다. 하지만 무엇보다 뜨거운 차가 만족감을 주었다. 에일라는 자는 동안 마르길 바라며 아직 축축한 가죽으로 불가 가까이에 천막을 쳤다. 서쪽 하늘의 별들을 가린 구름을 바라보며 비가 더 이상 내리지 않기를 마음속으로 빌었다. 그러고는 히힝이를 애정 어린 손길로 토닥여준 다음, 털가죽 속으로 들어가 몸을 감쌌다.

사위는 어두웠다. 에일라는 귀를 곤두세운 채 꼼짝 않고 누워 있었다. 히힝이가 움직이며 나직하게 콧김을 내뿜었다. 에일라는 주위를 둘러보기 위해 일어나 앉았다. 동쪽 하늘에서 희미한 빛이 밝아오고 있었다. 그때 목 뒤의 털을 쭈뼛 일으켜 세우는 소리가 들려왔다. 에일라는 무엇이 잠을 깨웠는지 알았다. 자주 듣지는 못했지만 강 건너에서 울리는 포효 소리는 동굴사자의 것이었다. 말이 불안한 듯 울자 에일라는 일어났다.

"괜찮아, 히힝아. 저 사자는 아주 멀리 있어."

에일라는 불가에 땔감을 더 넣었다.

"우리가 지난번에 들었던 소리도 틀림없이 동굴사자였을 거야. 강 저쪽 편에 살고 있나봐. 순록 한 마리를 잡아 간 것도 동굴사자일 테고. 우리가 저들의 영역을 지나갈 때는 다행히도 낮 시간일 거야. 우리가 당도하기 전에 사슴으로 배를 충분히 채웠길 바랄 수밖에. 차를 만들어야겠다. 이제 곧 준비할 시간이야."

동쪽 하늘의 빛이 불그스름해질 무렵, 에일라는 모든 짐을 바구니에 다 챙겨 히힝이의 등에 올린 후 뱃대끈을 다 묶어놓은 뒤였다. 양옆 바구니에 따로 만들어놓은 거치대에 긴 창을 꽂아 단단하게 묶자 끝이 뾰족한 창 두 개가 하늘을 향해 삐죽이 곧추섰다. 에일라는 바구니 앞쪽으로 올라탔다.

에일라는 수컷 무리 뒤쪽으로 가기 위해 초원을 빙 둘러갔다. 수컷 무리가 눈에 들어오자 말을 재촉해 가까이 따라잡은 다음, 천천히 뒤를 밟았다. 히힝이는 순록이 이동하는 속도에 금세 적응했다. 말 등에서 보니 작은 강에 가까워질 무렵, 순록 우두머리가 발걸음을 늦추더니 길 위에 파놓은 함정 위의 어지러운 흙들과 나뭇잎 위로 코를 박고 냄새를 맡는 게 보였다. 에일라가 느낄 정도로 순록들 사이에서 동요가 일었다.

앞장선 순록이 물가에 가기 위해 덤불이 빽빽한 다른 길로 방향을 트는 순간, 에일라는 행동을 개시할 때라고 판단했다. 그녀는 심호흡을 하고는 히힝이에게 속도를 높이라는 신호로 몸을 숙였다. 말이 무리를 향해 전속력으로 질주하자 에일라는 커다란 함성을 내지르기 시작했다.

뒤쪽에 있던 순록들이 깜짝 놀라 서로 밀쳐가며 엎치락뒤치락 내달리기 시작했다. 괴성을 내지르는 여자를 태운 말이 순록 무리를 덮치자 이제는 순록 무리 전체가 공포에 질려 내달렸다. 하지만 순록들 모두 함정을 피해 가는 듯했다. 에일라는 순록들이 함정을 돌아가거나 뛰어넘거나 어떻게든 가까스로 구멍을 피해 가는 것을 보고는 심장이 내려앉았다.

그때 빠르게 이동하는 무리 가운데서 소란이 일더니 한 쌍의 뿔이 떨어진 것을 본 것 같았다. 다른 순록들은 그 주위를 돌아 재빠르게 달아났다. 에일라는 창 두 개를 홱 잡아채서 말에서 내린 뒤 발이 땅에 닿자마자 달렸다. 구덩이 아래에서 겁에 질려 눈이 커다래진 순록 한 마리가 뛰어오르려고 안간힘을 쓰고 있었다. 에일라는 한 번에 정확하게 창을 겨누었다. 묵직한 창은 목에 박혀 동맥을 끊어놓았다. 거대한 수사슴의 몸부림이 멈추더니 그대로 구덩이 바닥으로 쓰러졌다.

끝이었다. 너무도 빠르게, 상상했던 것보다 훨씬 쉽게 사냥이 끝나버렸다. 그녀는 거칠게 숨을 몰아쉬었지만 숨이 가쁠 정도는 아니었다. 수많은 생각과 걱정, 불안한 에너지를 쏟아부었던 지난했던 준비의 시간이 지나가고 정작 실제 사냥은 다소 싱겁게 끝나버리자 에일라는 여전히 끝났다는 것을 실감하지 못하고 있었다. 여전히 몸 안에는 긴장감이 감돌았고, 남아 있는 에너지를 소진할 길도 없었다. 그렇다고 그녀의 성공을 함께 기뻐해줄 누군가가 있는 것도 아니었다.

"히힝아! 우리가 해냈어!"

그녀가 갑자기 손을 크게 휘두르며 소리를 지르는 통에 말은 깜짝 놀랐다. 곧장 말의 등에 올라탄 그녀는 빠른 속도로 초원을 내달렸다. 뒤로 땋아서 길게 늘어뜨린 머리가닥들이 휘날렸고, 눈은 흥분으로 열에 들떠 있었다. 입가에 미친 듯한 미소까지 띤 그녀는 야생의 여자 그 자체였다. 혹시라도 주변에 사람이 있었다면 두 다리를 벌린 채 에일라가 타고 있는 야생마를 보고는 더욱 놀랐을 것이다. 극도로 흥분한 눈빛, 뒤로 누운 귀는 다른 말들과는 뭔가 다른 광적인 분위기를 뿜어내고 있었다.

에일라를 태운 말은 초원을 넓게 한 바퀴 돌더니 구덩이가 있는 곳으로 돌아왔다. 말을 멈추게 해서 내려온 그녀는 자신의 두 다리로 전력 질주를 한 뒤에야 멈췄다. 구덩이를 내려다보는 에일라는 당연하다는 듯이 가쁘게 숨을 몰아쉬었다.

한숨 돌리고 나서 사슴의 목에서 창을 잡아 뺀 뒤 휘파람으로 히힝이를 불렀다. 마구를 등에 채우려고 하자 히힝이는 겁을 먹었지만 에일라는 애정 어린 손짓으로 말을 달랬다. 에일라는 구덩이로 말을 이끌었다. 굴레나 고삐도 없이 에일라는 손짓과 소리로 불안한 말을 달랬다. 히힝이가 마침내 잠잠해지자 에일라는 마구에 연결된 기다란 줄을 순록의 뿔에 묶었다.

"끌어봐, 히힝아. 통나무랑 비슷한 거야."

에일라가 다독였다. 말은 힘겹게 앞으로 나아가다가 뒷걸음질을 쳤다. 에일라가 조금 더 다독이자 다시 앞으로 움직이면서 마구에 연결된 줄이 팽팽하게 당겨졌다. 에일라가 있는 힘을 다해 도와주자 히힝이는 순록을 천천히 구멍에서 끌어냈다.

에일라는 한껏 고무되었다. 적어도 진창이 된 구덩이 속에서 고기를 손질할 필요가 없을 터였다. 에일라는 히힝이가 얼마나 더 힘을 써줄지 알 수 없었다. 그저 히힝이의 힘을 빌려 순록을 계곡까지 끌고 가면 좋겠다고 바랄 뿐이었다. 한 발 한 발 내딛는 수밖에는 없었다. 에일라는 순록의 뿔에 엉켜드는 덤불을 빼내며 말을 물가로 데려갔다. 그곳에서 짐을 다시 싸서 하나로 포갠 바구니를 말 등에 올려 묶었다. 창 두 개가 위로 삐죽이 솟아 있어 거추장스러웠지만 커다란 바위를 밟고 말 위에 올라탔다. 발싸개는 신지 않아 맨발이었다. 에일라는 털가죽 두르개가 물에 젖지 않게 높이 든 채로 히힝이를 물속으로 몰아 강을 건널 참이었다.

강은 걸어서 건널 수 있을 정도로 넓고 얕았다. 순록 무리가 강을 건너기 위해 본능적으로 선택한 곳이었다. 하지만 간밤에 내린 비로 강의 수위가 높아져 있었다. 히힝이는 빠른 물살을 헤치며 조심스럽게 발을 내디뎠다. 순록은 물에 들어가자 잘 떠올랐다. 사냥한 짐승을 끌고 물을 건너는 것에는 에일라가 생각지도 못한 이점이 있었다. 물살에 사냥감에 묻은 진흙과 피가 씻어 내려 저편 기슭에 닿을 무렵, 순록은 깨끗해져 있었다.

히힝이가 다시 버거운지 멈칫대기 시작했지만 에일라가 내려 다독이며 강변까지 얼마 남지 않은 거리를 마침내 통과했다. 에일라는 말에 묶인 끈을 풀어주었다. 계곡에 한 걸음 더 가까워졌지만 아직도 갈 길이 멀었고, 해야 할 일도 있었다. 에일라는 날카로운 돌칼로 순록의 목을 자르고 나서 항문에서 배, 가슴, 목, 숨통까지 죽 잘랐다. 그러고 나서 집게손가락을 칼등에 얹은 채 칼을 들고 날을 세워서 살갗 바로 아래까지 집어넣었다. 처음 자를 때 살까지 깊숙이 자르지 않고 깨끗하게 절단하면 나중에 가죽을 벗기기가 훨씬 수월했다.

그런 다음에 칼을 더 깊게 넣어 자르고서 내장을 꺼냈다. 사용할 수 있는 위, 창자, 방광은 씻은 다음 다른 먹을 수 있는 부위들과 함께 배 속에 도로 넣었다.

바구니 안에는 둘둘 말아놓은 큰 깔개 하나가 들어 있었다. 에일라는 깔개를 꺼내 땅 위에 펼쳐놓고서 끙끙대며 사슴을 깔개 위로 옮겼다. 깔개를 접어 사슴을 감싼 다음 밧줄로 단단하게 묶은 뒤 히힝이의 마구에 연결시켰다. 바구니 두 개를 다시 정리해서 말 등에 올리고 거치대에 창을 각각 꽂은 다음, 끈으로 묶었다. 에일라는 뿌듯해하며 말 등에 올라탔다.

풀숲이나 바위, 덤불 같은 것에 걸려 말에서 세 번째로 내려왔을 때 뿌듯한 마음은 온데간데없었다. 결국 에일라는 옆에서 걸으며 꽁꽁 묶어놓은 사슴이 뭔가에 걸릴 때마다 빼내야 했다. 발싸개를 꺼내려고 잠시 멈춰 섰을 때, 에일라는 하이에나 한 무리가 따라오는 것을 눈치챘다. 첫 번째 날아간 돌은 약삭빠른 청소동물들에게 줄팔매가 얼마나 멀리 날아가는지만 보여주는 데 그쳤다. 하이에나들은 사정거리 밖으로 멀찍이 물러났다.

냄새나는 고약한 짐승 같으니라고. 에일라는 코에 주름을 짓더니 혐오감에 몸서리쳤다. 에일라는 줄팔매로 하이에나를 죽인 적이 있었고, 그로 인해 비밀이 탄로 나고 말았다. 씨족 사람들이 그녀가 사냥을 한다는 사실을 알게 되었고, 그로 인해 벌을 받아야 했다. 브룬에게는 선택의 여지가 없었다. 그것이 동굴곰족의 관습이었다.

히힝이 역시 하이에나들을 의식했다. 히힝이는 포식 동물에 대한 본능적인 두려움 이상으로 경계했다. 어미 말이 죽자마자 자신을 공격하던 하이에나 무리를 잊은 적 없는 히힝이의 신경은 곤두설 대로 곤두서 있었다. 사냥한 사슴을 동굴까지 끌고 가는 일에는 예상치도 못한 복병들이 숨어 있었다. 에일라는 해가 지기 전에 동굴에 도착하기를 바랐다.

에일라는 강이 굽이져 흐르는 곳에서 쉬기 위해 멈췄다. 쉬다 가다를 몇 번이나 반복하다 보니 몹시 지쳐 있었다. 물 부대와 물이 새지 않는 커다란 바구니에 물을 가득 채우고 나서 더러워진 짐과 여전히 밧줄로 묶여 있는 말에게 물을 가져다주었다. 에일라는 여행용 식량을 꺼내 바위에 앉아 먹었다. 멍하니 땅을 바라보며 그녀는 사냥한 고기를 더 쉽게 계곡까지 끌고 가는 방법이 없을까 생각에 잠겼다. 한참이 지나 땅 위에 난 어지러운 발자국들이 눈에 띄자 호기심이 일었다. 흙은 마구 짓밟혀 있고, 풀은 누워 있었으며 발자국들도 오래된 게 아니었다. 최근에 이곳에서 엄청난 소동이 일어난 게 분명했다. 일어나서 발자국을 자세히 살펴보던 에일라는 어떤 일이 있었는지 꿰어 맞추기 시작했다.

강 근처 마른 진흙 위에 난 자취를 보니 그곳은 오래전부터 동굴사자들이 지내는 영역이었다. 근처에 절벽으로 둘러싸인 계곡이 있고, 그 계곡에는 암사자가 건강한 새끼 사자 두 마리를 낳았을 작은 동굴이 있는 게 분명했다. 그리고 이곳은 동굴사자들이 나와서 쉬기에 좋은 곳이었을 것이다. 새끼 사자들이 피 묻은 고기를 젖니로 물고 당기며 장난을 치고, 가까이에는 날렵한 암사자가 새끼 사자들이 제멋대로 노는 모습을 지켜보고, 배부른 수사자는 아침 햇살을 받으며 나른하게 누워 있는 그림이 그려졌다.

거대한 동굴사자는 그들이 지내는 영토에서 제왕이나 다름

없었다. 두려울 게 없었고, 자신들의 먹잇감인 초식동물에게서 어떠한 위협을 느낄 이유도 없었다. 정상적인 상황에서라면 순록들은 동굴사자의 영역에 감히 발을 들일 생각도 하지 못할 터였다. 하지만 말을 탄 채 소리를 질러대는 여자는 순록 무리를 공포로 몰아넣었다. 빠른 물살도 우르르 도망가는 순록 떼의 질주를 멈추게 할 수는 없었다. 정신없이 내달린 순록 무리는 깜짝할 사이에 동굴사자의 영역에 들어와 있었다. 순록 두 마리가 불시에 습격을 당했다. 위험한 상황을 피하려다가 더욱 끔찍한 상황에 내몰렸다는 것을 뒤늦게 깨달은 순록 무리는 사방으로 달아나기 시작했다.

에일라는 짐승들의 자취를 따라가며 무슨 일이 있었는지 파악했다. 그리고 몰려드는 발굽을 제때 피하지 못한 새끼 사자 한 마리가 겁에 질린 순록의 발에 짓밟히고 말았다.

에일라는 새끼 동굴사자 곁에 무릎을 꿇고 앉아 노련한 주술치료사의 손길로 맥박이 뛰는지 살폈다. 새끼 사자는 아직 따뜻했지만 갈비뼈가 부러진 것 같았다. 거의 죽을 뻔했지만 아직 숨을 쉬고 있었다. 발자국으로 보아 암사자가 새끼를 발견하고는 일어나라고 쿡쿡 찔렀다가 그냥 돌아간 모양이었다. 모든 동물들이 그러하듯—두 발로 걷는 동물만 제외하고—다른 건강한 새끼를 살리기 위해 약한 새끼는 죽게 내버려 두고 암사자는 다른 새끼 사자에게로 눈을 돌린 채 떠나간 것이었다.

하지만 인간이라고 부르는 종의 생존만은 힘이나 건강 상태에 달려 있지 않았다. 경쟁 상대인 포식 동물에 비하면 한없이 연약한 인간의 생존은 협력과 연민에 달려 있었다.

가엾은 아기. 에일라는 생각에 잠겼다. 네 어미가 너를 도울 수 없었나보다. 다치고 힘없는 짐승에게 마음이 움직인 건 처음이 아니었다. 그녀는 새끼 사자를 동굴에 데려갈까 잠시 고민하다가 마음을 접었다. 그녀가 처음 짐승을 동굴에 데려왔을 때 작은 소란이 일긴 했지만, 치료술을 배우기 시작하면서 브룬과 크렙은 작은 동물을 동굴에 데려와도 좋다고 허락했다. 하지만 새끼 늑대를 데려왔을 때는 예외였다. 새끼 사자는 이미 늑대만큼 크게 자란 상태였다. 곧 몸집도 히힝이를 따라잡을 터였다.

에일라는 일어나 죽어가는 새끼를 내려다보며 고개를 저었다. 그러고는 말이 끄는 짐이 또 어딘가에 걸리지 않기를 바라며 다시 길을 나섰다. 그때 그들 뒤를 따라오던 하이에나들이 눈에 띄었다. 돌을 집어 든 에일라는 하이에나들이 다른 곳에 정신을 팔고 있음을 깨달았다. 그것은 당연한 일이었다. 죽어가는 짐승에 끌리는 것은 자연이 그들에게 부과한 타고난 본능이었다. 하지만 에일라는 하이에나만 보면 무턱대고 싫은 마음이 들었다.

"꺼져, 냄새나는 짐승들! 아기를 그냥 내버려 둬!"

에일라가 급히 돌아가 돌을 연달아 날렸다. 깽깽대는 소리를 들으니 명중한 듯했다. 화가 잔뜩 난 에일라가 하이에나들 쪽으로 다가가자 녀석들은 다시 사정거리 밖으로 꽁무니를 뺐다.

자, 걱정 마! 녀석들을 쫓아냈어. 에일라는 새끼 사자를 보호하려는 듯 그 위로 다리를 벌린 채 서서 혼잣말을 했다. 그 순간 갑자기 실소가 터졌다. 내가 뭐 하는 거지? 새끼 사자는 어차피 죽을 텐데 뭐 하러 하이에나들을 쫓아낸 걸까? 녀석들을 그냥 내버려 두었으면 더 이상 귀찮게 내 뒤를 따라오지 않을 텐데.

그렇다고 사자를 데려갈 수는 없어. 내 손으로는 들 수도 없어. 그것도 저 먼 길을. 순록을 가져가는 일만으로도 벅찬데, 이런 생각을 하는 것 자체가 우스워.

정말 그럴까? 만약 이자가 나를 그냥 버리고 갔다면 어땠을까? 크렙이 말했어. 내가 우르수스 정령에 의해, 아니면 동굴사자의 정령에 의해 이자가 가는 길에 놓여 있었다고. 오로지 이자만이 나를 위해 걸음을 멈추었을 사람이기에. 이자는 아프거나 다친 사람을 보면 도와주지 않고는 못 배겼다. 그녀가 대단히 훌륭한 치료사였던 것은 바로 그런 성정 때문이기도 했다.

난 치료사야. 이자가 나를 가르쳤어. 어쩌면 이 새끼 사자는 내가 발견하도록 내가 지나는 길에 쓰러져 있었던 건지 몰라. 내가 처음으로 다친 토끼를 동굴로 데려왔을 때 이자는 그게 바로 치료사가 될 자질이 있다는 것을 말해준다고 했어. 여기 다친 새끼 사자가 있는데, 새끼를 저 고약한 하이에나들에게 맡기고 떠날 수는 없어.

하지만 어떻게 이 새끼를 동굴까지 데려간담? 조심하지 않으면 부러진 갈비뼈가 허파에 구멍을 뚫을지도 몰라. 녀석을 옮기기 전에 움직이지 않게 뭔가로 잘 동여매야 해. 히힝이가 짐을 끌 때 쓰는 넓은 끈으로 하면 되겠다. 여분의 끈도 좀 있고.

에일라는 말을 부르기 위해 휘파람을 불었다. 놀랍게도 히힝이가 끌고 있는 짐은 어디에도 걸리지 않았지만 말의 신경은 날카로워져 있었다. 말은 동굴사자 영역에 있다는 것이 싫은 눈치였다. 말 또한 동굴사자의 사냥감이었다. 사냥 이후로 계속 예민했고, 무거운 짐이 자꾸 무언가에 걸려 움직임이 자유롭지 못한 것도 말의 날카로워진 신경을 잠재우는 데 도움이 되지 않았다.

하지만 에일라는 새끼 사자에게 정신이 팔려서 말의 기분에 관심을 기울이지 못했다. 어린 포식 동물의 갈비뼈를 끈으로 동여맨 뒤 그녀가 새끼 사자를 동굴로 데려가기 위해 생각한 방법은 히힝이의 등에 태우는 것이었다.

하지만 그것은 말이 받아들이기에는 벅찬 일이었다. 에일라가 커다란 새끼 사자를 들어 말 위에 올려놓으려는 순간, 말은 앞다리를 들었다. 공포에 질린 듯이 껑충껑충 뛰며 자신에게 연결된 짐들을 벗어 던지려고 몸부림을 치더니 초원을 내달렸다. 깔개에 감싸 연결해놓은 사슴 고기가 땅에 튀어 오르며 끌려가더니 바위에 걸리고 말았다. 더 이상 앞으로 나아갈 수 없게 되자 다시 공포에 휩싸인 히힝이는 미친 듯이 날뛰기 시작했다.

갑자기 가죽끈이 툭 끊어지더니 매달아놓은 묵직한 긴 창의 균형이 깨지면서 덜컹대던 바구니들이 기울어졌다. 에일라는 깜짝 놀라 입을 벌린 채 미쳐 날뛰는 말을 지켜보고 있었다. 바구니에 들어 있던 물건들이 땅바닥으로 와르르 쏟아졌다. 바구니들은 여전히 등에 매달려 있고, 거치대에 꼭 묶어놓았던 창 두 개도 날카로운 촉이 땅으로 향한 채 땅에 질질 끌리고 있었지만 말의 달리는 속도에는 전혀 지장을 주지 않았다.

에일라는 그 즉시 몇 가지 가능한 방법들을 점쳐보았다. 그녀는 줄곧 사냥한 사슴과 새끼 사자를 동굴까지 가져가는 방법을 떠올리기 위해 머리를 쥐어짜던 중이었다. 우선 히힝이가 흥분을 가라앉힐 때까지 시간이 더 필요했다. 에일라는 말이 저렇게 날뛰다가 다치기라도 할까봐 걱정되어 휘파람을 불었다. 직접 뒤를 쫓고 싶은 마음도 있었지만 그랬다가 사슴과 새끼 사자를 하이에나가 넘볼까봐 걱정되었다. 휘파람은 효과가 있었다. 히힝이가 반응을 보인 것이다. 휘파람은 히힝이에게 애정과 안전을 연상케 하는 소리였다. 말은 초원을 커다랗게 한 바퀴 돌더니 에일라를 향해 방향을 틀었다.

마침내 기진맥진해진 말이 땀투성이가 되어 다가오자 에일라는 안도하며 꼭 안아주었다. 마구와 끈을 풀고 다친 곳은 없는지 조심스레 살펴보았다. 히힝이는 에일라에게 몸을 살짝 기대고서 힘에 겨운 듯한 나직한 울음을 토해냈다. 앞다리를 벌린 채 거칠게 숨을 몰아쉬는 히힝이의 몸이 떨리는 게 느껴졌다.

"쉬고 있어, 히힝아."

말이 더 이상 몸을 떨지 않고 잠잠해진 듯 보이자 에일라가 말했다.

"난 정리를 좀 해야겠다."

말이 날뛰다가 물건들을 땅바닥에 다 쏟고 도망갔다고 해서 에일라는 화가 나지는 않았다. 그녀는 말이 자신의 소유라거나 지시를 따라야 한다고 생각하지 않았다. 말은 친구이자 동반자였다. 말이 공포에 질렸다면 그럴 만한 이유가 있는 것이었다. 말에게 너무 무리한 요구를 한 것이다. 에일라는 말의 행동을 교정하려고 하기보다는 말이 할 수 있는 일의 범위를 배워야겠다고 생각했다. 히힝이는 자발적으로 에일라를 도왔고, 그녀는 사랑으로 말을 보살폈다.

에일라는 땅에 쏟아진 물건들을 찾을 수 있는 대로 모아 바구니에 담고, 다시 마구에 끈으로 연결한 뒤, 뾰족한 끝이 아래로 향한 창 두 개도 그대로 묶었다. 그런 다음 사슴을 말았던 깔개를 펴서 창대 사이에 연결했더니 말 뒤에 고정되면서도 땅에는 닿지 않는 운반대가 만들어졌다. 사슴을 운반대에 묶고, 정신을 잃은 새끼 사자도 조심스레 운반대에 묶어 움직이지 않게 고정시켰다. 진정이 된 히힝이는 에일라가 마구와 끈을 연결하는 동안 더 이상 거부하지 않고 가만히 서 있었다.

바구니들을 원래대로 다시 말에 매달고서 에일라는 다시 한 번 새끼 사자의 상태를 살핀 뒤 말 위에 탔다. 계곡으로 가면서 에일라는 새로 만든 운반대의 편리함에 크게 감탄했다. 창끝은 땅에 끌렸지만 어떤 장애물에도 운반대에 실린 사슴은 걸리지 않았고, 말도 훨씬 편하게 짐을 끌고 갔다. 그렇지만 에일라는 동굴에 도착하는 순간까지 한시도 마음을 놓을 수 없었다.

에일라는 잠시 멈춰 히힝이에게 물을 주고 쉬도록 하면서 새끼 사자의 상태를 살폈다. 아직 숨은 붙어 있었지만 살아날지는 미지수였다. 이 새끼 사자는 어째서 내가 가는 길 위에 쓰러져 있었던 걸까? 에일라는 생각에 잠겼다. 그녀는 새끼 사자를 본 순간, 자신의 토템을 생각했다. 동굴사자의 정령은 그녀가 새끼 사자를 돌보길 원했던 걸까?

그러자 또 다른 생각이 스쳤다. 에일라가 새끼 사자를 데려가기로 하지 않았더라면 두 개의 장대를 묶어 운반대를 만들 생각은 하지 못했을 것이다. 토템이 그녀에게 새로운 방법을 보여주고 싶었던 것일까? 그것이 선물이었던 걸까? 그것이 무엇이든 간에 에일라는 새끼 사자가 자신의 가는 길에 놓여 있었던 데는 분명 이유가 있으리라고 확신했다. 그녀는 새끼 사자의 목숨을 구하기 위해 할 수 있는 모든 일을 해볼 작정이었다.

《대지의 아이들 2부: 말들의 계곡》 2권으로 이어집니다.

THE VALLEY OF HORSES

EARTH'S CHILDREN

옮 긴 이
정서진

이화여자대학교 통역번역대학원 한영 번역학과를 졸업하고 현재 번역가로 활동하고 있다. 옮긴 책으로는 《대지의 아이들 1부: 동굴곰족》《신이 토끼였을 때》《스카이 섬에서 온 편지》《미식 쇼쇼쇼》《우리가 몰랐던 도시》《문명과 식량》《인류세》 등이 있다.

대지의 아이들 II
말들의 계곡 1

2019년 4월 17일 초판 1쇄 인쇄
2019년 4월 25일 초판 1쇄 발행

지은이 | 진 M. 아우얼
옮긴이 | 정서진
발행인 | 이원주
책임편집 | 김혜정
책임마케팅 | 정재영

발행처 | (주)시공사
출판등록 | 1989년 5월 10일(제3-248호)

주소 | 서울특별시 서초구 사임당로 82(우편번호 06641)
전화 | 편집 (02)2046-2853 · 마케팅 (02)2046-2883
팩스 | 편집· 마케팅 (02)585-1755
홈페이지 | www.sigongsa.com

ISBN 978-89-527-9863-3 04840
978-89-527-8211-3 (set)

검은숲은 (주)시공사의 브랜드입니다.
본서의 내용을 무단 복제하는 것은 저작권법에 의해 금지되어 있습니다.
파본이나 잘못된 책은 구입한 곳에서 교환해 드립니다.

이 도서의 국립중앙도서관 출판예정도서목록(CIP)은 서지정보유통지원시스템 홈페이지(http://seoji.nl.go.kr)와 국가자료공동목록시스템(http://www.nl.go.kr/kolisnet)에서 이용하실 수 있습니다.(CIP제어번호: CIP2019014214)